昭和の作家たち

誰も書かなかった37人の素顔

昭和の作家たち

誰も書かなかった37人の素顔

昭和の作家たち　誰も書かなかった37人の素顔●目次

装幀・本文DTP　阿部照子（テルズオフィス）

野村胡堂《のむらこどう》

1882〜1963

時代の青春期には、必ずといっていいほど人物が輩出する。明治三十年、尾崎紅葉が『金色夜叉』を、島崎藤村が『若菜集』を、高山樗牛が『日本主義を賛す』を発表し、正岡子規が「ホトトギス」を主宰して、文化が騒然としたころ、日本人が若き血潮を沸騰させたのは、何も陽の当たる都市だけではなかった。

荒夷《あらえびす》の地、岩手県・盛岡の街でも、生活は貧しく、ひなびてはいたが脈々と青春の血が脈打ち、米内光政、金田一京助、郷古潔、石川啄木、原抱琴、岩動露子らが正体不明の興奮にかられ、うごめいていた。ここに飛び込んで来たのが、東京の軽薄文化人・山田敬一で、山田は、うぶな青年たちにエイッとばかり活を入れた。

誇大妄想狂で自ら小栗風葉を名乗り、憑依《ひょうい》

状態に陥って、道を歩きながら電信柱や橋の欄干を拝み、果ては自分の床や枕まで拝んだ。荒夷の青年たちはこの奇行を恐れたが、勇気のある男がいて、神聖なる行為の最中に障子を開けて尻を山田の鼻先にヌッと突き出し、高らかな一発をお見舞いし、山田の憑物《つきもの》を落としてしまった。

精神の高揚期にはいろいろな人が集い寄って切瑳琢磨《せっさたくま》するが、野村胡堂も東京の奇人中の奇人、山田敬一の薫陶《くんとう》を受けねばならなかった。

＊英雄談でガキ大将を押さえる

野村胡堂は、明治十五年十月十五日、盛岡から十六キロ離れた紫波《しわ》郡彦部村大字大巻字長沢尻（現・紫波町大巻）に野村長四郎・まさ夫妻の次男として生まれ、長一《おさかず》の名をもらった。父は助役から村長になった人で、ひそかに本を集め、土蔵の二階には四書五経から軍記もの、『絵本太閤記』から黒岩涙香の翻訳小説まで、膨大な量の本が積まれていた。

幼少からアデノイド体質で、人見知りだった長一は一人土蔵に入ることが多く、その姿が消えると、「また、土蔵だろう」と、母が探しに来たほどだった。ガキ大将たちにいじめられると長一は泣きながら土蔵に入り、『水滸伝』や『八犬伝』の英雄になって夢の世界を彷徨《ほうこう》した。

高等小学校通学の途次、熊ん蜂の巣にボスの一人が石を投げ込み、グズの長一だけ取り残され、怒った蜂の大群に危うく刺し殺されかかったこともあった。長一は、この事件を機に、いよいよ空想の世界に入り込み、一里半の通学の行き帰り、同行の少年たちに小説の筋を口走るようになった。水滸伝の英雄、鉄仮面、モンテ・クリスト伯など、長一の語りは、いつしか悪童の楽しみになった。

このことで新しいボスになった長一は、「これくらいの話なら三年でも五年でも話せるぞ」と大きく胸を張った。語るほうも聞くほうも夢中で、一里半の道のりが二里に延び、時には学校をさぼった。野村はこの時、暴力や権力やお金の力でなく、〝語り部〟として人びとを手中にする醍醐味《だいごみ》にとらわれたのかもしれない。

長一が悪童どもの代理人として、ますます土蔵のなかの英雄たちと仲よくなってゆくのを恐れた父は、ある日、古本屋を呼んで長い間かけて集めた本を売り払ってしまった。

＊盛岡中学でストライキを指揮

明治三十一年、十五歳の野村は中学入学のため単身、盛岡の地を踏んだ。故郷の先輩を訪ね、そこで激論を闘わせていた原抱琴（原敬の甥）に下宿（猪川塾）を紹介された。

下宿の主は、鶴のような痩躯《そうく》の老人で、下宿人は猪川先生と呼んでいた。「明日から来てよろしい」と許可した老先生は、この少年が英雄たちに憑《つ》かれ、まわりの迷惑を顧みず、世間を騒がせる男と見破ることはできなかった。

野村は、同室の菊池と夜中までつまらない議論を続けたあげく二階へ追われ、そこで宿命的に東京人・山田敬一に会ってしまう。

「産湯《うぶゆ》は水道水だった」と自慢げに言う山田はエリート意識むき出しで、それに感化された野村はすっかり、まるめ込まれてしまった。

この二人の存在で、それまで静かだった猪川塾は、俄然《がぜん》騒々しくなった。団結のための大演説会、芝居大会、書画展覧会、試胆会、闇汁大会など、考えられる限りの催し物を開き、禁じられた馬肉の試食会まで挙行する始末……。

盛岡中学でも、野村は暴れた。四年生の時、東京から赴任した教師を古参教師がいびり出す、という出来事が起きた。「これでは盛岡に新しい血が入らないじゃないか」と、野村たち四年生と石川啄木たち三年生が先導してストライキを敢行、明治三十四年のことだった。ストライキが効を奏して、学生側の一方的勝利となった。保守的な古参教師二十名が学校を去り、入れ替わりに新任教師が教壇に立った。それ以来、盛岡中学からは、不思議に人物が出なくなったのである。

「中学を卒業したら絵かきになりたい」と言い出した息子を、父親は「馬鹿者め」と叱り飛ばした。「頼むから医科へ行け」と泣き落としにかかったが、息子は「医者だけはいやだ」と抵抗した。

結局、法科志望ということで話し合いがつくと、野村はねじりはちまきで机にかじりつき、二年遅れて第一高等学校に入学を果たす(明治三十七年)。〝一高〟は超エリートコースで、野村は羨望《せんぼう》の目を背に受けて勇躍、上京する。

ところが、東京で野村は、あの山田敬一と

再会してしまう。山田は人力車の上から、「どこにいる」と聞き、三日も経《た》たないうちに「おい、泊めてくれ」と現れた。山田は早稲田大学文科で学んでいたが、「大学をやめて活動の弁士になる」と言い出し、赤坂溜池のローヤル館や浅草の世界館で〝山田夢男〟という芸名で出演した。この〝東京の伊達《だて》男〟にさんざん利用された野村は、山田に会ったおかげで、忘れかけていた文学への情熱にもう一度火をつける結果になる。

＊ペンネームは「胡堂」「あらえびす」

明治四十二年、野村の東京帝大法科卒業を前に父が死に、呆然としているうちに授業料を滞納して中退。その代わり同郷の橋本ハナと結婚。夫人は、一家の経済を安定させるために母校で教鞭《きょうべん》を執《と》った。翌年には長女が生まれ、野村は焦った。個性が生かせて、外見を問わない職業といえば新聞記者しかないと思い、叔父や友人の反対を押し切って報知新聞の政治部の外交記者になった。初任給二十円、車代（交通費）五円という驚くべき薄給で、親子三人が生活してゆける額ではなかったが、叔父に五十円の借金をして紋付の羽織と袴を新調し、退社するまで和服一本で通した。

野村は着るものにはほとんど無頓着《むとんちゃく》だったが、食べものには貪欲《どんよく》で、カレーライスのうまさや洋食のうまさに心を弾ませた。バナナを友人と二人で食べ過ぎ、腹をこわしたこともある。

会社に勤め出すと、愛妻弁当に頼った。記

者仲間は、アルミニウムの弁当箱を持って出勤して来る野村を、ケチな野郎だとか、女房がそんなに怖いのか、などと冷やかした。だが、野村が毎日、食後に食べているのが銀座・千疋《せんびき》屋のリンゴで、一個の値段がみんなが食べているランチの三倍もすることを知って、仲間たちは肝をつぶした。

野村は入社三、四年後、『楯の半面』という連載インタビューを担当し、百三十人の名士を訪ね、記事を書いた。尾崎咢堂、後藤新平、渋沢栄一、佐々木信綱、柳田國男、高橋是清、原敬、三宅雪嶺、夏目漱石、坪内逍遙、幸田露伴、泉鏡花、黒岩涙香《るいこう》、田山花袋、徳田秋声など一流の人に会い、それぞれの持ち味を学び吸収した。

大正三年ころから、政治面のヒマネタで囲み記事を書き始め、雅号をつけろということになった。友人の一人が「君は坂上田村麻呂に征伐された東北生まれだから、蛮人はどうだ」と言い、「それじゃ人食い人種みたいで……」と遠慮すると、「それでは秦を滅ぼすもの胡なりの胡に、今はやりの堂をつけろ」ということでケリがついた。

大正六年、新聞拡張の新企画として「時事川柳」の欄を設けると、世の中を一風変わった目で見る多くの川柳愛好者が集まり、谷脇素文の絵とともに報知新聞の看板となった。

大正十三年、学芸部長としてレコード評論を書き始めた時には、安倍貞任が「袖萩《そではぎ》祭文」という芝居で威張る〝まことは奥州のあらえびす〟という文句から、「あらえびす」のペンネームを自分で選んだ。のち、有名になった時の野村への手紙は九〇パーセントが野村胡堂、八パーセントがあらえびす、残り二パーセントが本名の長一だった。

＊三百編以上の「銭形平次捕物控」を書き継ぐ

昭和二年、編集局の相談役となり、「奇談クラブ」を報知新聞に連載。「野村胡堂の名を売るために他社にもうんと書け」と社長たちに言われ、博文館に「奇談クラブ」ものを連載した。同三年、本格的な小説『美男狩』を報知新聞に発表。村松梢風が個人雑誌「騒人」に、〝こんな人も小説を書き始めた〟とユーモラスな筆で激励してくれた。

まだ会ったこともない直木三十五は、毎月のように〝野村胡堂と吉川英治に注目する〟と書いてくれた。

野村は、レコード収集に憑かれた。毎月、給料の大半をレコード屋へ運び込んだ。一度などは、病身をおしてクライスラーの演奏を帝劇まで聴きに行き、死にそこなった。この時、報知新聞の三木社長は、野村に内緒で多額の入院費を週末ごとに払ってくれた。

着物はいつも同じもの、ランチは愛妻弁当で根気よくがんばったのは、ひとえにレコード収集のためでもあった。

昭和六年のある日、野村は訪ねて来た旧知の文藝春秋社の菅忠雄と、二階の応接室で出がらしの茶を飲みながら懇談。「オール読物という月刊雑誌を発刊するので、岡本先生の半七捕物帳みたいなものを毎月書いてもらえないでしょうか」という言葉に、「うーん、捕物帳をねー」と答えた野村の胸に、シャーロック・ホームズのコナン・ドイルや、半七親分を生んだ岡本綺堂先生への挑戦心が湧き上がった。

子どものころの家の火事、悪童どもをとりこにした水滸伝の豪傑たち、社会部長として遊廓に部下を請け出しに行き、待っている間に女にラブレターを書かされたこと、インタビューした花井卓蔵弁護士の「罪を罰して人を罰せず」の話、江戸の古地図に想像した庶民の生活……などが脳裡に浮かび、ニヤリとした。野村は「私は私なりのものを書いてみましょう」と言い、それから一週間ほどで、銭投げの名人・岡っ引の銭形平次、子分・ガラッ八の八五郎、平次の恋女房のお静（当初は恋人）を創り上げた。

野村は、高等小学校通学時に熊ん蜂に刺されて、てっぺんが引っ込んだ脳の皺《しわ》一筋一筋から、蓄積したあらゆる情報を引きずり出し、昭和六年の『金色の処女』から同三十二年の『鉄砲の音』（いずれもオール読物）まで、三百編以上の『銭形平次捕物控』を書き継いだ。最後の『鉄砲の音』を書き終えた時、七十五歳の野村は眼がほとんど見えなくなっていたが、「であります調」の語り口と、『レ・ミゼラブル』のジャン・バルジャンのような、善人を罰せず、偽善者と不義の者を罰するという独特の手法は変わらなかった。

*子どもたちとの薄き縁

野村は一男三女の子を持ったが、子どもとの縁が薄く、末娘だけが生き残った。手芸が抜群にうまかった長女は十七歳でこの世を去り、ベートーベンの第九シンフォニーの楽譜を九歳で読み東大で美学を専攻した長男は二十二歳で死に、『七つの蕾』『サフランの歌』など七冊の本を執筆した次女は二十五歳で亡くなった。

昭和二年から、約七年ごとに一人ずつ子どもを失った夫妻の気持ちはいかばかりであったろう。野村が洋楽の世界に憑かれた心情も、銭形平次に託して世の中のしがらみで罪を犯した者を助けたのも、親に先立って逝った子どもたちへの深い愛情表現であったのだろう。

長男は、銭形平次の愛読者であり、またよき批評家で、「お父さん、今月はうまいな」と言われると、野村は妙にうれしかった。昭和九年の死の直前まで、『内村鑑三全集』を読んでいた。イギリスから取り寄せたヘンデルの「救世主《メサイア》」が着いた時は、十八枚の全曲を聴く気力がないほど弱っていた。「ハレルヤ・コーラス」のところを二、三枚母親にかけてもらい、「ああ、よかった」と眼を輝かせ、その三日後に曲の総譜を抱いたまま亡くなった。

初七日の夜、野村は家族や親しい人びとと初めて全曲を聴き、優しかった息子の霊を慰めた。昭和七年から東大でレコード鑑賞の課外講座(同十六年まで)を担当していた野村は、長男と縁のあった三千人の学生の前で、音楽について、人生について、死について、激情をもって語った。聴衆は心を打たれ、泣き、興奮した学生の一人は淀橋まで歩いて帰ったという。

野村は好きな囲碁もやめ、夜九時就寝を守って体力の調整を行いながら、長い創作活動を続けた。その努力のおかげで、『三万両五十三次』『轟半平』など多くの時代小説のほかに、『バッハからシューベルト』『名曲決定盤』（いずれも、あらえびす名）などを執筆した。

昭和二十四年七月、捕物作家クラブを結成。会長に就任して、浅草寺境内に半七塚を建立。同三十一年、郷里の紫波町に蔵書の一部を寄贈し、東京都にレコード一万枚を贈呈した。同三十三年二月、菊池寛賞受賞。同三十五年、紫綬褒章受章。同三十八年には野村学芸財団を設立し、東大史科編纂所に武鑑六百冊を寄贈して身を軽くしたあと、四月十四日に肺炎を縁として子どもたちのあとを追った。享年八十。

昭和四十三年に紫波町城山に「歌碑」が、同四十五年に日本作家クラブの手で神田明神境内に「銭形平次記念碑」が建立された。

佐々木《ささき》 邦《くに》

1883〜1964

優曇華《うどんげ》の花は三千年に一度咲き、その時、如来が苦悩の充満するこの世に出現するという。この三千年に一度のチャンスに巡り会うことのありがたさをたとえて、昔の人びとは「千載一遇《せんざいいちぐう》」といった。たかだか六十年くらいしか生きられない人間が、千年単位で、ものごとをとらえていたという事実は驚嘆すべきである。

毎日、喜怒哀楽に身を焼く情けないわが身もまた、両親や祖父母のおかげで、千年という長い間にほんの一回しか巡り会わないチャンスで、この世に存在しているのかと思うと、ままならぬこの世への怒りも鎮《しず》まってこよう。

この「千載一遇」のチャンスを無為に過ごさなければならない多くの人びとに、人間の矛盾に満ちた姿を突き付けて、尽きせぬ笑いを提供した佐々木邦《くに》の出現も、〝千載の一遇〟といえよう。

＊姓は劉、名は邦

佐々木邦は明治十六年五月四日、佐々木林蔵・はる夫妻の長男として、静岡県駿東郡清水村新宿（現・沼津市清水町）で出生。邦という名は、母が近くのお坊さんにいただいた。五月の節句のころの生まれだったため、幼いころ親類へ行った時、鯉のぼりが何本も空を泳いでいるのを見て、「ここの人たちも僕の誕生日を知っているのかしら」と言い、皆から笑われた。

父は、当時インテリとされた建築技術者で、邦が三歳の時にドイツに留学。父が帰国するまで、三国一の富士とやさしい母に見守られて育った。明治二十二年四月、清水村小学校に入学するも、父が内務省勤務のため上京。同二十八年、鞆絵《ともえ》小学校高等科から正則中学校に入学したが、どうも尻の座りが悪く、海軍予備校、早稲田中学へと転校した。

佐々木はおっとりした性格だったが、きかん気も持ち合わせていた。授業中、大人の矛盾に気づき、うっかり笑い、クラスメートの失笑を買った。それを苦にし、職員室に「休み時間に先生のことを笑ったのではないのです」と謝りに行ったこともある。

自分自身のことでも腑《ふ》に落ちないことがあった。その一つが、名前の邦。どう考えても女の名じゃないか、という気がいつもしていた。恥ずかしくて、教科書に佐々木邦蔵と書いたこともある。

後日談だが、小説を書き出したころ、読者は佐々木邦子様とファンレターを寄こし、知人はペンネームかと聞いた。佐々木が、邦という本名に戸惑いながらも、それを変えようとしなかったのには、理由がある。

早稲田中学で、漢文の菊地三九郎先生に、「お父さんは漢学者ですか」と訊《き》かれた。佐々木は、「違います」と答えながら、何だか自分の名前に親しみをおぼえ、菊地先生が好きになった。それから約五十年後の昭和十九年、郷里の沼津に疎開し、久しぶりに漢籍に接しているうち、漢の高祖〝劉邦〟に、邦の名があることに気付き、六十歳にして自らの名前の由来を知った佐々木は、当時、強いまなざしを送ってくれた菊地先生への恩を、しみじみと感じたという。

佐々木が学校をいくつも変えたのは、運命的なものだったようだ。早稲田中学二年の最後で肋膜《ろくまく》炎に倒れ退学。明治三十二年秋に健康を取り戻し、青山学院中学部四年級に編入。同三十四年同高等科一年に入学。同三十五年、慶應義塾大学予科に転がり込んだ。理財科を志望したくらいだから、人生としては堅実な生活を考えていたのだろうが、本人はとにかく英語が好きで好きでしようがなかった。

この英語好きの青年が、アメリカの文豪マーク・トウェインと巡り会うには、二人の先輩の激烈ともいえる闘いを垣間見なければならなかった。

佐々木 邦

*賀川豊彦を制裁

ユーモア作家・マーク・トウェインの短編小説『シーザー暗殺』を原抱一庵が訳し、これを朝日新聞に載せた。ジュリアス・シーザーがローマ政庁で殺された時、もし新聞があったら、どんな記事になっただろう、というユニークな作品だったが、これを「萬朝報《よろずちょうほう》」の山県五十雄が厳しく批評。訳者の原が応酬し、このやりとりが「萬朝報」に連日発表された。

「細かい訳文にこだわらず、新しい文学としてみてくれ」という原の主張を山県は突っぱね、誤訳の例を一つ一つ挙げ、「トウェインの文章は難解で、いいかげんな英語力では読みこなせるものじゃない」と斬り捨てた。内田魯庵《ろあん》に〝異色ある文学〟と認められていた原は、このあと発狂し、三十八歳で没した。

佐々木は、トウェインに大きな興味を持った。よし、それじゃ、この男に挑戦してみよう、と早速『ヨーロッパ見学旅行』を丸善で手に入れ、おそるおそる読んでみると、意外によく分かった。ちょうどこのころ、帝大で山県と同級だった夏目漱石がイギリス留学から帰り、一高、東大で英語を教えながら『吾輩は猫である』を、続いて『坊っちゃん』を発表した。佐々木はトウェインの縁者が日本にもいたことを知り狂喜した。

佐々木はマーク・トウェインや他のユーモア作家を理解するために、慶大を二年級で退学。青山学院に次いで二つ目のミッションスクール、明治学院二年に編入した。そこで〝佐々木春川〟のペンネームで、お伽《とぎ》話『翁の仮面』

を「白金学報」（四号）に発表。明治四十年、同十二号に〝佐々木生〟の署名で『釜山まで』という旅行記を載せた。

明治学院はデモクラシーの風潮の強いところで、先輩も後輩も君づけで呼び合い、佐々木は寄宿舎ヘボン館で寮長を務めた。寄宿舎には、奇矯《ききょう》な言動で仲間を辟易《へきえき》させる賀川豊彦がいた。この賀川の奇行を正すべく、制裁を加えたのが佐々木だったと伝えられた。賀川の伝記によると、非戦論者の賀川は戦争論者の佐々木に運動場で殴られたが、キリストの教えを守って少しの抵抗もせず、〝神よ彼を赦《ゆる》したまえ〟と祈ったという。

しかし、佐々木は「口頭で制裁を加えようとしたが、その前に一人のテニス選手が〝貴様はテニスコートを下駄で歩いたな〟と言って、ポカポカ殴ってしまったのが真相」と、のちに著作『人生エンマ帳』のなかで述べ、定説になっている自分の蛮行を否定した。

当時、学院生の間では「メイジガクインではメシガクエン」という言葉が流行していたが、佐々木は明治学院で、アメリカや西欧の人びとが日本の文化のためにどれほど身を捧げて尽くしてくれたかを知り、学校が単に身すぎ世すぎの就職のためにだけあるのではないことを教えてもらった。

卒業後、佐々木はアメリカ人に日本語を教えたり、韓国釜山居留民団立釜山商業学校の英語教諭になったりして苦労をしたが、明治四十一年に山形県鶴岡の服部小雪と結婚、翌年の長男出生後、やっと努力が実って、第六高等学校（現・岡山大学）の講師になった。

*マーク・トウェインと巡り会う

佐々木は明治四十二年、第六高等学校の講師を続けながら、『法螺《ほら》男爵旅土産(翻訳)』『いたずら小僧日記』『続いたずら小僧日記』『おてんば娘日記』『ドン・キホーテ物語(翻訳)』などを、内外出版協会から出版した。

この出版社の経営者が、佐々木をマーク・トウェインに結びつけてくれた、山県五十雄の兄・悌三郎であったというのも、奇縁である。佐々木の出世作となった『いたずら小僧日記』は、アンノウンマン(無名氏)作のものを佐々木邦が訳したということになっているが、本当は、無名の作家名で出版するよりも翻訳のほうが売りやすいということで、このようにしたのだともいわれる。

佐々木は、海外の数多くのユーモア小説に触れ、夏目漱石の『吾輩は猫である』や『坊っちゃん』とも親しんでおり、学校を転々とし、矛盾に満ちた大人の世界も十分に見てきていたから、おそらくそれらの思いが、この作品に凝結したとみていい。しかし、本人は死ぬまで、この秘密は黙して語らなかった。

俸給を上げないから内職をする、内職をするから俸給を上げない、というイタチゴッコが七年過ぎて、大正三年、ようやく校長が代わり教授になった。同六年上京し、母校の慶應義塾大学予科教授に就任。同八年に、母校の明治学院高等学部講師を兼任した。

肩書きがすべての時代に、私立を出て正式の教員の免許も持たず、ここまで来れたのは、語学の造詣《ぞうけい》の深さもさることながら、人生のすべてを千載の一遇ととらえ、人間関係を大切にした、たまものであろう。

明治学院高等部の、佐々木の教室の黒板には時々、〝珍太郎〟と書かれ、その横に〝いたずら小僧記す〟と署名がしてあった。すべてに几帳面《きちようめん》だった佐々木は、定刻に大きな体を運んで現れ、にこりともしないで「前の続きは」と聞き、生徒たちの間をカッタカッタと歩きながら、淡々と英語を訳した。そして教壇に上がると、無言で落書きを消して出て行った。

マーク・トウェインの『ユーモア十篇』『トム・ソーヤー物語』の翻訳、大正九年一月からスタートした『珍太郎日記』（主婦之友）、翌年の『続珍太郎日記』で佐々木のユーモア小説は完全に定着し、子どもから見た大人の世界の迫力ある矛盾は、広い層の人びとの心を衝《つ》いた。読者だった生徒たちも、採点の辛い、笑顔一つも見せぬチョビヒゲ先生が、どのような表情で小説を書いているのか不思議でならなかった。

もちろん、佐々木がネクタイを二本もして堂々と職員室に入って来たり、授業時間を間違えたりしたことなど、生徒たちは誰も知らなかった。その陰には、恩師や同僚、夫人の〝超越者〟を守る配慮があった。教師をしながらの創作は大変で、それを見かねた同僚たちは「好きな道だから苦に（邦）なるまい」などと、名前をもじって陰でからかいつつも、好意を寄せていた。

＊義太夫と日本画に凝る

文筆に専念すべく、佐々木は大正末に明治

学院講師をやめ、昭和三年には慶應もやめて作家生活に入った。それからは努めて明るい諧謔《かいぎゃく》をきわめた作風を心がけ、『新家庭双六』(昭和三年・キング)、『ガラマサどん』(同五年・同)、『大番頭小番頭』(同六年〜七年・朝日)、『求婚三銃士』(同九年十月〜十一年十二月・講談倶楽部)などを続々と発表。また、少年ものの『苦心の学友』(同二年十月〜四年十二月・少年倶楽部)、『地に爪跡を残すもの』(同六年九月〜八年十一月・富士)、『トム君サム君』(同八年一月〜十二月・少年倶楽部)などを残した。

昭和十一年七月、佐々木を会長に、辰野九紫、獅子文六、徳川夢声、サトウ・ハチローらでユーモア作家倶楽部を結成。のち宇井無愁、玉川一郎、鹿島孝二らが加わった。同十二年十月、ユーモア作家倶楽部機関月刊誌「ユーモアクラブ」を春陽堂から出版、『人生の年輪』を連載した。

人間、誰しも、ある程度のうぬぼれがないと生きてはゆけない。うぬぼれを見つけ出す瞬間というのは、ごく偶然のチャンスである。佐々木は、先生稼業、文業のほかに二つのうぬぼれを発見した。

一つは義太夫で、昭和八年、五十歳のころ、大いに興味を覚え、師についた。義太夫は浄瑠璃のなかで最もむずかしいとされているが、名文句で、それぞれの登場人物の描写が細かく語られ、いわゆる〝泣き〟の多いところが、佐々木の琴線に触れたのだろう。もともと涙もろく、妻、それに五人の子どものうち、四人までに先立たれる運命を背負っていた佐々木は、おぼろげに自分の宿命を察知していたのではないだろうか。

昭和三十六年、郷里の人々が、清水村新宿公民館のこけら落としに、七十八歳の佐々木を招き、出し物の「鎌三」の文楽の〝出語り〟を演じさせてくれた。人々の情の厚さに、佐々木は感激した。

もう一つは日本画で、これも五十を過ぎてからのことだが、ある日小包を作り、宛名を書いたあとで紙に筆の始末をしたら、それが偶然に小魚の形に見え、これに目とひれを描き加えると、ハヤに見えた。〝絵ってものは描ければ描けるもの〟と思い、庭の金魚を写生したら、これが案外のできだった。

原稿を取りに来た記者が「この金魚は生きているようです」と言った。こうなったら、もうお世辞などと思えるものではない。絵の対象は、夏の金魚から秋の雀に移った。出入りの書画屋の老人が、おだてがてらに画布用の絹をどんどん持ち込んで来るからたまらない。うぬぼれは、急上昇した。描き始めて二年ほど経《た》ったころ、衝立《ついたて》に、梅に雀の絵を描いた。自分でも、地にはっている雀がよくできた、と感心していたら、猫が来て雀を引っかいた。佐々木は、「鰹節の汁を入れて描いたのではないが」と言い訳をしながら手放したので宣伝した。さらに、雑誌社の紹介で、日本画の小絲《こいと》源太郎画伯に師事。本格的に日本画を描き出す。

小絲画伯は、佐々木と同年生まれで、恩師・結城素明や伊東深水とけんか別れをしたほどの頑固者。その人に十二、三年もの間、師事したのだから、よほどウマが合ったのだろう。

画伯が亡くなったあと、作品を批評してくれたのは、まだ五歳ほどの孫だった。子どものの直観は恐ろしく、できた絵を見せると、即座に生きているとか、死んでいるとか答えた。孫はいつの間にか、自分の気に入らないものは死んでいるのだ、と思い込み、佐々木が義太夫のけいこを始めると、「おじいちゃん、そんな声は死んでいるよ」と言い、その妹もまねて「死んでる、死んでる」と言って、佐々木をくさらせた。

＊人生の終点

佐々木は、戦時中は郷里の沼津に疎開して焼け出され、山形県西田川郡（現・鶴岡市）に再疎開。昭和二十一年、鶴岡市内の法華宗本鏡寺に落ち着き、戦後の創作活動に入った。

同二十二年最愛の妻を亡くし、その地で、妻の縁ある教授宅に手伝いに来ていた三十六歳の進藤信子を見初め、教授宅の火鉢の灰の上に「信子、信子」と書き、これまた信子に恋していた教授をあきらめさせ、六十六歳での再婚を果たした。その時のうれしさを、「老らくの恋と言われて夏暑し」と俳句にした。

昭和二十三年、東京・渋谷の豊分居に帰り、若き妻や孫・子のために老体にむち打ち、同二十四年五月、古巣の明治学院大学教授に就任。教鞭《きょうべん》を執りながら『佐々木邦全集』（全十二巻・太平洋出版社）、『現代ユーモア文学全集――佐々木邦集、続佐々木邦集』（駿河台書房）を手がけた。同三十二年五月から『赤ちゃん』を、昔なじみの「主婦の友」に約一年間連載。これは全部書き下ろしたものを編集部が一度預かり、若い編集者の意見を入れ、もう一度著者が推敲《すいこう》し、月に一度ずつ編集者に渡し直すという念の入ったもので、内容は驚くほどの新鮮さを持ち、二、三十代の婦人を魅了した。

昭和三十八年十一月に出版した『人生エンマ帳』(東都書房)の前書きで、「本当のところ、私は人生そのものがまだ分かっていない。旅人は終点に達しなければ旅の全コースは分からない。だれにも人生の終点がくる。そのとき全問題が解決する。完全な終滅か？　来世があるか？」と問題を投げかけたクリスチャン佐々木邦は、翌年九月二十二日、心筋梗塞のため八十一歳で、この世との〝千載一遇の縁〟を絶った。

長谷川《はせがわ》　伸《しん》

1884～1963

　人間の心がどれほど複雑怪奇のものであるかは、今さら言うまでもない。どんなに冷酷非道の悪人でも、母親のおっぱいを無心に吸った赤ん坊のころから世の中への復讐《ふくしゅう》を誓っているわけではない。母親も父親も、自分の可愛い子どもが健《すこ》やかに育ち、皆から好かれ、少しでも世の中のためになることを願う。

　子どもは子どもで両親にほめられ、友人に仲よくしてもらい、世の不幸な人びとのために役立つ人間になろう、と思って生きている。誰一人として、自分は徹底的に意地悪になろうとか、殺人鬼になろう、などと思って大人になってゆく者はいない。他人から毛虫のごとく嫌われ、蛇のごとく恐れられることを喜ぶ人間が、どこにいようか。誰でも、他人から喜ばれ、慕われる人間になろうと努力して生きているものである。

そのような善意の人間の集まりであるにもかかわらず、生きる行く手には、人間の素直さをねじまげてしまい、厭世《えんせい》家や殺人鬼に仕上げてしまうような、もろもろの障害が横たわっている。ある意味でとらえれば、一人の人間にとって、兄弟も友人も、先輩も後輩も、そして両親でさえも心の障害の要因になる。

とくに母親との現実的あるいは精神的な関係は、長い間、傷痕《きずあと》を残す。とどのつまりは、存在そのものが、子どもの心にとって大きな障《さわ》りになってしまう。そこには、仏教でいう〝過去世《せ》から繰り返し生きてきた因果の集積〟が、どす黒く渦まいていて、およそ人間の良心や法律では御《ぎょ》し得ぬ魔物が介在し、人間の心を鋭く揺さぶっているとしか考えられない領域がある。

病気、事故、離婚、離別、死別、けんか、競争、殺し合い……。か弱い人間にとって、何と多くの災いの種であろう。釈迦は「衆《しゅ》生所遊楽《じょうしょゆうらく》」、つまり、この世は〝遊び楽しむところ〟と説いたが、この世は怨念《おんねん》の渦まく住みにくい世界であると説いたほうが手っとり早かったかもしれない。

＊貧しい逆境のなかで

ところで、お互いに許しがたい人びとの間で生きていながら、どこかで心のバランスを取らなければ、人間は気が狂ってしまう。そこで、もろもろの善縁、悪縁に突っつかれ、疲れ果てたあげくたどり着くのが、わが〝や

長谷川　伸

さしき偉大なる母〟である。

股旅《またたび》もので名を馳《は》せた長谷川伸が、戯曲『瞼《まぶた》の母』（騒人・三、四月号）を書いたのは昭和五年であった。この作品には、長谷川が苦楽をともにした前・夫人が父を探して十八年ぶりに出会った時の体験が取り入れられているが、同時に、自身の母に対する慕情と怨《うら》みのからみ合いの表出でもあった。

長谷川は明治十七年三月十五日、寅之助・かう夫妻の二男として横浜に生まれた。生家は土木請負業、材木店、風呂屋などを経営し、一時は繁盛していたが、長谷川（本名・伸二郎）が生まれたころから、箱根の道路工事の失敗や他の不運が重なり坂道をころげるような勢いで家業が傾いて行った。いろいろと手を打つその手が、また失敗を生み、加えて父が女に身を入れ始めたため、母は身を引くような形で二人の子を置いて実家に帰った。

母・かうは、寅之助が後妻を迎えるまで、残した子ども二人をそれとなく見守っていたが、寅之助の再婚を機に、思い切ったように三谷宗兵衛と再婚し、子どもとのかかわり合いを絶ってしまった。

没落の一途《いっと》をたどる長谷川家で、兄・日出太郎と伸二郎は、落ちぶれ者の惨《みじめ》さとすさまじさを味わいながら、こわごわと世の中へ足を踏み出すのだが、くやし涙のなかで思い出されるのは、やさしく、きれいな母の面影であった。七歳の時、三つ上の兄に手を引かれ、線路づたいに神奈川町まで、くたくたになって歩き続け、母を訪ねたが、母は自分の立場をおもんぱかって会おうとしなかった。母の家の女中が送ってくれる人力車のなかで、二人は悲しさとくやしさに手を握り合って泣いた……。

その直後、母に生き写しといわれた兄は、母を訪ねたことの罰のような格好で住み込みの小僧に出され、長谷川自身も煙草や小間物を売る店と一緒に見知らぬ夫婦者にゆずり渡されてしまう。完全な一家離散であった。もちろん、父があとで引き取りに来ることになっていたのだが、父は自分一人が生きてゆくことで精いっぱいだった。長谷川は「捨て子にされたんだ」と思い込み、帳場格子のなかの机の脇に寝床を求め、当然のごとく、父の店だった店の小僧に変身した。

＊母への思慕が生きる支えに

三歳で母と別れ、八歳で父に逃げられた少年は、慈悲とか無慈悲とかを突きぬけた形で、善玉・悪玉に思うように翻弄《ほんろう》された。学歴は小学校二年で、あとは生活に追われっぱなしだった少年には、せめて泥棒だけはしないというのが精いっぱいで、将来、どんな人間になろうかというようなことを考えるゆとりはなかった。

店の小僧、横浜ドックの住み込み小僧、通いの現場小僧、撒水夫《さんすいふ》などを死物狂いでやり、自分の目と耳とで人間の心の裏と表の違い、言うこととすることとの違い、そして、ただの善人の弱さを見極め、本当の人間の価値を、現場の生の感情で体に叩きこんでいった。

長谷川は『ある市井《しせい》の徒』（昭和二十六年・

朝日新聞）で、「現場で働きながら、人を軽べつすることと、信頼しないことをいつか憶《おぼ》えました」と記しており、頬に平手打ちを食らうと泣きもせず緊張もせず、もっとぶたれるのを待つ、という小面憎《こづらにく》いガキに育っていった。大請負師、力士、落語家、講釈師などになろうとして、次々に弟子入りしたこともある。

廊下に水で字を書き、新聞の読み捨ての切れはしで字とその読み方を覚え、ようやくたどり着いたのが新聞記者であった。生きてゆくだけが精いっぱいというなかで、長谷川の心の底にうごめいていたのは、別れの時、「今に大きくなったら、お馬に乗ってお迎えに行ってあげるから、そんなに泣くんじゃないよ」と母に言ったという、言葉の記憶であった。

兄と一緒に会いに行った時、会ってくれなかった怨めしい母、それでも懐かしくて懐かしくてたまらない母、早く大きくなってお金をため、立派な人間になって、母を迎えに行こう。会った時に手が汚れていると、苦労して生きて来たと心配させるといけないから、手だけはいつもきれいにしておこう……という一途《いちず》な気持ちこそが、長谷川が、きんちゃく切りや浮浪者、ヤクザものなどと深く交わりながらも、まっとうな人間に育つことができた原因であった。

＊名作『瞼の母』誕生の背景

長谷川の『瞼の母』は、何度も芝居や映画になり日本人の血肉となったが、精神医学者の小此木啓吾が『日本人の阿闍世《あじゃせ》コンプレックス』の冒頭に取り上げ、現代人の母に対する怨念と許しの心理として、主人公・番場の忠太郎を仏教史に名高い阿闍世王の故事と並べ、西洋人のエディプス・コンプレックスと対比させている。なぜ番場の忠太郎が、これほどまでに庶民の心をつかんだのか。それは、東洋人、とくに日本人の変わることのない母への甘えにほかならない。

幼い時に母に別れ、ようやく会えた母、その母は自分の今の環境を大切にしたいばっかりに、心ならずも息子を冷たく突き放す。そこに湧き起こる忠太郎の悔恨《かいこん》、それは、瞼を上下ぴったり合わせ、思い出しや絵で描くように見えていた母を、わざわざ骨を折って消してしまった無念の思いであった。

今まで耐えに耐えて来た忠太郎の母への怨みが一挙にふき出す。持って来た百両の金を投げ出し、「これほど慕う子の心が親の心には通じねえ、おっかさん、そりゃ怨みだ、あっしは怨みますよ」と、むせび泣く。大詰めの荒川堤で母の使用人の早合点《がてん》で刺客におそわれる忠太郎。闇のしじまをぬって駆けつけて来る母・おはまと妹のお登勢《とせ》。「忠太郎お兄さん」と叫ぶ声に重なって「忠太」と叫ぶ母の甲高い声。「あたしが悪かったよ」と言う母の声を聞きながら、忠太郎は「俺いやだ、誰が会ってやるもんか」という反抗心と、それでいながら母や妹にうしろ髪を引かれる未練にさいなまれる。

『瞼の母』は、長谷川が四十六歳の時の作品である。すでに長谷川は都新聞(今の東京新聞)

を退職し、作家として一人立ちし、昭和三年に『世に出ぬ豪傑』が処女上演、『関東綱五郎』(週刊朝日)が帝国キネマで初映画化され、直木三十五とともに〝大衆文芸の雄〟となっていた。長谷川伸の時代が、ついそこまでやって来ていたのである。

うがった見方をすれば、長谷川は、今こそ公《おおやけ》に母探しの名乗りを上げていい時期だと、工事請負人の直感で〝時〟を選んだのではないだろうか。今なら、老いたる母に会っても、生活の上でも精神的にも心配させることはあるまい。〝落ちぶれ長谷川〟の名残《なごり》を見せてはならぬと思い、それは金銭面のみではなく落魄《らくはく》の問題としても深く心していたに違いない。

長谷川の執念には、恐ろしいほどの靭《つよ》さがある。長谷川が新講談や小説の他に戯曲を書き出した裏には、他人には理解してもらえない「母探し」という大事業があったからではないかと思う。現代であればテレビやラジオ、新聞で呼びかける方法もあるが、当時は小説もそう売れず、全国を巡る芝居か、流行し出した映画に頼るのが最も効果があった。苦労に苦労を重ねながら、母の姿を一度として忘れることができなかった長谷川は、長谷川一流のやり方で、本格的な母探しのキャンペーンを開始したともいえよう。

ともあれ、長谷川の母に対する感情の動きは複雑である。『瞼の母』の最後は、永久に母に会うまいと、「逢いたくなったら俺あ、眼をつぶろうよ」とつぶやいて終わるのだが、異本(一)では、そのあと、ひとたび去って、

「おッかさあン」と絶叫し、駆けて来て、「おッかさあン――おッかさあン」と、母と妹のあとを追う。

さらに異本（二）では、母と妹が忠太郎の声に引き返して来て、「忠太郎や」「兄さん」と呼び、忠太郎は母と妹のほうへ虚無の心になって寄って行くのであり、双方、手を取り合う直前に幕、と微妙に変化している。

日本人には、母との一体感を母に拒否され、それを怨み、その怨みに母が謝罪し、その罪を許すという過程のなかに大いなるカタルシスがあるようである。だからこそ、この作品が『番場の忠太郎』と改題されたり、南太平洋の戦場で母を慕う兵隊たちに大受けしたのだろう。

＊四十七年ぶりの母との再会

長谷川は、すでに『戸並平八郎』（朝日新聞）や『沓掛《くつかけ》時次郎』（騒人）、『一本刀土俵入』（中央公論）などで、押しも押されもせぬ有名作家になっていた。

そして母に対する執念は天に通じ、ついに昭和八年二月十二日、うちふるえる興奮を抑えるようにして、生母・三谷かうと再会した。かう七十一歳、長谷川四十九歳、実に四十七年ぶりだった。

長谷川は、亡兄・日出太郎に生き写しといわれた瞼の母と会い、まず、自分が犯した数少ない悪いことから話し出し、最後に「私は今、どうやら飯食うに困らぬほどになっています」と言うと、「そうだってねえ」と、何げなく、それでいてうれしそうに答える母に、長谷川は〝さこそ、わが母〟と腹のうちでにっこりした。

家では友人の藤島一虎が心配そうに待っていた。土師《はじ》清二に会い、「きのう、おッかさんに会ったよ」と言うと、土師は急に話をさけ、すぐに酔っぱらってしまった。土師も藤島も、人生を深くつかんでいただけに、再会した結果を聞くのが怖かった。長谷川の『瞼の母』のドラマの筋を思い浮かべ、異父兄弟たちとの感情のもつれを心配したのだ。

それでいて土師は、やはりその結果が知りたくて、朝日新聞の伊藤記者にこっそり電話で事実を知らせた。伊藤はさっそく長谷川と三谷かう、異父弟の三谷隆正(一高教授)、三谷隆信(外務省人事課長)に会い、その感激を紙面に載せた。もちろん、大スクープで、読売や都新聞もあとを追いかけ、全国の話題になった。土師はその記事を読んで初めて安心し、長谷川のところへ駆けつけ、「よかったねえ」と言った。

家には祝電が舞い込み、祝いの手紙が先輩や友人や知らない人びとから、多い日には四十通も来て長谷川を感動させた。

＊真剣勝負の勉強会

子どものころ、人を軽蔑することと、信頼しないことを身につけた長谷川だが、苦労多き現実のなかにこそ、真の幸せや楽しみがあり、それが、庶民のキラリと見せる親切に源泉があることを悟っていた。

瞼の母と会った時には、心の位を見すかされ、母に心配をかけさせないように、常日ごろ、身を砕いて他人の世話をすることを心がけていた。とくに、貧しい不幸な人びとには親切であった。稿料なしの原稿も、数知れないほど書いた。

このような長谷川のもとには、文学を志す多くの弟子が集まった。毎月、「十日会（幹部会）」「十五日会（のち新鷹会・小説中心）」「二十六日会（劇作家中心）」などの定例会のほか、時を選ばず弟子たちが慕い寄って来た。それこそ何百人もが、長谷川の人間性に触れ、大きく成長していった。

そこには作家だけでなく、役者も、俳優も、演出家や監督もいた。長谷川はいつもニコニコ笑いながら、勉強会で作家の卵が読む小説や戯曲を最後まで聞き、その作品が売りものとして書かれたのか、自分だけの記念碑として書かれたのかを確かめた上で、弟子同士の批評を求めた。

自分の書いたものを、声を出して読むのは勇気を要することだが、遠慮会釈なく批評する先輩や同僚の言葉には、槍で突かれるような痛さがあった。当人に罵詈雑言《ばりぞうごん》としか聞こえないものもあった。なかには文学論争を逸脱し、席をけ立てて飛び出して行く者もいた。長谷川は、真剣勝負にも等しいこの勉強会を非常に大切にし、病気の時でも、ふすまを隔て、ふとんの上に正座をして、最後まで聞いた。

ある人が「先生の批評のお言葉はありがたいのですが、有象無象《うぞうむぞう》の言いたい放題を聞くと我慢できません」と言うと、長谷川はにこりとして「それじゃ誰もいない時に来なさい」

と言い、「他人の批評など当てにはならない。『瞼の母』や『一本刀土俵入』だって、その当時、こてんぱんにやられた」と、おかしそうに話して聞かせた。その話しぶりは穏やかなものであったが、瞳の奥には修羅場を乗りこえて来た者だけが持つ、厳しさと自信がみなぎっていた。

長谷川門下から、「大衆文芸」を経て村上元三、山岡荘八、山手樹一郎、池波正太郎、棟田博、大林清、穂積驚《みはる》、戸川幸夫、平岩弓枝など数多くの作家が輩出した。長谷川はおりに触れ、史談、芸談を門下生に話して聞かせ、「自分が生きているうちに、うんと盗みなさい」と激励した。

*血の流れ通った「庶民の文学」

長谷川を〝股旅作家〟程度と思い込んでいる人も多いが、そのような人は、たとえば『相楽《さがら》総三とその同志』(昭和十五年三月~十六年七月・大衆文藝)、『日本捕虜志』(同二十四年五月~二十五年五月・大衆文藝)を読んでみるがいい。そこには、歴史に名を残さなかった庶民の、実に鮮やかな生き方が、膨大な資料から簡潔かつ直截《ちょくせつ》に描かれていて、読者の胸を打たずにおかない。これこそ、血の流れ通った「庶民の文学」である。

前者は明治維新の志士で、誤って賊名のもとに死刑にされた相楽総三と同志への、作者からの筆の香華《こうげ》であり、後者は終戦で気落ちした庶民に向け、〝日本人の中の日本人〟を戦争の産物である捕虜の取り扱い方を通して黙々と綴《つづ》った作品である。

長谷川は、『日本捕虜志』が国民の語り継ぎの資料となることを望んでいたが、その意が報われ、第四回菊池寛賞を受賞した。ある時、国電に乗っていると見知らぬ紳士が近寄って来て、「長谷川伸さんですか。わたくし折口信夫《おりくちしのぶ》でございます。『日本捕虜志』を拝読し、充実した時間をすごさせていただきました。ありがとう存じます」と、ていねいにお礼を言われたという。

晩年は衰弱した体にムチ打って、後輩の指導に力を入れた長谷川だったが、意を決したように、昭和三十六年十二月から、戦争中に資料を集めていた日本の敵討《かたきう》ち三百七十件ほどのなかから異質のもの十三編を選んで、『日本敵討ち異相』（中央公論）を書いた。いずれも気迫のこもった作品で、一編一編が、日本人なかんずく弟子たちへの遺言であり、「これが日本というものだよ、これが小説というものだよ」と絶叫しているかのような重厚な作品であった。長谷川伸は、この連載が終わると、気落ちしたように体調を狂わせ入退院を繰り返し、昭和三十八年六月十一日、七十九歳で永眠した。

亡くなる直前、長谷川の指示で、財団法人「新鷹会」を設立。毎月十五日には村上元三を中心に二本榎（現・白金台）の長谷川邸で勉強会が続けられ、毎年六月には門下生ならびに関係者が一堂に集って「長谷川伸の会」を開き、師の遺徳をしのんだ。毎回、長谷川の大きな遺影が飾られたが、ポッカリと穴のあいた寂しさは、おおうべくもなかった。

武者小路《むしゃのこうじ》実篤《さねあつ》

1885～1976

八万四千ともいわれる仏教経典は寓意《ぐうい》と示唆《しさ》に富んでいるが、なかでも「大集経《だいじっきょう》」に説かれている〝三時〟にまつわる話は興味深い。これは時計が示す時間ではなく、釈迦が亡くなったあと（仏滅後）の時代を正法（千年間）、像法（千年間）、末法（万年）に時代区分することを意味する。

一説によると末法に入るのは西暦一〇五二年からとなり、もちろん今は末法に属する。現代人もよく口にする〝世も末〟という言葉は、これに由来する。この時代は、釈迦が説いた法が威光を失い、人心が乱れ、争いごとが絶えない世になってしまうそうだ。

しかし、このような世のどんづまりには、必ず偉大な人間が出現して苦悩の海におぼれる人びとを救うとも予言している。宗教家は論外として、文学者のなかで代表的なのは、西洋ではトルストイであり、東洋では志賀直哉に現代の医者と言われ、自らも深く肯定していた武者小路実篤、その人であろう。

＊世界に一人という男に

武者小路実篤は、明治十八年五月十二日、東京市麹町区元園町（現・千代田区一番町）で、子爵・武者小路実世・秋子《なる》夫妻の末っ子として生を受けた。母もまた、華族出身だった。父三十五歳、母三十三歳の時の八番目の子だったが、すでに五人の兄姉はこの世になく、七つ上の姉・伊嘉子と四つ上の兄・公共のみを同胞とした。

実篤が二歳の時、父・実世は「この子をよく育ててくれるものがあったら、世界に一人という男になるのだが」とくやしがりながら、浮世を離れた。父親の記憶がまったくないまま恵まれた環境で育った実篤は、学習院の幼稚園、初等科時代は〝父〟という言葉の意味が分からなくて困ったという。

しかし、父のかんしゃく持ちの血はしっかりと受け継いでいて、母を大いに悩ませた。読書と数学が得意で、音楽、習字、図画、作文はさっぱり。身体が弱く、駆けっこはビリから三、四番、相撲は負けっぱなし。かんしゃく持ちのわりには自制心が強く、まじめで他人にも迷惑をかけず、おとなしすぎるのが唯一の欠点とも評され、一度けんかをしたことがあって、「君のような人間はたまにけんかするほうがいい」と、教師に変な褒《ほ》められ方をした。

十一歳のころ、事業に失敗して三浦半島の金田で半農生活をしていた母方の叔父・勘解《か》由《で》小路《のこうじ》資承《すけこと》（カデさん）の家に行き、実篤は生命をはぐくむ土に興味を持つようになる。世を捨て、晴天の時は畑を耕し、雨の日や夜は法華経や聖書を書写し、トルストイに心酔する叔父の姿は、父に〝世界に一人という男に〟と期待された実篤に激しいおののきを与えた。

やがて、姉と友人の死という悲しみのどん底で実篤の気持ちは、屋敷内に住む伯母を頼って大阪から勉強に来ていた十三歳の〝お貞さん〟に傾き、甦《よみがえ》ったような喜びを覚える。初恋のときめきであった。実篤は、狂おしいばかりの恋心を内に秘め、肉欲を自分で処理し、その罪悪におののきながらトルストイの『我が宗教』や『我が懺悔《ざんげ》』の訳本を読んだ。

そんな恋心を知らないまま〝お貞さん〟は東京を去り、実篤は失恋の痛手をトルストイ自伝の筆記や仏教聖典の書写に巧みに移し変えてゆく。孤独の気持ちはつのる一方であったが、落第したため同じクラスになった二年上の志賀直哉を知り、その友情は急速に深まっていった。

いちばん古い友人・木下利玄に加え、正親《おお》町《ぎ》公和《まちきんかず》、志賀直哉の四人は、武者小路を中心に学習院でも独特の雰囲気を漂わせ始めた。志賀はゴーリキーの作品を訳し、武者小路はリビングストンやルーテルの伝記を読み、毎月十四日に集まってそれぞれ文学の興奮をぶっつけ合った。トルストイによって生きる術《すべ》を教えられ、「神の国は汝らのうちにあり」

と知らされた実篤は、自分の体内に人類を救う力が如実に内在されていることを覚知する。

「そうだ、それは新しき社会を作ることだ、理想国の小さいモデルを作ることだ、自分は夏目（漱石）さんや（国木田）独歩や二葉亭（四迷）氏や（田山）花袋氏のようになっても満足することはできない、トルストイやイプセンのようになればちょっとうれしいだろうが、本当に自分のしたいと思うのは、もっと大仕事なのだ……」

〝世界に一人という男に〟と期待された少年は、そう自覚するのであった。

＊「バカラシ」と馬鹿にされ

明治三十九年、実篤二十一歳の九月、学習院高等科から東京帝大文科社会科へ進学。仲間の正親町と志賀は英文科、木下は国文科へと進路は違ったが、文学的な結束はさらに強まり、実篤は恒例の「十四日会」の席上でトルストイの『荒野』の原文を朗読し、皆から褒められた。春休みを利用して、実篤はトルストイを、志賀はゴーリキーを胸にかかえ、貧乏旅行をした。

明治四十年十月十八日、父親との不和で家を出ようとした志賀を慰めるべく、鵠沼《くげぬま》（藤沢市）の東家で五日ほど一緒に過ごし、ここで本格的な雑誌を作ろうと計画し、表紙の写真まで用意したが、世の中から押しつぶされることを恐れて中断した。だが、実篤は、自分の大仕事のために大学をやめる決心をし、戸主の兄に報告すると、折り返し「ヨロシ、フンレーセヨ」との電報が送られて来た。

兄の援助を受け、友人の励ましを頼って、『荒野』を自費出版した（明治四十一年四月三日）が、その反響は予想以上に冷たく厳しかった。当時、文学仲間うちで少部数の雑誌を作るのが流行していて、実篤は回覧雑誌「暴矢」（のちに「望野」）を発行していたが、やがて二年級下の里見弴《とん》、園池公致《そのいけきんゆき》らの回覧雑誌「麦」、三年級下の柳宗悦、郡虎彦らの「桃園」のグループと合併、これに先輩で里見の兄・有島武郎《たけお》、有島生馬らが加わって、日本の文学界、美術界に大きな影響を与えた同人誌「白樺」の誕生に発展したのは、もはや時の勢いとしか言いようがない。

明治四十三年四月、〝自分たちは精神的に世界の子〟と自称した「白樺」が発刊され、関東大震災（大正十二年九月一日）の直前の八月まで、百六十冊の雑誌を世に送った。予想どおり世評は厳しく、どうせ食うに困らない人間が集まった〝お坊ちゃん芸術〟で、ともに取り上げるのは「バカラシ（白樺の逆読み）」と冷やかされた。佐藤春夫が師事した生田長江《ちょうこう》などは、「オメデタキ人・武者小路氏を総支配人とする白樺派の笑うべき空虚な人道と正義と単純さは、掃討されるべきが急務である」と断じた。

それにしても白樺派に対する世間の評価は、明治の末期、木下杢太郎《もく》、北原白秋らが提唱したパンの会運動、大正末期の横光利一、片岡鉄兵らの新感覚派の活躍、あるいはプロレタリア文学の興隆などに比べ、なぜか、しらじらとしている。そこには、食うに困らぬ人種がトルストイやゴーリキーの受け売りで、苦しみあえぐ庶民を救えるのか、といった憤《いきどお》りがあった。

しかし、白樺派の人びとは世の冷笑に耐えつつ、トルストイの思想から脱皮するために苦しみ、世の中の不幸な人びとを直視する鍛練を、何回となく繰り返していたのだ。実篤は白樺派の闘将として、「僕の放つ矢を見よ。第一の矢はしくじった。第二の矢もしくじった。第三の矢もしくじった。……だが、笑うな」と、『お目出たき人』や『世間知らず』などの作品で、自らの情熱と馬鹿さ加減を正直に世にさらけ出した。

＊「新しき村」の建設

実篤はトルストイから人道主義を学び、恵まれたわが身の存在に辟易《へきえき》したが、マーテルリンクに「自己のごとく隣人を愛するだけではいまだ足らぬ、他人のうちの自己を愛することができなくてはならぬ」ということを教えられた。自己を開発する喜び、その幸福に堪える勇気を持つことこそが、大きく他人のうちの自己を愛することにつながってゆくことを悟ったのである。実篤は日記に、「私はこの結果、ここに今までの日本人の知らなかった生命へ行く道を見出《みいだ》しました」と記した。

白樺派の、志賀は家に対する反抗で文学を育て、里見は女で苦労することによって、実篤や長与善郎はトルストイを知り恋をすることによって、それぞれの成長を遂げた。実篤は若いころ、「理想の新しき社会を作るために、自分を支えてくれる良き妻が必要」と理想をかかげたが、大恋愛の末、大正元年十一月、自由の精神に満ちた女性と結婚する。それから間もなく、「白樺」百号記念号を出した同七年七月、月刊「新しき村」を発刊し、いよいよ念願の「新しき村」の建設に邁進《まいしん》するのである。

「新しき村」の計画を天下に公表した時、無責任な人びとは、「またお坊ちゃんの大ぼらが始まったぞ」と嘲笑《ちょうしょう》し、心ある人は心底から心配した。とくに、欧米で自由の精神にふれ、クリスチャン、自由人、クロポトキンの無政府主義と精神の荒野をさまよった大先輩の有島武郎は心配し、『中央公論』に「武者小路兄へ」を寄せた。有島は「率直にいわせて下さい。私はあなたの企てがいかに綿密に思慮され、実行されても失敗に終ると思うものです」と断定し、「……失敗にせよ、成功にせよ、あなた方の企ては成功です。それが来たるべき新しき時代の礎になることにおいては同じです。日本に初めて行われようとする企てが、目的に外れた成功をするよりも、どこまでも趣意に徹底して失敗せんことを祈ります」と続けた。

実篤は、有象無象《うぞうむぞう》の反対や嘲笑は歯牙《しが》にもかけなかったが、同じ白樺派で大先輩の有島武郎の批判はこたえたと見え、「武郎さんはうぬぼれ過ぎている。僕に対する信用の不足が露骨に出ている」とくやしがった。

実篤のくやしさは、いつも馬鹿力に変化する。住まいのあった我孫子《あびこ》（千葉県）を捨て、浜松、信州、京都、大阪、神戸、福岡と講演会を続けながら、猪突猛進のうちに、日向の国、宮崎県児湯《こゆ》郡木城村石河内字城に「新しき村」を発見する。そこで実篤は十八人の同志と鍬を持ち、土との闘いを始めた。村の建物や大水路工事など運営資金は大変で、我孫子の自宅を売った四千円をはじめ、本の印税のほとんどをつぎ込んだ。村外会員を増やすために「新しき村通信」「村の本」(文庫本の元祖とも言われる)、同人誌「黎明の鳥」などを刊行し、講演会、演劇会、美術展などを全国的に展開した。

会員たちは、村で農業に従事しながら、おのおの才分に応じた美術や演劇や創作に励んだ。村外会員からの援助も大きく、志賀直哉、柳宗悦、倉田百三、佐藤春夫、中川一政など、多くの文化人が村の生活を助けた。実篤は村の運営に奔走しながらも、自分の心のなかの声にもなお従順で、村にいた女性を愛し、子をつくり、〝新子〟と命名した。この行為もまた、多くの人の顰蹙《ひんしゅく》を買ったが、「自分は二人の女性とも愛する」と言って、幸福者としての自分の存在をふてぶてしく守りながら、『幸福者』『友情』『或る男』『人間万歳』などの作品を創り出した。

＊ベストセラーになった『真理先生』

実篤が、〝僕の失業時代〟と称した関東大震災後のプロレタリア全盛から新感覚派興隆の時代、最良のライバル有島武郎、芥川龍之介は命を絶ち、他の多くの作家も身の置きどころを失い、世間を恨んだ。が、不倒翁・実篤は、新しき村で生まれしものたち――、カボチャやトマト、馬鈴薯《ばれいしょ》などとの深い心の対話を続け、後年に〝天衣無縫《てんいむほう》〟といわれた画境の素地を作った。そして、少年のころに感激した『リビングストン伝』『トルストイ伝』などを思い出しつつ、伝記『二宮尊徳』『井原西鶴』『宮本武蔵』『黒田如水』などを世に送ったのである。

昭和十一年、五十一歳の時、ヨーロッパを旅行。オリンピックを見たあと、「白樺」時代に血を沸かせた西欧の画家たちの作品に接し、のちに美術エッセイ集『湖畔の画商』を執筆した。同十三年、「新しき村」が水力発電所建設で三反ほど水没することになり、翌年に東京から日帰りで行ける埼玉県入間郡毛《も》呂山《ろやま》町に四千坪を買い求め、「東の新しき村」を創設した。

このころ日本は戦争に突入しようとしていて、世の中は情緒不安に陥っていた。そんな背景もあって、実篤の真心の精神が受け、昭和十五年に『愛と死』(日本評論一挙掲載)が菊池寛賞を受賞した。

実篤は、太平洋戦争の終末近くの昭和二十年五月に還暦を迎え、六月に秋田市近郊の稲住温泉に家族四人で疎開。娘二人の身を案じながら、毎日、馬鈴薯やトマトに話しかけては線描きし、一方で小説『愚者の夢』を書き続けた。同年八月、敗戦を知った十六日はさすがに何も手につかなかったが、持ち前の元気を取り戻し、「真理《しんり》が口をきく時が来た」と喜んだ。

自分を大切にしてくれた人に対して終生、実篤は感謝し続けた。昭和二十三年三月、『世間知らず』を激賞してくれた詩人・千家元麿が急逝した時は、長与善郎とともに駆け付け、死に顔を和紙になで描きした。同二十三年四月、「新しき村」千家元麿追悼号を出版したが、特徴ある実篤の筆になる題字は、〝元麿〟の名前を書き違え、〝元磨〟となっていた。だが、実篤のおおらかさを知る人々は、「さもありなん」と、とがめ立てをしなかった。

また、若くして死んだ白樺派の精鋭画家・岸田劉生をたたえ、同二十三年に『岸田劉生』、同二十八年に『岸田劉生の芸術』（細川版美術全集）を発刊した。

実篤は、新しき村美術展、新しき村講演会を何回も積み重ねながら、いよいよ悟りの境地を得、『真理先生』（心）に連なる山谷五兵衛もの、馬鹿一ものを続々と発表。昭和二十六年に角川文庫入りした『真理先生』がベストセラーとなり、砂漠の慈雨のように、実篤の心が数多くの読者にしみ渡った。

実篤の念願であった〝精神上の名医〟はここに誕生し、世間のしがらみや約束ごと、庶民やお偉方の事情などを何ら斟酌《しんしゃく》することなく、釈迦が随自意で（誰かに問われたわけでなく、自ら）「法華経」を説いたような気持ちで、自分の内から発する言葉を丹念に小説に仕上げていった。

＊大願成就の旗をかかげて

小説家であり画家であり、求道者であり救済者であった実篤は、この世に大願を持って生まれて来ていた。その大願とは、「すべての人が人間らしく生きられる世にしたい」ということであった。誰もが、自分を美しく最高に生かすことのできる世界を作ることが、父の〝世界に一人という男に〟という言葉に応える道であることを、自覚していた。

そのために、まず自分を人間らしく生かし、自分を生きがいのある人間にしなければならなかった。そして自分と同じ望みを持つものと協力し、皆の生命が素直に生きる世界を築き上げよう、と……この大願の成就を、実篤は心から願ったのである。

武者小路実篤は、昭和五十一年四月九日の早暁四時二十五分、九十歳で、夫人に相次いでこの世を去った。ここに至るまでには、おびただしい足跡を残したが、すべては大願成就のための足がかりであった。この世に残した本はともかく、自筆の絵画や書は、数え切れないほど厖大《ぼうだい》な量であり、色紙や焼きもののコピーは、多くの家庭のなかに入り込んでいる。世の知識人はともすると、その存在のずうずうしさに眉をひそめる場合が多いが、世事のわずらわしさに一生を捧げる凡人に、人間らしく生きるすべを教えるには、これほど強い生命力が必要なのだ、ということも理解すべきであろう。

いつの世でも、真理を説く正義の人の前には悪魔が立ちはだかり、さまざまな形でまことしやかに非を説くものだが、その正体が実は真理の声を嫌う自分の生命の一分であることを悟らねばなるまい。その自覚こそが、自分を美しく最高に生かすことへの最初の手がかりになるのだと思う。

里見《さとみ》 弴《とん》

1888〜1983

人間は、この世に生まれ、いろいろな悲しみや喜びに遭遇《そうぐう》する。それは、もはや運命としか言いようのない、複雑かつ無残なものである。誰もが自分の一生を、良かろうと悪かろうと黙って享受《きょうじゅ》して最期《さいご》を迎えなくてはならない。一生をかけての悲喜こもごもの彩《いろど》りには、お金や権力や栄誉などの諸条件が厳しくつきまとう。なかでも恋愛はいちばん身近なものとして登場し、庶民の涙を奪う。

俗謡にも、〝こんなに別れが辛いものなら二度と恋などしたくはないが〟と歌われ、それでもなお、恋してやまないのが人間の情である。人嫌いと言われるほど、その人は内心で他人を強く求めているのであり、人間は最期の息を〝はあっ〟と吐き出すまで、他人との同化を求めてやまない。

　ことに男女の恋は熱しやすく冷めやすく、最高の人が一生に一人だけというのは、ほとんどあり得ない。失恋の痛手に自殺までしかけた人が、月日の経巡《へ》りのあとに、また燃え上がるような恋をする。そのような恋を五度も六度も繰り返し、そのつど、生涯をかけて好きなのは、この人だと深く思い込んでいるのが人間である。そして、ふとしたきっかけで、恋のために命を捨ててしまうのも人間である。

　愛ゆえに周囲の人びとを傷付け、自らも傷付き、世の中を恨み尽くして死んでゆく人も多い。しかし、〝まごころ〟をもって何人もの女性とかかわりを持ち、「死のきわみには、愛人たちが死に水を取りに来てくれる」と豪語した人もいる……里見弴は、それを現実化した稀有《けう》な作家だった。

＊祖母に教わった〝まごころ〟

　里見は明治二十一年七月十四日、横浜税関局長・有島武と幸子の四男として出生（本名・英夫）。父は薩摩藩北郷氏の臣、母は東北の南部藩士・山内《やまのうち》家の三女で、幕末から維新の激動期を官軍と朝敵に分かれ、数奇の運命の末に結ばれた。いずれも三度目の結婚であったが、琴瑟相和《きんしつあいわ》し、武郎《たけお》、壬生馬《みぶま》（のちに生馬）など七人の子をこしらえた。英夫は出生の二日前に、母方の山内家の当主・英郎が亡くなったため、後継ぎの養子として、出生とともに山内英夫を名乗った。同時に母方の祖母が有島家に入り、養子となった英夫を溺《でき》愛した。

　英夫は有島家にいながら、山内の苗字を名

乗り、外祖母に育てられる、という複雑な人間関係のなかに置かれた。しかも、長男の武郎とは十歳、次男の壬生馬とは六歳も離れていたため、兄たちとの心理的なギャップもあった。それを埋めるため、英夫は外祖母を無理やり味方につけようとした。官軍のために夫と地位と財産を亡くした外祖母は、仇敵の家来に娘をやったあげく、齢《よわい》七十にして、孫の命令で〝ハイシドウドウ〟と隠居部屋の八畳間をはいずり回された。

明治三十二年六月、英夫が十二歳の時、庇《ひ》護《ご》者である外祖母が亡くなった。英夫はワァワァと泣き続け、両親や兄姉がどんなになだめても泣きやまなかった。この外祖母は、「杖もなくわが身も捨てて老の坂、他力まかせにのぼる嬉しさ」という辞世を残した。英夫は、外祖母の溺愛、盲愛としか言いようのない恥ずかしいほどの愛情を受けたが、彼女が体験した維新での荒業《あらわざ》の息吹も受け継いでいた。そこには、親の敵《かたき》と見て射た矢が石に立つという、他力まかせではない、自分の念力、〝まごころ〟のありかを悟らすものがあった。

山内英夫が後年、〝里見弴〟のペンネームで書いた『死とその周囲』(昭和四十八年六月・文藝春秋)には、〝まごころ〟を「どんなことばでも動作でもなく、肌から肌へ伝わってきたものだ」と述べている。里見がいかに、その影響を強く受けていたかは、最初の短編集『善心悪心』(大正五年・春陽堂)を、この外祖母に贈ったことでも分かる。

里見 弴

＊白樺派の仲間たちと

里見は、明治二十九年十二月、番町小学校から学習院初等科二年に編入。同三十九年、学習院中等科から高等科に進み、次兄・壬生馬（有島生馬）の友人・志賀直哉を知る。泉鏡花の小説に親しみ、俄然《がぜん》、創作に興味を持つようになった。同四十一年、次兄の影響を受け、園池公致《そのいけきんゆき》や児島喜久雄と回覧雑誌「麦」を発刊（月二回）。翌年、東京帝大英文科に入学（のち退学）。英国人画家バーナード・リーチが来朝しエッチングの教室を開いている、と聞き、美学科の児島と二人、飛び立つ思いで押しかけた。

里見が処女作を臆面もなく差し出すと、リーチは実感いっぱいに「キューリャス・エッチング」とつぶやいたので、あわてた。真っ黒くできあがった原板を透かして見るだけでも胸が躍るのに、まして、印刷機で力いっぱいハンドルを回し、重圧をかけて板と紙とをはがした時の胸のときめき……この、初めて女を知った時のような興奮も、翌年四月の「白樺」発刊の有頂点と多忙で、露と消える。

大正期の文化の一面をリードした「白樺」は、学習院仲間の武者小路、志賀、木下利玄らの「望野」、里見、園池公致らの「麦」、柳宗悦、郡虎彦らの「桃園」のグループに、先輩の有島武郎・生馬兄弟らが加わってスタートし、「スバル」「三田文學」「新思潮」などとともに反自然主義の拠点となった。のちに二科会を創立した有島生馬や朝鮮民族美術館を開設した柳宗悦などが、ロダン、ゴッホ、セザンヌなどの紹介や複製図版の掲載を続け、小説、評論、翻訳に加えて、新しい西洋画（洋画）の息吹を島国に伝えた。

白樺派の人びとの特徴はイデオロギーに固《こ》執《しつ》せず、持って生まれた自分の才能をのびのびと伸ばしていったところにあるが、その一人ひとりの自己との闘いは大変なものであった。志賀は実父との確執の果てに『暗夜行路』を生み、武者小路はエゴイズムとヒューマニズムの葛藤《かっとう》のうちに「新しき村」を作り、あり余る才能を発揮し『惜しみなく愛は奪ふ』で頂上に立った長兄・武郎は軽井沢の別荘で婦人記者とともに命を絶った。

里見はこのような仲間たちの苦悩を見ながら、一人前の人間になろうと呻吟《しんぎん》した。なかでも志賀とは性分が非常に似ていて、何度もけんかと和解を繰り返し、絶交もした。志賀は里見の五つ年長で、肉体的、精神的にもけんかにならないのだが、自我意識の昂揚《こうよう》を最大の武器にする物書きは、黙って頭の下げっぱなしということはない。もくもくと競争心がわき上がり、泉鏡花に作品を褒《ほ》められると、修羅天のごとく志賀に襲いかかった。悪いとは分かっていながら、甘ったれ――ひねくれ、盲従――反感、尊敬――軽蔑、崇拝――敵意という、極から対極への心の動きを食い止めることができなかった。この辺の事情は、最初の長編『君と私と』（大正二年三月～七月・白樺）に書き連ねた。

後年、里見は『志賀君との間柄』（昭和五十一年九月・文芸読本志賀直哉）で、「自業自得とはいいながら、その報いがまともに跳ね返って来ての自己嫌悪で、どんなにみじめな暗がりを彷徨《ほうこう》しましたか」と反省している。

一方、三つ歳下の武者小路とは、一度もけんかをしなかった。武者小路がこの世に遺《のこ》していった純粋無垢さは、あとに残された人の胸にしっかり残ったが、「私も武者からもらったものを心の中にもっている人間のひとり、武者と友達になれたことは滅多にないほどの仕合せだ」と、告別を述べた。

＊運命的再会という運命

里見は先輩たちに触発され、『お民さん』『河岸のかえり』『手紙』（昌造もののはじめで『善心悪心』の原型）、『河豚』『晩《おそ》い初恋』などの短編を書き、大正三年の夏に志賀と山陰に遊んだ。『河岸のかえり』は泉鏡花の目にとまり激賞された。文壇の登竜門とされた「中央公論」に初めて書いた「晩い初恋」には、恋にすべてをかけた男の姿が描かれている。困難な結婚も神さまと同じ力の念力で乗り切れるというこの作品には、白樺派の畏兄たちから精神的に自立するため、温室の有島家を飛び出し、ドロ沼の生活に身を投じながら、一人前の人間になっていく里見の姿が、ほとんどそのままに描かれている。

里見は、大阪で南区笠居町の山中家の養女・まさを見初めて同棲。そこには、身分の違う者同士の結婚に反対する周囲の人びと、彼女の養母へのへつらい、養母の法外な金銭の要求など、坊ちゃんの里見には、想像することもできない貧困ゆえの悲惨さやずるさが渦巻いていた。それは、初めて垣間見る善悪に交差する人間の心の揺れでもあった。里見は、常識を知らない強さで、どこまでも〝まごころ〟をもって世間と戦った。「絵で見れば、地獄のほうがおもしろい」と、里見はその世界に自ら身を投じたのだった。

里見は、まさとの間に、未公認のまま夏絵という女の子をつくる。が、その子は、金策のために東京の実家に行っているうちに、わずか四十八日の命で、この世を去る。しかも、里見に、本当に自分の子だろうかと疑われながら……。東京から大阪へ向かう車中で「ナツエシス」の電報に接し、長いこと泣き続けた。ふと、隣席の婦人が窓に寄って泣いていることに気がつく。自分のためにもらい泣きをしてくれていると知った里見は、ありがとうと心で礼を言いながらも、無愛想なシカメッ面をせずにはいられない。その心の葛藤のあげく、「白樺」の巻頭のさし絵の裏に「あなたの御同情は私の心に永く深く残りましょう。あなたのお子さんの健康を祈念させて下さいまし、汽車内にて愛児の死を知れる父」と、キザッぽい一文を書いて婦人に渡した。彼女は京都で降りる時、「私の心配ごとが良いほうに片づきますように祈って下さいまし」と頼む。里見は「承知しました」と答えたあと、馬鹿正直な性格ゆえに、「ですが、なかなかむずかしいことですね」と言って婦人を戸惑わせたのだった。

里見は、高齢のゆえの偶然ということもあろうが、同じものや同じ人に年を隔てて楽しく相まみえる運命を授かっていた。この時も、婦人が幸福な解決を得ることができるようにと念じ、概してものごとが不幸のほうへ動いてゆくのを知悉《ちしつ》していた里見は、幻滅を感じないように、「運命が一生自分たちを再会させないように」と願った。

ところが、約十年の歳月を経て、湘南で行われた庭球試合で相まみえた相手チームの主将格の男性が、あの婦人の夫であった。彼女の心配事は結婚話だったのだ。里見の〝まごころ〟——念力の祈りは知らぬところで成就していた。里見は驚きながら、ちょうど校正のために持ち歩いていた『夏絵』の車中のくだりを、集まった人びとの前で朗読した。

大阪に仮遇していた時、材木商にもらった大きな机も友人の画家のところから何年もあとに立派な朱《あか》い机となって舞い戻って来た。里見はこの時の感激を忘れられず、随筆集『朱き机に凭《よ》りて』（大正十一年・金星堂）のタイトルに使った。

＊バーナード・リーチとの深い縁

バーナード・リーチとの因縁も深い。里見邸の庭にはリーチが大正四、五年ごろ作った庭園用椅子とテーブルがあった。これは姉が嫁ぎ先で買い入れ、プレゼントしてくれたものだが、昭和二十八年に白樺時代の旧友十人ほどで来遊中のリーチを迎えた時、リーチが驚いて「ああ、これ、君のところにあったのか」と両手を上げた。

リーチは昭和四十九年にも、国際交流基金の今日出海《こん》の招きで来遊した。軽い脳血栓で倒れていた里見も、リーチが明日帰ると知ると、いたたまれず、今に面会を申し出、ホテルでそのチャンスを得た。「—29.Oct '09」

と署名のあるエッチングの処女作と自画像を持ち、お互い車椅子の上で堅い提手を交わした。リーチ八十七歳、里見八十五歳、初めて相まみえてから六十五年の歳月が経《た》っていた。リーチは、ほとんど目も耳も使えなくなっていた。かつての、りりしい青年は両手を肩の高さまで上げ、足をバタつかせて「どこもここも駄目になった」と日本語で嘆いた。

里見の作品は、志賀に「小説の〝小さん〟（落語の名人）」と言わせたほど定評があった。小説作法で、一家言を持つ宇野浩二は、「私にとって、こういう作家を同時代に持っていることは愉快の極み」と言った。『桐畑』（大正九年・国民新聞）は、二人の男が五人の女を常に奪い合うストーリーで、男の一人に「相手が何であろうと僕は体ごと所有したい欲望を感じる、僕は可愛く思うものは幾人でも同時に可愛がる」と言わせている。ここに里見流の〝まごころ〟の一端が表出しているのだが、この発想は関東大震災をはさんで書き上げた『多情仏心』（同十一年十二月〜十二年十二月）に発展し、主人公・藤代の天真爛漫な恋愛行動にまとめ上げられた……。

＊死んでゆくのは存外楽なもの

文学の世界で、里見の立つ位置が不安定だったのは、その、自由気ままな〝まごころ〟恋愛論に負うところが少なくない。語り口のうまさ、描写のすさまじさは当代一でありながら、里見の抱いている考えでは、堅実な社会生活を維持することはできない。とくに、大正、昭和と国家の確立を急いだ為政者たちにとって、愛人を囲い、自由気ままな生き方をする人間は、ある種、社会主義者や共産主義者よりも疎《うと》ましい存在であった。

里見も、こうした世間の偏見はしっかり割り切っていて、楽しく生き抜くことに専念した。妻と愛人を心ゆくまで可愛がり、叱りつけ、何とか女性たちが一人前の人間になれるように努力をした。これは、長野県上田に疎開させた愛人との愛の書簡集『月明の徑——弴・良 こころの雁書』(昭和五十年・文藝春秋)に詳しい。

夏目漱石や永井荷風、谷崎潤一郎などは本格派として大作を残し名を上げたが、里見はほとんど頓着《とんちゃく》なく〝手当たり次第派〟と自称して、身の回りの雑記を次つぎにものした。

その総まとめは、実家・有島家をモデルにした『安城家の兄弟』(昭和六年・中央公論)だが、この作品は約三年間に五度にわたって、タイトル、誌名を変えて分載された。その迷走ぶりに、里見の、兄たちへの複雑な思いがあったことがうかがえる。そして、三十年後の『極楽とんぼ』(同三十六年・中央公論)で、ようやく複雑な思いに決着を付けた。

里見の作家としての評価は、『恋ごころ』(昭和三十年・文藝春秋)と『五代の民』(同四十五年十二月・読売新聞社)で二度の読売文学賞をとり、同三十五年秋に文化勲章を受けたことで、最高潮に達した。晩年は〝文壇の大御所〟として、押しも押されもせぬ存在感を発揮した。「白樺」廃刊(大正十二年)のおり、「文学は一個のにぎり飯に如《し》かない」と断じた菊池寛に、「玉は砕けず」と反論した里見の面目がうかがわれる。

昭和五十八年一月二十一日、白樺派の最長老・里見弴は〝遊蕩《ゆうとう》文学〟の伝統をしっかりたずさえて、『多情仏心』の主人公・藤代に「みなさん安心なさい。死んでゆくのは存外楽なものですよ……」と言わせたごとく、眠るようにやすらかに、愛する人びとのもとへ還《かえ》って逝った。享年九十四。

内田百閒《うちだひゃっけん》

1889〜1971

父と母からの約三十億塩基対《つい》ずつのデオキシリボ核酸（ＤＮＡ）の結合によって、この世に生を受けた人間の特性というものは、どのように優秀なコンピュータでも分析することはできない。人間も他の生物と同様、遺伝的な存在であり、その結果、一人ひとり複雑きわまる性格と運命をかかえて生きている。現実の社会生活は、いわば、微妙にくいちがった遺伝子の興奮の坩堝《るつぼ》にほかなるまい。

万物の霊長といわれる人間だが、その遺伝子のなかには、蛇や猿や蟹やみみずや魚などと同じように、何十億年か前に、塩の海で誕生した原始生物の情報を抱きかかえて生存している。その点では、人類はそれこそ皆兄弟であり、動物や魚に至るまで自然のなかでともに生きる親類である。

生活そのものを、教育や文化製品でどれほど合理的に武装しても、人間の生命そのものは因果の世界にある。近年行われている音楽や美術、工作など、生来の才能を無視した偏差値偏重の教育は、ほとんど無意味で、人間の実生活では、両親から譲り受けた約六十億塩基対のＤＮＡの厳然たる左右をまぬがれることはできない。

実際、人間の生活には科学ではわり切れないことがたくさんあるし、約三千年前に釈迦が説いたという仏教の因縁《いんねん》話が生き生きと脈打っていることが多い。たとえば、仏教でも最高の法といわれる法華経を誹謗《ひぼう》した人たちに関する因縁話を挙げてみると、その人びとは地獄に落ち、また人間に生まれると頭が悪く、足腰が立たず、目が見えず、口がきけず、貧乏で、息がくさく、病気ばかりしてやせ細り、欲情が激しく、わがままで、他人を恨む気持ちが絶えることがない、などの報いを受けるという。

＊因縁話を聞いて

明治の文豪・夏目漱石を師と仰ぎ、大正、昭和の文学界に独自の境地を開いた大文章家・内田百閒（本名・栄造）は幼時のころ婆やに背負われ、因縁話をいやというほど聞かされた一人である。

内田は、『烏城追思』（旧題・少年水行記、昭和九年・烏城）のなかで、「私は子どもの時に、婆やからお伽噺《とぎばなし》の代りに因縁話を聞かされた」と述べている。

人間と水との関係は、気が遠くなるほど古

く、怪奇に満ちている。たとえば、ここで婆やが内田に話したという話は、ある子どもに、水難の相があるから水に気をつけなさい、と易者に言われ、その家の者は川や池など水のあるところへ子どもを連れてゆかないように注意していた。ある時、子守りが子どもをおんぶして店に入った。その時一陣の風が吹き、軒ののれんが子どもの首に巻きつき、それを子守りが知らなかったため歩いた拍子に首がしまって、子どもは死んでしまった。のれんを外してみたら、そこには〝水〟という字が染めてあった、というものである。

内田が、お伽噺の代わりに因縁話を聞かされたというのは、自身が持っていた因縁でもあろう。明治二十二年五月二十九日、岡山市古京町で父・久吉、母・峯のもとに生を受け、本名の栄造は祖父の名をもらったものだ。

生家の内田家は、志保屋という造り酒屋を営んでいたが、家族関係において複雑だった。母・峯は小さいころ、近所のおじさんに背負われ、いくつもの橋を渡って古京町に捨てられた。もちろん、あらかじめ打ち合わせをした上の捨て子の風習で、峯は栄造夫妻にすぐに拾われ、蝶よ花よと志保屋の一人娘として可愛がられた。祖父は発展家で、あちこちにいい人を囲い、遺伝子をばらまいていた。

実は、峯もその一人だった。祖父の妻・竹が実にできた人で、やきもちも焼かず、機嫌よく主人を何人かの女のもとに送り出す。いそいそと出てゆく栄造のがま口にはいつも二円五十銭という大金が入れてあった。峯はあばれ放題の元気のいい娘となり、芸事なども習ったが、ちょっと、厳しい稽古をさせると「お峯がかわいそうだ」と栄造が師匠に文句を言ったため、何も上手にはならなかった。

峯のところに婿養子に来たのが、ひどい斜視で癇《かん》が強い福岡久吉だった。久吉は、いつもクンクンと鼻を鳴らし、何でもかんでも自分で気が済むようにしなければ収まらない。そして、志保屋における自分の地位を確保すると、たちまち斜視の手術をして目もと尋常の立派な旦那様になった。

自信を得た久吉は持ち前の癇性にますます磨きをかけ、一人前になった顔は、あちこちでもてたし、義父の栄造と同じように、いつも、そわそわ、いそいそと花柳界に出かけた。竹や峯のてまえ、そら寄り合いだ、やれ会合だと言って公務を理由に飛び出してゆくのだが、底は割れていて「内田さん、今日は急用で玉島へ」と、町の人びとからサノサ節の替え歌にまで歌われた。

内田は、そんな父が好きだったらしく、父が鼻をクンクン鳴らし、おかかえの車に乗るのに、左足から出すか右足から出すか、几《き》帳面《ちょうめん》にはずみをつけ、うまくゆかないと何べんもやり直すのを見ながら、子ども心に、その気合の呼吸の大事さに、何度もうなずいたものだ。

結局、いろんな不幸が重なり、志保屋は明治三十八年、三代にして父の死とともに倒産し、大きながらん堂の家で、おばあちゃん子の十六歳の栄造が戸主として、祖母と母の面倒を見なければならない破目になってしまった。

＊漱石・龍之介の死を耐えて

父の几帳面さと癇の強さは、内田にも確実に受け継がれていて、たとえば、ぼろぼろの掘っ立て小屋に住んでいても、自分の座る場所はきちんと決めていて、たとえば灰皿一つでも煙草の灰を落とす用、吸いがら用、マッチの燃えかす用と三つの用途の灰皿が並べられ、お客がそれを間違えて入れると、もうじっとしておれないのだった。

また、昭和十四年、東大の辰野博士の紹介で日本郵船の嘱託が決まると、法政大学のドイツ語教授をやめたあと五、六年は裸に近い格好で過ごしていたが、新任のあいさつの時には、教官時代のフロックコートに山高帽子、それに薄ねずみ色の手袋という礼装で押しかけた。内田には、自分が納得ずくで決めたことは、相手がどう思おうとも徹底してやり通すという癖《へき》があった。

日本郵船が内田に与えた部屋は六階の六四三号室で、この部屋番号にちなんで大真面目で夢獅山房《むしさんぼう》と名乗った。これを同僚たちは、内田のなりふりかまわぬ貧乏暮らしと関連づけて「無資産《ムシサン》の間違いではないか」などと揶揄《やゆ》したが、本人は超然としていた。面白いことに、この部屋は、もと大金庫室だったそうで、内田は「お金がほしいほしいと夢みていたら、私自身がいつの間にか金庫の中身になってしまった」と得意げに自分の変身を披露した。

内田の大真面目の几帳面さには、友人の芥川龍之介もほとほと困惑したらしく、「フロックコートに山高帽子など身につけていると気がおかしくなるから、よしたまえ」と何度も注意したが、それを気にした芥川のほうがおかしくなり、昭和二年七月、「文藝時報」に人物記『内田百閒氏』を書いたあと、同月二十四日に自らの命を絶ってしまった。

考えてみると、心酔してやまなかった夏目漱石の病死、「お母さんも奥さんも、本当の君のことは解《わか》っていない」と言ってくれた芥川の自殺、肝胆相照《かんたんあいて》らした親友・宮城道雄（箏曲家）の事故死などに心を痛めながら、内田はしぶとく生きていった。

＊金銭への異常な感覚

内田の、ひとを食ったようなしぶとさは、時によると相手の神経をいらだたせてしまう。金銭と感情のトラブルで、家族を捨てて早稲田の一泊一円の安宿に泊まっていたころ、いろいろと食いたいものが妄想のようにつのってきた……。久しぶりにお金が少し入ったので、りんごを買いに行った。店先にはおいしそうなりんごが並べてあって、十五銭のものから、どぶ板のところにはみ出している三銭のものまで六種類ほどのりんごの山があった。自分で買いものなどしたことはないから、どの山のりんごを買えばいいか分からない。さんざん迷ったあげく、ひとつ家で食いくらべてみようと思い、一山から一個ずつ取ってもらった。

が、五つほど一緒にしてみると、見分ける自信がない。一度改めて、番頭に一つずつの値段を聞いたが憶《おぼ》えていられそうにない。そこで仕方なく、番頭に「ちょっと筆を貸してくれ」と言った。「何をするんです」と言うので、「値段を書き込まないと忘れてしまう」と言うと、それまで曖昧《あいまい》に答えていた番頭が急に色をなし、「人の店に入って変なことをするのはやめてもらいましょう」と怒った。その態度に納得できない内田が「なぜ、いけない」とかみつくと、「なぜも糞もあるものか」とケンカ腰になったので、内田も顔色が変わるほど腹を立て、ぷい、と店を出た。

世の中には、理解しがたいことがいくらでもあるが、なかでも、お金の正体は不思議なもので、ものの値段がどのようにつけられているかというのは、どこまでも曖昧模糊《もこ》としている。内田のささやかな発想は、〝値段によって、どれほど味が違うかをじっくり味わおう〟という単純なものであったが、商売人には、値段にケチをつけているとしか考えられなかったのだ。

お坊ちゃん育ちの内田は、お金ではさんざん苦労し、ついに高利貸しに追われ陸軍士官学校をやめてしまったほどである。東京帝大出の大学教授が、世の中に質屋があることを知って喜び、高利貸屋があることを知って飛びつく。そして、借金の醍醐味《だいごみ》とは、借りたお金でものを買ったり、生活費にしたりしているうちは何のすごみもなく、借りたお金をそのまま他の返済にあて、その少ない残金で綱わたりの生活をするところに何とも言えぬ苦しみと興奮がある……と内田は考えた。

これはもう異常な世界なわけで、遺伝によるーつの病気ともいえる。陸軍士官学校、海軍機関学校、法政大学と教官のかけもちをしながら、なおかつ高利貸しの厄介になり、同僚からも借金をしなければ生きてゆけなかった理由を、被害にあった森田草平などは、とても理解することはできなかった。内田の態度はふてぶてしいとしか映らず、この病気のゆえに、周囲への不義理がかさみ、妻子に憎まれ、ついに昭和四年に別居という最悪の事態を迎えた。

その後、父の名を継がせた、おばあちゃん子の長男・久吉に不羈《ふき》の性情（自由気ままな性分）がつのり出し、妹の参考書を古本屋に売って家出をしてしまった。内田は、やはり久吉は祖父の孫で、おやじの顰《ひそみ》にならったのだろうと苦笑したものだが、ほどなく久吉は急性肺炎になり、主人と同じようにわがままばかり言うと思い込んだ母とのトラブルも重なり、昭和十一年、前年に逝ったおばあちゃんと同じ命日に、この世を去った。

内田には、長男の早死には、家を出た自分の身代わりに妻の復讐で殺されてしまったような気がしてならなかった。内田夫妻の仲の悪さは、不和とか相剋《そうこく》といった次元ではなく、内田は「女が人語を解するから厄介なのだ」と思いつめ、「男はただ女を怒鳴りつける声だけを残して、ほかの言葉は一切神様に返却したい、何しろ女と口をききたくない、顔も見たくない、足音を聞いても腹が立つ」（「蜻蛉眠る」中央公論）と、その怒りを女性一般にまで広げて吐露した。

＊人間好きで、人間嫌い

志保屋の一人息子・栄造は、丑《うし》年生まれで

牛のおもちゃが好きだからと、広い敷地に生きている牛まで買ってもらった。わがままな気かん坊で、婆やに背負われ、串だんごを食べながら家に帰り、婆やに渡した串の数が一本足りなかったと、わあわあ泣き出し、家中が大騒ぎになった。

尋常小学校に上がっても婆やが姿を消すと、大きな声で泣き出し、困った先生が何度も家の者に注意した。婆やに因縁話を聞かされ、祖母や母にお寺や瘡神《かさがみ》様に連れてゆかれた。そんな時、必ず通ったのが大川で、橋の上や土手の上から川の水面を始終眺めた。ことに、夜に願をかけに行った時、「決して、うしろをふり向いてはいけません」と言った祖母の声や、水の音、土手の草鳴り、大空に輝く星などは、『冥途』や『旅順入城式』（大正十一年・新小説）を書き出すまで、内田の脳裏に鮮明に焼きついていた。

『冥途』を発表した時、芥川龍之介は「気もちの好いパトスが流れている」（新潮）と褒め、佐藤春夫は「実に面白い本だ。その本がそっくりそのまま当世百物語だ。不思議なチャームのある作品集だ」（退屈読本）と絶賛した。この著書は、内田の希望でページ番号をあえて付けないという、幽霊のような本であった。

夢とうつつの中間をさまよう一連の妖《あや》しの物語は文壇で無視されたが、目のある一部の人は、漱石の『夢十夜』や鷗外の『百物語』などを引き合いに出して評価した。お金に困り果て、家族を路頭に迷わせながら、苦しみの中で、内田が見果てぬ夢をまとめあげた登場人物には、両親が暇とお金にあかせて一人息子につけた漢文や琴などの人間離れをした先生たちの面影や心のありようが、見えかくれしていた。

創作のみに専念せんと、大真面目に、玄関に「面会謝絶、日没閉門・春夏秋冬」の札をかかげ、蜀山人《しょくさんじん》の「世の中に人の来るこそうるさけれ、とはいうもののお前ではなし」の歌と並べて、「世の中に人の来るこそうれしけれ、とはいうもののお前ではなし」のパロディーをかかげた。これは、内田の人間に対する葛藤で、かかわり合えば煩雑きわまりない他人と、それでいて、お坊ちゃん育ちでお山の大将にならないと気が済まない自分自身に業《ごう》を煮やした苦悩の表現であった。

*随筆風小説の妙味

慕い寄ってくる学生と飲み歩き、墓地の卒《そ》塔婆《とば》を抜いて軒下におき、表札を盗み、学生航空研究会会長、東京駅一日駅長、宮城道雄との共同講演など、他人から見れば俗物的な面も多かったのは、人間好きで人間嫌いの両面の調整がつかなかった末の表出ともいえる。

人間、文章ともに独特な内田のもとには何百人という弟子・ファンが集い寄って来て、それがまた、〝百閒先生〟の夢の中で濾過《ろか》されて随筆風小説の格好のネタになった。昭和二十四年に還暦を迎え、その翌年から弟子たちの戸別訪問を整理するため、正月三日に先生主催の「御慶の会」、五月の誕生日に弟子たち主催の「摩阿陀会（まあだ死なんかい）」

を開くことになった。この会では、内田の両脇に医者と坊さんが陣取るという周到さであった。

子どものころから、死ぬほど好きだった汽車を活用した『特別阿房《あほう》列車』（昭和二十六年〜三十年・小説新潮ほか）を書き続け、『百鬼園随筆』（同三十二年〜四十五年・小説新潮）は実に十年間連載という同誌の記録をつくり上げた。

昭和四十二年（七十六歳）、前になれそうでなれなかった日本芸術院会員に推薦されたが、結局、「いやだからいやだ」という名文句で断った。翌年になると、体が縮まり、外出はできず、こひ夫人の助けを借りて〝チンチンゴウゴウ〟とつぶやきながら、家の中をそろりそろりそろりと調子をつけて歩き、弟子の平山三郎を相手にストローでブランデーを飲んだ。〝おからでジャムパン〟と繰り返し、そのうち、とろりとろりと眠ってしまう。その姿は内田の随筆に登場する妖怪じみた漢文の先生、そのものであった。平山もまた、かつての内田少年のように、夢にさまよう〝百閒先生〟に目礼をして夜中に座をはずした。

もともと遅筆な作家であったが、最晩年の『猫が口を利いた』は、昭和四十五年七月六日から八日にかけ、ようようのことで三枚半を書き上げている。老衰のためペンを握る力も抜け、夫人がうしろから、しっかり抱きかかえ、一字一字ペンを落としながらの作業であった。猫とは師・漱石の『吾輩は猫である』から自作の『贋作吾輩は猫である』や『ノラや』にいたるまで深いかかわりがあり、やがて猫の言葉を理解したと、のたまった。

昭和四十六年四月二十日、内田は旅の時いつも持った籐《とう》のステッキに、志保屋の長男の意地で仕上げた剱《けん》かたばみの家紋の入った『日没閉門』の本を持ち、おどろおどろの妖《あや》しの世界に入った。享年八十一。その時、几帳面な内田が右足から先に歩を進めたか、左足が先だったか、は知るよしもない。

白《しら》井《い》喬《きょう》二《じ》

1889〜1980

「大衆」という言葉は、今でこそ一般庶民を指す常套語《じょうとう》となっているが、元来は仏教用語でダイシュ、あるいはダイスなどと発音し、寺院における多数の僧を指した。これには、ただ、食うことにあくせくする人と違い、釈迦や高僧のもとで仏道修行をしている青年僧、という意味合いが含まれていた。

　地球に群れをなす諸国が、他国からの侵略を守るために尽くした手段というのは、狡知《こうち》に満ち残酷をきわめている。為政者は、攻撃は最大の防御として、新兵器の開発に、しのぎを削った。他国との戦いで、武器の開発とともに必要とされたのが国民の意識の高揚で、これには教育が大きくかかわった。

　鎖国の夢を破られ、近代化を急いだ日本は、明治十四年の小学校教則綱領決定、同二十五年の小学校教科書検定制定、同三十二年の中学校令、高等女学校令、実業学校令、私立学校令の公布、同三十六年の小学校国定教科書制度の公布などと、次々に教育面に手を打った。政府の意図が、単に庶民の幸福と文化の向上を狙ったものでないのは言うまでもない。政府は、牙を研《と》いで襲いかかって来た米欧に立ち向かうため、国家意識の確立を急いだのだ。

〝お上《かみ》〟の尊大さは現代も生き続け、以前、テレビで大蔵省（現・財務省）の官僚と作家が税の不公平について話し合った時、官僚は「国として文盲を一掃《いっそう》するために多額の投資をしているんです」と、得意げにしゃべった。

この裏には、だから、あんたたちは生活ができるのだ、文句を言わずに税金を払いなさい、という意図がありありとうかがえた。

生活苦にあえぐ一般民衆を、心の幸せを求める「大衆《だいしゅ》の位」まで引き上げようとしたのは、決して為政者ではない。生活の苦しさのなかでの一つの昇華作用として、娯楽小説が用をなして来る過程には、官僚の思惑とは別に、書き手たちの意識の改革が必要だった。

『富士に立つ影』という大作を遺《のこ》した白井喬二は、大正から昭和の初期にかけて、作品と理論とをもって、庶民の心を「大衆の位」に引き上げようとした第一人者、といえよう。

＊官僚の父と各地を転々

白井は明治二十二年九月一日、横浜市の公舎で井上孝道・タミ夫妻の長男として生まれた。本名は義道で、姉一人と妹が二人いた。

父は地方まわりの高級官僚で、警部、警察署長、郡長と出世するにつれ、青梅、甲府、浦和、弘前、米子、鳥取と、転々とした。両親とも因幡《いなば》(鳥取県)の出で、祖父は寺子屋の先生だった。

井上家の生活は安定し、父は地元の人びとから尊敬されたが、感受性の強い少年には親に言えない苦労が多かった。自由民権運動が盛んだった当時、サーベルや規則より、むしろ、人間性がものを言った。少年は子ども心に、自由民権主義や、村の有力者、そして犯罪者などに対する父の対応や駆け引きを見ながら、世の中の表裏をおぼろげにつかんだ。

青梅に住んだ時は、近所の寺で「地獄極楽図」を目にし、なかでも八大地獄、十六小地獄、八寒地獄、孤地獄などの地獄にうごめく人間の姿に「たまらないな、人間も」と考え込んでしまった。学校の帰路、学校へ行けない子どもたちが徒党を組んで現れ、いわれないののしりを投げかけてきた。田舎の子はうす汚なく、それでいて大人に似た狡知《こうち》を備えていた。少年は、こいつらに実力で立ち向かうにはどうしたらいいかと、真剣に考えた。

甲府では十歳で野球をし、浦和では当時流行した探偵ごっこ。十二歳の時、父が青森県中津軽郡長となり弘前尋常高等小学校に転校。父が役所から持って来た『つがる言葉のしるべ』をたよりにアベ(父)、カカ(母)などを学んだが、姉や妹のほうがうまかった。当時(明治三十五年一月)、青森歩兵第五聯隊《れんたい》の八甲田山雪中行軍遭難事件が起きている。

弘前でのこと……少年は、浦和の農家に預

けてきた捨て犬クロの夢を見た。クロは、まっ白な雪の中をわき目もふらず走って来て、ちぎれるように尾を振ると、すぐに身を返して門の外へ駆け出して行った。その日、浦和から「クロシス」の電報を受け取った。不思議なことがあるものだと、このできごとを少年は、深く心に刻んだ。

父が故郷に錦を飾り、鳥取県西伯郡の郡長になると、井上家は米子に居をかまえた。父母の生まれ故郷は初めてだったが、住居のある内町は「米子よいとこ東西かけて、帯のたけほど長い町」と謳われた、米子でも一番景色のいいところで、朝陽夕陽に海一面の金波銀波がおどるのを、少年は驚嘆の声を上げて眺めた。

学校の機関紙に作文が当選したのを機に、三歳下の生田清平を知る。この時、生田はすでに〝春月〟の号を使っていた。米子中学では、ボート部から剣道部に転じ二段の免状をとった。柔道の稽古でけがをし、一年の休学となり、その間、読書に打ち込み、理想の女性を夢みた。父は、「将来、司法官になれ」と言ったが、文学の熱病が次第につのり、角磐日報に小説『空想家』を連載し、次に鳥取新報に『鸚鵡《おうむ》』を書いた。

＊娘の死で文学を選ぶ

白井は、明治四十一年に上京し、早稲田大学文科に入ったが、父の意を重んじて日本大学政治経済科に転校。鳩山一郎の親族法を聞きながら、ドストエフスキーの『カラマゾフの兄弟』を連想する青年であった。白井は酒が強かった。その酒代の捻出は博文館での現代語訳に頼った。そして、鳥取県の先輩・杉原二十三階堂編集長の指示で、井原西鶴と近松門左衛門の作品の語訳に着手。

古典の世界に入った白井は、そのあまりの厳しい芸に圧倒され、酒を飲むどころではなくなった。逆に語訳の苦業突破のあとの酒のうまさを知った。白井は休暇を利用して、山陰日日新聞のアルバイト記者をやり、保養のためと称して、小学校の代用教員になった。

クラスで因幡二十士の死を話したところ、優等生の子が切腹の真似をしてけがし、劣等生と言われた子が家の庭に石を積んで拝む、という結果を生んだ。そこで、「子どもは眠っている、しからずんば感じている」というペスタロッチの言葉を体験し、「生まれも性格も違う生徒を一列に教え込もう」という政府の教育方針に疑問を持った。

父の望む司法官として人間の罪を裁くか、文学者として人間の幸せを探り、それを大衆に伝えてゆくか……白井の心は、ゆれにゆれた。

やがて白井は、「家庭之友」編集主幹から橋浦出版社に移った。そこで、向かいの染物屋に出入りする少女・中島鶴子を見初め、苦労の末、婚約した。気取り屋の白井は、ハンカチを唇に当てて接吻したという。大正五年、結婚すると、生活のために化粧本舗堀越嘉太郎商店文書課に籍を置く。同六年に長女出生。その子は、台所で鍋の油が激しくはじけた時、小さな両手を広げ、白井をかばってくれたことがあった。しかし、長女はわずか二歳でジフテリアにかかって死んでしまい、白井は夫人とともに世のはかなさを知った。

白井は、国木田独歩の「あらずあらず彼等は在らず」を口ずさみ、雑司ヶ谷の鬼子母神へ何回も出向いた。欅《けやき》の大木が独歩の歌のように、秋の夕日に赤々と燃えていた。その大自然の姿に心打たれ、自分の生きてゆく道を豁然《かつぜん》と悟った。〝大衆を愛する心で大衆のために〟小説を書き続けようと、誓ったのだった。

＊虚作法悦、創造華鬘

「娯楽雑誌愛すべし」と提唱した白井は、それまでの文学の虚栄を捨て、現世の汚れの輪を突き抜けて、生まれたままの人間の心を揺さぶるような小説の創作に取りかかった。これまで自分が体験してきたいろいろな風土、いろいろな人びと、とくに、捨て犬クロや自分に感動を与えた娘の死などを思い出しては、記憶のうず巻きのなかへ押し戻した。

呻吟《しんぎん》の末、生まれたのが『怪建築十二段返し』で、そのサブタイトルは「江戸の文明探偵発達史」だった。桐十郎という捕物師と犯人の知恵比べで、催眠術やエレキ（電気）線が登場した。本編は大正九年「講談雑誌」に〝白井喬二〟名で載り、生田蝶介編集長は色版が摩滅してしまう四版まで増刷した。その後、同誌に『神変呉越草紙』（同十一年）、『忍術己来也』（人情倶楽部）などを発表、長編の他に短編も続々と世に送った。

関東大震災では、多くの作家が東京に見切りをつけて大阪へ下った。地震は大正十二年九月一日、白井の誕生日にドシンと来た。菊池寛は「東京の文化はこれで当分おしまい」と嘆いたが、春陽堂の支配人は火事場の臭気を発散させながら、白井を訪ね、「こういう災いのあとこそ娯楽小説が売れる」と、出版の契約をして帰った。この勝負、菊池寛の負けで、大震災後はどの分野の復興よりも文芸の復興が早かった。

白井は大衆の心を癒すべく、大正十三年五月から「サンデー毎日」に『新撰組』（同十四年六月まで）、同年六月から報知新聞に『富士に立つ影』（昭和二年七月まで）と二本立てで、書き続けた。小説は学問なりとの意気込みが見え、虚作法悦《きょさくほうえつ》、創造華鬘《そうぞうけまん》の思いが、行間にみなぎっていた。

二作品とも史実にみられる事件をヒントにしてはいるが、『新撰組』はタイトルだけで、内容は但馬流独楽《こま》使の数奇な運命の描写であり、『富士に立つ影』は築城家赤針流熊木家と讃四流佐藤家との約六十五年間、三代にわたる血みどろの闘いがテーマ。『新撰組』は「サンデー毎日」のトップを飾って廃刊の危機を救い、『富士に立つ影』は「裾野編」から「明治編」まで十編にわたり、主要人物約六十人、総登場人物千人を意のままに乱舞させ、まさに神の手による操作に等しく新聞読者を魅了した。悪役・熊木伯典の子・公太郎の描写が作品の大きな魅力になっていて、中里介山が描くニヒリスト剣客・机竜之助と比べると、底抜けに明るい光を放っていて、暗い世相を救った。この人物は、『盤嶽の一生』（昭和七年・オール読物）の阿地川盤嶽へと発展する。

＊大衆文学の確立をめざす

白井は大正十四年秋、正木不如丘、平山蘆江、直木三十三（のち三十五）、矢田挿雲、長谷川伸、江戸川乱歩らと「廾一日会」（これを一字にすると昔、すなわち時代ものと解く）を作った。そして、同十五年一月に同人誌「大衆文藝」（報知発行）の発刊に踏み切る。

創刊宣言で、「大衆作家よ、街頭に立て！社会の実際にふれて行動せよ」と叫んだ白井は、多くの嘲笑や非難をよそに、この大衆文芸のうねりをもう一つ大きく育てて大衆文学運動に高めていった。これが、平凡社が社運をかけて企画した「現代大衆文学全集」（全四十巻、続編二十巻）だった。もちろん白井が中心で、失敗したら筆を折って故山に骨を埋める覚悟であった。千頁一円の定価という大勝負だったが、購読予約者二十五万人を獲得し、印税をぶるぶる震えながら手にした作家も出た。ここに初めて、文学や書物に縁もゆかりもない幾十万の庶民を「大衆」に引き上げ、四十名の大衆作家と相まみえさせることができたのである。

この企画を、白井は「営業的には成功したが、文学運動としては一歩後退」と反省している。しかし、大衆文学の芽はあちこちで、いろいろな人によって現代まで引き継がれた。平凡社から大金を手に入れた白井は自動車を買い、数万円を投じて、裏街道の歴史、日本人の素顔を知るための文献を克明に調べ、『国史挿話全集』（十巻、万里閣）を作り後世に遺《のこ》した。

白井は、大正十五年一月に発表した『猟人』で、「すべての芸術は人生への革命であるが、大衆作家は人生への革命の前に芸術への革命でなければならぬ」と言い、「純文芸愛好者ではない読者、文芸的素養のない人間が考えたり感じたりすることが人間の考えではないと誰がいえよう。こういう普通の人びとを愛する本質的な度量を持っている人だけが、ほんとうの大衆作家だ」と宣言した。

大正九年の世界経済恐慌から同十二年の関東大震災は、自立し始めた庶民をまたもやあきらめの世界に押し戻そうとしていた。しかし、一度、文学を知り、考えることを知った大衆は、アヘンのように文学を恋しがる。中里介山の『大菩薩峠』の机竜之助や、白井の『富士に立つ影』の熊木公太郎は、不安におびえる大衆の大いなる救いの神となった。

＊打ち倒れるまで小説を

白井は、戦後も精力的に執筆を続ける一方、昭和二十九年、「大衆文芸」という言葉にケチをつけた中里介山の「大菩薩峠文学碑」建碑会長になり、雨の除幕式に参加した。同三十二年「富士に立つ影建碑会」が何カ所から提案されたが、これを辞退。「文藝」に発表した『国民文学論』の、白井の主張はどこまでも若々しく、大衆文芸から大衆文学、そして国民文学と大きな夢を追い続けた。

この夢を、白井は『富士に立つ影』から『祖国は何処へ』（昭和四年・時事新報）とつなぎ、第三部の『世界古事記』に発展させる予定であったが、コツコツと集めた資料を全部戦禍で焼いてしまっていた。

〝八十歳で大作を〟と朝日のインタビューであおられ、白井の創作熱がまたも燃え上がった。「老人が、もはや尽きかけた頭脳をふりしぼり息もたえだえに机にしがみつき、爪とペンがいっしょにガリガリとなるかと思えば、気絶している一瞬もあるように、打ち倒れるまで小説を書いていきたい」と述べた。

昭和四十四年六月、第三次「大衆文芸」を発行している新鷹会から、多年にわたる大衆文学への貢献に対し、長谷川伸賞を贈られた。同五十年『外伝西遊記』(大法輪)、同五十二年自叙伝執筆、同五十三年十一月からは『麒麟老人再生記(久米城クーデター全聞)』(同五十四年四月まで)を連載、まさに〝打ち倒れるまで〟の創作活動であった。

白井は生命の燈火《ともしび》となる文学を追い続け、昭和五十五年十一月九日、五年前に先立った夫人のあとを、韋駄天《いだてん》のごとく追った。享年九十一。

宇野浩二《うのこうじ》

1891〜1961

所詮《しょせん》、この世には、男と女しかいない。ゆえに、異性というものが、どれほど味わい深いものかを誰もが知っているのだが、実際には男と女のかかわり合いというのはわずらわしいものだ。

ほとんどの人が、愛することの真の喜びを知らずに一生を終わってしまうが、それは、健康的なことでもある。なぜなら、異性、ことに女性を知り尽くした男は、煉獄《れんごく》の苦しみを経験しなくてはならない。もはや、そこは安らぎの世界ではなく、狂気の世界に近い。女は魔物だ、と男たちは嘆息するが、本当に女が魔物だ、ということを知っているのは、女をぎりぎりと愛した男だけであろう。

文学の鬼といわれた宇野浩二は、一に文学、二に母親、三に恋愛とうそぶいたが、女の魔性に深く取り憑《つ》かれ、狂気の世界をのぞいた人でもあった。

＊複雑な生活環境

宇野の幼年期は暗かった。明治二十四年七月二十六日、福岡市湊町で、宇野六三郎・キョウ夫妻の二男として出生し、格二郎と命名される。父は明治十五年に東京師範を出て、大阪、長崎、岡山、愛知、長野などの訓導を歴任、一カ所に落ち着かなかった。格二郎は母のへその緒にくくられたまま、父の流転とともに、豊橋、東京、上田、大阪、福岡とあわただしい旅をした。

格二郎が生まれたころ、父は福岡師範学校と中学で、国語、漢文、習字を教えていたが、三歳の時に脳溢血で亡くなる。そして、格二郎は兄とともに母に連れられ、神戸、大阪、河内、東京と、さすらいの旅を続けた。若い母のところへは、役者やその愛人がよく遊びに来て、格二郎は男女の秘密のかかわりを垣間見ながら成長した。

明治三十年四月、陸軍偕行社尋常高等小学校に入学。上級生に江口渙、山中峯太郎らがいたが、規則があまりに厳しく、祖母に頼みこんで育英高等小学校に転校した。祖母・里勢と格二郎は、大阪市の通称十軒路地の、福岡正朔（母の兄）の空家を借り、兄は初めに頼った神戸の本多家へ預け、母キョウは一人身になって大和高田の根成柿《ねなりがき》の料理屋へ稼ぎに出た。

色町の十軒路地には、素人《しろうと》の秘密待合、芸妓置屋、博奕《ばくち》うちや妻妾《さいしょう》同棲の家などがひしめきあい、格二郎は三畳間のふとんの中でちぢこまりながら、夜半に、カタカタ、と聞こえて来る足音の変化を聞き取ったり、男女の秘事を想像したりして日を過ごした。眠れずに、「おばあさん」と揺り起こすと、「ここはほんまに悪いとこや、かわいそうに、お父さんが早死にしたばかりに……」と、祖母はグチった。

成績は良く、近江聖人・中江藤樹《とうじゅ》をもじった〝セイジン〟のあだ名をもらった。格二郎は、ほとんど誰とも口をきかず、本ばかり読んでいた。どうしても中学校へ行きたい、と母とともに本多家に頼み込み、大阪府立天王寺中学校に入学。中学二年の時、本多家から「神戸の商業学校に転校しなければ学資を打ち切る」と言われ、一度は神戸へ戻ったが、どうしても天王寺中学が忘れられず、頭の弱い兄を残したまま大阪へ逃げ、初志を貫いた。

十軒路地では、ガキ大将の保高徳蔵と友人になった。彼が朝鮮に行ってしまったあと、格二郎は十軒路地の奇妙な人びととも次第に打ち解け、なかでも周旋屋の息子と仲よくなった。そこには三味線のうまい姉さんと二人の妹がいて、病気がちな末娘の八重子が、脚気《かっけ》に病む格二郎の心を慰めた。その娘は芸妓になり、淡い恋はあえなくついえた。

格二郎は離れた母を想い、兄を思い、暗い憂鬱な中学時代を送ったが、ともに生活のために大阪の郊外で田舎教師をした青木精一郎（日本画家、青木大乗）には心を許し、連綿としたラブレターを書き送った。そして、ドストエフスキーの小説にある「人生で一番善をなすことは自己の天分を見出《みいだ》して、それに進むことだ」との言葉を借り、「僕は小説家になりたい、そのために上京したいのだ」と打ち明け、青木は「君は何とか苦労して上京すべきだ」と励ました。

＊文学修業を始めた早稲田時代

親友の助言に力を得、母のすがるような目に見送られて上京。赤坂区（現・港区）霊南坂町のまたいとこ・本多重造を頼り、早稲田大学英文学科に入学した。早稲田には、全国からいろいろな男が集まって来ていた。吉井勇、長田幹彦、吉田絃二郎、加能作次郎、今井白楊、広津和郎、谷崎精二、三上於菟《おと》吉、日夏耿之介、西条八十、直木三十五、細田民樹、坪田譲治、牧野信一、菊池寛など……。

三上の『文学書生貧乏物語一節』には、「午後の時間、ナイフで彫った灰皿のあるいちばん後ろの机に座っていると、後ろの窓のところに立って、ひどく細々としたきれいな声で義太夫のサワリを口ずさんでいる青年がいる。振り返ってみると、イガ栗坊主の色の赤黒い、顔の細長いしかもキラキラ光る目に大変感情のあふれている、錆びた銀縁眼鏡をかけた男がにっこり笑って、もうすっかり桜もだめですね、と話しかけた」とある。この男こそが、三上と親交を結んだ宇野浩二（格二郎）であった。

十軒路地以来の友人・保高徳蔵も、宇野が早稲田で文学修業をしていることを知ると、両親の反対を押し切って京城から出て来てしまった。初めて他人に頼られた宇野は、「よきカモござんなれ」と、お金をせびった。少年時代のガキ大将は、相手を無視して、うつむきかげんに目を落とし、低い声でめんめんと文学を語る宇野に、無言の圧力を感じた。

宇野は取り巻きを作り、保高を弟分にしたような形で、赤坂の寄寓先を出て雑司ヶ谷に一軒家を借り、自炊生活を始めた。ここには同級の斎藤寛や浦田芳郎、三上らが集まり、文学論に興じた。寂しい家の縁側から往来を見ていると、毎日三時から四時ごろに大好きな秋田雨雀が、必ず右から左へ散歩するのが見え、心が躍った。

母の胎内で転々とした因果か、宇野の住み家は安定せず、あちこちと移り、金銭や感情面で友人に不快な思いをさせた。学業を放棄した宇野は、三上のいる牛込の素人下宿・都築に転げ込む。宇野にはこの中二階に陣どった三上の部屋にある東西の文学書や新聞雑誌などが何よりも魅力だった。ここには多くの人が集まったが、なかでも早稲田の先輩で『別れたる妻に送る手紙』を書いた近松秋江の現れ方は変わっていた。

近松は、散歩のついでに三上の部屋に上がり、「やあ失敬！」と部屋を四、五回歩き回り、ふた回り目ぐらいの時、「ちょっと君、今日の新聞を！」と言って、誰かの手から新聞を取り上げ、やはり歩きながら見出しだけを大きな声で読み上げ、「じゃ、失敬」と誰の顔も見ないで出て行き、「さよなら」という言葉は廊下から聞こえてきた。

近松は、三上を「美少年で、つとに柳暗花明の趣味を解し、そのころすでに神楽坂の校書（芸妓）に耽溺《たんでき》していた」と一目置いたが、のちに自分をモデルに『蔵の中』を書き、女との愛を文学の糧《かて》にした宇野に対しては気に留めなかった。

＊出世作『蔵の中』の波紋

憂鬱の極にあった宇野は、大正三年、画家の永瀬義郎、鍋井克之、沢田正二郎らと美術劇場の結成にも参加したが、脚本も書かず、文士にもなれず、母キョウを東京・本郷の西片町に迎えなければならなかった。

見かねた広津和郎は、植竹書店の『戦争と平和』の翻訳を紹介。二人して三保の松原に出かけ、島村抱月と鈴木悦の名で出版。これを機に、宇野の文学界での運が少しずつ上向いて来た。しかし、何と言っても宇野を文壇に押し出したのは、近松秋江の質屋での着物の虫干しの模様を、巧みな語り口で披露した『蔵の中』（大正八年四月・『布団の中』）であった。この話は、広津が新潮社の佐藤社長から聞き、宇野に話し、宇野はこれに「おう」と応え、十日ほどで書き上げた作品だ。

宇野はふとんとは縁が深く、子どもの時からふとんの中でものを思い、大きくなっても万年床から世の中をのぞき、本を読み、ものを書く習慣を持っていた。その上、質屋との縁も浅からず、広津が驚き呆れるほど質屋から お金を引き出す神技を会得していた。近松の奇行、性格も知っていて、主人公は明らかに近松でありながら、しかも宇野そのものであるという虚と実が、一人の風変わりな人間を立派に創り上げていた。女との関係も近松に無視されたころと違い、のちに『苦の世界』『軍港行進曲』などに登場するヒステリー女性との同棲で、たっぷりと女の復讐を受けていた。

この作品が世に出た時、既成作家は生理的に目をそむけた。菊池寛は、芥川龍之介との対談で「これは上方落語のようである」と言った。宇野は菊池流の速達便で、『恩讐の彼方に』は新講談じゃないか、と反論した。処世術では、まわりの人に迷惑をかけたが、こと文学に関しては積極的かつ冷静で、相手が辟易《へきえき》するほど鋭く責めたてた。

親（広津柳浪）を大事にしている広津和郎に、「僕は近ごろ仲間たちが親不幸を得意にしているので、意地にも親孝行を標榜《ひょうぼう》してやりますよ」と宇野は宣言した。これを境に、広津は生まれて初めて両親のもとを離れて、西片町の宇野の小さな家に、愛もなく子までなした女性を逃れて転げ込んで来てしまった。女のことでも広津は宇野の大先輩であったが、宇野もすぐあと蠣殻町《かきがらちょう》の銘酒屋《めいしゅや》の女性に入れあげ、家に押しかけられ、ヒステリー女性の横暴に泣かされることになる。

宇野は、その女性を自分の文学生活のために横須賀に売り飛ばし、それを取り戻す、というようなめちゃくちゃな生活を繰り返した。のちに、この女性はある家庭の女中となり、叱られたことを根に持ち〝猫いらず〟を飲んで自殺してしまう。

母キョウは、広津や宇野の危なげな女性関係を温かく見守り、その小さな家には、きれいな黄色の山吹の花が美しく咲きほこった。

宇野は広津を通して、葛西善蔵、江口渙、相馬泰三などを知り、江口の『赤い矢帆』出版記念会の席上で、芥川龍之介、佐藤春夫らを知る。宇野は、生活のため童話を書いたり、水上潔の名で蜻蛉館の「処女文壇」の編集者として原稿取りをしたりした。

＊精神を病む

『蔵の中』『苦の世界』で、当時の文壇随一の達筆家と称された宇野は、大正八年十一月五日付読売新聞に〃新年号は四百五十枚くらい、原稿料千円〃と推定され、「マスコミの寵児《ちょうじ》」ともてはやされたが、同九年、谷崎精二、芥川龍之介と、それぞれ上諏訪（長野県）の温泉を訪ねた。宇野はそこで芸者の恋人ができると、その気持ちには他人に分からぬ高揚と沈鬱が、波打つようになる。

数多くの仕事をし、有名人として称賛を受け、心に愛する人を持ち（小説では『山恋ひ』の主人公）、それでも満たされぬ心は、少しずつ宇野を狂気の世界に運んだ。上諏訪の恋人は旦那持ちで、結婚したいという宇野の願望はかなわなかった。その恋人は、自分の〃代用品〃のような形で姉芸者を宇野に押し付け、結局、姉芸者と結婚するところとなったが、心のなかではしっかりと彼女を愛し続けていた。

その後、宇野は銀座でウーロン茶を飲ませる喫茶店の、妾《めかけ》の経験があるという哀れっぽい〃女ボーイ〃と特別な関係になり、子どもができてしまう。この女性は、『四方山』『子の来歴』『見残した夢』などに登場する。そして、子どもが生まれた翌年、直木三十五の紹介で、最後の恋人となる八重子と出会う。くしくも、色町の十軒路地に暮らした幼いころ、心を燃やした八重子と同名で、しかも二人とも芸妓でままならぬ身であったというのは、宇野の神経にどう響いたか……。

宇野と芥川龍之介は、ほとんど同じころ精神的に怪しくなった。鵠沼《くげ》（神奈川県藤沢市）の芥川のところへ立ち寄った宇野は、芥川の極端な憔悴《しょうすい》ぶりに打ち驚き、芥川はまた、宇野の心の疲れを察知した。お互いに頼まれた原稿を、ほとんど書けないでいる焦《あせ》りがにじみ出ていた。

菊富士ホテルに寄宿していた宇野は、自分がしてきた恥ずかしいこと、不快なこと、嫌なこと、変なことを思うと床のなかにいたたまれず早起きし、なすすべもなくホテルの万年床に横たわり、懊悩《おうのう》に身を焼くのだった。時に帰る自家では、母と頭の弱い兄と妻と四人で、蚕が青い桑の葉をプチプチと食べるようにふさぎ込んで、食事をした。

宇野が病に倒れ入院中に、芥川が自殺をした（昭和二年七月二十四日）。宇野の友人の広津や斎藤茂吉らは、芥川の死については納得していたものの、「宇野の病気の原因は何だろう」と語り合った。

やがて小康を得た宇野は、「改造」（昭和四年一月号）に小説を書く約束をしたが、再び倒れ再起不能と言われた。長い闘病生活のあと同七年十二月八日、病後の第一作『枯木のある風景』を「改造」の編集者・徳広巌城（のちの上林暁）に渡し、二人で小躍《こおど》りせんばかりに喜んだ。

＊永遠の恋人に恋す

宇野の〝病気の原因〟ともいわれた八重子は、男の世話を受けながら、いつの間にか、また宇野に寄り添い、宇野もまた体の汚れた女の間夫《まぶ》の身に甘んじていたが、文学のなかでは心のきれいな女を大切に育て〝永遠の恋人〟としていた。

この関係は驚くべきもので、関東大震災（大正十二年）から終戦をはさんで延々と死の直前まで続けられ、八重子は「今度お会いする時は他人の妾や愛人でなく、一本立ちでお会いします」と宇野に誓いながらも、新聞記者や足の不自由な男などを連れて現れた。が、宇野はそんなことには無頓着《むとんちゃく》で、自分と八重子の特殊な世界を作り上げ、それをはかない人間同士の、はかないいとなみとして、淡々と『思ひ川』（昭和二十三年・人間）、『思ひ草』（同二十五年・六興出版）に写していった。

筋肉痛で手を痛めた宇野は、雑誌の編集者として縁した水上勉に口述筆記を依頼し、それに手を入れ、しぶとい執念で仕事を続けた。それらの作品には、いずれも犯しがたい気品がみなぎっていた。晩年は、仕事場の双葉館の一室で万年床のまわりを目いっぱい散らかして、深山幽谷と称し、松川事件の被告の書いた文章を読んで真実を悟り、広津とともに立ち上がった。

死の床では、見舞いに来た畏友・広津に耳を寄せさせて、「今度の芥川賞にはいい作品がないね」と残念がった。宇野は夢見るような恋をして、八重子の死まで書き綴《つづ》る野心を持っていたが、さすがの〝文学の鬼〟も寿命には勝てず、昭和三十六年九月二十一日、七十歳で肺結核のため、文京区森川町の自宅で息を引き取った。

宇野浩二の死で、精神的に解放された八重子は、新橋に四階建ての料亭を建て、舞踊で「若竹会」を作り、女の魔性の一面を見せたが、昭和四十一年にがんで世を去った。

広津《ひろつ》和郎《かずお》

1891〜1968

『生まれ出づる悩み』『惜しみなく愛は奪ふ』などで知識人を懊悩《おうのう》させた有島武郎《たけお》は、芸術家のタイプを三段階に分けている。

第一のタイプは、自己の芸術に没頭しきれる人（たとえば泉鏡花）、第二は、自己の生活とその周囲とに関心なくしてはいられない人、第三のタイプは、ご都合主義者。そして、自分は第二のタイプで、いくら努力しても、一級の芸術家にはなれないだろうと言った。

これは後輩の、生意気な文芸評論家・広津和郎に対して示した見解で、広津は自分に向かって議論をふっかけるぐらいだから、自己の芸術に没頭するタイプではなく、第二か第三かであろう、という含みがある。これに対して広津は、第二のタイプこそ、われわれの望む芸術、あなたの好きなトルストイだって第二段だ、と食らいついた。

広津は、昭和二年の春、親友・宇野浩二の脳神経の罹病《りびょう》を見守る。頭を侵《おか》された宇野は桜木町の表通りに母を呼び、妻を呼び、廃人同様の兄を呼び、三人を抱きかかえ、「これだけが宇野浩二の家族だぞォー」と、大きな声を張り上げ、そのあと「おう！　おう！　おう！」と唸《うな》るように叫び続けた。

傍観者の広津は、衆人環視の中で悲しそうにして狂人にしがみついている家族を見るにしのびず、宇野の小さな部屋に帰り、どうにも手の下《くだ》しようがないと、あふれてくる涙を抑え、作家として不遇な晩年を送った父の哀れさを、思わずにはいられなかった。

＊人気作家の落ち目を痛感

広津和郎は明治二十四年十二月五日、東京市牛込区矢来町三番地（現在、新宿区矢来町七十一、新潮社敷地内）に、作家の広津柳浪《りゅうろう》（本名・直人）・寿美夫妻の二男として生まれた。

柳浪は、長崎での幼年時代、田舎道で花を譲ってくれなかった農家の娘を刀で斬りつけ、父・弘信（医者）に切腹を命じられた。弘信の父は、浄瑠璃で有名な『朝顔日記』の作者・雨香園柳浪（本名・馬田昌調、本業・医者）。この人の父が久留米藩主・有馬頼貴に取り立てられ藩儒となった広津藍溪で、自分の私塾をもとに藩黌《はんこう》明善堂（現・県立明善高校）を杉山寧斎などと創設した文人である。

和郎にとって祖父にあたる弘信は、血の気の多い人で、しばらく〝医にかくれ〟、医者として富津漸庵の別号を使い、本名で国政に参加した。広津家の正統を継いだ父の兄・正人は、若い時から放蕩《ほうとう》の限りを尽くして財産を使い果たし、五十七歳で死んだ。

そこで親族会議が開かれ、和郎が正式な広津家の相続人となった。財産らしいものは何一つなく、谷中の七坪の墓地と正人の二冊のスケッチブック、それに先祖の書類の入った一個の木箱のみであった。「兄貴もまじめに絵を描いていれば、古くとも明治の大家でいられたのに」と、父の柳浪は何度も嘆いた。弟の武人は十四歳のころロシアに行き、帰国後学校にも行かず酒を飲み続け、無銭旅行をしたあげく、肺結核で若死にした。

和郎が生まれる少し前、父は尾崎紅葉を知り、硯友社に入り、心理描写のうまさを『残菊』で披露。その後『変目伝《へめでん》』『黒蜥蜴《とかげ》』『亀さん』『今戸心中』『河内屋』と、受け継いだ文人の血のほとばしりを見せ、泉鏡花、樋口一葉と並び称された。しかし、妻の寿美を失った明治三十一年（和郎七歳）あたりを境に、世の中に受け入れられなくなり、柳浪はたちまちにしてみる影もない世間嫌いの人間になり果てた。

和郎は幼少から書けない父の呻吟《しんぎん》に触れ、一世を風靡した作家が世の中から捨てられた時、どれほどすさまじい落胆に陥るかを体験した。それは決して金銭上だけの問題ではなかった。ある時期、人びとを感動させた誇りを胸に、一室に閉じこもり、酒も飲まず、言い訳もせずに十年も蟄居《ちつきょ》する心苦しさ、それを見守る家族の辛さを十二分に見たのだった。

貧乏の末、なじんだ土地を離れて転居した広津一家は、あちこちと不義理を重ね、何回も引っ越しをした。これは和郎九歳のころからで、このため少年には故郷とか家の観念が薄くなってしまった。

＊同人誌「奇蹟」を創刊

貧しさのあまり幼いころ金魚まで食った、といわれる広津は、お金目当てに父に内緒で投稿を始め、明治四十一年九月七日、『微笑』が「萬朝報《よろずちょうほう》」の懸賞小説に当選し、大金十円を獲得。着物を次々に質入れしていた義母に洋傘を買ってやったり、友だちに高級な牛肉をおごったりした。だが、父の兄弟に表出した放蕩の血、兄のでたらめな放縦生活を、広津はひそかにわが身に当てて恐れていた。

そして、〝肺病〟と言われた弱い体にムチ打って、一家を守る方法を考えた。

広津は明治四十二年、麻布中学から美術学校へ行こうとしたが、父が許さず、早稲田大学文科予科に入学。正宗白鳥の『妖怪画』を読み、初めて小説に興味を持ったものの、文科より政治家のほうが向いているのではないか、と迷った。しかし同級の谷崎精二や今井白楊、峯岸幸作らと少しずつ仲よくなり、父の友人・巌谷小波《さざなみ》と石橋思案の紹介で、チエホフやモーパッサンの翻訳を雑誌に扱ってもらい、学資を稼ぎながら早稲田大学英文科へ進んだ。

大正三年、『大津順吉』を書き上げた志賀直哉に、舟木重雄の家で会う。そのころ、舟木を中心に、光用穆《みつもちきよし》、葛西善蔵、相馬泰三、峯岸幸作たちと、同人誌を作ろう、と話がまとまり、その興奮を抑えきれず、大声で議論しながら散策した。井の頭公園にくり出した時、いつも陰気に黙り込んでいる葛西が、急に「富士の裾野を踊ろう」と言い出し、セルの着物と袴姿で妙な手つきと腰振りで、ひょろり、ひょろりと踊り出してしまった。途中で入れたアルコールで本性を現したのだが、そのあまりの変化に、舟木が「お、葛西が踊った、奇蹟、奇蹟！」と笑い出し、雑誌の名が「奇蹟」に決まった。

創刊号は大正元年九月に発刊され、葛西は『哀しき父』を、広津は『夜』（のち『少年の夢』）を発表した。「白樺」の品性、「新思潮」の伝統など、他の同人誌と比べると「奇蹟」は、エゴイズムに満ち、戦闘的で、仲のいい同人仲間も互いに相手をうかがって、隙あらば自作の餌にした。調子が乗って来ると「書くのをやめねばならない」と筆を止めた葛西は、なかでも横綱格で、小説ではいかに自分が気が弱くて、そのあげく不当な扱いを受けているかを、とくとく書き記し、仲間を無頼の悪漢に仕立て上げた。

＊生涯の友・宇野浩二を知る

広津一家の生活は「奇蹟」を出し始めたころから、ますますひどくなり、電気代も滞納し、ついに電気工事の工夫が家中のコードを引き抜きに来た。工夫が柳浪の部屋の特製のコードを取り払った時、父は「それはこっちで買ったのだから置いてゆけ」と言った。その声は威厳に満ちていて、廊下にいた広津は

「おやじ、やるな」と、心からの喝采《かっさい》をおくった。

広津はこの苦境を何とか切り抜けなければと思い、モーパッサンの『女の一生』を英訳から翻訳し、これが大当たりで、のちのち、一家の財政を何度も救った。

大正三年四月一日、広津は世田谷野砲兵第一連隊に入隊。入営中に父が病気し、心の負担がまた増えた。三カ月で除隊すると、名古屋の兄のところで養生している父母のために、さっそく毎夕新聞社に勤務。社命でのぞき趣味の『須磨子・抱月物語』を執筆、最終回で、島村のニヒリズムへの思いを吐露《とろ》した。が、広津は新聞社を半年で退社した。やはり父や伯父たちと同様の血が濃く流れていることを、自覚せざるを得なかった。

ところが、この憂鬱なる勤務の間に、下宿の娘と愛の伴わない衝動的な関係ができ、あげくに子どもまでなした。このままでは自分は地獄だと思いながら、子どもを見れば情がわき、女を不憫に思い、二人目の子どもまでつくるという、わが身のていたらくに歯がみした。

苦しさのなかに、また、楽しさもあり、生涯の友・宇野浩二を知り、大正四年、宇野一家と同居するところとなった。仕事ではトルストイの『戦争と平和』の分担翻訳、ドストエフスキーの『貧しき人びと』の翻訳を手がけた。生活苦、愛憎苦で鬱憤を持て余した広津の情感は、茅原華山主宰の「洪水以後」の文芸時評でのめざましい鋭鋒となった。

生活が少し安定したところで、さっそく両

親を鎌倉に呼んだが、気むずかしい両親と妻の折り合いの悪さに評論家の筆は何の役にも立たず、一人、永福町に逃れ執筆に励んだ。そのころ、世の中はトルストイの人道主義一色で、それが無性に広津の癇《かん》にさわった。「トルストイは、予言者でもなく、人生の教師でもなく、キリストのいやしい日雇人に過ぎないと言っているが、腹の中では世界で一番偉いと思っているのだ」と想定し、『怒れるトルストイ』を書いて、知識人たちに投げつけた。

＊性格破綻者としての意識

広津は「奇蹟」発刊後、小説は一度も書いていなかった。しかし、十枚から十五枚の文芸評論ではとうてい食えず。さりとて、今さら辞書片手の翻訳も面倒くさく、小説『転落する石』を書き上げたあと、『女の一生』の序文を書いてもらった正宗白鳥のところへ「読んで下さい」と持って行った。

皮肉屋の正宗は、あっさり「評論では食えないでしょう」と、中央公論の滝田樗陰《ちょいん》を紹介した。滝田は「もう一度八十点以上のものを書いて下さい」と広津に言いつつ、原稿料八十円をくれた。これには広津もど肝《ぎも》を抜かれ、何とか八十点以上のものを書こうとふんばった。

滝田には、できた分から五枚、十枚と原稿を毎日取り上げられながら、ようやく書き上げたのが出世作『神経病時代』で、正宗は「少し筆が軽すぎる」と、はがきで注意してくれた。

大正七年、近松秋江が「質屋で自分の着物を虫干しながら、その下にこれも自分の質入れした蒲団を敷いてゆうゆうと昼寝をする」という話を宇野浩二に教え、宇野はこの話をヒントに『蔵の中』を書いた。この作品は、博文館の「文章世界」四月号に、広津の『波の上』とともに載った。宇野はこの作品で、広津を抜いて「文学の鬼」といわれる作家となった。

愛なき結婚の苦しさを書き綴った『神経病時代』はやがて、『二人の不幸者』(読売新聞)、『感情哀弱者』と続き、これらの作品で広津は、自分のエゴイズムに徹することができる葛西善蔵らと違う、社会の絆に縛られ、それに一応順応することによって、かえって自分の性格を破綻させてゆく青年の悩みを追求していた。

広津が大正八年に発表した『死児を抱いて』(中央公論)を読んだ菊池寛は、「主人公が死にかけた女性にうそでも愛していると答えなかったのは、主人公のエゴに過ぎず、作品のできばえを超えて自分には不愉快だ」と文句をつけた。

家族の不幸をさんざん味わった広津には、人間がいかに合理的に処理しようとしても、現実には不条理の面をぬぐい去ることはできない、という強い認識があった。二人の確執は、広津が昭和五年に『女給』(婦人公論)を執筆した時、ヒロインにふられる男として菊池寛をモデルにしたことで、再燃した。皮肉にも、男盛りの菊池は同じ号の『私の顔』という短文で、「自分はこの顔で女の問題では損をしたことはない」と大見得を切っていた。中央公論では売らんかなとばかり、新聞広告で〝文壇の大御所が登場する新小説〟と宣伝した。菊池はかんかんに怒り、問題はこじれにこじれ、菊池は中央公論に乗り込み、編集者をぶん殴ってしまった。広津は、自分のまいた種を、結局、自分の手で解決しなければならない破目になった。

広津は生活苦とスランプのなかで、昭和二年の、宇野浩二の精神病を心配してくれた芥川龍之介の自殺や、同三年の『遊動円木』や『蠢く者』で、いやな思いや心配をさせられた葛西善蔵の病死を見守った。最後に本郷の下宿に見舞った時、葛西は小躍りし、結核で血を吐いた、その口で「来た。広津がやっぱり来た」と、広津をぺろぺろとなめまわして喜んだ。

＊松川事件に取り組む

広津は、二十歳の時から独特の健康法を始め、五十歳のころには、体については大きな自信を持ち、太平洋戦争を乗り切った。昭和二十年五月二十五日の東京大空襲を世田谷で体験、多くの焼死体とそこから流出した脂肪の塊を見た。同二十四年、菊池寛のあとを受けて日本文芸家協会の会長になり、同二十六年に青野季吉と交代した。

戦後、多くの小説や評論、随筆を精力的に発表したが、なかでも特筆すべき大作は『松川裁判』（中央公論・昭和二十九年四月号〜三十三年十月号、二十九年五月号のみ休載）と『年月のあしおと』（群像・同三十六年一月号〜三十八年四月号）、『続年月のあしおと』（同・

同三十九年五月号～四十二年四月号）である。

初め松川裁判について関心はなかったが、宇野浩二と毎日会って文学談義をしているうちに、被告たちが綴った手記『真実は壁を透して』を読み、毎日、話題にするようになった。文学に人生のすべてをかけて迫っている二人の作家が、手記を読んで、これはおかしい、と直感的に思ったのだ。

広津と宇野は、老骨にむち打ち不可解な松川事件に取り組み、広津は「中央公論」に『真実は訴える』を、宇野は「文藝春秋」に『世にも不思議な物語』を発表した。さっそく裁判所関係筋から、人民裁判とかペーパートライアル、文士裁判、法廷侮辱などと非難の矢が放たれ、マスコミや文学者もまた、これに同じた。ただ、昔から広津をかわいがった志賀直哉は広津が松川事件のことを話した時、「君の眼がその被告の文をほんとうだと信じたのなら僕も信じよう」と言って、最後まで松川対策協議会会長の広津を支援した。

広津は昭和二十八年、宇野とともに第二審の弁論傍聴のため仙台に二度出かけ、現場も見た。同年十二月、有罪の二審判決後、裁判調書を手に入れ、克明に判決の矛盾を調べ、その批判を「中央公論」に翌年四月から連載、松川事件講演のため全国を回った。だが、味方の宇野は病に倒れ、自らは痛風に悩み、大作『年月のあしおと』を執筆しながら、他人のうその自白のために死罪にならねばならぬ人びとのために闘った。

やがて、広津の熱意は報いられ世論も高まり、昭和三十四年八月、最高裁で仙台高裁差し戻しとなり、同三十六年八月八日（判決の日）、広津は痛風の足を引きずって仙台に出かけ、中野重治や佐多稲子とともに「全員無罪」の判決を聞いた。仙台から熱海に帰った広津のもとに、「ヒロツクンイマワユウコトナシ　オメデトウバンザイ　ゴケンシヨウヲイノル」と電報を打った宇野は、同年九月二十一日、安心したように、この世を去った。

長年の文学の友を失った広津は、深く悲しんだが、その後も「……忍耐強く、執念深く、みだりに悲観もせず、楽観もせず……」と、かつて提唱した「散文精神論」に添って粘り強い活動を続けた。昭和四十三年九月十一日、宮本百合子の『貧しき人々の群』のための賛辞を書き上げ、その十日後、思い立ったように葛西や宇野のあとを追った。享年七十六。くしくも、広津和郎が逝った九月二十一日は、生涯の友とした宇野浩二の命日と同じであった。

子母澤《しもざわ》 寛《かん》

1892～1968

幕末から維新へ、世の中は大きく動いた。多くの傑物が登場し、幾多のひのき舞台に立ったが、大江戸八百八町を戦火から救い、町民の生活に活気を与えた立役者は三人であったという。その人は、錦の御旗をかかげた西郷隆盛に大久保利通、それに賊軍の汚名を着た幕軍の勝麟太郎（海舟）。

西郷は、勝一人を信用し、血気にはやる官軍連合隊を抑え、江戸城開け渡しの件を、「いろいろむつかしい議論もありましょうが、私が一身にかけてお引き受けします」と請《う》け合った。その上、幕府から官軍に入れ代わったばかりの、いわば無政府状態の大江戸の町を、「どうか、よろしくお頼み申します。後の処置は、勝さんが、何とかなさるでしょう」と言って、奥州の戦いに出陣してしまった。

江戸は、大阪と違って商いが盛んなわけでもなく、物産が出るわけでもない。ただ、徳川家の旗本や大名たちの消費生活で成り立っている町にすぎない。大名制度がなくなり、徳川家の人びとが静岡へ移住してしまえば、それこそ〝火事とけんかは江戸の華《はな》〟も、しぼんでしまう。勝は、このところの事情をふまえ、「百五十万の人びとを生かすにはどうしたものか」とつぶやいたら、理論家の大久保は「それでは断然、江戸遷都のことに決しよう」と言って、今の東京が生まれた。

勝は、味方の幕臣たちに「大奸物《かんぶつ》、大逆人」と言われながら、官軍と折衝して大江戸の街を救ったわけだが、その眼は大きく外国に向いていた。首都というものは幕府の私物ではなく、ましてて、この戦いは英米仏などの列強が虎視眈々《こしたんたん》と見守っている。うっかり隙でも見せようものなら占領されてしまうのだ。「幕府より国家が大事、東洋のために百年の大計を講じよ」と言う勝の大誠意と、その意図をくんだ偉大なる人びとによって、ともかくも外国からの侵略を阻止することができた。

歴史の動きは非情で、西郷は西南の役に敗れ、西郷を死に追いやった大久保もまた暗殺され、幕臣・勝のみが伯爵の位を得、明治三十二年一月まで生き延びた。

勝の『氷川清話』(角川文庫)によれば「無茶な軍備は人民が困る」と言い、「世の中は官僚や学者の方針どおりにはいかない、行政改革は公平で大きいものから始めないと弱い者いじめになる」などと現代にも十分通用することを語っている。勝は、人間の繰り返す大きなあやまちをしっかりとらえていて、維新政府の権力争いを「長門人《ながとびと》薩摩隼人《はやと》のこの頃や、わが末の世にかわらざりけり」と歌った。

この一代の傑物・勝安房守《あわのかみ》に、ぞっこん惚れ込んだ作家が、子母澤寛であった。

＊敗残者の血を継いだ男

子母澤は明治二十五年二月一日、北海道厚田郡厚田村で生まれ、本名を梅谷松太郎といった。ある事情で幼くして生母に別れ、祖父の梅谷十次郎の長男として入籍。十次郎は、網元や旅館・料理屋を兼ねた「角鉄」を経営するなど、村では顔役だった。

だが、この祖父には、上野で彰義隊に参加し、箱館の五稜郭《ごりょうかく》で敗れ、捕虜となって札幌の開拓に従事、ここから六人の敗残の友とともに厚田に逃れた、という過去があった。

祖父・十次郎は吹雪の夜、「なあーに、明治の新政府になっても、馬鹿めらが権力に血まなこになって庶民の暮らしがよくなるものか」と言って、気だてのいいばっちゃ（祖母）をガミガミどなりつけながら、懐にかかえた孫をぎゅっと両手で抱きしめた。

べらんめえ口調で語る、幕末の哀れにも美しい物語は、幼心に深く刻まれた。江戸っ子の幕臣が、見も知らぬ北海道の荒ぶる海の寒村・厚田で、大雪に閉ざされながら孫に語り継いだものは何だったのか……。

賊軍の汚名を着せられ、花のお江戸から転々と蝦夷《えぞ》の地まで行った祖父たち仲間の願いは、幼な子に「りっぱな軍人になって、お国のために尽くしてくれ」という単純なもので、「そうすりゃあ、こんな寂しい海辺でも、欲の皮の突っ張った薩長の奴ばらに、ざまあ見やがれと、たんかを切って死んでいける」というものだ。

実際、孫が村の推挙で陸軍地方幼年学校の試験が受けられると決まった時、祖父は大変な喜びようであった。しかし、敗残の血を継いだ少年の運命は哀れで、その大切な試験は「片方の耳が聞こえない」という理由で落とされてしまった。少年は、難聴だった。

年輩の男たちの期待をずっしりと背負わされた少年は、「兵隊は片耳ではつとまらん」と慰める軍人の前で、裸姿のまま、ワーッと泣き出してしまった。さあ、これを知った祖父はおさまらない。もともと推挙をした学校や役場に責任がある。どうして推挙の時に身体検査をしておかなかったか。恥をかかされて、黙っていられないのが江戸っ子だ。

祖父は、「はじめて世間へ出した倅《せがれ》が、おまえさんらのおかげでとんだ赤っ恥をかかされた。これから先の長え悴だ。さ、どうしてくれる」と、口をへの字にして村長にねじこんだ。

＊羊蹄、蕃に触るるの相

赤っ恥をかかされた少年のその後はさんざんで、せっかく、じいちゃがやりくりして学費を捻出《ねんしゅつ》した学校が火事で焼けたり、夜逃げ同様にばっちゃの墓のある厚田を飛び出したり、苦学で明大法学部を出て弁護士になりそこなったり、やっと勤めた新聞社がつぶれたりしたあげく、大正三年、女房、子ども連れで恥の上塗りを重ねながら、折り合いの悪い札幌の母のもとへたどり着いた。

のちに、「祖父は上野の敗戦のかおりをふところに入れて江戸を落ち、孫の私は学業に失敗して哀れな姿をふるさと近くに運ぶ」(『曲り角人生』昭和三十九年・読売)と、子母澤は敗残者の系譜を述べている。

敗残者には蝦夷の地は、なおのこと辛かった。まことに、にっちもさっちもいかなくなって、貧乏人と病人を狙う易者に五円もの大金を、やけくそのように投げ出した。そこで出たのが「羊蹄《ようてい》、藩《ばん》に触《ふ》るる」の相だった。

酒の臭いのする易者から、「弱い羊が頑丈な垣根にぶつかり右か左へ行かなくてはならないが、ここで大決心をしないと餓死あるのみじゃ」と、ばっさりやられた。金はなくとも江戸っ子だ。気位では誰にも負けるものじゃないと、ひやかし半分で見てもらったのだが、この言葉はびぃーんと胸に響いて、「ありがとうございます」と、ていねいに頭を下げた。

このままじゃ、死んだじいちゃもばっちゃも浮かばれない、よし、もう一度ふんばろう……子母澤は、仕事先の網走の川の流れを見ながら決心した。そして上京後、同じ村の出身の人が勤めている日出ノ気商会に、庶務部長の椅子を世話してもらった。が、この会社は部長ばかりで、しかも給料は出ないという、奇妙なところだった。ここで、先付け小切手の使い方や贋物《がんぶつ》売りなどを演じさせられたりして、またまた餓死寸前の日々が続く。どん底のなかで、子母澤は読売新聞の白田天坡を知り、社会部長・太田四洲の知遇を得る。

このころの子母澤は、食うだけが精いっぱいで、敗残者の意地をすっかり忘れかけていた。読売新聞の面接で、初対面の太田に「君、右の耳が悪いんじゃないか」と言われ、びっくりするとともに、豁然《かつ》とするところがあった。新聞記者もまた、耳でだめになるかと思ったが採用になった。子母澤の運は、ここから大きく開いてゆく。

千葉亀雄の勧めで、調査して執筆する映画女優の評判記や、国定忠治七十五年祭の取材などに力を入れた。その間に、こつこつと新選組、旧幕臣の遺老たちの話を集めて、祖父・十次郎のありし日とダブらせ、作品の肥料にした。

＊『新選組始末記』の作者として

昭和元年、ペンの冴《さ》えを買われ東京日日新聞（東日）に転じ、小野賢一郎のアイデアで老人や有名人の聞き書きを主にした『味覚極楽』を連載し、評判になった。同二年には、戊辰《ぼしん》の年にちなみ、東日に『戊辰物語』を連載。同三年には、明治政府の宣伝で人斬り集団にされてしまっていた新選組を、古老の聞き書きで訂正した『新選組始末記』を、子母澤寛の筆名で出版した。姓は大好きだった住居地・大森区新井宿子母沢にちなみ、名の寛は単に語呂がいいからということのようだ。

この史談とも聞き書きともつかぬ重厚な作品は、長谷川伸の『相楽総三とその同志』（昭和十五年～十六年）とともに、歴史の見直しの資料として読者や小説家に重宝された。『新選組始末記』の行間に凛々《りんりん》と流れているものは、やはり幕臣だった祖父への香華《こうげ》に他ならず、権力に翻弄《ほんろう》され滅んで行った庶民の美意識が見え隠れして、読者の心を打つ。

新聞記者にはなったが、お金の苦労は尽きなかった。子母澤の、徳川家の恥をすすぐ行為が、そののち途切れたようになったのも、それまでの借金を片づけ、子どもの病気の入院費を支払うためであった。

「サンデー毎日」に発表した『紋三郎の秀』(昭和六年)が、林長二郎(のちの長谷川一夫)で映画化、劇化されるや、子母澤寛の名は全国に知られた。祖父に似て太っ腹のところとデリケートな神経を持ち合わせた子母澤が、食ってゆくためとはいえ〝股旅《またたび》もの〟を次々に書き続けるのは辛いことだった。

そのような時、同じ厚田出身の戸田城聖(創価学会第二代会長)の教えを受け、法華経の方便品、寿量品を誦《よ》み、南無妙法蓮華経のお題目をあげ、心を静めた。その修行は、法華信者であった祖父、祖母への尽きない供養が含まれていて、子母澤を人間的にひとまわりもふたまわりも大きくしていった。

昭和八年、約十三年間の新聞記者生活に別れを告げた子母澤は、都新聞に『突っかけ侍』(同九年三月十一日〜十月四日)、『松村金太郎』(同九年十月五日〜十年五月十六日)、『はれば れ坊主』(同十年十二月十二日〜十一年七月五日)と立てつづけに執筆を開始。

これを機に『弥太郎笠』(同十一年六月八日〜十月十一日)、『国定忠治』(大阪毎日、東京日日・同七年十一月十五日〜八年六月六日)、『笹

川の繁蔵《しげぞう》』（オール讀物・同八年八月十日〜九月二日）など、従来の〝人情股旅もの〟から、やくざをからませた〝維新もの〟に切りかえる段取りを始めていた。

昭和十一年には、月産三百五十枚を下らない流行作家になっていて、映画や芝居になった作品も多く、長谷川伸とともに、その名を全国に知られた。しかし、有名人になった子母澤の心に強く居座わっていたのは、「世に徳川家の冤罪《えんざい》をそそぐ」という大事業であった。

＊勝海舟に惚れ込む

『竜馬がゆく』で一躍人気作家にのしあがった司馬遼太郎は、「〝維新もの〟を書くにはどうしても『新選組始末記』を利用させてもらわねば書けない」と、わざわざ藤沢（神奈川県）の子母澤宅を訪ね、「先生、あれを使わせて下さい」と頼みこんだ。

子母澤は「どうぞどうぞ、私は根が怠け者、ほとんど新聞社の支局を利用して調べたもので、あれは皆さんのお力でできたようなものです」と、西郷のように大きな体に乗せたいがぐり頭をかきながら照れたという。

司馬も言うように、きめ細かな民俗学的な採集とその選択のよさには驚くべきものがあった。新選組の生き残りの一人に取材している時、聞き上手の子母澤に乗せられた古老は、急に声をひそめ、あたりをうかがうような目つきで、「この時、貴官はどこにおられた」と尋ねたという。

一方、子母澤の脳裡《のうり》には、幕臣・勝麟太郎

が、祖父・十次郎の面影と合体し、少しずつ成長していた。大長編『勝安房守』（のち『勝海舟』）・中外商業のち日本経済新聞）を連載し始めたのは昭和十六年十月十四日で、十八年十二月二十八日に一度筆を擱《お》き、続編を十九年五月二十九日から二十一年十二月九日まで一気に書き上げた。

この作品で子母澤は、それまでたまりにたまった心情を吐き出すかのように、四十俵取りの無役小普請《こぶしん》・勝麟太郎の少年時代からアメリカ渡航、江戸開城、駿府移住までの激動の半生を息もつかせぬ迫力で展開している。新聞小説という制約のため構成の粗《あら》さはどうしようもないが、大人物・勝麟太郎をここまで浮き彫りにすることができたのは、祖父から子守歌のように聞かされた幕臣の心意気に心底通じていたからであろう。

江戸開城を中心にしたこの小説が発表されたのが、ちょうど終戦の年（昭和二十年）で、連合国軍総司令部（ＧＨＱ）が日本の受け渡し作業をする時に当たっていたというのも、何かの因縁であろう。その時も明治維新と同じく、まかり間違えば日本が滅んでしまう危機であった。価値観ががらりと変わった時代に、べらんめえの大人物が戦火を憂え、江戸城と江戸の民を救ってゆく姿は、敗戦で落ちこんだ読者の心の支えになった。そこには、「体制はどう変わろうとも、庶民というものはずぶとく生きぬいてゆくものだ」という教示があった。

封建的な時代小説を嫌ったＧＨＱをどのように説得したのか。この小説が検閲のやかましい戦前・戦後を生き残ったというのは、作者・子母澤の生命力の強さを証明していることにもなる。

＊猿まわしで飯が食える

さきに『勝海舟』の構成の粗さについて触れたが、子母澤は、これをさらに体内で発酵させ、『父子鷹』（読売・昭和三十年五月十九日〜三十一年八月十二日）、『おとこ鷹』（同・同三十五年六月八日〜三十六年十月十九日）と育て上げ、読者を堪能《たんのう》させた。両作品には江戸末期の下町本所の風俗と、そこに生きるスリや詐欺師など、末端の人びとの生活が生き生きと描かれていて、眼をつむると、小説の舞台になっている横丁から、「馬鹿めらが、家まで付いて来たら、おいらのお信にしかられるぞ」と、どなりながら小走りに走って来る小吉の姿が浮き上がってくるようだ。それほど微妙に作中の勝小吉、麟太郎に、祖父・十次郎と作者の感情が入り乱れている。

聞き書きの取材で、用心深い古老に絶対の人気があった子母澤は、なぜか動物にも人気があった。俗に「動物好きに悪人はいない」と言うが、これもやはり不思議な縁というものがあって、子母澤はひょんなことで猛猿と付き合う破目になった。

栃木の山奥から来た猿飼いの名人に、猛猿と付き合う法を取材しているうち、初めは無愛想だった名人にすっかり信用され、「あんたなら立派に猿まわしで飯が食える」と太鼓判を押された。

猛猿は、子母澤にかかるとすっかり警戒心

をゆるめ、ウオウオウオと喜びの声を上げた。

猿の急所は首で、首を一度力いっぱい咬《か》みつけば降参してしまうと聞き、臭い首筋に三分間ほど咬みついた。猛猿はウオウオとひどく優しい調子で抱き付き、子母澤は、その痛々しさ、可愛いらしさに思わず涙を流した。この猛猿（三ちゃん）との愛憎のドラマは、『愛猿記』（小説と読物・昭和二十五年）、『悪猿行状』（小説中央公論・同三十八年五月〜九月）などに詳しい。

勝小吉がお信、麟太郎がお民、じいちゃがばっちゃと、それぞれ仲がよかったように、子母澤寛もまた、苦労をともにした夫人を誰よりも大切にした。その夫人が昭和四十一年十一月に亡くなると、がっくりと気を落とし、自らも二年後の七月十九日、心筋梗塞のため藤沢市鵠沼《くげぬま》の自宅で倒れ、夫人のあとを追った。享年七十六だった。

獅《し》子《し》文《ぶん》六《ろく》

1893〜1969

この世に生を受けることの不思議さは言うまでもないが、この世でどのような生き方をするか、ということは予測することさえ許されていない。人間は、厳然と父と母の血をたずさえ世に突出し、もろもろの因縁を結び、新たな因果を積み上げて死んでゆく。

なかでも、平凡にして最高の因果は、生殖作業の結果、子をこの世に残すことであろう。ある人は処女のまま死に、ある人は童貞のまま朽ちる。この生き方が、己の強い信念と意志の結果でないことは明らかである。誰が好んで血縁を絶ち、孤独を楽しもう。

もちろん、現実には子をなさぬ人間も多い。そうかと思うと、再婚同士でお互いに連れ子を連れ、もう苦労の種の子はいらない、と言いながら、年に一、二度の閨房《けいぼう》で因果を残す人もいる。連れ合いに四度も先立たれ、五度目の結婚式を挙げる人もいる。

人生というのは、努力と忍耐の結晶であるともいわれるが、人生の基本的なものは大きな因果律で決められていて、人間の努力や忍耐など、いささかの作用もおよぼさない。

人生三十にして、一か八かのパリ留学に賭け、ペンネームに百獣の王・獅子と、文豪（文五）より上の文六を合わせて〝獅子文六〟（四四、十六のもじり）と当てた岩田豊雄は、五十八歳で三度目の結婚をし、六十歳で長男をつくった豪の者であった。

＊父親との精神的結合の一瞬

獅子文六は、明治二十六年七月一日、大分県中津藩の岩田茂穂・アサジ夫妻の長男として、横浜市弁天通り三に生まれた。本名は、岩田豊雄。姉と弟があり、仲がよかった。

岩田家は豊後中津藩二十人扶持《ぶち》の小身で、父・茂穂は同藩の維新の先覚者・福沢諭吉暗殺にかかわったが、逆に諭《さと》されて門下生になった。新銭座の慶應義塾に入門、気がふれたような尊皇攘夷《そんのうじょうい》論者から開国論者に転向した。福沢に経済学や英語を学び、米国ニューヨークのイーストマン・カレッジに二年間留学。その後、横浜の生糸同伸会社勤務中に再度渡米した。明治十七年、祖父没後に家督を継ぎ、翌年に横浜で福沢崇拝者の平山甚太の娘アサジと結婚。仲人は福沢諭吉の片腕で、『学問のすゝめ』の共著者でもある小幡篤次郎で、豊雄と弟・彦次郎の名付け親でもあった。

沈黙院といわれたほど厳格な父に、豊雄は言い知れぬ寵愛《ちょうあい》を受けた。数えで九歳の時、横浜の居留地で商店を経営していた父は、脳神経の病気で、この世を去る。明治三十四年二月、恩師・福沢諭吉の葬式に無理をして出たあと、視力が急に弱まり、四肢の自由を失って、じっと目をつむったまま大きな体を死の床に横たえた。部屋中に、床ずれにつけるリゾールのにおいと、父独特の強烈な体臭が発散した。

豊雄は父の死を体験する直前、友だちにそそのかされ、太田の赤門という寺へ地獄極楽の絵を一人で見に行った。初めて接した恐ろしい地獄絵の前に立ちすくみ、発熱し、悪寒をおぼえ、夢見心地のまま草ぞうりを引きずるようにして家にたどり着くと、突き上げて来る恐怖に打ちくだかれ、父のふところに庇《ひ》護を求めた。

意識もなく、規則正しく息をしているだけの父の寝床に足のほうからスッポリ入り、父の体臭と体温を暗闇のなかで確かめながら、ホッとため息をついた。母たちが「豊雄がいない」と大騒ぎしたが、父のふとんでぐっすり眠りこけている少年を発見し、ゲラゲラと笑った。だが、この一刻《ひととき》が、少年と父親の精神的な結合の一瞬であったことを知るものはいなかった。

父が死んだ時、豊雄は日本橋の医者に嫁いでいる叔母のところへ遊びに行っていた。一つ下の弟は、はしゃぐように「お父つぁんが死んじゃったよ」と言った。いつもは粋《いき》であだっぽい母は、「これからはお前が後継ぎになるんだよ。いいかい、お前がしっかりしなきぁ……」と泣いた。九歳の少年は、父の死を通常の悲しみの形として表現することができず、棺の上にあった編笠をかぶり、守り刀を腰にさして畳の上を転々と踊った。「お前は家の跡取りだ」と母や親類の人びとに何度も言われ、その意味は分からなかったが、この言葉は幼い胸に深く刻み込まれ、生涯、長男という重圧から逃れることができなかった。

＊父が学んだ慶應義塾へ

横浜の小学校では、性格的なものも禍いして、ヒゲダルマというあだ名の先生に徹底的にマークされ、いじめられた。かわいがってくれた父が死に、父の代わりに商店を仕切っていた母は不在がち。少年は、母や周囲の人びとに対して激しい反抗を試みた。その方法は、根《こん》をかぎりに、大きな声で泣いて学校を休むことであった。母はついに音《ね》を上げ、「東京の学校へ転校させてやろうか」と提案し、息子を連れて名付け親の小幡先生を訪ねた。

こうして豊雄は、父が青年のころ慕い入門した慶應義塾への足がかりを、自身の手でつかんだのである。生まれつき身勝手で偏屈で独善的な傾向を、父から譲り受けていた少年は、慶應幼稚舎の寄宿舎生活で鍛えられ、少しずつ他人の存在を許せるような性格に成長していった。生臭くて食べられなかった生卵も、赤い刺し身や煮魚も、友だちと競い合って食べるようになった。寄宿舎での生活には、教師たちも立ち入ることができない不文律があり、勢力地図ができていて、ボスと子分の関係もあった。豊雄はその軋轢《あつれき》にひしがれ、そのたびに「お父つぁんが生きていればなア」と思った。

慶應普通部に進学すると、家からの通学を願ったが、母はそれを許さず、教師のところへ寄食させた。男女の関係ということに敏感に反応する年齢になっていた豊雄は、母を店の支配人に横どりされているような気持ちになり、教師や母ともややこしいトラブルを何回も起こした。

教師の一人から、「福沢先生のように本を書け、ぼくは本を五冊書いている。死ぬまでに身長と同じ高さに達するまで書いてみせる。諸君も将来、せめて一冊の本でも書けるような人間にならなあいかん」と諭された。

その本は中学生用の薄い虎の巻のようなものだったが、豊雄は「うーん」とうなって深く心に留めた。

寄食先の教師のところから追い出されては家に戻り、家ではお手伝いさんの秘所に興味を持ち、母をおののかせた。幼いころから女性の黒々とした陰毛には尽きない興味があった。眠っているお手伝いさんの股をうかがっていて、父にじっと見つめられたこともあり、自分のものを椅子にこすりつけている現場を母につかまえられ、小さいながら直立したものに、風呂場で水をザブリとかけられたこともあった。少年の心には、父のまなざしはいつまでも怖く、母の行動は問答無用でなぜか快《こころよ》かった。

やがて慶應の理財科予科に進んだが、勉強

にはほとんど身が入らなかった。絵を描こうという気はあったが、お金にはなりそうもなかった。唯一、身を入れられそうなのが、文学だった。そして、俳人・原月舟たちと始めた回覧雑誌「魔の笛」に全力をつぎ込む。長男として家の面倒を見なければならないが、好きな文学をやめる理由はないと思った。母はまたもや匙《さじ》を投げ、理財科予科から文科予科への転部を許したが、その時、豊雄にはもう学校で正規の勉強をしようという意欲さえ、萎《な》えてしまっていた。

＊遺産でフランスへ行き、恋愛をする

大正九年、母が脳出血で亡くなった。二十七歳になっても身の固まらない長男に、気を残しながら死んでいった……。すでに姉は嫁し、弟も商大を出て就職していたので、豊雄は完全に自由の身となり、同十一年三月、失敗したら自殺すればいいと考え、父の遺産でフランス（パリ）に留学。庶民的なアパートに陣どり、小説より演劇に身を入れて勉強した。フランスでの大事件は、結婚を考えずに恋愛関係にあったマリー・ショウミイとの間に子をなしたことであった。

マリーの明るい愛情は、豊雄が幼いころから持っていた女性の黒い毛にまつわる淫靡な感触を一挙に除き、父亡きあと、けんか腰で愛情をより注いでくれた母の面影を振り払ってしまうのに十分であった。マリーは子ができたことを知ると、豊雄とともに未知の国に渡り、母になる決心をしたのであった。

豊雄は、またもや生活の負担を担わされる

ことになった。帰国して自分一人で生きるのにもため息が出そうなのに、外人の女房と子を一人で養ってゆくというのは、途方もない事態であった。アッという間に長女が生まれ、お金はどんどん出て行き、収入はマリーのフランス語の出張教授費だけという惨状であった。

愛の巣を守るために駆けずり回り、父の遺産を処分したり、シャルル・ヴィルドラックの『貧者』、ジュール・ロマンの『クノック』などの翻訳をしたりした。かたわら、本業とした演劇でも活躍し、昭和二年に岸田國士に誘われて新劇協会に入り、同三年には岸田、関口次郎、田中千禾夫らと新劇研究所を創設した。

ところが、日本の水になじまない上、生活苦が重なったせいか、元気なマリーが病気になってしまった。豊雄は子どものころから極端に自分中心の男で、妻子のために働くのだと口では言いながら、結局は自分の仕事に夢中になり、妻や娘に対する愛情を整理したり、案配したりする配慮のできる大人ではなかった。

＊娘のために一生を投げ出そう

昭和七年十二月、マリーはフランスの両親のもとで息を引きとった。その死を義父からの手紙で知った豊雄は、大雪の日、教会で形ばかりの葬儀をささやかな人数で行った。そこには、男の子のように活発な一人娘・巴絵の姿を見ることはできなかった。不憫なあまり、娘には母の死を伏せていたのだった。

儀式を終えたあと、有名な劇作家の友人を東中野の家に誘い、二人で浴びるように飲んだあと、それでも寂しさが抜けずに、街へ出て何軒も酒屋をまわり泥酔した。次の日はおのこと寂しく、姉と伯母に芝居に誘われ、それを中座して、街をほっつきまわって遅くに家にたどり着いたら、「娘さんが病気なので、すぐ来て下さい」との伝言があった。

娘の巴絵は、フランス・カトリック系の白薔薇女学校の寄宿舎にいた。豊雄は、女手が足りないこと、自分が自由に仕事ができないことを理由に押し入れていたのだが、ふと、自分が子どものころ、寄宿舎でどれほど苦労したかを思い出した。あわてて表へ飛び出し、電話を借りに走った。「熱が四〇度近くあって、肺炎を起こしているらしい」と聞き、「巴絵は死ぬかもしれない」とガタガタ震えながら、自分自身を呪い責め立てた。

寄宿舎に駆けつけると、娘は荒い息の下から、「お家へ、帰ろう、パパ……」と言った。その表情には、イヤなこと、悲しいことを小さな体で受け止めかねている苦しさがあふれ出ていた。「他の子に病気が移ると困るから、早く連れて帰って下さい」と、舎監は冷たい言葉を投げかけた。「こんなところに誰が世話になるものか」と怒りがつのった。幸い、診てもらった医者の手当てがよく、娘は蘇生した。だが、母の死を知らせる苦痛が残っていた。気に病んだあげく、学校の先生に相談すると、「もうずっと前に話しておきましたよ」との返事。まだ十歳にならない子どもの心に、これ以上心配させてはならない、という父への愛が芽生えていることを知って、「これからの自分の一生を娘のために投げ出そう」と、決心したのだった。そして、豊雄は娘の母となるための女性を探すことになる……。

＊名作『娘と私』と『父の乳』の背景

豊雄が〝獅子文六〟というペンネームを使うようになったのは、「新青年」に『金色青春譜』を書き始めた時からだった。その後、『悦ちゃん』（報知新聞）、『達磨町七番地』（朝日）、『伸子』（主婦之友）、『南の風』（朝日）、『おばあさん』（主婦之友）、『海軍』（昭和十七年・朝日・岩田豊雄で発表、朝日賞受賞）など、多くの連載ものを次々と書き、有名作家にのし上がっていった。一方、昭和二年からかかわって来た新劇では、岸田國士、久保田万太郎らと劇団文学座を創設（昭和十二年）、岩田豊雄の本名で活躍した。

娘のための妻探しのほうは、幸い、一度結婚に失敗して共立女子職業学校で和裁の教師をしていた愛媛県出身の家永シズ子と縁を結ぶことができ、昭和十年に結婚。シズ子は、わがままな文六をよく助け、複雑に歪《ゆが》みかけた娘を、実の子のように育ててくれた。彼女は、妻としてよりも娘の親として十五年の歳月を苦労の連続で送ったあと、同二十五年二月、娘の嫁入り道具まで用意して病死した。

文六は、ようやく完成した大磯の家で、連載中の『自由学校』（朝日）に力を入れたが、ついに力尽き、昭和二十六年一月、胃潰瘍で大吐血、癌研付属病院で手術を受けた。そして、これから老い先のことを考えると、急に不安になった。父は脳神経の病気で倒れ、母もまた脳出血で寝込んで往生した。父の下《しも》は母が見、母の下は自分が見、母には顔におしっこをかけられた。自分はどういう死に方をするか分からないが、少なくとも話し相手になってくれる女性がいてくれなくては困る、という思いにかられた。

三十九歳で夫と死別した頭のいい女性（幸子）を紹介され、昭和二十六年五月二十七日、娘の結婚に一カ月先がけ、沢田廉三夫妻の媒酌で徳川夢声夫妻や樺山愛輔、坂西志保ほか、身内の数人が集い結婚式を挙げた。式場の日本間の欄間に偽筆らしい東郷元帥の「此一戦」という額が掛かっていた。夢声はこれを見て、「ははア、この一戦ですか」と、文六のほうを見て言った。みんなも意味ありげに笑った。五十八歳と三十九歳の組み合わせの〝この一戦〟が、のちに実を結ぼうとは、当の本人はもちろん、誰も考えなかった……。

文六は新しい伴侶を得るとまたも情熱が湧き出し、亡き妻シズ子に捧げる『娘と私』（主婦之友）を連載し、昭和二十八年五月、英女王戴冠式取材で渡欧。娘婿で、フランス大使館に勤めていた外交官・伊達宗起の運転で、娘と一緒に自分がマリーと青春時代に過ごしたアパートや街を訪ねた。娘はすっかり彼のものになっていて、母親への興味も消え、がっかりしたが、旅先のロンドンで妻・幸子の懐妊の報を受けて驚いた。そして十二月、〝この一戦〟の結実である長男が生まれると、「でかしたぞ」と思わず叫び、倫敦《ロンドン》にちなんで〝敦夫〟と命名した。

文六は青年のごとく若返り、『青春怪談』(読売)、『大番』(週刊朝日)、『可否道』(読売)などを執筆。昭和三十八年四月に日本芸術院賞を受賞、六月に『岩田豊雄演劇評論集』(新潮社)を刊行した。

昭和四十年一月からは、岩田家の直系を継ぐ長男・敦夫への遺言集ともいうべき大作『父の乳』を「主婦の友」に書き出した。長男は、祖父や父と同じ慶應義塾の門をくぐり、生意気に母を悩まし始めていた。文六は長男との生活の年数を一年、二年と深めるごとに、自らは九年間しかかかわり合わなかった父の乳の臭いをまざまざと思い出した。作品には、短い年数しかともに生きることが許されない父の、息子へのひたむきな愛情が沈められていた。そして、同四十二年十二月、「わが子よ、次は君が父となる番だ」と結んだ。

獅子文六と岩田豊雄という二つの名を使い分け、日本芸術院会員・文化勲章受章者になった男は、昭和四十四年十二月十三日、バトンを長男に渡す。死因は脳出血で、享年七十六であった。

江《え》戸《ど》川《がわ》乱《らん》歩《ぽ》

1894〜1965

およそ地球上の生きもののうちで、人間ほど恐ろしいものはいない。もし、動物が自分たちの意見を発表する能力を持ったら、まず人間の残虐性と身勝手さを一番に訴えるだろう。わがもの顔で地球や宇宙を放射能や水銀などで汚染していることに強く抗議するだろう。そして無駄と知りつつ、素朴に大自然と生を共有していた古きよき時代に戻れと祈り、哀願するに違いない。

悲しいことだが、人間はもうかつてのライバルたちと仲直りをすることもできないし、大自然の懐に返ることも許されない。頭脳の発達で生物の王に成り得た人間だが、脳髄の過度なる増殖は人間を大妖怪に仕立て上げ、夢幻の世界をさすらう異邦人に成長させてしまったのである。

探偵小説の祖、エドガー・アラン・ポーは、「この世の現実は、私には幻――、単なる幻としか感じられない。これに反して、夢の世界の怪しい想念は、私の生命の糧である」と言った。この言葉に同調した夢人・平井太郎は、ポーにちなんだペンネーム、江戸川乱歩を使い、その生涯を探偵小説に捧げた。

＊探偵小説のなかに安住の地

乱歩は、明治二十七年十月二十一日、平井繁男を父とし、きくを母として、三重県名賀郡名張町に出生した。本名は平井太郎。

祖父は、伊勢藤堂藩の加判奉行、津加判奉行などを務め、明治四年に隠居。この時、父・繁男はわずか五歳で藤堂家出入りの豪商の家に預けられた。父は、関西法律学校（現・関西大学）卒業後、祖母の要請で学業を捨て、三重県名賀郡（名張町）書記から二年後には鈴鹿郡（亀山町）書記に転じ、東海紡織同盟名古屋支部書記長、奥田正香商店支配人などを歴任し、同四十年、平井商店を開店、独立した。

乱歩の本籍は津市だが、家族が転々としたため、故郷を知らない。祖母と母だけにかわいがられ、父のチョッキを着てサーベルを提げ、内弁慶で威張った。名古屋市白川尋常小学校に入学し、初めて粗野《そや》な友人たちに接し、怖気《おじけ》を震った。駆け足がゾッとするほど嫌で、器械体操ができず、悪童たちの格好の餌食《えじき》となった。いつも扁桃腺炎で熱を出し、祖母や母が読むお家騒動ものや、黒岩涙香《るいこう》の探偵翻案ものを聞きながら成長した。

明治四十五年、不況のあおりで平井商店が破産、一家は一文なしになってしまった。気の弱い父は、家族の者に涙を流して不始末を詫《わ》びた。乱歩は八高の入試を断念し、父と二人、家族を養うために朝鮮に高飛びし、荒無地の開墾で再起を図ろうとしたが失敗。共倒れになることを恐れ、旅費だけをもらって東京に出、早稲田大学予科に入った。父よりも厳しい苦学で、活版工見習、活版工、市立図書館貸出係、政治雑誌記者、初等英語の家庭教師などをして食いつなぎ、ほとんど学校へは行かなかった。

大正二年、母方の祖母と牛込喜久井町に同居することを許され、アルバイトから解放されたが、少年時代には病気と悪童から、中学卒業時からは貧乏に責め立てられ、少し余裕ができたからといっても、正規の学業に戻る元気はなかった。乱歩は、早稲田大学図書館、上野、日比谷、大橋などの図書館をめぐり、少年時代に親しんだ黒岩涙香の作品をあさり、同三年、二十歳の秋に初めてポーとドイルに接し、短編探偵小説のなかに自分の安住の地を見出《みいだ》したのであった。

＊勤め人失格者

ポーやドイルを知った乱歩の驚きは大きかった。将来、長男として家族を食わせてゆかなくてはならない責任があり、そういう男が、図書館で探偵小説の原本をあさるのは恥ずかしいことであった。

乱歩は、良心の呵責《かしゃく》におびえながら、猟奇《りょうき》の世界にのめり込み、情熱のおもむくままミステリー小説覚え書きとでもいうべき『奇《き》譚《たん》』（エキストラオーディナリ）という手製本を作った。そして、夜中の妄想のなかで、アメリカへ渡って英語を習い、探偵小説を書く決心をした。このすばらしい計画を二、三の先輩に相談したが相手にされず、やむなく大阪市の貿易商社、加藤洋行に就職した。

だが、乱歩には、勤め人に必要な我慢強さと協調性が基本的に欠けていた。これは、持病の扁桃腺炎や蓄膿症とも関係があり、合宿生活で、一人きりになって妄想を蓄える時間がないことども強くつながっていた。乱歩はあまりの辛さに店をさぼり、温泉を放浪し、女で失敗したあげく、一年ほどでやめてしまった。

次に三重県鳥羽造船所の事務員となり、ここでは乱歩の特質を見抜いた上役から社内報を任され、同僚たちと鳥羽お伽《とぎ》会を作り、劇場や小学校でお伽話の会を開いたが、乱歩のストレスは癒されず、ついに料理屋や飲み屋に借金をして東京へ夜逃げしてしまう。ところが、鳥羽で知り合った小学校の先生・村山隆子が、乱歩に捨てられたことを気に病んで死にかけている、と友人の手紙で知る。動揺した乱歩は、求婚の手紙を出し、これを機に隆子は病身を乱歩に預けることになった。

隆子が兄に連れられて上京した時、乱歩は兄弟と経営していた貸本屋に行き詰まり、ボロのカーキ色の服で流しの中華ソバ屋を始め、着物はおろか、ふとんまで質屋へ入れ、貸ぶとんで生活しているありさまであった。乱歩はあわてふためき、何度も世話をかけている川崎克を頼り、東京市役所社会局に入れてもらったが、ここも半年と我慢していることができなかった。

そのくせ探偵小説にかける執念は強く、既存の出版界などあてにならないと、知的小説刊行会で雑誌「グロテスク」を発刊し、その第一号に江戸川藍峯《らんほう》のペンネームで『石塊の秘密』を執筆したが、反響はほとんどなかった。川崎先生に対する申し訳なさゆえに妻を連れて大阪に落ち、大阪時事新報記者を半年、また上京して日本工人倶楽部書記長、ポマード製造工場支配人をやったが、どれも長続きせず、大阪の父の家に親子三人で転がり込んだ。

＊日本の〝探偵もの〟の第一人者誕生

どうにもならなくなった乱歩が、ミカン箱にしがみついて一気に書き上げたのが、『二銭銅貨』と『一枚の切符』である。江戸川乱歩と署名して、探偵小説通の作家・馬場孤蝶に送ったがナシのつぶてであった。乱歩は怒り、原稿を取り戻すと、今度は西洋の探偵小説を発表していた「新青年」の森下雨村編集長あてに発送した。

森下は、どうせ大した作品ではあるまいと思ったが、一読して驚いた。その喜びは、まさに「ドストエフスキーの処女作を読んで、深夜その居を叩いたベリンスキーの喜びをそのまま」という激しいものであった。『二銭銅貨』は、大正十二年「新青年」四月増大号に、〝外国の作品に劣らぬ探偵小説〟と称賛され、ここに日本の探偵小説の第一人者が誕生したのである。

乱歩は反響の大きさに興奮し、眠れないまま『恐ろしき錯誤』『二廃人』『双生児』『D坂の殺人事件』『心理試験』（いずれも新青年）と勢いに乗って書きまくった。

大正十四年一月、意を決して名古屋に小酒井不木博士を訪ね、その足で震災後の東京へ乗り出したが、人見知りの激しい乱歩には荷が重かった。名古屋駅で財布を盗まれて無一文になり、博士に上京のお金を借りた。東京では博文館で森下と会い、大恩人から「あなたの立派な作品に期待します」と激励され、無我の境地に浸った。野村胡堂が写真報知を紹介してくれ、宇野浩二は報知新聞文芸欄に〝江戸川乱歩のこと〟を書き、大きく紹介してくれた。

乱歩は今までの自己嫌悪を捨て、自分には探偵作家としての隠れた才能があるのだと自負し、『一人二役』（新青年）、『人間椅子』（川口松太郎編集の苦楽）、『踊る一寸法師』（新青年）、『お勢登場』『鏡地獄』（大衆文藝）などを創作。口のうまい編集者に乗せられていると分かっていながら、ストーリーの設定もしないで『パノラマ島奇談』『一寸法師』（朝日の長編にのめり込み、死ぬほどの苦しみを味わう。作品そのものは猟奇と娯楽性に富み、評判もよかったが、本格探偵小説からは、はっきりずれていて、「乱歩どうした」という評論家の声に縮み上がった。

＊〝休筆宣言〟を繰り返す

乱歩は昭和二年、転居通知とともに〝休筆宣言〟のはがきを出し、小さなトランク一つ持って、放浪の旅に出てしまう。早稲田大学前に下宿屋を一軒買い、その下宿代でまかなうようにしたものの、家族の生活は一方的に妻に押し付けてしまった。

昭和三年、幼年のころから悩まされた扁桃腺の大手術をして元気を取り戻し、川口松太郎が言った「探偵小説滅亡近し」に抗し、甲賀三郎の「乱歩の復活ぶりいかんが探偵小説の将来につながる」という励ましに応えて『陰獣』（新青年）を書き上げた。

この小説は、世紀末的退廃思想の持ち主に、ひどい罪を犯させて、因果応報で殺してしまう、という独創的な作品で、「新青年」の横溝正史編集長は、「懐しの乱歩！　懐しの『心理試験』！　われわれは再び昔日の江戸川乱歩氏にまみえることができるのです。あの細密なる詮索、微妙なる推理、それらに柔らかい名文の衣を着せた作品が、かくも忽然《こつぜん》として、われわれの前に現れた」と狂喜したほどだった。

乱歩は、下宿屋の横に窓のない別棟を作り、マスコミに奇人扱いをされながら『悪夢』『押絵と旅する男』（新青年）、『孤島の鬼』（朝日）、『蜘蛛男』（講談倶楽部）、『黄金仮面』（キング）、『白髪鬼』（富士）などの長・短編を吐き出した。昭和六年五月、平凡社から『江戸川乱歩全集』十三巻の発刊が発表され、大がかりな宣伝が繰り広げられた。乱歩も大いに乗って、自らも宣伝に一役買った。

乱歩はこの大騒ぎのあと、またも自己嫌悪に陥り、穴があれば入りたい気になった。妻が経営する下宿に争議が起きると、さっさと下宿業をやめ、昭和七年三月、またも休筆。家族を引き連れて京都、奈良、近江と遊び、夏には東北の湖を求めて一人で旅行。翌年の夏にも長野善光寺、上諏訪、箱根、熱海、伊香保などを巡り、エネルギーを蓄え、ようやく同八年になって「新青年」に『悪霊』を書き始めたが、三回のみで中断。この作品は「新青年」の水谷準編集長に、編集後記で何回も予告をさせ、休載のあと何回もお詫《わ》びをさせた。乱歩が育てたともいえる横溝正史は、病床から「復活以後の江戸川乱歩こそ、悲劇の中の何者でもない……。中風病みのような無気力で、今月も来月も休載というんじゃ、見ている方で切なくなる」という辛辣な一文を「新青年」に投じた。

乱歩も自分のいたらなさを反省し、本格派の「新青年」への執筆を避け、昭和十一年初めから少年ものの『怪人二十面相』『少年探偵団』『妖怪博士』(講談倶楽部)などを次つぎに連載。未開拓の少年読者をわがものにした。

戦争を前に、ファシズムの嵐は乱歩の身辺にもどっと押し寄せ、昭和十四年三月、『芋虫』の全編削除の命令が出ると、出版社が遠のいて行った。乱歩は文庫ものの重版で食いつなぎながら、〝今に見ろ、しっかりした長編を創作するぞ〟と、晴れて長い休筆期間に入ったのだった……。

＊放浪を愛した男の変身

戦争中、乱歩は見事な変身を遂げた。孤独と放浪を愛し、家では終日床の中で暮らすというわがままな人間嫌いが、町内会と翼賛壮年団に関係し、戦争という必死の体験のなかで、几帳面《きちょうめん》に他人の面倒を見る大人になったのである。これには、あるいは扁桃腺や蓄膿症の手術をしたことも関係していたのかもしれない。いずれにせよ、仇敵アメリカ伝来の、エドガワランポということで、軍部警察から目をつけられた人間が、町内会で防空指導の号令をかけるようになり、将軍や実業界の大物の前でも堂々と講演ができるまでになってしまっていたのだ。

戦後、世話役としての乱歩の活躍は、いよいよめざましくなった。池袋にポツンと焼け残った大きな家に大下宇陀児夫妻や水谷準夫妻などを招き、「探偵小説復興のとき来たる」と、ぶって、両人を唖然《あぜん》とさせた。

だが、GHQが〝チャンバラもの〟を禁止したことで、探偵小説が飛ぶように売れ出し、「ロック」「宝石」など五つの探偵小説雑誌が創刊された。そのほとんどが乱歩のところに相談に現れ、乱歩は探偵小説の興隆のために骨を惜しまず働いた。

探偵小説を語る会（のち土曜会）を作り、昭和二十二年には日本探偵作家クラブに改組して会長に就任。有楽町毎日ホールで小酒井不木、平林初之輔、牧逸馬（林不忘）、夢野久作、甲賀三郎など、十二人の物故作家慰霊祭を行った。引き続いて城昌幸作の探偵劇『月光殺人事件』を公演し、徳川夢声、木々高太郎、大下宇陀児、角田喜久雄らと出演した。

乱歩は探偵小説の流布のために、横溝正史らと関西で探偵趣味の会を作り、ラジオに出演したり講演したりしていたが、物故作家慰霊祭のあと名古屋、神戸、岡山、京都、三重に探偵小説行脚を試み、探偵小説のPRに努めた。

＊余暇の善用

昭和二十四年四月、捕物作家クラブ創立発起人になり、十月、エドガー・アラン・ポー死後百年記念祭で、関係の深い乱歩は評論や講演で引っ張りだこになった。なお、この年から念願の『探偵小説三十年』を「新青年」に、続いて「宝石」に書き継ぎ、同三十五年五月まで連載。その間に乱歩を引き立ててくれた「新青年」は廃刊になり、「宝石」もまた世の中の風潮の変化で風前の灯となり、日本探偵作家クラブ幹事会から乱歩が編集者として送り込まれた。乱歩は自ら『探偵小説三十年』を書き継ぎながら雑誌の再興に努力し、戸板康二や鮎川哲也、佐野洋、大藪春彦などを掘り出し、同二十九年の還暦のお祝いの席で発表した「江戸川乱歩賞」で、仁木悦子、多岐川恭などを世に送った。

乱歩は戦後、ほとんど大人向けの作品は書かなかったが、戦前のアンコールものが何編も雑誌に載り、出版され、そのつど新しい読者を開拓した。それほど、乱歩の作品が時代を超越していたということであろう。乱歩はそれらの財源をもとに、〝余暇の善用〟と称して探偵作家の育成や二十七日会、竹の会、日本文芸家協会、日本ペンクラブ、宇宙旅行協会、世界連邦の会、ローマ字の会など、多くの会に関係した。

昭和三十六年、探偵小説界への貢献により紫綬褒章を授与され、同三十八年一月、日本探偵作家クラブが社団法人・日本推理作家協会として発足したおり、初代理事長に選任され、七カ月間在任した。翌年七月、同協会が古稀の祝いを開催。その一年後の、同四十年七月二十八日、脳出血のため七十歳で世を去った。八月一日に行われた日本推理作家協会の葬儀には、乱歩の生前の功績をたたえて数多くの人が集まった。

夢幻の世界を果てしなくさまよう現代人は、おそらく、江戸川乱歩の作品から永遠に逃れられないことであろう……。

大佛次郎《おさらぎじろう》

1897〜1973

フランスの彫刻家オーギュスト・ロダンは、弟子との対話で「お金のために働く今の世の人びとは、労働を憎んでおり、われわれ芸術家のみが、かろうじて働くことの喜びを感じている」と語った。敷衍《ふえん》して言えば、働くことに喜びを覚知することができるのが、ほんものの芸術家との謂《いい》であろう。現代では芸術家の代表といえる画家や彫刻家でさえも、お金のために、創造することの喜びを失いつつある。

働くことが喜びと感じるように積極的になれたら、人はどれほど毎日を幸福に送れるだろうか――。『鞍馬天狗』で知られる大佛次郎は、働くことの喜びを真剣に求めた、数少ない作家の一人である。

＊西洋史に興味を持つ

大佛次郎は、明治三十年十月九日、野尻《のじり》政助・ぎん夫妻の末っ子として、この世に出た。本名は野尻清彦。長兄の野尻抱影（英文学者・天文学者）と十二違い、二歳上の姉と、もう一人の兄がいた。父が五十歳に近づいたころできた子で、世にいう恥かきっ子であった。

横浜市英町で、四十歳の母が清彦を産み落とした時、ギンモクセイの花の香りが、出産という闘いに勝った母子の鼻を激しく襲った。日本郵船・石巻支店に勤めていた父は、電報で〝清彦〟と命名した。両親の期待は大きく、かわいがりようも大変だった。老いた両親からいただいた体は、将来、病弱を予測されるほどの小ささで、頭ばかりが大きく、五、六歳ころまで中心を失っては転び、転ぶと自分では起き上がれなかった。

明治三十七年五月、東京市牛込区（新宿区）東五軒町に移転。姉に連れられて登校する弱々しい少年の心に、兄・抱影と文学を論ずる岩野泡鳴、柳川春葉、相馬御風らの甲高い声が乱れ入った。巌谷小波の『世界お伽噺』（百巻）を読み続け、「少年世界」「少年」を毎月読んだ。頭の大きさに比例して成績がよく、なかでも作文と図画ができた。白金小学校卒業の時、卒業生総代として答辞を読んだ。

明治四十二年、父が定年を迎え四日市から帰り、芝白金三光町で隠居。つかの間の両親、姉との生活をおくる。翌年、東京府立第一中学校（現・都立日比谷高校）に入学。兄・抱影が結婚して麻布中学に転任になったので同居し、兄の蔵書を読みふけった。とくに、

「ホトトギス」増刊号に載ったメレジュコフスキー『神々の死』に憑《つ》かれ、ギリシアを中心とした西洋史に興味を持った。一学期はまじめに勉強をやって級長、あとは紋切り型の勉強を投げ捨て、好き勝手なことをした。

学校での体格検査の時、検査官から、この体では進級に耐えられまい、と同情された。体重は、十貫に満たなかったという。キイキイ声で〝茶目〟とあだ名の付いたチビ生徒は、〝体操の時間が地獄〟と思えたほどの、運動音痴でもあった。

＊親の許しを得ずに結婚

大正四年、第一高等学校に入学し、寮に入り、親兄弟に解放されてからは、大自然の懐に飛び込み、野球、水泳に励んだ。この結果、身長五尺八寸、体重十四貫の身のがっちりしたアマチュア・スポーツマンになった。その投げ込む球を見て、大投手の内村祐之が感心したという。健康の喜びを知った少年は、意欲的になり、「中学世界」に一高の寮生活を連載し、大正九年に『一高ロマンス』を出版した。また、兄・抱影が関係した「中学生」や「女学生」に小説を書き、草雄名でベーブ・ルースの少年時代の自伝を書いた。高校三年の時、理由をつくって寮を出、学友三人で自炊生活を始め、いよいよ学科を離れた自由気ままな生活に入った。

大正七年、老父の意向をくみ、外交官をめざして東京帝大政治科に籍をおいたが、クロポトキン、ラッセル、トルストイなどを読み、俗世間の出世を軽蔑し始めていたので、無味乾燥な勉学に、身が入るわけがなかった。

ロマン・ローランの『争いの上に』を翻訳。アンリ・ド・レニェの作品を好んで読み、小説を翻訳し、人間嫌いの永井荷風を偏奇館に訪ね、批評を請うた。美術・演劇にも興味を持ち、英米の本を原書であさり、仲間と宝石座を結成、自分も出演した。

アメリカから帰った畑中蓼波が有楽座で『青い鳥』を上演した時は、これにも出演した。チルチルが女学生の水谷八重子、ミチルが夏川静江で、小山内薫が「光の精の声と頬が美しかった」と評した吾妻光子と、ぶくぶくに太ったパンの精役の野尻清彦は大正十年に結婚。この時、清彦は二十四歳の学生の身で、親の許しを得ずに結婚をしたため、親兄弟から関係を絶たれてしまった。

それでも父思いの清彦は、卒業試験を受けた。七十歳を過ぎた父は晴れの卒業式にいそいそと出席したが、放蕩《ほうとう》息子の姿を見ることはできなかった。清彦は、井の頭公園の前のくぬぎ林の三間ほどの粗末な家で、美しい女を守って途方にくれた。生活の糧《かて》を得るために、鎌倉女学校（現・鎌倉女学院高校）の国語、歴史の教鞭《きょうべん》を執りながら、ロマン・ローランの『クルランボー』『戦争を超えて』『ピエールとリュス』を翻訳した。

しかし、両親の重圧にいたたまれず、中学時代の西洋史の河野先生の好意で、父が希望していた外務省条約局の嘱託になった。生活の中心はあいかわらず不安定で、お金が入れば丸善で高い洋書を買いまくり、給料日から月末までは丸善の番頭が怖くて休んでしまう、という習慣を続けた。父の無念の愚痴に業《ごう》を煮やした兄は、「法学士が講談を書いているとは何事か」と、はがきでなじってきた。友人のきだみのるらは酒を飲みながら、「自由で野人的な文筆稼業を捨てて、命令と規則のみの官吏になるのか」とハッパをかけた。末っ子ゆえのわがままと、親を思いやるやさしい気持ちの、挾みうちに遭って、清彦は自縛の縄のきつさにあえいだ。

博文館の「新趣味」鈴木編集主任の好意で、生活のためにずるずると安里礼次郎や八木春泥、その他の筆名で抄訳ものを書きまくった。清彦が使ったペンネームは二十近くもあったが、〃大佛次郎〃が有名になる時が、すぐそこまでやって来ていた……。

＊鞍馬天狗誕生

夫婦間は他人もうらやむほどの仲で、大佛は夫人をトリコン（のちコン）と呼び、夫人はマリ（フランス語であなた）と呼び合った。宙ぶらりんな生活に終止符が打たれたのは、鎌倉の大仏裏の愛の巣で、外務省を休んで原稿を書いている時に、グラグラッと来た関東大震災によってだった。世の中は終末観にあふれ、出世とか官吏とかいうものの存在が大きく揺らぎ、大佛は、汽車が不通になったのをいいことに、ズルズルと外務省をやめてしまった。

ところが、生活の糧にしてきた「新趣味」が廃刊になった。大佛の落胆ぶりを気にした鈴木は、「今度、時代ものを主にした『ポケット』を創刊するので、〃まげもの〃を書いてみては……」と言って帰って行った。大佛は、外国文学の抄訳から急に時代小説をと言われて戸惑ったが、本屋の借金や生活費で思案している余裕はなかった。さっそく『隼の源次』を書き、これが合格すると、雑誌が出る前に『鬼面の老女』を持ち込んだ。これには、他の講談ものにない洗練された筋の面白さがあった。鈴木は思わぬ掘り出しものに驚き、鎌倉まで巨体を運び、「大変面白かった、あの鞍馬天狗を主人公に別の事件を続けて書いてもらえないか、新雑誌の心棒にしたい」と頼み込んだ。

鈴木のこの直感は、鞍馬天狗をまたたく間に大衆のヒーローにのし上げてしまった。海外の歴史書や雑誌から仕入れた豊富な情報を、持って生まれた創作力でアレンジして、醸し出す大佛の美酒を、「ポケット」は貪欲《どんよく》に呑み込んだ。人のいい大佛もまた注文されるまま、鎌倉の地に由来するペンネームをいくつも使って、時代もの、世話もの、連載、読み切りと十六編も書き分け、一号分をほとんど埋め尽くしたこともあった。そのなかで、まさに天狗の生命力を得た〝大佛次郎〟が生き残り、『鬼面の老女』(大正十三年二月・ポケット)で勤王の志士・鞍馬天狗が登場した文久二年から、『鞍馬天狗余燼』(昭和二年八月〜三年二月・週刊朝日)の慶応四年まで、タイムマシンの旅を続けた。

大正十五年、二十九歳で、大阪朝日新聞に初めての連載小説『照る日くもる日』を書き出すと、もう押しも押されもせぬ人気作家で、その後、怪傑鞍馬天狗を縦糸に何十編もの傑作の横糸を織り出した。ぐうたら息子として親を心配させた大佛は、経済的にひと息つくと、鎌倉材木座に両親を迎え、夢のようだと、老いたる両親を喜ばせた。

＊劇的なノンフィクション群

読者はわがままなものだが、編集者の注文というのは、それに輪をかけて恐ろしい。大佛は、「天狗から離れたい」と何度も決意を新たにしたが、編集者が許してくれず、その後も、京都や江戸を舞台に鞍馬天狗を送り込まなければならなかった。大佛の天狗に寄せる情熱も強く、少年向けに書いた『角兵衛獅子』（昭和二年～三年・少年倶楽部）、『山嶽黨奇談』（同三年～五年・同）では、りりしい天狗と悪人ながらも勇敢な男同士の闘いに、読者のすそ野が倍化し、ますます深みにはまってゆく惨状であった。

大佛は、最後の〝天狗もの〟となった昭和四十年の新聞小説『地獄太平記』（河北新報ほか）まで、約四十二年間、天狗とともに歩いた。作品を読めば大佛の意図ははっきりしており、戦前の作品には野放図ともいえる大胆さが満ち、戦後のそれには社会に対する批判が強く打ち出されていた。『青面夜叉』（昭和二十七年九月・サンデー毎日）で〝大佛天狗〟は、吉兵衛に「どんな化け物よりも人間のほうが化け物なのだ。（略）人間を化け物にするのは欲だ。（略）物欲さかんだったり、功名心のかたまりになっている者は、どこかで化け物の気性を出す」と、人間の本質を語らせている。

西洋の歴史を原書で読みあさった大佛は、その方法で、鞍馬天狗という脇役をつくり、幕末から維新の歴史ドラマを描こうとしたが、天狗があまりに生々しかったために、勝手に歩き出してしまったのだ。一高時代に、西洋史の権威だった箭内《やない》博士から満点をもらうほどに歴史の読みが深かった大佛は、天狗の読者たちに気がねしながら、昭和五年に『ドレフュス事件』(改造)、同八年『詩人』(同)、同十年『ブゥランジェ将軍の悲劇』、同二十一年『地霊』(朝日評論)と、劇的なノンフィクションを書き継いでゆく。そこには作者の、並々ならぬ配慮と国政・軍政に対する批判があって、昭和史の動きと合わせ読むとハッと思い当たることが多い。

海軍報道班員、文芸銃後運動の講師となったことで、左翼運動で拷問を受けたり執筆禁止になったりした人びとからは、戦後、軍への協力者として批判を受けなければならなかったが、軍人への反骨精神は強く、昭和十九年十月から朝日新聞に連載した豪傑・後藤又兵衛のタイトルに『乞食大将』と付け、〝威張らない大将の偉さ〟を同二十年三月六日付で夕刊が廃止となった、その時まで書き続けた。戦争高揚と戦況報告のための、わずか二ページの新聞に毎日スペースをさかせた大佛の胆力と実力は抜群と言っていいだろう。

大佛は、終戦直後の八月二十一日付の朝日新聞に『英霊に詫びる』を発表し、戦争で死んで行った人びとへ「生き残る私どもの胸を太く貫いている苦悩は、君たちを無駄に死なせたかという一事に尽きる」と述べた。終戦後に発足した東久邇宮内閣参与として、約二カ月間、あれほど毛嫌いした官吏となり、治安維持法の廃止を進言している。

＊死を賭しての創作活動

戦後、敗戦の痛手を受けた読者の胸をあやしく打った新聞小説は、アメリカの大きな波で失われつつある日本と日本人の風情を切々と描いた『帰郷』（昭和二十三年・毎日）であった。これを執筆していた当時、大佛はがんの疑いで入院。「おそらく二年の生命だろうから、小説などやめて、日本と別れる前にあたうる限り回り歩いて故国に寄せる思いを紀行文に残そう」と思ったが、医者から「大丈夫だ」と言われてホッとした。ところが、担当の学芸部記者から、「さし絵の中西利雄ががんで寝こみ、気分のいい時に床からはい出して、やっと描いている状態なので、原稿を少しでも早くしてくれ」という要請があって驚いた。自分が助かり、中西が死ぬ情況を考えると、暗然として声が出なかった。そして大佛は、他人の小説のさし絵を描きながらがんに侵され、途中で死んでいく男の生きざまを、じっと見守ったのだった。

大佛はその後、『宗方姉妹』『橋』『新樹』『道化師』など数多くの新聞小説を世に送ったが、昭和四十三年からは「今の若い者が分からなくなった」と、小説の筆を折った。大佛には、自分ももう七十歳だから、若い時から自分がやりたいと思っていた仕事をやらせてもらっても、決してわがままじゃないだろう……そういう気持ちが強くなっていた。

昭和二十九年に胃潰瘍で入院、同三十一年に咽喉がんの疑いで入院、体のほうも長年の労働に疲れ果てていた。せめて、父が生きていた年まで生を全うし、やりたいことをやり通したいというのが、子のない大佛のわがままであった。

大佛には、昭和三十四年から書き起こしたノンフィクション『パナマ事件』(朝日ジャーナル)があり、同三十六年十月から三年がかりで書き上げた『パリ燃ゆ』(同)があった。膨大な資料に埋もれながら入魂の作業を続ける大佛に、死のかげりが急に濃くなっていた。仲よしの大勢の猫も主人の慰めにはならず、夫人たちも、疲労のゆえに無口になり果てていく姿をハラハラと見守るばかりであった。

自分の大好きな調査・創作に真の喜びを見出《みいだ》した大佛は、このまま創作を続ければ必ず死んでしまうと分かっていたが、それを打ち切ることができないほど、その喜びは大きかった。

日本芸術院賞や文化勲章、菊池寛賞、神奈川文化賞、朝日文化賞などをもらい、功成り名を遂げた大佛次郎は、印税だけで、贅沢《ぜいたく》で楽な隠居生活ができたはずだが、そうはならなかった。それどころか、遠くフランスから取り寄せたコミューン資料の虜《とりこ》になっていたのだった。死を覚悟した大佛の筆は冴《さ》えわたり、パリの革命のなかへ自分自身、あるいは分身の鞍馬天狗が、馬で乗り込んでいるかのような錯覚を読者に与えた。

＊「しんせつにしてくれてありがとう」

『パリ燃ゆ』に自信を得た大佛は、昭和四十二年元旦から朝日新聞に『天皇の世紀』の連載を開始した。「明治時代という、貧しかったにしろ、雄渾《ゆうこん》な日本民族の努力と冒険と飛躍のことを、この時代についてすべて無関心になっている今日の若い方たちにも素直に正しくお話しできれば、しあわせである」と大佛は述べた。それは、すばらしい祖国を見失ってしまった若者たちへの熱い強いメッセージであり、作家として、小説と歴史を組み合わせ、どれほど見事に激動の時代を読者の前に引きずり出すことができるかという挑戦でもあった。あたかも、真理に迫る人への宿命のように、病魔、死魔が作者の前に立ちはだかったが、大佛はびくともしなかった。一日五枚ずつの原稿を千五百五十五回書き続け、最後のころは全身をがんに侵され、フェルトペンで長い時間をかけて、あおむきになったままの執筆であった。

昭和四十八年四月二十五日、最後の項「金城自壊五四」……。河井継之助が苦痛のなかで、他人への思いやりを忘れない場面を自分の死とダブらせながら、やっと書き終え、自分もまた読者の心配を気づかって、終わりに〈病気休載〉と自ら書き込んだ。

大佛次郎の日記『つきぢの記』の最後には、「よくぞ勉強せしもの。多少苦しかりし。これだけ充実せる仕事のあとの感情、人の知らぬところならん。……今となってみれば予は幸福につつまれて来たり、落日の最後に到り、その味一層深し」とあり、末尾には、最後の死力をふるい、「みんな、しんせつにしてくれてありがとう。皆さんの幸福を祈ります」と、ゆがんだ文字が並べてあった。

昭和四十八年四月三十日、築地の国立がんセンターで、転移性肝臓がんによる全身衰弱のため死去。享年七十五。大佛が生前こよなく愛した港・横浜。その華やかな街の港の見える丘公園にある「大佛次郎記念館」には、多くの若いカップルが訪れ、厚い本に埋もれた大佛の寝室に驚嘆の声を上げている。

今《こん》 東光《とうこう》

1898〜1977

人間の赤ん坊は、母の胎内から回転して、この地上に降り立ったあと、十月十日《とつきとおか》は、自力では何ひとつできない。馬でも牛でも、生まれると、母の血を体につけたまま、よろりと立ち上がり、母の乳にぶら下がる。人間の赤ん坊は、寝かされたまま、母なるものの手助けをひたすら待つ。母親か、その代理者が乳を与え衣を着せない限り、死んでゆくほかに手だてがないのだ。

人間は生を受けた瞬間から死の恐怖にさらされている。赤ん坊は無意識のうちに、自分を助けに来てくれることになっている誰かを探し求める。それは大宇宙のまっ暗闇の無重力の中で、むなしく助けを待っている飛行士の心境に似ている。この恐怖の感覚は人類が大昔から引き継いで来ている宿命的なものである。

だから人生における他人への底知れぬ期待と不安は、死を迎えるまで異常な振幅に打ち震えている。その最初の劇的な出会いが、母と子である以上、因縁の両者が演じる確執《かくしつ》、葛藤《かっとう》もまた激しさをまぬがれることができない。

昭和三十一年、直木賞をとった怪物和尚《おしょう》・今東光も、たくましき母と、あくなき闘争を続けた戦士であった。

＊母と子の宿命的な絆

母親の長男に対する期待は大きい。今東光の母・綾は、夫・武平が日本郵船の船長で、ほとんど家をあけていたので、家長としての務めも果たしていた。

今家は津軽藩士の家系で、武平・綾夫妻の間に、三人の男子がいた。東光は長男で父親の転勤にともない幼・少年期を小樽、函館、横浜、大阪、神戸で送った。東光は小さい時から、きかん坊だった。気性が激しい母親の血を受けたのか、反骨精神が旺盛で、その上、乱暴な性格だった。母親は東光の先行きを案じ、厳しくしつけ、思いきりしごいたのだが、そのしごきが東光の反骨精神の血に、さらに磨きをかけるという皮肉な結果を生んだ。

明治から大正初めにかけての日本の気概は雄大で、東光という名前は、海の男だった父親が、大海原に東から昇る太陽の輝きをもって今家を発展させて欲しいという願いを込めて命名したものだったが、母親は長男を世界に雄飛する東（日本）の光として将来は外交官か政治家にしようと考えていた。

しかし東光は、母親の希望をけって文学者か画家になる決心を固めた。ここに母と子のすさまじい確執が生じたのである。東光は転校するたび、「今（こん）、今（こん）」とキツネの鳴き声を真似たあだ名で呼ばれ、同級生や先輩たちにからかわれた。これが、東光が暴力を好んでふるう原因となった。母親は、いら立ち、ものさしを武器にして思いきりぶった。しかも他の子をぶつ時は平らなほうを使ったのだが、東光には容赦なく角のほうで引っぱたいた。東光は子ども心に、自分だけが差別され、狙われているという怒りに燃え上がった。

次弟は命令を聞く素直な子だったが、母親はなぜかこの子には期待をしなかった。末弟の日出海《ひでみ》は秀才で、ほとんど母親の手をわずらわせなかった。母と子の宿命的な絆は、自分の手をわずらわせ心配させる子ほど強固なものになってゆくのかもしれない。

東光は、大人になってからも母を「うちのクソババア」と呼んだ。いつも、この調子だから、テレビに出演した時、うるさい婦人たちの前で「うちのクソババア、八十八歳までも生きやがって……」とやってしまった。さっそく、「お坊さまが生みの親をクソババアとはお品がない」と食いつかれたが、東光はアッハッハと笑いとばした。クソババアというのは東光の慈厳兼ね備えた母親への尊敬を込めた表現であった。

形の上では文学者になって自分の意志を通した東光であったが、自分をここまで育て上げてくれた母親には、とうてい勝ち目がないことを知っていた。母親は、文章を書く息子に「落書きしなきゃ、小説家が喜ぶのに」と皮肉を言い、東光がなけなしの小遣いで買って来た本を、むぞうさに風呂のたきつけにした。

この、一見粗野《そや》な、母親の文学の素養がまたすごかった。英語は原書をスラスラと読んだ。月が出ると、東光をそばに引きすえて『平家物語』や『伊勢物語』の月にまつわる部分を暗誦した。これくらいできても、一人前にはなれないのだということを、いやらしくやってのけたのだ。

逆に東光は、このクソババアに負けてたまるかと、猛烈な勉強をした。結果的に、母親との確執が東光の肝っ玉と文学を育てることになった。

＊今盗講まかり通る

人生のうちで、他人との出会いに関する期待と不安は、赤ん坊のころから計り知れぬ大きさで人間に迫って来る。また、これこそ、か弱い人間に許された楽しみでもある。

暴れん坊で女好きの東光は、素行不良で中学を退校処分になったあと、正規の学校には行かなかった。そんななかで、東京高等師範(筑波大学の前身)出の若い漢文の教師に出会った。熊本の出身で、青白く、それでいて貴公子のようにもの静かな人であった。

授業時に生徒が騒ぐと講義をやめ、窓のほうを向いてしまう。皆が静かになると話し出す。東光は、悪童どもにおだてられて級長をともない、この教師の下宿へ、度胸だめしに出かけた。無愛想な教師だったが、この生意気な生徒を一目で気に入り、「文学をやるならドストエフスキーを読まなきゃダメだ」と、夜を徹して感動的な文学論を展開した。教師嫌いの東光もすっかり惚れ込み、「この先生の授業で騒ぐと、引っぱたくぞ」と、腕白どもに宣言した。

不良のレッテルを貼られ、正規の学校を拒否された東光が、一高から東大までをもぐりで通学できたのは、不思議の一語に尽きる。実は、そこには川端康成との出会いがあった。けんか好きで精力絶倫の東光と、どこまでももの静かで目をギョロッとむいて相手を射すくめてしまう川端が、どこでどのようにつながったかは分からないが、この両人、妙なところでウマが合ったようだ。

校内や学校の近くを二人でよく歩いたが、東光は少しでも生意気な男がいると、ところかまわず、けんかをおっぱじめる。川端は眉をひそめて、いつまでもじっと見ている。止めもしないし、助勢もしない。「本郷のカフェ荒らし、東大の不良」と言われた東光は、大声でどなり上げて相手を圧倒してしまうのだが、川端にかたわらから冷たく見られていると、もう、ばかばかしくなってしまう。川端は相手の男でさえ、しらけさせてしまうような凝視をするのだった。ニヤニヤと笑って近づく東光に、川端は「意味ない」と小声で言い、東光は「まったく意味ねえな、アッハッハ」と大声で笑い返し、おしゃべりの続きを始めるのだった……。

東光には、自分はもぐり学生であってニセ学生ではないという、変な誇りがあった。だから教室内でも態度が大きかった。芥川龍之介や菊池寛などは東光のことを不良だと決めつけていたが、川端は自裁して果てるまで交際を絶やさなかった。しかし、あまりにもふてぶてしい素行に閉口し、「あんまり、おしゃべりするなよ」と、ニヤリと目を細めて注意した。

今東光ならぬ「今盗講」と命名したのも川端であった。東光は遊廓やカフェを根城に東大の教室を精力的に歩き回った。文科から法科、はては医科の産婦人科まで乗り込み、大まじめに白衣をはおる。そうして日夜、煩悩《ぼんのう》のままに動き回った。かと思うと、川端が惚れた浅草の少女に柔道の強い奴が、ちょっかいを出していると聞き、悪友とともに、死を覚悟して殴り込みをかけたこともある。

＊菊池寛との確執で文壇外へ

大正十年、文壇主流派の登竜門とされた第六次「新思潮」のキャップに川端が推薦され、最後の一人の同人を誰にするかと菊池に聞かれた時、川端は東光の名を挙げた。「あれは本郷の不良じゃないか」と言う菊池に対して、川端は「今を除外するなら、第六次を継承するわけにはいきません」と言い張った。

この同人は、先輩に小山内薫、谷崎潤一郎、和辻哲郎、山本有三、菊池、芥川、久米正雄など日本文壇の雄が連なり、一高、東大の者に限るという不文律があったが、東光は川端の友情で、これに正式にもぐり込み、近代文学の秀才たちと切磋琢磨《せっさたくま》する機会を得た。よき先輩、才能ある友人との出会いは、まさに成長の糧で、「蒼蠅驥尾《そうようきび》に附して万里を渡り碧蘿《へきら》松頭《しょうとう》に懸《かか》りて千尋《せんじん》を延《の》ぶ」(日蓮『立正安国論』)の感が強い。東光は、いつの間にか「文藝春秋」「文藝時代」の同人として名を知られる存在になっていた。

第二次「新思潮」の同人・谷崎潤一郎は永井荷風の激賞を受けた才人であるが、自他に厳しく弟子が少なかった。東光はその数少ない弟子として谷崎にかわいがられ、文学の底の深さをびしびしと仕込まれた。友人に川端、師に谷崎を得た東光の福運は大きかった。しかし、東光の持って生まれた反骨精神は、文壇の大御所・菊池寛との衝突という形で表出する。大正十四年に発表した『痩せた花嫁』は新感覚派の代表作の一つとして高く評価されたのだが、菊池とのけんかの代償は大きく、組織からはみ出した文学の孤児は、もろくもついえ去った。

昭和五年五月、東光は東京浅草伝法院で出家した。あれほどたくましく、すさまじいエネルギーをどのように転換したのかと、周囲の人びとは驚き怪しんだ。その原因は、関東大震災、芥川の自殺(同二年)、不遇の自分自身に対するいらだちなど、いろいろと憶測されたが、東光はいささかの釈明もしなかった。かくして東光は世を捨てたが、川端と師の谷崎への精神の接触だけは、しっかりと保っていた。

谷崎は大正十二年の関東大震災を機に関西に移り、夫人とも離婚し、めざましい心境を迎えていた。『痴人の愛』『蓼《たで》食う虫』『卍《まんじ》』と関西風土ものを手がけ、昭和八年に『春琴《しゅんきん》抄』を書いた。

東光は三年ほど比叡山にこもり、そのあとは茨城県の田舎に住んで易学で天下のゆくえを占ったりしていたが、師・谷崎のみごとなまでの関西の風土との融合、関西弁の女が奏でる微妙でふてぶてしいエロチシズムを胸の奥で何度となく咀嚼《そしゃく》していた。親友の川端の活躍もめざましく、戦後は押しも押されもせぬ文壇の中心者になっていた。

*二十数年ぶりの復活で直木賞

今東光が、小説家として東から昇る太陽のごとく復活を果たしたのは、昭和三十一年である。二十数年ぶりに執筆した『お吟《ぎん》さま』（茶道誌・淡交）を引っさげての登場であった。

この作品で東光は、直木賞作家となった。すでに弟の日出海が『天皇の帽子』で第二十三回直木賞を受賞していたが、『お吟さま』は第三十六回直木賞の受賞作となった。やはり、もぐりの学生（東光）より、ほんものの一高〜東大の優等生（日出海）のほうが受賞は早かったわけだが、六十歳の少し手前で大衆文学の作家として復活した東光の根性は「恐ろしい」としか言いようがない。

受賞の報を聞いた時、「直木（三十五）のヤツ、これで前にオレから借りた借金を帳消しにするつもりか」と、ワッハッハと笑い飛ばしたから、記者連中は飛び上がった。

これに先立つ昭和二十六年、東光は大阪八尾の天台院住職に任命され、破れ果てたお寺を支えながら、近くの檀家の人たちと膝つき合わせて生活をするうちに、消えてしまったかに見えた文学の炎が、メラメラと燃え上がった。それが『お吟さま』に一気に昇華したともいえる。

そして、世はまさに大量生産、大量消費の時代に入り、マスコミ界も週刊誌時代に突入、雑誌や単行本が飛ぶように売れ出した。そこへ、海千山千の毒舌《どくぜつ》和尚が出て来たのだから騒がれないほうが、おかしい。遊びでは吉原遊廓やカフェで放蕩《ほうとう》のかぎりを尽くし、小説の手練手管《てれんてくだ》はとっくに修練ずみ、その上、世の中の苦労を嫌というほど知り尽くしている男である。編集者の要求どおりに現代もの、時代もの、人情もの、ヤクザもの、エロもの、何でもござれと、どんどん書き飛ばした。

それにしても『お吟さま』の印象は強烈で、これが六十歳になる人の筆によるものかと、疑いたくなるほどのみずみずしさを放っていた。千利休の美貌の娘・お吟さまに仕える河内国若江郡生まれの少女が語り継ぐ、お吟さまの悲劇は、えも言われぬ河内弁の女のひびきによって、いやましに高まり、読者の同情をあおった。

この手法が、師の谷崎潤一郎の方法と同じであることはほとんど間違いあるまい。ちなみに谷崎の作品『卍』は、関西の若い未亡人が作者に同性愛の体験を大阪言葉でうち明けるというもので、『お吟さま』もまた、河内女の語りという手法を取っている。谷崎が関西の風土に溶け合い、大阪弁の女の肉声によって、素人《しろうと》女のふてぶてしい色気を出したように、東光は、〝下劣でケチン坊で助平で短気で率直な〟河内の人びとの語り口を存分に利用した。

東光の大好きな河内生まれの少女（お吟さまとは同性愛の経験があるもよう）は、お吟さまに〝人と契らば、浅く契りて、末とげよ、もみじ葉を見よ、濃きがまず散るものにて候〟という歌が河内にあることを、それとなく伝えている。ここには、「生まるる時の掟と、生くる掟は同じからず」という詩句を好んだ東光が、六十年間、不遇としか言いようのない生を営んできた自分の宿命との、いさぎよい対決があった。

人間は生まれて来る時、自らの手で親や国を選ぶことはできない。そして、自分の一生というものも努力や信念とは別な次元、つまり他人とのかかわり合いによって左右されることが多い。自分が思ったように生きてゆける人生は、数少ないものである。

東光は、幸せな家庭に生まれ、まわりの人びとに愛されながら、恋しい人のために死を選ばなければならなかったお吟さまを描きながら、思うようにならなかった自分の宿命を思い返したのであった。

河内という辺土に住む無名の坊主が、淡々と書いた『お吟さま』は、お吟に対する作者の愛情にヒロインが応えたのか、この作品を起点として、東光はまさに親の命名のごとく、日本の名物男にのし上がったのである。

＊川端康成の自殺に号泣

東光の河内への惚れ込みようは並ではな

く、『小説河内風土記』(一巻〜六巻)『春泥尼《しゅんでいに》抄』『悪名』など、一連の河内ものを次々に世に送り出した。

天台院の住職として務めるうちに、坊主や寺院組織の腐敗をまのあたりに見て、正義感の強い春聴(東光の法名)は、「坊主は信者をだまし、ろくなことを教えていないから、死んだらみな地獄へ落ちるぞ」と毒舌を吐いて、宗門をあわてさせた。

民主主義の世の中から取り残されてしまった尼さんをモデルにした『春泥尼抄』は、そのいきいきとした春泥尼の色気が日本中の話題となり、ヌード春泥まで出現する騒ぎであった。尼僧のあまりになまなましい人間臭に、一部の尼僧や有識者から文句が出た。

奥州の名刹《めいさつ》・中尊寺の貫主《かんず》に就任した時(昭和四十一年)には、中尊寺に利を求めてまといつく有象無象《うぞうむぞう》を、日本刀をかざして追っ払った。このような怪物和尚にまつわるエピソードは数えきれず、非難する者、喝采《かっさい》する者と二派に分かれた。いずれにしても、東光は毀誉褒貶《きよほうへん》の激しい人生を自ら求めて生き抜いたのである。

この和尚も、同四十三年の参議院議員出馬のおり、選挙演説などしたこともない川端康成が駆けつけ、トラックの上から「東光を頼む」と声をからして叫んでくれたのには涙を流した。川端が同四十七年、ガス自殺で自らの命を絶った時、東光は無二の〝心友〟の死を悼み、「これも生きる掟の一つか」と、卓を叩いて号泣したという。傍若無人《ぼうじゃくぶじん》の生き方で孤高を保ってきた東光を、文句一つ言わずに温かく包み込んでくれた〝心友〟の死は、東光の心臓を深くえぐった。

　時に東光は、製薬会社が試供品として送って来る薬を、何種類も一緒に大きなてのひらに包み込んで「これだけ飲めば効くだろう」と呵々《かか》大笑《たいしょう》し、来客のど肝を抜いた。

「クソババアが生きた八十八までに死んだら、ババアに笑われる」が口ぐせだった東光も、二度にわたるがんには勝てず、昭和五十二年九月十九日に七十九歳で亡くなった。怪物和尚は、あの世でも、母堂に、ものさしの角でぶたれながら勝ち目のない勝負をしているのだろうか……。

山手樹一郎《やまてきいちろう》

1899〜1978

人間の真の醍醐味《だいごみ》は、お金の山に囲まれることでもなければ、地位を極めることでもない。むしろ、それらは心や身の破滅を招くことのほうが多い。本当の喜びは、他の人びとのために尽くすことにある。現代は生きがい喪失の時代であるともいわれるが、それほどに人間は孤立化し、寂しい思いをしているのであろう。そこには、テレビやコンピュータなどが介在し、人間同士の共有感を崩壊させている。

為政者は、いつの世にもその強大な権力で庶民を圧迫してきた。庶民は、ともに力を合わせ、助け合って権力に反抗し、そこに大きな喜びを創造したが、今や、そのことさえ忘れ去ろうとしている。民主主義や個人主義という言葉が社会に行きわたるほどに、人間の情感は粗末になってゆく。

人間は仲よくしなければ生きてゆけないと知っていながら、他人を拒否し、他の人びとのために尽くすことを忘れ去り、ささやかな正義感さえ死滅しかけている。こうした生きがいのない時代であればこそ、権力者の不正を叩《たた》っ斬る〝桃太郎侍〟が庶民の喝采《かっさい》を受けるのであろう。

＊鬼退治の桃太郎侍

山手樹一郎が『桃太郎侍』を世に送ったのは昭和十五年春、四十一歳の時であった。舞台はひなびた地方の新聞だ。山手は前年秋、十二年ほど勤めた博文館を退社、家族十人を養うため、一カ月に二百円以上稼がねばならなかった。原稿料は一枚二円で月に百枚以上書かなくてはならない。四十代の労働としてはかなりこたえた。とくに、男女の単純な情愛を基調として、細かな会話を信条とする書き手としては、なおさらである。

この作品は初めての長編新聞小説で、買い手としても冒険だったため原稿料は一回三枚半（四百字詰原稿用紙）で三円に抑えられ、月額九十円。これでは生活費もおぼつかなかったが、せっかくのチャンスを逃すことは許されなかった。家のほうは夫人にまかせ、山手は創作に専念した。一日ごとに山場を作り、次の日に興味をつないでゆくというのは大変な作業で、ほとんど他の原稿には手がつかなかった。

はじめ、『桃太郎侍』では少し子どもっぽいのではないかと編集者は心配したが、日を追うごとに評判は上がっていった。桃から生まれた桃太郎、鬼退治の桃太郎は、スリやお姫さま、お化け長屋の人びとと仲よくなるとともに、あっという間に素朴な地方読者の人気者にのし上がった。

正義は必ず勝つと言いながら、不正や悪人がまかり通るのが、この世の常だ。骨の髄《ずい》からそれを知り尽くしている庶民は用心深い。戦時中に「贅沢《ぜいたく》は敵だ」と贅沢品禁止令が出され、またも、お上からの圧力を予感した庶民は、鬼を退治する桃太郎侍に期待するほかなかった……。読者は毎朝、新聞の来るのを待ち、新聞社の校閲部では『桃太郎侍』の校正ゲラが取り合いになった。彼らは、社内の誰よりも先にストーリーを知る立場というのが大きな誇りとなり、配達員は、読者よりひと足先に内容を知ることが生きがいとなった。

読者は桃太郎侍の安否を気づかい、「新聞屋さん、どうなった」と、新聞を受け取りながら聞く。配達員がニッコリ笑って、「いよいよやっつけそうです」と胸を張って答えると、お客は「しめた」と言って、いそいそと立ち読みを始める。そんな光景が、街なかで見られた。

ストーリー作りに苦しんでいる山手樹一郎を見かねた山岡荘八は、「新聞小説のコツは半分ほどいったところで、一度主人公を生死不明にして消してしまうことだ」と教えた。山手は教えにしたがって、『桃太郎侍』『鬼姫しぐれ』などで主人公を谷底に突き落とした。

山手の師・長谷川伸は、『桃太郎侍』の評

判を岡山の人から聞いて、「これで山手君は玄人《くろうと》として十分やれる力量と才能を見せた」と喜んだ。

ただし、この成功は、偶然的なものではなかった……。

*父の病気で文学を捨てる

山手樹一郎は、明治三十二年二月十一日、栃木県黒磯で生まれた。本名は、井口長次。父・井口浄次は国鉄職員で、ほどなく東京田端機関庫に転勤。住居は田端の道灌山の東側・音無川に沿った鉄道官舎で、江戸の名所で二十四歳まで生活した。

六、七歳ころ、ガキ大将に引率され道灌山で兵隊ごっこをやらされ、べそをかいた。ここには秋田藩の佐竹の殿さまの下屋敷があり、黒塗りの屋根門があった。大きな林と竹やぶのなかにあった藁屋根の屋敷と蔵、それから山奥の庚申堂のような祠《ほこら》。いっぱいなった木苺の実、東は筑波、西に富士、見渡す限りの水田の向こうを荒川が流れ、木の間がくれに白帆が見えた。東南には浅草の十二階、手前には吉原遊廓の灯さえ見え、一面黄色の菜の花が咲くと飛鳥山の山桜もいっせいにほころび、三味線、太鼓、笛の音が人びとのざわめきの中から聞こえて来る……まさに、山手樹一郎の小説に欠くことのできない情景である。

幼いころから、下屋敷での武士や奉公人の生活、悪人も善人も一緒にうごめく庶民の生きざまを想像していたのだ。そうでなければ、乗りもの嫌いで出不精ものに、田舎への道行きや、のんびりした田園情景が描写できるわけがない。鉄道官舎のまわりの環境のよさが、山手文学の一つの素因になったと言ってもいい。

大正六年、明治中学校を卒業するころ、詩や俳句、短歌に凝《こ》り、「幼年世界」（博文館）に童話などを投稿した。小学新報社に入社して「少女号」の編集者となり、給料遅配などで世のままならぬことを知った。同十二年九月一日の関東大震災に遭い、茫然自失のなかで、九月十五日、新しき光明を求めるように広部秀子と結婚したが、運命の荒波は、父の脳溢血という形で押し寄せた。

何とか自分の好きな文学の道を、という願望は、父の病気で無残にも打ち消されてしまった。鉄道官舎を出、故郷ともいえる道灌山を捨て、麦畑に五、六軒の家しかない豊多摩郡長崎村北荒井（現在の豊島区要町）に土地を借りて小さな家を建てた。病気で国鉄を追われた父に代わり、いよいよ自分が一家の大黒柱にならなくてはならなかった。文学などという甘い夢に酔っているわけにはいかない。それにしても、月給六十五円の自分にはとても無理なのじゃないか、とにかく、ここは文学を捨て、何としても立派な勤め人になって自分の責任を果たそう、と思った。

父が脳溢血で倒れた時のショックはよほど大きかったらしく、作家として大成してからも、父が半身不随の体で勤めに出かける夢を何回も見たという。

大正十四年、長男・朝生が出生。このころ勤め先の経営状態が悪く、給料が三カ月支払い停止になった。家には病気の父、夫婦両方の母二人、弟二人、妹一人、それに自分の妻子がいた。妻が実に我慢強く、明るい人で、家の人びとの不安を取り除き、主人がよき勤め人でいられるよう、心配りを怠らなかった。

山手は、「大正末から昭和の初めにかけて、私としては精神的にも一番まいった逆境だった。古い風呂を豆腐屋に譲り、その代金の代りに豆腐を毎日いるだけ置いていってくれたのは苦境時代に大いにありがたかった」と述懐している。

＊「譚海」名編集長時代

井口長次は昭和二年、博文館に入社し、誠実な人柄が愛され、社員の横溝正史、水谷準、玉川一郎などを知る。「少女世界」の編集長から「譚海《たんかい》」創刊とともに編集長として、山岡荘八、村上元三、大林清、富田常雄、山本周五郎などの新進作家を思う存分に活躍させた。

毎号、ほとんど同じメンバーであったが、井口編集長は少年用の大衆小説のコツをしっかり会得していて、作家が持ち込んで来る原稿をその場で読み、その場で指摘して手を入れさせた。作家たちも必死で、その要求に応えた。負けず嫌いの山岡は「書き直しなさい」と、一行の赤線の指摘を受け、額に青筋を立ててカンカンに怒った。

それでも帰宅後、メロメロに酔ったあげく書き直して夫人に届けさせた。原稿を受け取るなり井口は、「会計で原稿料をもらっていって下さい」と、すまなそうに言った。未来の大物作家たちも〝大人もの〟ではお金にならず、月のうち何回か井口を訪ね、原稿を受け取ってもらい、それと引き換えに稿料をもらわねば食ってゆけなかったのである。毎号あまりの同じ顔ぶれに気付いた重役が注意すると、井口は「売れているから、これでいいのです」と突っぱねた。

気位《きぐらい》が無類に高かった山本周五郎との因縁も長く深い。昭和三年ころ、山本に恋人ができ、家庭を持つためどうしてもお金が必要だった。この時、井口は『譚海』には書かせたくない」と、すげなかった。山本は、「どうしても書かせてくれ」と、下げたことのない頭を下げた。「じゃ俺のいう通りに書くか」と井口に念押しされ、書き出したものの、三度書きなおさせられ、ようやく五十枚の『疾風のはやて丸』を書き上げ、お金にした。

二人はよく、酒を飲み、文学を論じ、生活を語った。山本は自分が書きたい〝大人もの〟のテーマを井口に話した。井口は、それこそ一生懸命になって語る山本のストーリーを無意識のうちに覚え込んでいった。お金が欲しい山本は、同じ号に二、三編書くこともあり、さすがに全部が山本周五郎の名前ではまずいので、ある時、井口は勝手に、その一つを〝山手樹一郎〟というペンネームにした。この時は、まさかあとで、これを自分のペンネームにしようなどとは思ってもいなかった……。

井口は、山本の情熱の炎《ほむら》に触れ、自分のまわりに集まって来る若々しい息吹と接するうちに、父の病気で一度葬り去った文学への思いが荒々しく甦《よみがえ》るのを感知した。朝、四時ころ起きると原稿用紙に向かう習慣をつけ、毎日三枚か四枚ずつ書いていった。江戸時代の時代考証の勉強も始めた。

昭和八年ころ、百二十枚ほどの習作を書き上げて山本に見せたところ、山本は「よくこんなに書いたなあ」と感心し、内容については井口編集長のお株を奪って〝駄目〟を出した。かつては大衆文学について山本を指導した井口ではあったが、山本の鋭い指摘に素直に頭を下げた。井口長次は、作家というものの苦しい存在を知った。

＊山手樹一郎は、実は俺だよ

昭和八年、桜井甲子雄（岩田専太郎義弟）、中島袈裟郎、梶野千万騎、大林清、番伸二らと同人誌「大衆文学」を創刊し、〝井口朝二〟の筆名で『矢一筋』を発表した。ところが、この社外活動を博文館社長に注意されたことで、「サンデー毎日」の懸賞小説に応募した『一年余日』（佳作）から、〝山手樹一郎〟のペンネームを使い出すようになった。

昭和九年、『うぐいす侍』が、「サンデー毎日」の懸賞小説に当選。この作品には、編集長の第六感を生かして考案したユーモア時代小説の素材が十分に生かされていた。いわゆる従来のニヒリズムを背景にした大衆小説ではなく、あでやかに飛翔した平凡な男女のからみが同じパターンで、それもユーモラスに語られてゆくという手法は、昭和十五年に発表した『桃太郎侍』でほとんど完成の域に達した。

編集者執筆禁止を言い渡した博文館では

あったが、山手樹一郎の小説は会社の命運を動かすまでになっていて、黙認するほかなかった。昭和十三年、博文館を追う講談社の野間社長が、「譚海」に『暴れ剣法』を書いている山手樹一郎を狙えと指示し、「少年倶楽部」の編集長は、ライバルの井口編集長に礼を尽くして山手の住所を尋ねると、「実はあれは俺の筆名だ」と言われて手を上げた。

昭和十四年に博文館を退社、土師《はじ》清二の紹介で、長谷川伸の門下生となる。同十九年に長男・朝生が出征し、戦時下では思うように仕事ができなかったが、それでも『獄中記』『檻送記』を書き、『蟄居記』（大衆文芸、のち『華山と長英』）で野間奨励賞を受けて経済的に救われた。

戦後、日本人は塗炭《とたん》の苦しみにあえいだが、とりわけ山手の気持ちは暗く重かった。長男がシベリアに抑留されていたのだ。編集長時代、作家や友人、家人に対しても一度として大きな声を出したことのない温厚な山手だった。酒を飲んだら大声で怒鳴り合う大虎たちを前にしても、ニコニコと笑っていた。山岡は誰かまわず大声でののしり、山本もまた恐ろしいほど厳しく他人を叱りつけた。山手は泣き上戸《じょうご》で、戦争直後、同じく泣き上戸の山岡と焼け野の五反田駅の近くでカストリを飲みながら、「私はどこまでもアラビアン・ナイトを書きますよ」と涙声で話しかけた。大衆の必死な生き方を見ると、思わず胸が詰まってくるのを禁じ得なかったのだ。きっと、寒いシベリアで死と直面している長男の身を思い描いたに違いない。まじめで健康な家庭人の山手に何かにつけて反抗していた破滅型の山岡も、このひとことを聞き、生き残った自分もまた大衆に楽しい話を贈らねばと思い、『徳川家康』の構想にかかった。

＊偉大なる貸本屋作家

山手は大衆のために、自分が以前から懐にしていた明朗娯楽時代小説を次々に世に出した。昭和二十一年の『地獄ごよみ』（地方紙）、同二十二年の『鬼姫しぐれ』（又四郎行状記、地方紙）、『夢介千両みあげ』（読物と講談）、『十六文からす堂』（読物雑誌）を発表した。そのいずれもに、山手が「大衆に生きる喜びを」と願ったとおり、大衆はわれもわれもと飛びついた。本を買えない人びとは貸本屋へ通って、桃太郎侍や又四郎、遠山の金さんらの、お姫さま、鉄火肌の女スリ、芸者たちとのからみや悪人退治の活躍を読み、日々の苦労から解放されたのであった。

師の長谷川伸のところでの勉強会のおり、皆が家から持ち寄った煎豆《いりまめ》をポリポリかじったが、山岡荘八は山手の豆だけ塩味がついているのを知り、「あ、これが山手であり、山手が大切にしてやまない家庭だ」と不覚の涙を流した。

その家庭に一人だけ欠けていた長男・朝生が昭和二十五年秋に、シベリアでの抑留から解放されて帰国した時、山手は「新しき歴史へ世紀へ除夜の鐘」と、手放しの喜びようであった。作品も『はだか大名』（時事）、『鉄火奉行』（毎日）、『青雲の鬼』（朝日）ほか驚くほどの量を創作した。

昭和三十五年九月から、編集者時代のライバルだった講談社から『山手樹一郎全集』として第一巻『桃太郎侍・いろは剣法』から第四十巻『天保うき世硯・うぐいす侍』までが、毎月二巻ずつ、一年八カ月にわたって出版された。〝貸本屋作家〟と言われ、舞台も登場人物もマンネリパターンだと言われながら、これだけの巻数の作品が、飽きられることなく読者に求められたケースは珍しい。山手はその一巻ごとに、思い出のあとがきを書きながら、「自分の一生はこんなことでよかったのか、純文学の夢はどうしたのだ」と、強く反省するのだった。

山手の仕事については、畏友・山本周五郎から「現在のものが君自身にとって一番いいものだと思う。異なった方向のことなど考えずに、もうお互い持ち時間が少なくなっていることだし、いまの道をまっしぐらに進んでいってもらいたい」との、嬉しい励ましを受けていた。

＊秋霖やわが才能をうたがいぬ

昭和三十四年四月五日、新鷹会（長谷川伸の弟子の会）、日本作家クラブの共催で、発起人に長谷川伸、土師清二、世話人代表に山岡荘八、村上元三、市川右太衛門、岩田専太郎らが就き、「山手樹一郎の還暦を祝う会」が目白・椿山荘で盛大に催された。これには山手が手塩にかけた「要会《かなめ》」の弟子たちも出席し、師と夫人へ、ささやかな感謝の気持ちを捧げた。圧巻は文士劇『還春桜遠山《めぐるはるはなのとおやま》』（谷屋充・作）で、山手の作品から女スリのお銀

（村上元三）、十六文からす堂（山岡荘八）、火消頭梅吉（鹿島孝二）、桃太郎侍（大林清）など、おなじみの人物が登場し、これを山手が扮《ふん》する遠山の金さんが裁く、という趣向であった。若い時から大柄な体格にきりっとした顔立ちだったが、肉もひと回り大きくついた遠山の金さんは、俳優も顔負けの貫禄があった。

よき師、よき先輩、よき友・後輩に取り巻かれ、健康と家庭に恵まれ、まさに順風満帆の人生であったが、作家としての自己を見つめる目は冷たく、昭和四十七年、初めて入院したおり、〝秋霖やわが才能をうたがいぬ〟と詠《よ》んだ。

昭和五十二年秋から再び体調を崩し、大衆娯楽の礎を生きがいとした山手樹一郎は、同五十三年三月十六日午後三時、七十九歳で永眠した。病名は、父と長男を侵した脳溢血ではなく肺がんであった。親友、知人たちの嘆きは大きく、激情家で泣き上戸の山岡荘八は「俺は涙が止まらない」と、そっぽを向き、「大衆文芸」の山手樹一郎追悼号にも筆を執らなかったという。

宮本百合子《みやもとゆりこ》

1899～1951

自由気ままな生活の多様化は、必然的に人間を孤独な存在に追い込む。もはや、われわれは、隣人がどのような生き方をしているのか知ろうともしない。

かつては、老人が家の中で死んだままになっていたり、若い娘がアパートで貯金通帳を抱きしめて餓死していた事実を知り、孤独になり果ててしまっている自分たちの状況に驚き恐れたこともあるが、今ではマスコミの、センセーショナルな情報洪水に、自らを埋没させてしまっている。

だが、本来、人間は自由気ままな生活より、極限の状態に追い込まれた時のほうが、不屈の魂を発揮できるようである。その不思議な力の根源が自分の成長を信じ、他人を、あるいは他の何ものかを信じるという一点から、迸《ほとばし》り出ていることを忘れてはなるまい。

宮本百合子は、強力な国家権力に反抗し、ドシドシと、真の「自分の足」で歩き、真の「自分の体」で倒れ、自ら起き上がった人間である……。

＊濫読、濫写、模倣の時代

大正五年、わずか十七歳で書いた『貧しき人々の群』（中央公論九月号）をひっさげ、彗星のように現れた百合子は、明治三十二年二月十三日、東京市小石川原町（現・文京区千石一丁目）に、中條《ちゅうじょう》精一郎・葭江夫妻の長女（本名・ユリ）として生を受けた。

父方の祖父・中條政恒は米沢藩士で福島県の安積《あさか》（現・郡山市）の原野に猪苗代湖の水を引き入れ、多くの人々を救った〝安積開拓の父〟である。母方の祖父・西村茂樹は、日本弘道会を創設した倫理学者で『日本道徳論』の著がある。父は文部省技師で百合子が生まれた年の九月、札幌出張所長に任命され、札幌農学校（現・北海道大学農学部）の設計監督に従事するかたわら、札幌農学校土木工学科造家学講師を兼ねた。

父の転勤（文部省総務局建築課設計掛長）で東京に戻り、永年の生活の場所となる駒込千駄木林町の家に移る。百合子、四歳の年の暮れ、父は旧藩主・上杉憲章に随行しイギリスに留学し、翌年、ケンブリッジ大学に入学。その間、百合子は祖母や母から両祖父の偉さを、何回も何回も聞かされた。アメリカから帰国した宣教師の叔父・中條省吾からは、聖書の奇跡をたくさん聞いた。かくして、感受性豊かな頭脳に、人間の意志の強さが強烈に刷り込まれていった。

　百合子は、自由主義者の父と、樋口一葉などの深い影響を受けた母との、比較的、伸び伸びとした家庭環境のなかで育った。が、父親の代理として急接近した叔父・省吾の突然の死（三十三歳）を経験する。その心の痛みを癒すかのように帰国した父は、明治四十一年に工学博士・曽禰達蔵と「曽禰・中條建築事務所」を東京・丸の内に興す。

　明治四十四年、百合子（十二歳）は東京女子高等師範学校付属女学校（お茶の水高女）に入学。すき透るような白い肌と、きりっとした眼は級友を圧したという。「少女世界」「女子文壇」「文章世界」、はては「新小説」「文芸倶楽部」や古典などを読みふけり、『平家物語』『方丈記』、西鶴ものなどを写し、口語訳にして手製本まで作った。

　玄関横の少し薄暗い陰気な四畳半を勝手に占領して、百合子は本に魅入られたかと思うと、感動を抑えきれず衝動的に書きまくった。ある夏休みに、夜の海岸で男女の愛が語られる、ものすごい恋愛小説を書いた。進歩主義者を自任していたはずの母は仰天し、これを取り上げ、行方不明になってしまった。百合子はこうした母の行為を、明治時代らしいモラリストと憤慨し、暗い勉強部屋に立てこもり、怒りにまかせて、何かに憑《つ》かれたように濫読、濫写、模倣に精を出した。

　百合子は十三歳ころに、習作として『ぬきほ』や『つぼみ』を書き、十四歳で長編の『千世子』をはじめ『ひな勇はん』『お女郎蜘蛛』

などを書き継いだ。また、多感な心の揺れを克明に日記に書き始め、そこには「父の同郷の後輩・久米正雄らとトランプを興じたあと、新しい女や純文学のあり方について夜半まで談じあった」などと記されている。

＊末頼もしき女秀才

百合子は、小説や身辺に起こる事件を全身で受け止め、それらを精神的に昇華する場所として、祖母たちが住む福島県・安積の開成山を選んだ。この大自然のふもとには、小学校に入学したころから夏休みごとに通い始めた。

トルストイやロマン・ローランに心酔し、自己の人間としての成長を夢見、昂《たか》ぶる感情の整理のために還《かえ》る開成山には、地主の中條家にがっちりと縛られた多くの貧乏人がいた。彼らは貧困のゆえに、心が二重にも三重にもひん曲がっていた。『貧しき人々の群』には、こうした人に何かをしてあげたい、と願う純情な娘のひたむきな愛が無残にうち壊されていく過程が、男のような靭《つよ》さで書かれている。

大正五年から翌年初めにかけて、習作『農村』（百五十三枚）、『お久美さんと其の周辺』（二百三十八枚）を一気に書き上げた。そのころの日記に「私は人より勉強していると思っている。考えると思っている。けれ共それが毎日どれだけ私の実質を作って行くかと思うと情なくなる」と書き、「確かな自分を作るために何事をも辞すまい。切実な自己反省のたらなかったことをはじる」と記している。

濫読、濫写で、斬新な思想をはちきれるほど体内に入れ、それをやみくもに吐き出した少女期から、少しずつ感情を抑え、その塊を一つの大きな流れにまとめ上げることができそうな予感に震えていた。

百合子は、『お久美さんと其の周辺』を脱稿したあと、すぐに『貧しき人々の群』に取りかかり、三カ月で第一稿を書き上げた。そこには、大学に入る前に一区切りつけたい、という百合子の強い意志がうかがえた。推敲《すいこう》を重ね、二百二十一枚のものを百九十一枚に縮め、母とともに坪内逍遙を訪ね、批評を乞うた。坪内は、そのきらめく才能に感動し、「中央公論」の滝田樗陰編集長に、「末《すえ》頼もしき女秀才」との折り紙をつけて紹介した。

「犬を抱いた善馬鹿の死骸《しがい》に、たくさんの小海老の行列が、延びた髪の毛の間を、出たり入ったりしていた」という最後の行を書き上げた時、百合子は言い知れぬ感激に泣き濡れた。そして、作中の貧しき人びとへ向けて、「どうぞ憎まないでおくれ、私はきっと今に何か捕える。どんな小さなものでもお互いに喜ぶことの出来るものを見つける。どうぞそれまで待っておくれ」と、悲痛な声を上げたのだった。

＊愛する人との葛藤時代

中條百合子の名は、文学を愛する人びとの間で知られ、次作を期待する声の強さに、母子ともにあわてた。百合子は、日本女子大予科を中退して創作に専念することにし、『日は輝けり』『禰宜様宮田』『一つの芽生』『地は饒なり』などを発表した。なお、百合子はペンネームの姓を、本名の〝中條〟でなく〝中条〟に変えていた。

大正七年九月二十六日、建築の用事でアメリカへ行く父に随《したが》って、旅立つ。その時、百合子は、「第一次世界大戦で影響された文学を肌でつかみたい」と抱負を述べたが、常々、娘の行動力のすさまじさに手を焼いていた母は、百合子のアメリカ行きをひどく畏《おそ》れた。

その予感は的中し、百合子は、アメリカで苦労を強いられていた古代東洋語の研究家・荒木との恋に陥る。情熱家で親分肌の百合子は、「私の年と収入では結婚などおぼつかない」と謙遜してみせる荒木を揺り動かし、結婚に踏み切る。百合子はコロンビア大学の聴講生となり、アメリカの人びとの自由の息吹や、ヨーロッパから戦禍を逃れて来ている人たちの懊悩《おうのう》に触れ、世界大戦の終結で大衆が踊りざわめく現場などを見て、貴重な体験をした。しかし、私生活では、両親や常識的な人びとの反対を押しきって結婚した愛《いと》しき人に少しずつ不信感を持ち始め、ずるい自己にムチ打ちつつも、〝荒木批判〟の世間に対しては戦いを挑むという、苦しい日々を送らなければならなかった。

大正八年十二月十七日、出産間際で糖尿病の母の看病のため一人で帰国した百合子は、「著作をしながら夫の帰りを待つ」と内心の苦しみを隠してインタビューに答えたが、作品らしい作品は書けなかった。母は、チャンスとばかりに〝荒木攻勢〟に移り、その矢は百合子の内に芽ばえつつあった夫への不信とオクターブが合い、戸惑いをおぼえる百合子だった。

夫との関係は、実際に夫が帰国して、林町の実家に同居するようになって、ますますひどくなった。他人には、かたくなに心を閉ざし続ける夫と、何かにつけてサロン風に解放的なかかわり合いを求める中條家の人びととの肌が合うわけがなく、お茶や食事の時、荒木がこそこそと入って来ると、それまでのなごやかな話し声が途切れた。そういう時の百合子の気のつかいようを、「かわいそうで見ていられない」とヒステリックに騒ぎ出す母に、結局、林町の中條家を追われ、出入り禁止という最悪の事態にまで発展した。

百合子には、荒木の「君が望むならそうしましょう」というような煮え切らない態度が、急に鼻もちならなくなってしまった。そのころの心境を「この四年ばかりは泥沼時代だった。小市民的な排他的な両親の家庭から脱出したつもりで四辺を見回したら、自分と対手(荒木)とが落ち込んでいるのは、やっぱりケチな、狭い、人間的燃焼の不足な家庭の中だった」と述べている。

＊ソビエトに恋す

自己をどこまでも成長させようと願う百合子が、男との愛の葛藤に打ち沈んでいた時、野上弥生子を通じて百合子の前に躍り出てきたのが湯浅芳子だった。大正十三年四月十二日のことで、荒木の結核、有島武郎の自殺、関東大震災と、百合子の理性では処理できかねる事件が続き、極度の情緒不安のなかにあった。

百合子の昂《たか》ぶった感情は湯浅に向かい、それは深い愛情に変わった。この年、百合子が湯浅に書き送った手紙は八十九通といわれ、自己を取り戻した百合子は、荒木と訣別するために自分自身と荒木のかかわりをモデルにした『伸子』の執筆に取りかかる。荒木には荒木の言い分があったわけだが、作品はどこまでも百合子の自立を中心に追っていて、荒木に分が悪いのは仕方がない。

湯浅と同居した百合子は見違えるばかりに元気になり、それを見かねた母は、これまで「別れろ」と言っていた荒木とのよりを戻させる工作をするのだった。大正十五年八月十日、二年以上かかった『伸子』の連作『雨後』(改造・九月)が完成。『伸子』の連作で全エネルギーを放出した百合子は、またも情緒不安になり、男性との熱烈な官能的愛へのあこがれを押さえ込むような形で、湯浅の訪ソに同行する。

十二月十五日、釜山・シベリア経由で真冬のモスクワに到着。何となく、ロシア語専門の湯浅について行った百合子だったが、「ロシアに対する興味と愛とは十二月のある夜、つららの下がった列車から出て、照明の暗い橇《そり》と馬との影が自動車のガラスをかすめるモスクワの街に入った最初の三分間に、私の方向を決めた。できるだけ早く自分の英語を棄ててしまいたくなったのだ。私は、いそいではどこも見まい。私は、私の前後左右に生きるものの話している言葉で話そう。そして、徐々に、徐々に――私はわが愛するものの生活の本体まで接近しよう」と、ソビエトへの熱い愛を告白している。

男への愛情に失敗し、湯浅との愛にも満たされなかった百合子の多感な情念が、身も心も凍らすような大地、大革命で女性も男と同じように理想国家の建設に邁進《まいしん》しているソビエトをわが愛の対象に選んだのだ。語学は湯浅のほうが上だったが、現地生活に溶け込む能力は百合子のほうが秀でていた。

百合子は、ソビエトこそ自己を成長させる場所であると直感した。このことを本能的に心配した両親は、モスクワ大使館の武官を目付役にしたり、わざわざヨーロッパまで一家で出かけ百合子と会い、それとなく帰国を促した。これらのことは、最後の作品となった『道標』（昭和二十二年一月～・展望）に詳しい。

マキシム、ゴーリキー、片山潜などとの出会い、海外で病んだ流感、重症の胆嚢炎《たんのう》、なかでも〝何ものをも憎むな〟と書き残して自殺した弟・英雄の報は、百合子の感情を大きく揺さぶった。片山にソビエトに残って仕事をするように勧められたが、「芸術家として、自分はどこまでも日本の現社会制度との非妥協性を捨てない、憎む心を捨てない」と日記に書き、昭和五年十一月八日、湯浅とともに帰国した。

百合子は、百万人の失業者があり、権力に抵抗して根気強く戦っている人びとのいる日本へ、まったくの新参として帰ろうと決心し、日本の土を踏んだ。その時、百合子の胸の奥底には自殺した弟と同じ年で、けなげにもプロレタリアートとして生きて行こうとしている、若者のイメージがあった……。

帰国して間もない十二月中旬、百合子は左翼への虐待が激化した真っただなかで、日本プロレタリア同盟に参加。翌年、常任中央委員として活躍するうち、新進文芸評論家の宮本顕治を知る。

そして昭和六年十月、手塚英孝、宮本の推薦で非合法の共産党に入党し、「働く婦人」の編集責任者となり、左翼運動評論活動に身を挺《てい》した。同七年二月、宮本と結婚。百合子三十三歳、顕治二十三歳だった。その後は二人三脚で、治安維持法をふりかざした特高、国家権力との壮烈な闘いに明け暮れる。四月七日、駒込署に捕えられたのを手はじめに、百合子の身には終戦までの間、何回も問答無用の検挙と釈放が繰り返された。


小林多喜二と地下にもぐった宮本は、岩田義道、小林が虐殺されたあと、九段坂上で検挙され、ついに戦後の昭和二十年十月八日まで出所できなかった。その間、約十二年、百合子にとっては暗く辛い時間であったが、全生命をかけて獄中の顕治に手紙を書き送った。執筆禁止のなかでの顕治の裁判費用の捻出などで生活も苦しく、自らの獄中でいじめぬかれた体もガタガタになっていたが、百合子には完全黙秘を貫き通している顕治の温かいまなざしと励ましの手紙があった。

＊千通もの獄中への手紙

百合子は、面会の権利を得るため宮本の籍に入り、昭和十二年十月十七日、顕治の誕生日を期して、ペンネームを〝中条〟から〝宮本〟に変えた。

　母は百合子を顕治から引き離すためやっきとなり、宮本の母もまた特高から、百合子を追い出すことが息子の転向に一番だと脅迫され、百合子は微妙な立場に立ったが、宮本の母が「ユリさんは日本一の嫁」というほどに傾きかけた宮本家の力になった。

　百合子が顕治に送った手紙は約千通、顕治からの返事が約四百通で、百合子は、顕治のおかげで「作家として一点愧《は》じざる生活をした」と述べた。この往復書簡をまとめた『十二年の手紙』（昭和四十年・筑摩書房）は、思想などという小さな枠を超え、多くの人びとの胸を打った。

　処女作で、「どんな小さなものでもお互いに喜ぶことのできるものを見つける」と言い放った百合子は、戦後、「歌声よ、おこれ」を第一声に、党活動で忙しい顕治と行き違いの生活をしながらも、若い顕治を尊敬し、慕い、『播州平野』（新日本文学）、『風知草』（文藝春秋）、『二つの庭』（中央公論）と精力的な執筆活動を続け、昭和二十二年から三千数百枚におよぶ超大作『道標』の創作に取りかかった。

　どこまでも、わが意志を信じ、自己の成長に執着した百合子だったが、昭和二十六年一月五日、風邪で倒れ、同月二十一日午前一時五十五分、永遠の眠りについた。享年五十一。解剖所見には、「獄中で熱射病で倒れたときのあとが左前頭葉にあった」と記されていたという。

壺井《つぼい》 栄《さかえ》

1899〜1967

コンピュータやニューメディアの発達は、否応もなく情報過多時代を招く。人間は膨大な量の情報をスイッチ一つで手にし、家のモニター画面の前で、デパートの品物が買えるし、飛行機や新幹線、劇場などの切符も指定することができるようになった。生活の多様化も進み、家族の一人一人がテレビを持ち、世界的な視野で生活を営むことになる。

まことにけっこうな生活環境だが、このバラ色の理想社会が、人間に押しつけるツケの大きさを忘れてはなるまい。なかでも致命的なのは、自然とのふれあいの断絶であり、人間と人間とのふれあいの喪失である。人間は情報洪水の渦に巻き込まれ、故郷を忘れ、先輩や友人、はては祖父母、両親まで見失ってしまう。

テレビで、どれほど世界の景勝奇観を流そうと、幼年のころ手足で分かった雄松、雌松の二本松や、たわわに赤い実をつけた柿木の感触にはかなわない。動画や切り絵で紹介される、面白おかしの民話や童話も、幼い時、ばあちゃんに何度も何度も聞かされた素朴な話には太刀《たち》打ちできない。

作家は多かれ少なかれ、故郷と幼時の体験を作品の骨子にしているものだが、おそらく壺井栄ほど、故郷、小豆島の自然と人間を、創作の芯《しん》にし続けた人はいまい。

＊貧乏のどん底

岩井栄が生活苦と病苦の末、肉親・隣人とのかかわりを打ち切り、それほど親しくもなかった郷里の先輩・壺井繁治を頼って上京したのは、大正十四年二月十日、栄二十五歳の時であった。

栄は明治三十二年八月五日、岩井藤吉・アサ夫妻の五女として香川県小豆島坂手村（現・内海町）で出生。十人の子どものうち男は二人だけで、父が一緒に育てた孤児を入れても、母系色の強い家族であった。家には、どっしりとばあちゃんが座り、子どもたちは、ばあちゃんのまわりにまとわりつき、「だんごがほしけりゃ、うすまわせ」という鼻歌や、面白い昔話を聞くのが一番の楽しみであった。ばあちゃんの話は単調で、子どもたちはとっくに題目も内容も分かっていたが、「その話、知っとる」と言った時のばあちゃんの悲しそうな表情が子ども心に哀れで、話が終わると「偉いもんは寄って来い」と、大きな手や小さな手でトントンと曲がった腰や細い肩を叩いてやるのだった。

一家十五、六人という大家族の中で〝五人育てりゃ五つの楽しみ、七人育てりゃ七つの楽しみ〟〝四十四の尻《しり》ざらい、四十五の業《ごう》さらし〟など、昔から伝わる諺《ことわざ》を現実に体験しながら、栄は成長した。尋常小学校に上がるころ、醤油の醸造元が倒産し、その樽職を生業《なりわい》とした家運は、あっという間に傾いた。父は口癖の、「ご破算で行こうかいや」とがんばったが、ばあちゃんの死が一家の悲運に拍車をかけ、大正元年、岩井家は六百円余の借金を支払うことができず、ついに家を出て、小さな借家に移った。その間、栄は、九歳のころからよその家の子守りをしたり、麦藁帽子の材料を真田紐《さなだひも》のように編む〝麦稈真田《ばっかんさなだ》〟の内職に励み、学校へ行きながら必死で家計を助けた。

大正三年、十四歳の時、海の運送店を始めた父に従って薪の元木の荷担《にかつ》ぎなど、荒くれ仕事をした。口べらしのため京都に養われて行く、すぐ上の姉と別れるのが辛く、ワンワン泣きながら浜辺を追った　栄は、世の中の矛盾に泣きながらも、先生をしている兄からの贈り物の『二宮金次郎』を読み、人間にみなぎっている意志力の強さにおののくのだった。

大正四年五月、坂手村の郵便局に勤務。その年の十二月、母もまた過労のため祖母と同じく脳溢血に倒れ、半身不随となった。栄自身も働きすぎで肋膜をやられ、ついで脊椎カリエスとなったが、妹たちの教育のためにも休むことができず、膿《うみ》を取りつつ働いた。一家の長男として重責を荷ない、先生をやめ東京で弁護士の勉強をしていた兄・弥三郎も急死し、一家の不運は近所の人びとの話題にのぼった。

大正十一年、栄はハシカにかかり医者の誤診であやうく死にかけたが、運強く生き残り、これを機に宿病となるかもしれなかった脊椎カリエスが影をひそめた。このころ、山本有三の『嬰児殺し』、久米正雄の『地蔵教由来』、菊池寛の『父帰る』などを読んで感動。郵便局でも村役場でも、栄の勤務ぶりは男の目を瞠《みは》らせるほど際立っていた。

＊東京と、壺井を恋す

栄は、瀬戸内海の静かな自然の中でがむしゃらに生きながら、自由の地・東京を意識した。そこには、弁護士の志を立て、学半ばにして挫折した兄への強い思いがあった。そして、郷里から東京に出て、文学活動をしている黒島伝治や壺井繁治へのあこがれもあった。

栄は、家の犠牲になることには、なんら抵抗を感じなかったが、肉親やまわりの人びとから婚期の遅れた娘だから、後家でも入れれば幸せだと、無理やり縁談を押しつけられるのが苦痛だった。ばあちゃんと両親の悲惨な生き方を見、姉たちの婚家での不幸を知るにつけ、自分は自分らしく伸び伸びと広い世界で生きたい、という願望を捨てることはできなかった。船に乗って海に接したこともある栄は、自分をすばらしい世界へ運んでくれそうな一本の潮流を、東京にいた壺井繁治に見た。

「一度遊びに来い」という壺井の手紙が来た時、病身の母に「うち、東京見物に行ってくる」と言い、貯金をおろし、あっさりと故郷を捨て、そのままついに帰らなかった。

栄が自由の鐘に胸ふくらませ、見ず知らずの東京駅にやっとたどり着いた時、壺井は飯田徳太郎や岡田龍雄、福田寿夫などの文学仲間とともに、千葉県九十九里浜に遊んでいた。電報一本に託した上京はあまりにも無謀で、栄には壺井たちの仲間が社会の常識を頭から否定するアナーキズム、ダダイズム主義者だという知識さえなかった。

田舎娘は、見知らぬ東京を血まなこになって壺井を求め、九十九里浜の貸別荘・日昇館にたどり着いた時には、のん気者の栄も、ほっと胸をなでおろした。が、別荘には人影もなく、雨戸を折って燃やしたあとや、酒瓶や汚い湯のみや花札・トランプなどが部屋中に散乱していた。太平洋の波は荒々しく、瀬戸内海の静けさとは対照的だった。故郷は母性的で、大小の島々に守られ安心感があった。栄は、波荒き大海原の前に一人立ち、前途の多難を考えずにはいられなかった。自分を導いてくれた親潮はどこへ行ったのか……砂浜で深い溜息をついた時、若い男たちが松林を変な腰つきで踊り、かつ叫びながら歩いて来るのを見た。

奇妙な人びとのなかに、栄は普通の男から恋人に昇格した壺井のいかつい笑顔を見つけた。壺井は立ち止まり、びっくりして「おう、栄さんかァー」と叫びながら走り寄って来た。

＊恐ろしき隣人たち

繁治と栄は、やっとの思いで世田谷町字三宿（現、世田谷区三宿町）に一軒屋を借り、二カ月後には繁治の気まぐれで、太子堂に移った。粗末な借家で初めて男と女になった二人は、「おお、恥ずかし」と顔を伏せた。繁治は何度も思想の行き詰まりに直面し、〝どの顔もどの顔もみんなミイラではないか、美しい都会は一つの墓場である〟と歌い、「赤と黒」に、〝詩とは爆弾である！　詩人とは牢獄の固き壁と扉とに爆弾を投ずる黒き犯人である〟と宣言した熱血漢であった。

栄には、女の自分さえ因習の深い田舎で、何がしかのお金を稼いでいたのに、繁治やその仲間たちは理屈ばかりこねて、資本家に甘え、たかっている現実を許すことができなかった。ままならぬ世の中に不満があるのは誰でも同じだが、それが真剣に働かなくてもいいという理由になるはずがなかった。

とくに、怖い隣人・野村吉哉と林芙美子、飯田徳太郎と平林たい子の夫婦とも愛人ともつかぬアベックの自堕落な生活にはついてゆけなかった。野村も飯田も徹底的に女をいじめ、女もまた泣きながら、しぶとく男に挑戦してゆく姿を見ながら、栄は女の悲哀をしみじみと感じ、生きてゆくために彼女たちが取らねばならなかった醜悪な行為を、大きく包み込む母性的な女だった。

結婚生活を始めた日から、栄の着物をつかんで質屋に走り出す夫を見送って、栄は大声を上げて泣いた。そして泣き終わると、「もうあとには引けない、うちは繁治さんを守って、しっかり働いていこう」と決心した。繁治も九十九里浜で思想的なよりどころを失い、それと引き換えに心温かい女性を見つけたのだった。

繁治は、この恋人のためにも無頼な生活に終止符を打とうと、内心思いつめていた。二人は、その後のいざこざは幾度もあったが、初めの意志のごとく、栄がこの世を去るまで、初心の愛を貫き通した。壺井家でごろ寝をしながら、甘い声やすごい声を出していた林や平林は、そのあと男を捨て、社会や男や自分との血みどろの闘争の末、文学者として大きな足跡を残した。

繁治は友人の川合仁（学芸通信社の初代社長）の好意で、電報通信社の仕事をもらい、栄も地方新聞に提供する新聞小説の筆耕《ひっこう》を手伝い、お粗末ながら徐々に新しい壺井家の生活を打ち立てていった。

＊うち、もう死んでもええわ

昭和二年、日本プロレタリア文芸連盟を、アナーキスト文学者として脱退した繁治は、自己批判をした上、アナーキスト批判に向かう。これに怒った黒色青年連盟のアナーキストが内ゲバを起こし、繁治はステッキやこん棒で死ぬほどぶんなぐられた。繁治は青年たちに乱打されながら、「繁治さん、がんばって、死なないで！」という、栄のやさしい声を聞いた。それに、家にはもう栄だけではなく、幼い栄の姪や妹たちが自分を待っている、建設の前に破壊をなどと、どうして主張できよう。

昭和七年三月、プロレタリア文化連盟弾圧で繁治たちが捕えられて入獄。それ以前も何度か投獄されていたので、その経験を買われた栄は留守家族の獄中への発送係や差し入れ面会の係を黙々と務めた。この時、宮本百合子、佐多稲子らと仲よくなり、栄は悲しみにくれながらも、自分自身を慰めるように小豆島のばあちゃんの話や両親の話などを、佐多たちの前で淡々と語った。覚悟の上とはいえ、ともすれば暗くなりがちな留守家族の人びとは、この明るい〝語り部〟の話に聞きほれ、ほのかな笑いを取り戻すことができたのだった。栄の持つ豊かな詩情と童心は、佐多稲子に「本物の童話の書ける人だ」と直観させ、佐多はしばしば、話をそのまま原稿に書き写すよう栄に勧めた。栄が重い腰を上げて書いたのが『大根の葉』で、宮本百合子も認めるところとなり、庶民的なこの作品は昭和十三年、「文藝」に発表された。

栄は「文藝」八月号を胸に抱いて、「うち、もう死んでもええわ」と言ったが、その後、『赤いステッキ』(昭和十五年二月・中央公論)、『暦』(同・新潮)、『三夜待ち』(同年五月・日の出)、『夕焼』(同十七年二〜七月・婦人朝日)、『十五夜の月』(同年五月・新作少年文学選)、『坂下咲子』(同十八年一月〜六月・職場の光)と精力的に書き続け、本格的な作家に成長していった。栄は執筆の楽しさに、生活の苦しみを忘れることが多かった。『暦』は第四回新潮賞を受賞。栄はその賞金で、ばあちゃんが話してくれた〝祖父の死に場所〟を探しに、伊勢の的矢町・日和山に出かけた。

＊サカエ、ヒトミブームの到来

昭和十八年の夏、念願の書き下ろし童話『海のたましい』（のち『柿の木のある家』）を二カ月で執筆、翌年六月に講談社から出版した。

昭和二十年、終戦で皆それぞれに苦しい時期を迎えたが、逆境に強い栄はいきいきと生き、遠い縁のつながる孤児・右文《みぎふみ》を引き取る旺盛さであった。右文は三歳だったが、愛情と食べものに飢え、他人の心を深く推し量るようなところがあった。このかかわりが、幼年童話『孤児ミギー』（同二十二年六月・PTA連載、のち『右文覚え書』に改題）に発展する。

繁治との間に子どもがなかった栄は、他人の子を何人も育てた。戦後の苦しい中で、右文とともに歩き出し、その成長の過程を書き始めた時も、「愛情は血肉とだけ茂るものではなく、一つ家にもみあって暮らすことによってのみ生まれるものだ」と思った。

しかし、栄は右文（孤児ミギー）と生活をするうちに、これは私の一人よがりかもしれぬと戸惑い、でも何と言われようと、お互いに身を寄せ合って暮らして来たということは、お互いの人生を豊富にしたのだと思い定め、小さい子に大人に対するような感謝を示した。

子どものころ、大家族でごたごたと暮らした十二人の仲間たちの感触は、昭和二十七年二月から連載を始めた『二十四の瞳』（同年十一月完結・ニューエイジ）に結晶する。

作品は泣き虫先生こと大石先生と十二人の生徒との二十年くらいのかかわり合いを描いたものだが、それは、栄が小豆島で体験した自然・人間との情こまやかなふれあいの集大成で、涙なしには読めないものであった。

オリーブの香に包まれた静かな小豆島は、木下惠介監督、高峰秀子主演の映画化により、俳優や新聞記者などで賑わった。ちょうど時を同じくして、『暦』も田中絹代、香川京子らのヒロインで映画化（女の暦で上映）され、字幕に映る壺井栄の名は、一躍流行作家として世間に行き渡った。

栄は、照れたような気持ちで、県を挙げて沸き立っている小豆島に帰った。血のつながらない娘に病身をいたわられながら、アカ（共産主義）夫婦として忌み嫌った自分を、手のひらを返したように親切に扱ってくれる地元の人びとを、不思議そうに眺めた。

映画「二十四の瞳」が昭和二十九年秋に封切られると、香川県は観光県として名を上げ、鳩山一郎首相をはじめ、全国の人びとの紅涙をしぼった。栄は、世間の〝サカエ、ヒトミブーム〟に戸惑いながら、同三十年に『風』（同二十九年十一月・文藝）で第七回女流文学賞を受賞。甥と一緒に再び伊勢へ、じいちゃんの墓を探しに行った。五十五歳になった栄の血の中に、小豆島に骨を埋めたばあちゃんの血が脈々と生きていたのである。

＊柚の大馬鹿十八年

老後は、繁治とひっそりと暮らしたいと考えていた栄であったが、自分の生んだ作品のゆえに、ますます重荷を増やし続けなければならなかった。軽い喘息が、『高窓のある部屋』(昭和三十六年・NHK芸術劇場)を書き下ろしたあと、大きな発作となった。

薬の副作用でぶくぶくに肥満し、苦しみもがく栄を慰めるように、テレビ映画として香川京子主演で『二十四の瞳』が放映(昭和三十九年)されたが、病気は悪化する一方であった。喘息の発作が始まると、まわりの者が泣き出すほどすさまじかった。

昭和四十二年六月二十一日、栄はひどい発作を起こし、二日後の二十三日零時五十八分、繁治のやさしい手に抱かれて六十七年の生涯を閉じた。

出世作となった『大根の葉』に登場した健ちゃんの手で、小豆島町坂手に設計された文学碑には、「桃栗三年　柿八年　柚《ゆず》の大馬鹿十八年　壺井栄」と記されている。瀬戸内海を一望に見渡せるその場所には、山陰で生まれた詩人・生田春月の文学碑も立っている。生田は、生と愛の苦悩の果て、昭和五年に播磨灘に身を投げ、この地に流れ着いたのだが、その魂は、栄のたくましい笑顔に包み込まれているに違いない。

尾崎一雄《おざきかずお》

1899〜1983

人間が生きていくということは、いつの世でもなまなかな作業ではない。医療の発達で平均寿命が延びれば延びるほど、人間は苦しい体験を経なくてはならない。医療や科学の発達も、人間の幸せというものには、ほとんど関与できない。

もう一つ不安なことがある。それは、検査データに頼らず、触診に自信を持つ小児科の先生たちが、不思議な子どもたちを前に首をかしげ始めていることである。単に病名の見当がはずれるということではなく、骨が弱い、運動神経が鈍い、などという単純なものではない。もっと奥深い根っこの問題で、子どもたちが生に対する猛々《たけだけ》しさを失いつつあるというのだ。それは、子どもたちの他人への無関心さと、大きな関係があるようだ。

＊五カ年生存計画

二十二歳で、当時は死病といわれた結核にかかり、四十五歳で胃潰瘍吐血で倒れた尾崎一雄は、医者から「急なことはない、三年くらいもつだろう」と言われた。松枝夫人から、この話を聞いた尾崎は、何を根拠にと腹を立てて、「よし、五年生きてやる。生存五カ年計画を立てる」と言い切った。

死ぬには、まだ子どもが小さすぎた。五年生きれば、長女が高校生、長男が中学生、二女がどうやら小学生になっている。一時期、文学のために〝人非人《にんぴにん》〟になることを誓った自分だが、父親としてこれくらい生きなければ、ふがいないではないか……。医者の三年くらいもつだろうという診断と、こん畜生、五年は生きてやるぞ、という根性との対決に、行司役の松枝夫人は、さっと、主人の説に軍配を上げた。主人の口ぐせの「いや、何でもない。大丈夫だ」という言葉を素直に信じたのである。

昭和六年に結婚して以来、何度も生活の危機に瀕《ひん》したが、尾崎はそのつど、途方にくれる夫人に、「大丈夫だ」と言って乗り越えて来た。夫人は尾崎自身が内心、途方にくれていることを知らなかった。ましてや、尾崎の「何でもない、大丈夫だ」と言い切る生命力の根源が、無条件に主人の言うことを信じ安心してしまう夫人の暢気《のんき》な態度にあったことなど知らなかった。

尾崎がどん詰まりのところまで行って落ちてしまわなかったのは、もって生まれた意志の強さにあるということは言うまでもないが、芳兵衛こと松枝夫人に相まみえた運の強さにある。夫人が赤ん坊を産む時や、空腹で乳が出なくなった時の困り果てた無心の表情は、尾崎に心の底から「なーに、大丈夫」という声を発せさせ、夫人はその一声に安心してしまう。この二人の積極的なかかわり合いは、貧しいなかで、信頼と幸せを生み、尾崎に、「いまだ、やるぞ」という勇気を奮い立たせたのだ。

＊『大津順吉』との出会い

尾崎は明治三十二年十二月二十五日、クリスマスの日に、尾崎八束・タイ夫妻の長男として三重県宇治山田町で出生。尾崎家は父祖代々、神奈川県足柄下郡下曽我村谷津の鎮守の神・宗我神社の神官だった。祖父が宗我神社を守り、父は東京帝大を出て伊勢の神宮皇学館に奉職した。この関係で、尾崎は宇治山田の明倫小学校、母の実家の沼津小学校、下曽我の千代小学校と転校し、ある時期、両親と別々に暮らした。

粗暴でわがままな祖父、「私も武家の出」と短刀を手に夫と対決する祖母。その祖母が死んだ時、おいおいと大声を上げて泣いた祖父。祖父と祖母に、ひたすら柔順であった母。父は祖父と違い、いわば文治派に属する封建人で、大きな声で怒鳴ったりはしなかった。それだけに、なお怖いところがあった。

宇治山田で、父を待つ所在なさに鼻くそをまるめてポンとはじいたのを、宿の主婦がノミとまちがえて口に入れ、「いやだ坊ちゃんの鼻くそだ」と父に報告した時、父は「あまり遠くへ飛ばすんじゃないよ」と静かに言い、二見が浦でボートに乗ろうとして睾丸を打った時には、「そこは大事なところだから気をつけなければいけない」と怖い顔で注意した。

小田原の神奈川県立第二中学校では牧野信一（のち自殺）の後輩で、河野一郎（のち国会議員）と同級生。鉄道もバスもなく、尾崎は片道八キロの道を走りに走ったが、河野とともに遅刻の常習犯であった。

家には神主という職業上、国史や国学などの本が多かった。これらのうちで比較的分かりやすいものをさらっとなめると、代議士だった父を持つ友人の家の土蔵に押しかけた。夏目漱石の小説を好んで読み、校友会雑誌「相洋」にも何回か発表。尾崎の青春の血が急にたぎり出したのは、この土蔵で一編の小説に遭遇してからであった。

その小説は、志賀直哉の『大津順吉』（中央公論 第二十七年第九号・大正元年発行、秋期大付録号）で、尾崎が漱石の作品までで文学をとらえていたら、父と同じ道を歩むか、下曽我の素封家として一生を終わっていたであろう。この時、大正五年、尾崎十九歳の夏、悩み多き青春の真っただなかにあった。

『大津順吉』は、尾崎の青春の血を沸騰させた。尾崎は心身ともに震えた。夏目漱石の新聞小説『明暗』で、文学というものを少し分かりかけてきていた。この新聞小説が大正五年十二月十四日、夏目の胃潰瘍悪化による急死で中止になったころ、尾崎の心は完全に志賀直哉に乗り移っていた。

尾崎は、文学の先輩を訪ね、堂々と父親や

父親を代表する体制と闘っている志賀チョクサイという人間が、志賀ナオヤという人で、「白樺」同人だということを知った。先輩に「白樺」を五冊ほど借り、興奮を抑えつつ志賀の作品を探したが見当たらず、『留女』の広告が載っているのを見つけ、心を静めた。志賀は、このころ長編『暗夜行路』の執筆に打ちこんでいて、くしくも夏目が死んだ翌年（大正六年）、尾崎の期待に応えるかのように『城の崎にて』『赤西蠣太』『和解』『鵠沼行』など、驚くほどの量の作品を各誌に発表した。尾崎はその一編一編を大きな感動で読み返した。自分が、この人だと思い詰めた人が、龍のように昇ってゆくさまを、眼を大きく開いて見つめたのだった。

＊敬愛する父親への反抗

志賀の作品は、尾崎の父親に対する反抗の〝のろし〟となった。尾崎は父をかなり素直に信頼し、敬愛していた。自分の志す文学を「軟文学」と決めつけ、早稲田大学は社会主義だという父の態度に、大きな不満はあったが、さりとて、家出をしてまで初志を貫徹する勇気はなかった。尾崎は大正七年、父の意をくみ、法政大学に入学した。わずかに父への反抗を示すために、古本屋で夏目が絶賛した志賀の『留女』を二冊買い込み、自分の決心とした。

尾崎の志賀への傾倒ぶりは、異常なまでにヒートアップした。面会を申し出て、初めて「訪問を許す」という手紙が来た時には、目の上にさし上げて伏し拝み、級友や後輩の丹羽文雄に志賀の作品を全部読めと強要し、『赤西蠣太』が片岡千恵蔵主演で映画化された時、字幕に出た志賀直哉の名前に向かって小さいわが子に脱帽をさせたほどだった。

大正九年、息子が文学者になることを嫌った父が肺結核で急死し、尾崎は二十一歳で戸主になった。父は死ぬ前に息子を呼び、預金や土地財産を示し、「何事も常識でやってゆくがいい」と言った。尾崎は対立者を失って戸惑ったが、「とにかく、志賀直哉のように他人に感動を与える小説を書きたい、そのほかのことはしたくない」と、葬式のあと母に、「早稲田に入り直します」と表明した。

入学後、授業はそっちのけで読書と創作に専念、時に間違って出席すると、教授がわざわざ「立ってみて下さい」と不思議がるほどであった。杉坂幸月、山崎剛平らと回覧誌「極光」を始め、クラス担当の山口剛、片上伸教授らに認められた。

大正十年、妹とともに結核にやられ、翌年妹が死んだ。この時、人間の死を見つめ、どうして、死ぬ前に志賀直哉を訪ねなかったのか、と悔いた。同十二年七月、元気を取り戻すと、さっそく級友の三浦英槌の紹介で、尊敬やみがたい志賀直哉に会った。道案内に立ったのは大阪の同級生・中谷博（のち早大教授、野球部長）であった。リゾールのにおう京都の志賀邸で弟子の滝井孝作に会い、そのあと、当時四十一歳の骨格、精神ともにがっしりした志賀直哉を前にした。

あこがれの人に会えた尾崎の喜びはどれほど大きかったか。尾崎は高ぶりを抑えると、おじけることもなく、『大津順吉』を読んでからの喜びと悲しみの日々を淡々と述べた。志賀は、尾崎の報告がひと区切りついた時、「病気はもういいのか」と短く聞いた。「まだ全快とはいえませんが」と言っているうちに胸が熱くなり、「ここまで快復して、先生にお目にかかることができましたのを大変しあわせに思います」と泣き出してしまった。

この人がいたからこそ、いくつもの悲しみを乗り越えることができた……尾崎は、心のなかで、その思いを深めていた。「これからも年に一回くらい訪ねていい」と、志賀の許可を得た尾崎は喜び勇んで、中谷の家にたどり着き、「及第したようだ」と報告した。中谷もわがことのように喜んでくれた。

＊〝人非人〟になる

父と妹の死で衝撃を受け、志賀に会った喜びも消えぬ直後、関東大震災（大正十二年九月一日）によって、尾崎は戸主として大きな打撃をこうむった。精神的・経済的苦労のなかで同十四年、小宮山明敏や岡沢秀彦らと同人誌「主潮」を創刊、作品『二月の蜜蜂』を川端康成に褒《ほ》められた。

これからのちは、酒を基調にした論争と創作にあけくれ、ある女性と同棲、金銭上もめちゃくちゃになり、郷里の母や友人に「文学のために〝人非人〟になる」と宣言した。尾崎がこれほど荒れすさんでしまった裏には、プロレタリア文学の隆盛があった。自分の小説が人間の役に立たないと言われるのはまだしも、師の志賀直哉の作品まで、ボロクソに言われては黙っておれなかった。

尾崎は「主潮」「文芸城」「新正統派」「文芸首都」とめまぐるしく同人誌を変え、ひたすら、プロレタリア文学の攻撃を食い止めようとしたが、時の勢いの前に、守る側の気勢は上がらなかった。

その徹底した無頼ぶりに、母は「死ね」と言い、妹には「もとの兄さんになって下さい」と懇願をされたが、尾崎はそれを無視したばかりか、同棲している女性までぶんなぐって、奈良の志賀のもとに走った。志賀が用意してくれた宿は常本画伯や小林秀雄も仮寓したという〝江戸三の亭〟の一つであった。尾崎は、新天地に真っ白の原稿用紙をたずさえて乗り込んだが、いたずらに鹿の腹を太らせるだけであった。あこがれの師のそばにいて心は喜びに躍ったが、創作に打ち込む気にはどうしてもなれなかった。

志賀のもとには、炎火に集い寄る蛾のように個性の強い才能のある人が慕い寄ったが、よほど自立心がないと、志賀の強烈な個性のために、ズタズタに引き裂かれる危険があった。負けず嫌いの尾崎は、文学でどうしても太刀打ちできないなら、何でもいい、どんなことでもいい、ぺしゃんこにやっつけたい、という誘惑にかられた。しかし将棋でも、自転車乗りでも、相撲でも、こてんぱんに負けた。

昭和五年七月、重症の〝志賀中毒〟で自分自身を失いかけていた矢先、志賀に「部屋代はこっちで払っておくから東京へ帰ったがいい」と言い渡され、「非常に申し訳ないと思います、ついては旅費を……」と泣き伏してしまった。志賀は「こんなぐらいで、そう参らなくてもいい」と言い、尾崎は「大丈夫です」と小さく答えた。

*「本来無一物」の悟り

尾崎の再起は、志賀の勧めで上京し、同棲中の彼女との間を清算したところから始まる。志賀直哉を求めるために、母や故郷を失い、師事した志賀にまで見放されてしまった。尾崎はすべてを失ったおかげで、「欅《けやき》は欅、八手《やつで》は八手」という心境に達し、「人間本来無一物なり」と悟ったのである。

尾崎は「志賀には志賀のつよさ、自分には自分のよさを認める」といった余裕ができ、そこへ、芳兵衛（松枝夫人）なる暢気《のんき》人間がひょっこり現れ、尾崎の価値がじわりじわりと発揮されることになる……。

昭和十二年、第五回芥川賞の受賞作『暢気眼鏡』について、佐藤春夫は「筆力だけではなく人間としてもたたきあげたところが見えていて好ましい」と評し、「小粒だが独自のもの、自分の杯で飲んでいる人だ」と褒めた。松枝夫人との薄氷を踏むような二人三脚は、壇一雄との同居生活を綴った『なめくじ横丁』から林芙美子たちとの生活をテーマにした『もぐら横丁』と続くが、昭和十九年八月末、漱石と同じ胃潰瘍の大出血で倒れ、好きな酒を絶ち、老母の住む下曽我の郷里に帰った。

やがて敗戦を迎え、またも左翼文学が興ったが、虫の息の尾崎は生きていくことで精いっぱいであった。夫人の〝芳兵衛〟は、ここでもがんばった。尾崎は身の不運に泣きながらも正岡子規や平林たい子の作品で自分流の対病策を練り上げ、五カ年生存計画を実行した。

何よりも大きな励みになったのは昭和二十二年一月五日、志賀家から署名本、写真とともに、「君去春山誰共遊、鳥啼花落水空流、如今送別臨溪水、他日相思来水頭」という句の書が送られて来たことであった。「まだ、先生に見放されてはいない」という誇りと喜びは、創作欲につながり、尾崎は十二月から命と引き換えに、床に腹ばいながら、一日、一、二枚ずつ書き継いで、ついに、直哉の『城の崎にて』をしのぐ『虫のいろいろ』(同二十三年)を完成した。

この作品は、くしくも「新潮」に志賀の巻頭小説『奈良日誌』と並んで載った。志賀は、尾崎の作品を「自分のものになっている」と認め、尾崎は「この言葉を聞けばもう言うことはない、自分の一生はこれで報われた」と感謝した。

これを励みに、尾崎は死との危ない駆け引きをしながら『懶《ものう》い春』『すみっこ』『まぼろしの記』など、病人とは思えぬ筆力で書いていった。日本芸術院会員になった昭和三十八年、ふとまわりを見ると、大病の時、「尾崎はもうすぐ死ぬぞ」と見舞いに駆けつけた太宰治をはじめ、坂口安吾、林芙美子、宇野浩二、外村繁などが故人になっていた。

回想文学『あの日、この日』(群像・昭和四十五年一月〜)を執筆中の同四十六年十月二十一日、長年師と迎いだ志賀直哉が逝き、その四日のち、志賀家に案内してくれた中谷博が死んだ。尾崎は、京都に初めて行った時の青春の情熱を思い返し、口ぐせの「なーに大丈夫、これからだ」「これからもなお生きるとはどういうことかを老人として厚かましく語りかけてゆくのだ」と言って、創作に打ち込んだ。

　尾崎一雄は昭和五十三年に文化勲章を受章し、同五十六年、『没後10年・志賀直哉展』で大役を果たし、八十三歳まで生き抜いて、同五十八年三月三十一日午後十時四十分、この世を去った。

　日記がそのまま小説になるような心境作家ともいわれたが、作品として生まれて来たものには作者のフィルターが巧みにかけられていて、〝宇宙席次〟のもとで生き物が生きてゆく穏やかな迫力に満ち満ちていた。

海《かい》音《おん》寺《じ》潮《ちょう》五《ご》郎《ろう》

1901〜1977

人間にとって現在の生活は、過ぎ去った時間と、これからの時間との貴重なかけ橋である。そして、歴史という大きな物差しでとらえれば、現代人は、その半分を先人の遺産の上に生きているのであり、現代の人間が鋭意なし遂げたものは、いやおうもなく次代の人びとに譲り渡すことになる。だから、個人の生活について考えれば、人間一人ひとり、今という時間こそ何よりも真剣に、大切に生きなければならないし、歴史という面においては、地球という、かけがえのない青い惑星を汚さずに、そのまま、未来へ送りついでゆく努力をしなくてはならない。

　ところで、現実はどうであろうか。個人の生活では、戦後、大人、とくに男性は自信を喪失してしまい、その分、女こどもが強くなり、ほとんどの人が自分の利益しか考えなくなってしまった。民主主義の教育では、個人の自由をのみ強調し、他人とのかかわり合いにおいては、積極的に弱者に手を伸ばすことを避け、他人に迷惑さえかけなければ、どのような生き方をしても自由である、というような風潮を強めてしまった。

資本主義国家と共産主義国家は、それぞれの理論のバックアップのために、核兵器や化学兵器の増産に力を注ぎ、今や、この地球を何十回も壊滅させるだけの原水爆を貯蔵している。また、快適な生活の追求を錦の御旗として、森林を乱伐し、石油を湯水のごとく使い、公害を海や川にたれ流し続けている。

人間は、今こそ、文化生活とひきかえに、他者を気づかう気持ちを忘れてしまった自分を恥じ、核兵器という大自然の力をもってしても永久に分解することのできない、おぞましい遺産を次代に譲り渡す破目になってしまったことを猛省しなければならない。

今をもって歴史を読み、歴史をもって今を読んだ巨人・海音寺潮五郎が、百年後に現代を批評したとしたら、おそらく、現代人をば人類最大の極悪大罪人と極めつけるに違いない。現代の作家で、この人ほど、世の中の腐敗に対して悲憤慷慨《ひふんこうがい》を公にした人はいない。

*桜島の爆発を見た

海音寺潮五郎、本名・末富東作は、明治三十四年に鹿児島県伊佐郡大口村字里（現・大口市里）に生まれた。父利兵衛は鉱山業を営み、その性格、行動は最後の薩摩隼人だと称されたという。海音寺文学の骨子になっている反骨精神は薩摩藩に流れる、今に見ていろの気概であり、豪傑肌《はだ》の父から譲り受けた血筋であろう。

加治木中学在学中、一年くらい軽いノイローゼで休学した。その時、先輩が持っていた「中央公論」を七年分ほどまとめて借り、たくさんの作家の作品に出会う機会に恵まれた。海の見えない大口から初めて飛び出し、下宿生として生活した加治木中学時代が、よほど新鮮だったらしく、校庭の文学碑に「私の人間美学はここで形成された。当時の校風が男はいかにあるべきかを私に教えた。私はこの美学に従って生き、この美学を文学化し続けて、今年七十四という歳になった」(昭和五十年三月識)と書き残している。

肥えた人は神経質だといわれるが、少年時代から、ずんぐりとして、無口で鈍重な感じの少年が薩摩の荒々しい気風を内心にどのように積み上げていたのか。競走でもビリを争うことが多かったとのことだから、今に見ていろの精神は、ますます内面の世界に向かい、それが『南総里見八犬伝』(滝沢馬琴)を読み、短い小説を書き、それにカラーのさし絵まで描き、一人楽しむという所為になったものであろう。

中学一年の三学期、大正三年正月十二日の桜島の大爆発を学校の校庭から、つぶさに見た。桜島は何かえもしれぬ怒りに身を震わし、閃光を発して爆発。噴煙を上げ灰を押し上げ、その灰は雪のように降り出し、満天をおおって深夜のように暗くなり、溶岩は流れ出し、百人以上の死者を出したのだった。それはつねづね、錦江湾を通してみる、人間のどのような悲しみをも呑み込んでくれるグラント桜島とは似ても似つかぬ荒神の所業そのものであった。そこには人間の生ぐさい感情など寄せつけない非情さが屹立《きつりつ》していた。

　海音寺に文学者としての素養があったことは論をまたないが、大口での幼年時代、そして、この加治木中学での生活が、司馬遷の『史記』の列伝を読み、中国文学へ傾かせる大きな要素になったといえよう。

＊美しき夫人を得る

　それでも、海音寺は「小説家ではメシを食えんぞ」という父の言うまま、父の鉱山業の役に立とうと理科系を選んだ。この時、受験した第一高等学校に受かっていたら、特徴ある骨太の海音寺文学は生まれなかったかもしれない。二度の挑戦のあと、友人が通っていた伊勢の神宮皇学館に入学し、水を得た魚のように活動を開始した。〝鳥なき里の蝙蝠《こうもり》〟と、多少の文才を謳われた海音寺は、寮を抜け出し茶屋酒をたしなみ、たまに登校しては教授のアゲ足をとって級友の喝采《かっさい》を浴びて得意になった。

　しかもそのうえ元気に任せて、地元のきれいな娘さんを見初めてしまったから、たまらない。学業はおっぽり出してエイサエイサと鬨《とき》の声を上げんばかりの勢いで女世帯のその家に押しかけた。もちろん両家とも親は猛反対だったが、そんなことにへこたれる青年（数えで当時二十歳）ではなかった。土地の新聞がこの事件をかぎつけ、桃色遊びの情事としてスッパ抜いたから、宇治山田市の住民は飛び上がった。結局学校をとるか、恋愛をとるか、というところへ追いつめられ、反骨の士は学校を退学し、夫人を引き連れ上京、國學院大學の高等師範に入学した。

卒業後、指宿《いぶすき》中学、京都府立第二中学の教師を歴任。この間、ある事情で文学の道を断念し、鈍根は鈍根なりに一生懸命やれば一流の学者になれるだろうと、中国文学の研究に一生を捧げる決心をした。それからは、自分の中に居すわっている創作の虫を押さえ込むため、現代作家の小説を避け、漢籍に親しみ、古典の世界に入りびたってしまった。

これは、後年、海音寺独特の歴史観に大きくつながり、幸田露伴とその歴史知識の埋蔵量が競われるようになる要因ともなった。

創作はあきらめた海音寺だったが、惚《ほ》れた夫人に「あなたもいかがですか」と「サンデー毎日」の大衆文芸賞の応募を勧められ、多少でもお金が入ればと、何となく書いてみる気になり、ここから、作家としての道が大きく開けてくるのだから、人間の運命というのは、本当にどこでどのように変わるか分からない。

＊不穏な社会情勢の渦中で

その時の『うたかた草紙』が昭和四年に、「サンデー毎日」の大衆文芸賞に当選。その二年後、長編『風雲』でも同賞に入選しているから、海音寺とこの賞の因縁は底が深い。この賞は大正十五年から昭和三十八年まで

（三十五年からサンデー毎日小説賞）大衆文学の登竜門となったもので、関係のあった作家は小杉雄二（花田清輝）、木村荘十、沢木信乃（井上靖）、宇井無愁、藤野荘三（山岡荘八）、鹿島孝二、山手樹一郎、村上元三、源氏鶏太、南条範夫、黒板拡子（永井路子）、杉本苑子などと賑やかだ。

文学と縁を切り、古典の世界でひっそり生きようと決心した海音寺だったが、この受賞で、がらりと態度を変えた。その意図がどこいらにあったのか推測の域を出ないのであるが、おそらく、それは世の人びとに広く訴え続けてゆきたいものが胸中深くに根強く渦巻いていたからだろう。あるいは、自分が若き情熱で選んでしまったがゆえに、一生自分と同じ境涯で過ごさなければならなくなった、不憫な夫人への思いやりであったのかもしれない。

和田芳恵の話によると、筆一本で生活をしようと鎌倉に住んだ海音寺は、やせ細って、ひょろりと背が高かったというから、精神的にも肉体的にも、ぎりぎりの限界まで追い込まれていたのだろう。芸というものは何でも同じであろうが、苦しんで苦しんで、一心不乱になって、狂気に近いところまで落ち込んでしまわないと、凡人からスパッと非凡の人へ飛翔することはできないものらしい。

海音寺は背水の陣を布き、食うか食われるかの修羅場で、自分の作品を書き続けた。雑誌の短期連載に加え国民新聞に『狂飆《ひょうたい》時代』（昭和十年）、報知新聞に『暴風の旗』（同十一年）と精力的に書き続けたが、「新聞小説は失敗した」と自分で言っている。

昭和十年一月に創設された直木賞に第一、第二回とも候補になった海音寺であったが、『天正女合戦』と『武道伝来記』で、同十一年に第三回直木賞を受賞した。

この前後から日本の情勢は急速に軍事色を強めて、昭和十年には共産党中央委員会が弾圧により壊滅、国体明徴の声明、相沢三郎中佐の永田鉄山軍務局長刺殺、同十一年には二・二六事件、東京戒厳令、大本教禁止、同十二年には盧溝橋事件、日華事変、同十三年には国家総動員法成立と、泥沼の第二次世界大戦へなだれ込んでゆく。

海音寺は、問答無用の直接行動が横行し始めたのを黙視することができず、『大老堀田正俊』（改造・昭和十一年一月号）を書いた。

これは永田軍務局長が相沢中佐に斬られたことへの抗議を、江戸初期の殿中刺殺事件に托して執筆したものである。海音寺の国家社会に対する公憤の最初の表出ともいえよう。

昭和十六年十一月、報道班員として駆り出された時には、反骨魂にますます磨きがかかり、朱鞘の太刀を真田紐で普段着の背中へぶらさげて出頭、ぐずぐずいう者はぶった斬るという指揮官に、斬れるなら斬ってみろとつっかかり、皆のど肝《ぎも》を抜いた。

＊反逆者たちへの喝采

海音寺の反骨精神は、終戦を迎え、軍部にへつらっていた人びとまでが、民主主義を拝み始め、世の正義がめちゃくちゃになった時に、新しい憤りとして表出した。

敗戦直後、軍部の代わりに登場した権力者のＧＨＱは百姓一揆や恋愛ものについては、ほとんどフリーパスで許したが、思想的なものや時代小説には目を厳しくした。海音寺は『つばくろ日記』で、武士の少年と奉公人の友愛関係を書いたが、これも封建制を讃美するということでひっかかってしまった。大衆や知的人間が時の権力者に媚《こ》びへつらうというのは歴史小説家として十分に知り尽くしている作者であったが、そのあまりの節操のなさに海音寺の憤りは怒髪《どはつ》天をつくありさまであった。昭和二十年の自筆年譜には「日夜憤激して、きげん悪し。戦争が済めば済んだで、おこってばかりいる」と記している。

米軍に媚びへつらい、百姓一揆と痴情小説に憂き身をやつす大衆文学に憤りを持った海音寺もＧＨＱが引き揚げると、ぼちぼち、精力的な創作活動を開始した。なかでも、昭和二十九年八月から書き出した『平将門』（産業経済新聞）には力が入った。

海音寺は、もともと、権力に対する反逆者への敬愛を抱いていた。中でも、藤原家が牛耳《ぎゅうじ》るところの朝廷に反乱を起こした平将門、明治維新の巨人・西郷隆盛には心の底から、あこがれるものがあった。権力者はその権力に甘んじ、弱者はその権力者に平身低頭するという風潮に怒りを持った海音寺は『平将門』に続き『続・平将門』『西郷隆盛』、そして藤原純友を主人公にした『海と風と虹と』（週刊朝日・昭和四十年一月〜四十一年九月）という、世の乱れに義憤をもたらす反逆者の系譜を謳《うた》い上げてゆく。

とくに海音寺にとって、西郷隆盛という豪傑は忘れようとしても忘れ去ることのできない人物であった。一度は文学の才能なしと断じて筆を折った海音寺が、再び創作をもって世に出た大きな原因は、この愛する西郷隆盛の冤罪《えんざい》をそそぐことにあった。

歴史学者の中には、維新史における西郷は岩倉具視や大久保利通に利用されたロボットにすぎないと言った人もあり、また、みだりに兵を起こして国家に反抗した、などと言う人もいた。しかし、海音寺は西郷の怒りは常に公のために発せられたという確信を持っていた。「自らを愛するはよからぬなり」と言った西郷は、新政府になって権力を握った人びとが横暴になったことを嘆き、「おいどんらは、こげん世の中にするつもりで、幕府を倒したのではなか。こげんことで中途で死になさった同志諸君に、どう申し訳が立つか」と叫んだ西郷を、維新時代に珍しい唯一人の英雄と信じていた。

この義憤はまた、『大日本史』で反臣と刻印を押されてしまった平将門と藤原純友への同情となって表れた。三人とも男らしく勇敢な英雄であった。そして、彼らの行動の背景には、ただただ庶民を思う正義感が立ち込めていた。人は、若く純真で不遇の時代には良心的だが、年長けて得意の境遇の時代になっても、なお良心的である人は珍しい。西郷はそういう人であったという。

ＧＨＱが奨励した百姓一揆ものを毛嫌いした海音寺が、よりによって三人が三人とも反逆者を書いているという事実に、自ら驚きを示している。そして、「それは反逆行為そのものが好きなのではなく、世の中の悪に憤り不正に怒る心からきているのであろう」と言っている。『平将門』は産経新聞創刊以来の人気を呼んだが、若い読者からの、〝人にだまされても人をだませないという平将門はどうも魅力がない〟という批判に対して、海音寺は「若い人びとは人間というものをあまりに知らない」と怒りを示した。

＊薩摩隼人の心意気

美しい夫人に惚れきった海音寺だが、女性を語ることは苦手であった。

あるところで、海音寺は自分の理想の女性には性欲的になってほしくない、というような意味のことを述べている。歴史の中で、幾多の強者どもが女性の嫉妬、愚痴のゆえに命を落とし、無駄な殺生を繰り返しているのを、海音寺は深く読みすぎたきらいもある。

それにしても、海音寺描くところの女性の色気は、おどろおどろとすさまじい。生国の大口を舞台にして描いた『二本《ふたもと》の銀杏《ぎんなん》』（東京新聞・昭和三十四年）に登場するお国は、初めは梨の白い花びらのように楚々《そそ》とした美人であるが、山伏・源昌房の誘惑に抗しきれず、不倫の肉欲の世界に落ち込んでゆくくだりは、業深き女そのもので、読者をして、思わずかたずを呑ませる迫力があった。本人もこの小説は「もっとも気分よく書けた」と豪語しているだけに、小説というものの醍醐味を十分に堪能《たんのう》させてくれる作品であった。

源昌房に、薩摩隼人の代表的な性格である

楽天的で享楽的な面を併せ持たせた作者の筆力もさることながら、そこには薩摩という特殊な風土が強くにじみ出ている。この作品は『火の山』（東京新聞・昭和三十六年）、『風に鳴る樹』（同・同三十八年）と三部作ものに発展している。海音寺は『火の山』のあとがきで、「幕末から、今度の敗戦に至るまでの日本近代史を庶民の生活を通しての小説として書きたかった」と書いている。

上杉謙信をモデルにした『天と地』（週刊朝日）がＮＨＫの大河ドラマとして放映され出すと、海音寺の名は全国に知れわたった。しかし、海音寺は、その名声を恥じるかのように昭和四十四年四月、毎日新聞の紙面を借りて、新聞、雑誌からの引退を発表、翌年には直木賞選考委員も辞任し、那須の別荘でテレビや新聞と隔絶した生活を送ることが多くなった。

年をとるごとに丸くなり許容的になる世の人びととは反対に、海音寺は年を重ねるにつれて悪と不正に対する公憤をつのらせていく。昭和四十一年、上林山防衛庁長官が自衛隊機でお国入りをした時には、〝薩摩隼人なら恥を知れ〟（週刊朝日・十一月十一日号）と叱咤《しった》した。

海音寺は昭和五十二年、九月の「西郷百年祭」に出席後、十二月一日、大西郷の魂に引かれるかのように七十六歳で世を去った。最も西郷に近かった巨星が落ち、世の中は一段と寂しくなったが、海音寺が愛した蔵書七千五百冊は、鹿児島県立図書館に寄贈され生き続けている。

中野重治《なかのしげはる》

1902〜1979

昔、自然の風土は、人間に大きな影響を与えた。北国で育った人と、南国で育った人には気質の違いが歴然と見えた。赤ん坊は、祖父母や両親から風土にかなった生活の知恵を叩きこまれた。じいさんや、ばばさまが口授した雪、雨、霜、風など変化自在の風土の現象は、すべて人間の生死にかかわる大事であった。

この風土が戦後、すさまじい勢いで壊されて行く。そのすさまじさは皮肉にも戦争による被害を大きく超えていた。高度成長の大波に乗り、新幹線、高速道路、大工場などの建設と引き換えに、山が壊され、木が倒された。工場廃水と農薬・洗剤によって川から魚が消え、水俣の地では水銀に侵された魚を食った猫や人間の足腰が萎《な》えた。それでも、文化生活に取り憑《つ》かれた人間は、風土破壊をやめなかった。

人間は風土を壊すだけでは飽き足らず、精神的な絆まで絶ち切った。大人は子どもに遊泳や木登りの禁止をした。おいしい実のなる椋《むく》や榎《えのき》は、子ども保護の名目で惜しげもなく切った。かくして楽しかるべき子どもの共同生活はテレビやマンガに占領され、安定した職を得るための孤独な作業に変わってしまった。

この急変の原因を探ってゆくと、やはり風土とのかかわりの大きかった、農業の衰退という問題にぶつかる。国家は工業重点主義に転じ、食えなくなった農家の二、三男を吸収したが、農家では、その長男でさえ持て余した。農民は文化製品に主役の座を奪われ、今や人間は身をひそめて生きている。

今日では、農家の子どもさえ黒土を土踏まずで踏みつける感触は分かるまい。ましてや、馬の鼻のやわらかさや馬の腹をくぐりぬける時の温かさなどを経験する子どもはいまい。それから雪、雲、青草などの確かな息吹を知ることも……。これらの風土を媒介にした子どもの充実感は、どのような高価なゲームでもあがなえない。

＊積極的な革命参加

プロレタリア文学の代表作家、中野重治は雪国の風土の重みをずっしりと持ち続けた作家であった。志賀直哉の『暗夜行路《あんやこうろ》』の呪縛《じゅばく》から抜け出したとも思える中野の『梨の花』には、幼少年時代の風土の感触が、文学者の成熟した眼でたくみにとらえられている。

中野は明治三十五年一月二十五日、福井県坂井郡高椋《たかぼこ》村（現、丸岡町）一本田《いっぽんでん》に、中野藤作・とら夫妻を両親として生まれた。旧制福井中学から旧制四高（金沢）文科二類を二回落第して卒業。大正十三年四月に東京帝大文学部独逸《ドイツ》文学科入学後、大間知篤三、林房雄の縁で全国学生の進歩的団体の中核・新人会に入会、左翼文学の指導者の一人となる。

マルクス主義を通じて、政治と抜き差しならぬ関係を持った中野は、芸術か政治かで悩んだ。当時、旭日のごとき勢いでプロレタリアの旗が振られ左翼の芸術家たちをまとめた日本プロレタリア芸術連盟の鼻息は荒かった。作家の卵たちは、左翼にあらずんば人にあらずと、われもわれもと左へなびいた。


革命を夢見る人びとも、昭和三年に治安維持法に無期・死刑が追加され逮捕者が多くなって来ると、弾圧を恐れて口をつぐんでしまった。東大や京大を中心としたインテリ左翼は、生き場所を奪われ良家の家庭に戻っていった。中野も田舎の老いたる父母を思い、転向していった林房雄の文学を思い、迷いに迷ったが、自分の曖昧《あいまい》な生き方にとどめを刺すように、昭和六年の夏、日本共産党に入党、コップ（日本プロレタリア文化連盟）の中心者となる。

翌年、『ブルジョア的文学組織に対する活動について』（プロレタリア文学）を執筆。小林秀雄が、逮捕を避けるために、特高が意識的に目こぼしをしていた「文學界」の同人に入るようにかきくどいたが、激論の末、中野がどうしても嫌だと泣きながら断っているのを舟橋聖一は目撃した。この時、舟橋は「文學界」に入り、危うく難をまぬかれている。

昭和七年四月、中野は仲間とともに逮捕(二度目)され、同九年五月、転向を条件に出所したが、同十二年に内務省の指示で戸坂潤、宮本百合子らとともに執筆禁止、文化活動を停止された。

＊筆を捨てろと言われて

二度目の逮捕から傷だらけになって出所して帰郷した中野は、他家と比較して昼夜愚痴をこぼす母と、長男と妹の死、次男(中野)の逮捕、病妻の責めで、がっくりと年老いた父を見た。先の見通しをつけ、子どもに高等教育をさせた父は周囲から白い眼で見られ、妻からもまた教育の仕方の間違いを指摘されていた。

女に席をはずさせ、父と息子は酒をぐいぐいとあおりながら、今後の生き方を話し合った。……老後は大学出の息子二人に食わせてもらおうと、努力したあげくがこのざまだ。他人の子どもは元気で、特務曹長だ、学校の先生だ、と自慢している。他人は中野家の度重なる不幸をわが身が得したように嬉しがっている……父は、そんなことをくどくど言ったあげく、「お前がつかまったと聞いた時にゃ、死んで来るものと思った。転向して出て来るなんて、あるべきことじゃない」と強言した。そして、せきばらいをして一口飲み、「筆を捨てて百姓をしろ、これが家長たる者、一家の相続人たるべき者の義務だ」と、一気に責め立てた。

中野は、父の理詰めの話を聞きながら、世の中というものの仕組み、家族・親戚関係の複雑さを知った。そして父に対しては、仲間の者たちに持つ責任や、いたわりの気持ちが全然ないことを知って愕《がく》然とした。

父に「どうするかい?」と尋ねられ、筆を捨ててしまおうかという気持ちと、一方では大きな存在の罠《わな》であるような気もした。「よく分かりますが、やはり書いていきたいと思います」と言うと、父は「そうかい」「ふーむ」と侮蔑《ぶべつ》の調子でうなった。中野は自分の答えは正しいと思ったが、自信はなかった。自分のこれからの一生は、ただただ、自分だけの、この答えを正しいものに仕上げていくことだ、と決意した。

*芸術は政治の道具にあらず

昭和十六年十二月、太平洋戦争突入とともに、文学者の要注意人物として宮本百合子と並んで逮捕の対象とされた中野は、父の死去で田舎にいたため検挙をまぬかれた。

上京後、何度も取り調べを受け、同二十年六月二十日、防衛召集令により長野県東塩田村に駐屯し、敗戦間もない十月十八日、文芸家協会再興発起人となる。翌日、最初のラジオ放送を行い、十一月には転向を気にしながら、宮本顕治や西沢隆二の勧めで共産党に再入党を果たす。

新日本文学会発起人・宮本百合子の「歌声よ、おこれ」とともに、中野は「書け、その堰《せき》を切って落せ」と、仲間に大号令をかけた。

昭和二十二年、日本共産党から出馬し参議

院議員（三年間）となるも、右翼日和見《ひよりみ》主義分派批判で党を除名処分になる（のち復党）。同三十九年九月、部分的核実験停止条約問題で除名された志賀義雄らを弁護、党の官僚化を厳しく批判し、神山茂夫とともに除名される。

そして、志賀、神山、鈴木市蔵らと党にそむく形で「日本のこえ」を結成したが、昭和四十二年十二月に組織が宿命的に抱える派閥闘争にいや気がさし、神山と離脱し、組織的な政治参加から身を引く。その後もチェコスロバキア問題、共産党・労働者党国際会議、日ソ両党会談などについて、神山と共同声明を発表した。

雪国で育った中野の、たくましい政治運動の足跡であるが、大正から昭和にかけて、これほど、インテリが、社会、政治と積極的にかかわり合いを持った例はない。農家の出ながら労働者ではないという事実は、革命運動の過程でいろいろな思惑を投げかけたが、中野は晩年、自分のそれまでの行動を振り返って、「真面目さと至らなさの雑炊《ぞうすい》であった」（『わが生涯と文学』昭和五十四年・筑摩書房）と、述懐している。

人間のまじめさは、極端になると滑稽《こっけい》なものにつながる。中野の衝突の多い足跡をたどってみると、自分でも認識しているように「我ながら働いたと思う点がありながら、道理にも合わねば人情にもかなわぬ姿で盲動に流された点」（同）があったのかもしれない。

一本気のゆえに、つい、友人や仲間からからかわれる。それは、生理的嫌悪感や軽蔑にさえ変転する。他人とのかかわり合いは、自分という存在によって変化してくるもので、決して相手のみに原因があるのではない。中野の生まじめな性格は、多分に相手の反発を買う力を持っていた。中野もその反発を押し切る力を持っていて、その底には確たる主張があったわけだが、それがどこまで理性的かつ人情的であったかは分からない。もともと、組織は人間の感情を無視するものだし、理論と感情は水と油の関係だ。

曖昧のなかで、物事の本質を見極めることのできる人間は、政治家より文学者のほうがふさわしい。中野は、物事の本質に迫る力を両親から授かっていた。政治革命の夢を追いながらも、豊多摩刑務所から窪川鶴次郎に「芸術はそれ自身の自己形成の方法を持つ、この点を露骨に明らかにせねばわれらの文学は発展せぬ」と書き送っている。

曖昧な思考というのは日本人の特徴だが、林房雄らと発足させた新人会の文学組織・帝大社会文芸研究会も、ただ漠然と集まって騒いでいるにすぎなかった。

中野もまた、北陸の風土で、しかも祖父母の手で育てられたせいもあって、いろんな物事を曖昧にしか教えてもらえなかった。中野は旧制福井中学に入るまで、この世に辞書というものがあるのを知らなかった。家庭教師という存在も知らなかった。家族の関係も分からなかった。東大に入った時には、授業の受け方が分からずに掲示板の前を何日もうろついた。どういうふうにすればいいのか、他人に聞く術《すべ》さえ持たなかった。

自身の処理は、さっぱり要領を得ない中野であったが、世間の人びとにこづかれ、軽蔑されているうちに、生きてゆくことのむずかしさを知り、懐しき故郷の讃歌として燃え上がった。

＊私は花や小鳥を歌う

新人会は中枢部分こそ日本共産党と関係していたが、会員は自由気ままで勝手な気炎を上げていた。中野は、都会と学校のめまぐるしい生活に翻弄《ほんろう》されながら、大正十五年、深田久弥、大間知などと同人誌「裸像」（第四号まで）を出した。翌年四月には窪川鶴次郎、堀辰雄らと同人誌「驢馬《ろば》」（第十二号まで）を発刊、「僕らは仕事をせねばならぬ……」で始まる『夜明け前のさよなら』などの革命詩を発表した。同誌には室生犀星や芥川龍之介、萩原朔太郎、高村光太郎など、そうそうたるメンバーが寄稿し、少し前から評判になっていた萩原恭次郎や壺井繁治らの革命的な前衛詩の同人誌「赤と黒」などとは、一味違う新たな存在になった。

中野の詩は、実にすっきりしている。それでいて、寂しさとか温かさとか激しさ、悲しさが世代を超えて生き続け、現代の風土を忘れ去った若者の胸に、ひたひたと迫ってくる。そこには前衛詩独特のアバンギャルドな厭世観も無政府主義の虚無感もない。大道に散ってゆく庶民のものうげで、曖昧な生き方のなかからキラリと光る真理の一面を無雑作につかみとっている。物事を一つ一つ常識的にとらえてゆくことの苦手な中野であったが、雪国の風土に合わせて、祖父母が中野の幼い脳裏に叩きこんだ繊細な感情は、帝大に入ってから九年くらいの間に見事に花咲いた。『大道の人びと』『歌』『雨の降る品川駅』などの抒情詩は、革命をめざす人びとや庶民に幅広く愛読された。

中野は、党の中央委員を務めたりして指導的立場だったため、発表する詩は人びとの注目を浴びた。それだけに批判も多く、「おまえは歌うな……」で有名な『歌』では、中野はとんぼの羽や女の髪の毛の匂いなど自然をうたうことを不法に禁止した、と一部の批評家に曲解された。それに対しては癇癪《かんしゃく》を起こし、「彼らは目くらだ、私が花や小鳥や風土をかつて歌われなかった方法で歌っていることを、彼ら自身が気がつかぬことを暴露した。私は歌っている」と激しく反論した。

＊『返事、お礼、問いあわせ』

戦後、民主主義の旗をかかげ、宮本百合子とともにブルドーザーのように走った中野であったが、彼の荒々しい所業の原点には、常に書いてゆくという大原則があったし、七十年間の人間経験から割り出した父の常識への挑戦が秘められていた。父への挑戦は、また曖昧で厳しい社会への大挑戦でもあった。「教育の仕方が間違っていた」と父にかみついた母は、昭和二十五年、中野が参議院議員（昔の貴族院議員）になった姿を見て、亡夫のあとを追った。

戦後の混乱の時、多くの人びとが一瞬の栄枯盛衰を繰り返したが、中野は実にしぶとく社会・政治に関係し、自分の直観力で、そのつど正邪の断を下し、それを文章として、あらゆる媒体を駆使して発表した。とげとげしい感情で文学論争をし、多くの人びとを斬り捨てた。神山とともに『日本共産党批判』（昭和四十四年・三一書房）も出版した。

　小説は、『五勺の酒』（昭和二十二年一月・展望）を皮切りに、自伝的な『歌のわかれ』『街あるき』（同十五年六～七月）に続く長編『むらぎも』（同二十九年一～七月・群像）で東大時代の新人会の模様を描いた。同三十二年には幼少年時代に材を求め、雪国での風土と人間のかかわり合い『梨の花』（同三十二年一月～三十三年二月・新潮）の執筆を始め、少年の新鮮な眼を借りて戦後小説の新境地を切り開いた。

　また、日本共産党を除名され（昭和三十九年）、その翌年から愛憎をともにしてきた党との三十数年におよぶかかわりを、『甲乙丙《こうおつへい》丁《てい》』（同四十年一月～四十四年九月・群像）のタイトルで発表、共産党神話が崩壊しだした時だけに、回を重ねるごとに話題になった。

　党は内部告発を恐れ、中野の文筆活動を嫌ったが、頑固で癇癪《かんしゃく》持ちの中野はびくともせず、ただ、ひたすらに書き続けた。

　中野は転向で出獄した当時の、情けない気持ちを死ぬまで忘れなかった。泣きそうになって「筆を捨てろ」と頼んだ父の表情を忘れなかった。男二人の話が終わるのを待ちかね、臆病猫のように口をとがらして帰ってきた母の哀れな姿を忘れなかった……。

　中野は執念深く書いた。白内障で眼が見え

なくなり、胃や胆嚢《たんのう》をがんでボロボロに侵されながらも、原稿用紙にしがみついて書いた。その間、舟橋聖一、武田泰淳、中島健蔵などの知己が世を去り、彼らを見送った。

その死の約二カ月前の、昭和五十四年六月二十七日、各巻ごとに書き綴ってきた『中野重治全集』（筑摩書房、全二十八巻）の第二十七巻の著者うしろ書き『最後の一つ手前として』を執筆。その中で、「まだ書いておきたいことはいろいろある、残っている、釈明もし、反論、反駁《はんばく》のこともしたい」と、七十七歳という年月を振り返り、残された時間の少なさを嘆いた。

二日後、花田清輝に代わって、自ら編集長をやったことがある「新日本文学」に書いた、『返事、お礼、問いあわせ』が中野重治の絶筆となった。大正、昭和のインテリ代表の死をマスコミはこぞって取り上げたが、党の機関紙「赤旗」のみは、かつての勇士に一行のはなむけの言葉すら贈らなかった。

横溝正史《よこみぞせいし》

1902〜1981

生あるもののうちで、残虐をきわめるものが人間であるということは、言をまたない。大なるものが小なるものを呑《の》み、強きものが弱きものを滅ぼしてゆくというのは、大自然のリズムである。

蛇が蛙《かえる》を呑み、ライオンが馬などを食らっている場面を見るのは、おぞましい限りであるが、少なくとも、これらの所業は己が生きてゆくために許されるものであろう。このなかで、人間の所業のみは果てもなく残虐で恐ろしい。生存競争の果てに、とてつもなく巨大になったマンモスは、それゆえに絶滅してしまったといわれるが、核兵器の開発に血まなこになっている人類の未来も、また、マンモスの運命に近いのかもしれない。

一見、平和で安定した人間の文化生活は、

砂上の楼閣に等しく、ちょっとした横ゆれで壊れてしまう。文化を得たもののおごりは他者の存在を認めない。環境に甘え、挫折したことのない人びとの団塊が、他人との出会いで引き起こすトラブルは、そのまま自殺、他殺と血生臭い事件に展開してゆく。人間は、宿命的に自分の、あるいは他人の血を見ることによって逆上し、とてつもない残虐行為に走り出す血を脳髄にしっかりと抱えて生きている。

昭和四十年の後半、核戦争への不安やオイルショック、他人との接触に伴う複雑な不安が、高度成長の余波に酔いしれた人びとの心に確実に浸透していった。おりもおり、明智小五郎とともに一世を風靡《ふうび》した名探偵・金田《きんだ》一耕助《いちこうすけ》がヨレヨレの袴姿で帰ってきた。

＊七十二歳からの再出発

経済成長に伴う企業の拡大や組織化のあおりで、松本清張や梶山季之らのリアルな作品に押され、『蝙蝠男《こうもり》』で筆を折った本格探偵小説の大家・横溝正史が、金田一耕助を引き連れて再登場してきたのが、昭和四十九年十一月。まさに雌伏十年の偉業であった。

企業戦争や人間戦争を素材に急成長した出版社自体も、企業競争の原理から逃れられるはずがなく、人気作家の争奪戦を繰り広げた。その結果、リアルな感覚で最新の情報を読者に提供してきた作家は、ネタの仕入れにこと欠く始末になった。

一方、現実の社会の動きはさらに複雑で、小説以上に生々しい事件や情報が新聞や週刊誌、テレビで伝えられた。自然、若手読者の不満はつのり、出版社に莫大な潤いをもたらしたミステリーブームは終焉を迎えた。

編集者は若手読者の不満、不安を癒すべき探偵の復活を検討した。電化製品に身を守られ、幸福そうに見える人びとの間に根強く居座っている生臭い宿命の血をえぐり出すという作業が、すべてに無関心で合理的な現代人に受け入れられるかどうかという危惧《きぐ》があったが、昭和四十八年のオイルショックは、またもや人間を不信と自暴自棄の世界に引きずり込んでいて、ちょっとひねったスーパーマンを受け入れる余地は十分にあった。

講談社が思案の末、白羽の矢を立てたのは、かつてのライバル博文館を支えた七十二歳のヨコセイ老人・横溝であった。『新版横溝正史全集』の第一回配本として書き下ろした『仮面舞踏会』が、若手読者の興味を惹き、探偵小説の再評価の気運を高めたのは偶然でも幸運でもない。

この作品は、昭和三十年、講談社の書き下ろし推理小説シリーズで社告だけ載った。横溝は人生は仮面舞踏会のようなものという言葉に惚れ込み、執筆の決心をしたが筆が動かず、同三十七年、黒沼健、永瀬三吾、渡辺啓助との合同還暦祝賀会を機に再度挑戦。七月から翌年二月まで「宝石」に連載したが、猛烈なスランプに陥り、またもや中絶したといういわくつきの作品であった。

小林信彦との対談(横溝正史読本・角川文庫)で、博文館の「探偵小説」編集長時代(昭和六年ごろ)にビガーズの『キーパー・オブ・ザ・キーズ』を読み、五人の妻を持つ男の犯罪にヒントを得たと言っているから、その間約四十年以上で、作者の記憶力のよさと執念は恐ろしい。

胸の痼疾《こしつ》で何回も床につきながら、幾度かのブームやスランプを経験してきた作者が、あえて出版社の要望に応じたのは、八十歳にして『ネメシス（復讐の女神）』を書いたという女流作家クリスティーへの挑戦であった。しかも、この作品は何が起きたかではなしに、何が起きるかという未来にかけたすさまじいドラマであった。

横溝の家には彫刻家・平櫛田中《ひらぐしでんちゅう》の「夢」の字があり、この人は百歳の時、三十年分の彫材としてケヤキやクスを買い集めたそうな。昭和五十年正月、「田中さんには及びもないが、せめてなりたやクリスティー」と詠み、金田一耕助最後の事件『病院坂の首縊《くびく》りの家』の構想に入った。

横溝を再起用した講談社の勘が鋭かったか、七十二歳にしてカムバックした作者の生命力が強かったか、『仮面舞踏会』のできは上々で、すっかり血が薄くなっていた出版界に強烈なカンフル注射を打ち込んだ。

＊江戸川乱歩と出会う

横溝は明治三十五年五月二十五日、神戸市東川崎で出生。両親とも岡山県の出で、父は旧家、母は豪農だったが同二十九年に岡山から駆け落ちしてきて、上に母の違う三人の兄姉がいた。五歳で母を失うが父はすぐ後添《のちぞい》を迎え、その新しい母に二男一女ができる。

十歳の時、三津木春影の翻案ものを読み感

激、神戸二中に入学、西田徳重を知り探偵小説のマニアになる。二人とも三津木の『古城の秘密』に興奮し、暇を見つけては神戸の古本屋をあさった。青春の楽しみを捨てた二人は、日曜日になると継母から「西田はんは朝来て昼来て、晩においでんさる」と、からかわれるほど古本屋へ出かけ、山のように積まれた本の前に立った。一冊ずつページをめくりながら、さし絵などで見当をつけ、探偵小説らしいものを一冊十銭で買いあさった。

探偵小説のヘソであるトリックについても競い合い、この時に考えた色盲のトリックは、『深紅の秘密』として「新青年」に投書した。探偵小説家の卵は、この色盲を使ったトリックは世界で一番早かったと自負した。

十八歳で、この親友を亡くした横溝のショックは大きかった。幼少の時、妹と母を亡くし、その上、親友の死を間に次兄、長兄を失った。

だが、運の強い横溝は、この三人の死の悲しみをあがなうに足るすばらしい先輩を得た。それは西田徳重の九歳年上の兄、西田政治であった。実は、この人の影響で、弟の徳重は探偵マニアになっていたもので、家庭的に複雑だった横溝はこの人をこよなく慕い、ますます、探偵小説への傾倒を深めていった。政治は弟のごとく横溝を連れ、古本屋に通い、翻訳の仕方を教えた。

大正九年、神戸二中を卒業し、家庭の事情で第一銀行神戸支店に勤務。翌年、家業の薬屋を継ぐため大阪薬学専門学校に入学。そのかたわら、西田の勧めで「新青年」の編集者・

森下雨村に処女作『恐ろしい四月馬鹿』を送り、懸賞小説一等に入選。江戸川乱歩に先立つこと二年であった。続いて『深紅の秘密』『一個の小刀より』が入選。同十三年に大阪薬学専門学校を卒業後、家業の薬屋を手伝いながら、心はすでに探偵小説のほうに向いてしまっていた。青年の新しい息吹を満載した「新青年」には、『二銭銅貨』で華々しく登場した江戸川乱歩が次々に作品を発表していた。

大阪の近くの森口町に住んでいた乱歩は「探偵趣味の会」を作ろうと思い、神戸にこの二人がいることを聞き、大正十四年四月十一日、西田家を訪れ探偵小説の話に興じた。横溝は、乱歩に心酔した。このあと乱歩は、探偵作家の一人者としての責を担うため上京。引っ込み思案で人見知りの強い横溝を何とか引っ張り出そうと計画し、探偵映画の企画があるので「トモカク、スグコイ」と電報を打ち、のこのこ上京してきた横溝を、神楽館に押し込め森下雨村の博文館に入社させてしまった。

横溝は、「新青年」編集長として大下宇陀《うだ》児《る》、海野十三、夢野久作、角田喜久雄などを世に出した。自らも書き、また雨村や乱歩の名でも書きまくり、新興勢力・講談社の追撃を防いだ。大正末期から昭和初期にかけて、青年のモダニズムをリードしたのは、横溝が創るところの「新青年」であった。

＊トリックの鬼と化す

横溝は約七年間の編集生活を終え、昭和七年の夏、博文館を退社。それまでも二日酔いのまま、午後四時ごろ輪タクで出社という生活だったのが、会社をやめるともっとでためになった。横溝は「雑誌をカラフルにするために、どんなものでもこなした男」(水谷準・新青年編集長)で、やれねえ座談会と銘打って「泥棒座談会」までやった。これには石川五右衛門や説教強盗がつどって、PRをしたりオチをつけたりした。当時一枚三円の稿料だったから三十枚も書けば百円近くになる。この金で朝から晩まで飲みに飲んだ。

横溝夫人の話によると、ご飯の代わりにビール、ビールで二階の八畳には空のビール瓶がぐるーっと回っていたそうだ。「会社をやめるというが自重しろよ」と言う乱歩に、「大丈夫です」と言っただけあって注文は多かった。しかし、引く手あまたの横溝も病魔には勝てなかった。

昭和八年五月、「新青年」の百枚もの『死婚者』の取材で解剖を見せてもらおうと、銀座のタイガーで慈恵大の講師と飲み、トイレに行ったら思わず真っ赤な血を吐いた。一週間ほど毎朝、ゴボゴボと血を吐き、一カ月ほど血痰《けったん》が続いた。本人は肺炎と思い込んでいたが肺結核だった。

乱歩が千円持って飛んできて、「療養所へでも行ったらどうか」と遠慮がちに言った。事の重大さに気がつかぬ横溝に業《ごう》を煮やした先輩友人の代表・水谷が、同九年春に乗り込んできて、向こう一年間絶対筆を執らぬこと、女房、子どもを連れて、どこかへ転地することを条件に、一年間二百円ずつ生活の保証をするという談判をして、やっと納得させた。

横溝は人柄が無類によかったため、先輩、友人の配慮で、生活の不安もなく、信州上諏訪で、ゆっくりと養生し、昭和十一年から『真珠郎』(新青年)、『白い恋人』(オール読物)、『人形佐七捕物帳』(講談雑誌) などを、ぼつぼつと執筆した。同十四年末に上諏訪から上京したが、日華事変から太平洋戦争へと嵐の時代に入っており、発表の舞台もなく、同二十年四月一日、母方の里近くの岡山県吉備郡岡田村に疎開した。

この六年間の休養と創作の抑圧が、横溝の将来にどれほどプラスになったか分からない。戦争にあまり協力的だと思われない作家たちの隣組合で、金田一春彦や海外の探偵ものを訳している井上英三に会った。ディクソン・カーの話をすると「こんなに面白いものはない」と言って、『ブレーク・コートの殺人』と『マット・バッター』を貸してくれ、これが戦後の本格推理の発火点になった。

疎開先には、これまた西田政治と乾信一郎が探偵ものの原書をどんどん送ってきた。昭和二十年八月十五日正午、ラジオで終戦勅語を聞いて小躍りしたのは、「歌声よ、おこれ」と叫んだ宮本百合子や中野重治たちだけではなかった。東京から遠く離れた岡山の田舎で、人生の半分以上を病魔と闘って生き延びてきた横溝も、「さあこれからだ、これから本格派の探偵小説を書くぞ」と叫び、トリックの鬼と化した。

*探偵・金田一耕助の誕生

気運の盛り上がった横溝のもとに、幸運を

もたらしたのは城昌幸であった。探偵小説専門誌「宝石」を創刊するので原稿を頼むと言う。早速、前から復員学生に何回も聞かせていた水車と琴を使った密室殺人に、『本陣殺人事件』とタイトルをつけた。

戦前のチャンバラ探偵小説で活躍してもらった主人公・由利先生では、「本当の謎と論理の探偵小説には向かない」と、金田一耕助を誕生させた。やがて片岡千恵蔵や渥美清ら有名俳優によって日本中のアイドルとなったこの金田一の塑像は、楽屋裏をいつもうろうろしていた菊田一夫の若き姿に、城編集長の和服姿、これに動きのいいように博文館時代の自分の袴をはかせたものであった。姓は、金田一春彦から拝借した。

かくて、見たところ二十五、六歳、中肉中背というよりいくらか小柄な青年で、時々、モジャモジャの頭の毛をがりがりとかく、おなじみの探偵が読者の血を騒がせることになる。ディクソン・カーの影響で薄気味の悪いストーリーのこの作品は連載を重ねるごとに好評を博し、城編集長は感激のあまり岡山の辺地まで洋服姿で作者を訪ねて驚かせた。城は終生、横溝に一度だけの洋服姿を見られたことを恥じた。

横溝の執筆への飢えがどれほどすさまじかったかは、『本陣殺人事件』から一カ月あとに『蝶々殺人事件』（ロック）の連載を始めていることでも分かる。その日記には、「昨夜『蝶々殺人事件』の腹案を練る。大体まとまる。石川君に音楽についての疑問教示を乞うつもりなり」（三月一日）、「山崎君（ロック）

より電報。『本陣』半ペラ十枚書いていたのを中絶して『蝶々』に移る」（四月十三日）、「『本陣』（第三回）五十七枚（半ペラ）」（四月二十三日）とある。「ロック」は当初、小栗虫太郎の長編を予定していたが、第一回を書いたところで急逝したため、横溝にピンチヒッターが回ってきたのだ。

体にも作品にも自信のなかった横溝は不可能だと断ったが、昭和八年の大喀血《かっけつ》の時、「新青年」の穴を埋めてくれたのが小栗の『完全犯罪』だったという因縁もあって、その弔い合戦というような悲愴な気持ちで引き受けた。

『本陣殺人事件』との内容の類似を心配した横溝は、『蝶々殺人事件』の連載に先立ち、謎を解く興味が忘れられたら探偵小説ではないとして、読者に犯人捜査の挑戦状を叩きつけた。コントラバスのケースに死体を隠したこの作品は、登場人物も多彩で、その一人ひとりがみんな犯人に見えるような巧妙な語り口で描写されていた。その謎解きの案内人は、かつての由利先生であった……。

両作品とも大きな話題となり、江戸川乱歩をはじめとする探偵作家は『本陣―』を支持し、大井広介や坂口安吾など純文学に近い人たちは『蝶々―』を評価した。大衆はやはり伝奇的な語り口の『本陣―』に傾いたので、山崎編集長は『本陣―』のほうが評判がいいと文句を言って、横溝を当惑させた。

＊探偵小説は伏線の文学だ

これを機に、横溝は『獄門島』『八つ墓村』

『犬神家の一族』『悪魔が来りて笛を吹く』『悪魔の手毬歌』『白と黒』など数多くの作品を、魔術師のごとく吐き出した。そして前述のごとく十年の空白を経て昭和四十九年十一月、『仮面舞踏会』で復活。若い読者の横溝への異常な熱気を感じた角川春樹は、時を移さず角川文庫に二十五冊を収め、またたく間に五百万部をさばいた。

ヤングたちからの予期せぬ支持に意を強くした横溝は、昭和二十八年に「新奇構想」と銘打って書きかけた『病院坂の首縊《くく》りの家』(野性時代)に取りかかる。この作品は、金田一耕助が二十年の歳月をおいて因果が入り乱れる二つの事件にかかわる、という全編鬼気迫る物語で、連載二十二回、千数百枚もの長編であった。陰惨極めるこの小説を〝楽しみながら書いた〟と豪語した横溝は、岡山の瀬戸内海の島を舞台にという読者に挑戦すべく、おどろおどろの『悪霊島』を書き上げる。

病弱な上に、乗物、閉所恐怖症に悩んだ横溝が、七十七歳の老骨にムチ打って新作に執念を燃やしたのは、〝横溝ブーム〟が角川独特の映画とテレビの大宣伝にだけよるものではないことを証明しようとした作家の意地に違いない。そのおびただしい作品には、「探偵小説は伏線の文学だ」と言い続けた横溝の、みずみずしい情熱が全編にあふれていた。

横溝正史は、昭和五十六年十二月二十八日に結腸がんのため世を去った(享年七十九)。

山本周五郎《やまもとしゅうごろう》

1903〜1967

〝人の一生は、重荷を負いて遠い道を行くがごとし〟という一文は、三百年の平和の基礎を築いた徳川家康の遺訓とされている。人の一生というものは、いつの時代でも苦労が絶えない。戦国時代から封建時代、軍国主義から民主主義へ制度が変わっても、庶民の生活は苦労の連続である。

弱肉強食、下剋上、無礼打ち、梟首《きょうしゅ》、勘当、村八分などという物騒な言葉は、現代の生活から消えたが、新聞の社会面にはサラリーローンを苦にしての自殺や進学をめぐっての親子間の殺人などが、連日、掲載されている。

人間が、この世に出現して死んでゆく過程で、どのような人間とかかわり合いを持ち、どのような運命に身をゆだねるかは、不思議中の不思議だが、他人と接触してゆかねばならない辛さは筆舌に尽くしがたい。できれば、誰にも気をつかわず家の中に閉じこもって静かに暮らしたい。何がしかの貯えを持ち、自分が生きてゆくだけの農園を持っていたら、どんなに楽しいだろう……。

人間は、他人とのかかわり合いで行き詰まると、重いため息をつく。だが、人間が心中に抱いている幸せの感度というものはそれぞれに違う。同じサンマでも人によって味が違うし、同じ人間でもその時の環境によって味もありがたさも違う。概《がい》して、お金がない時のほうが美味しいし、ありがたい。

人間の生活もこの例に似ていて、人生で苦労し人間関係で苦い経験をした人ほど生きていることの喜びを味わう。平和で楽しみに満ちた極楽で百日暮らすより、この、裏切りやけんかの絶えない穢土《えど》での一日の生活のほうがどれだけ楽しいか分からない、ともいう。

夫や家のために自分を無にして奉仕する女性を連作にした、山本周五郎の『日本婦道記』が現代人に大きな感動を投げかけるのも、そこに現代では失われつつある、みずみずしい生の喜びを発見するからであろう。

＊『日本婦道記』に賭ける

『日本婦道記』は山本が三十八歳の時（昭和十七年）、「婦人倶楽部」を主に連作したもので、同二十年十一、十二月合併号まで三十編を書き上げた。

世の中は戦争一色に塗りつぶされ、戦争に行かない男は小さくなり、女性もまたお国のために犠牲を強いられた時代であった。このような時期に書かれたこの小説が、いかめしいタイトルともあいまって、戦争協力の作品と見られたのも仕方がないが、山本は「自分は作家なのだから書くことに生命を賭ける」と言い、「戦争協力の小説はついに一編も書いたことがない」と断じている。

政府から報道班員として戦地に行くよう何度も言われたが、山本は頑として机にへばりつき、封建時代に健気《けなげ》に生き抜いた名も無き女たちを書き続けた。山本は、戦争中、この一連の短編に、その言葉どおり生命を賭けた。

日本女性の本当の美しさは、その連れ添っている夫も気づかないところに非常に美しく表れる、というのが作品の基調で、山本は、このテーマを大正十五年十月に亡くなった母の思い出として、しっかり蓄えていた。

『日本婦道記』の冒頭を飾る『松の花』では、紀州藩の烈女節婦《れつじょせっぷ》を記録する武士が、妻やす女の臨終に立ち合い、こぼれている手をふとんに入れてやろうと手を握り、初めて妻の手の荒れを発見する。家来や奉公人の亡き妻への強い思慕のさまを見て、武士として、とくに、歴史家として、自分のそばにいた妻がどれほど立派な人間であったかを知らずにいたことを深く恥じる。

そこで、人の心の鏡となる烈女節婦の記録も大切だが、柱を支える土台石のように、いつも陰に隠れて終わることのない努力に生涯を捧げている無名の人びとのありようも、おろそかにしてはならない、と悟るのである。

そして、男は不思議なほどの興奮にかられ、妻の春風のようにおっとりした顔、やさしく韻《いん》の深いもの言い、静かな微笑を心の中によみがえらせるのであった。

この作品は、貧しい生活の果てに亡くなった母のお通夜に集まって来た近所のおかみさんたちが、生前の母の徳をたたえ合っているのを聞き、平凡な母の一面しか知らなかったことを反省し、ひそかに創作の肥料にしていたものだ。他の作品も、生活で苦労し急逝した前夫人の日常のふるまいをヒントにしたという。

『日本婦道記』は、婦人の生きる道はかくあるべきものというお説教ではなく、妻というものが、どれほど夫と一緒になって苦難を乗り切っているかを、世の男性や父親たちに知ってもらおうとの思いから書かれたものだ。小説のなかで女性だけが不当な犠牲を強いられているとの批評に対して、山本は「僕は女性だけが不当な犠牲を払っているような小説は書いたことがない」と憤《いきどお》った。

ともかく戦時中に、これほど、独特な韻律の短編を書き続けた作家はいない。この連作が三年以上も続いた裏には、絶妙な山本節が生み出す無名の女性の魅力があり、その女性たちを支える熱烈な読者がいたということだろう。

＊真実の父との出会い

山本は明治三十六年六月二十二日、清水逸太郎・とく夫妻の長男として山梨県北都留郡初狩村に生まれた。本名は清水三十六。一説に武田信玄の遺臣・清水大隅守政秀の後裔《こうえい》ともいわれる。清水家は没落し博労《ばくろう》や繭《まゆ》の仲買などをしていたが、武士としての誇りは高く、山本も小さい時に切腹の作法を教えられたという。同四十年、四歳の時、父の上京中に山津波で家をつぶされ、同居していた祖父母、叔父、叔母を一挙に亡くし、母に連れられて東京・王子にいた父のもとへ出た。そのため か、郷里に対する山本の感情は複雑で険しい。

小学三年生の時、文才を認めた担任の先生から「お前は小説家になれ」と言われて、「よし」と決心した。それから文章を書く練習をし、学校新聞の責任者をやったり回覧雑誌を作ったりした。中学校へ行きたかったが貧乏のため断念し、東京・木挽《こびき》町の質屋・山本周五郎商店（きね屋）に、でっち奉公として入った。主人の周五郎は自分でも小説を書こうとしていた人で、洒落斎《しゃらくさい》という号を持っていた。人情家で店員のほとんどを夜間の学校へ通学させた。店員になった山本は熱心に仕事をし、そのかたわら正則英語学校へ通い、暇を見つけては読書に精を出した。

幼い時に、身近な人びとを失い、故郷を追われるように上京し、貧乏そのものの生活のなかで、父や母に大きな不満を抱いていた山本は、まじめではあるが何をやっても成功しない小心者の父を「道楽者のくせにけち」と決めつけたが、何かの拍子に、この父は本当の父ではない、いつかそのうち、本当の父に出会うのだ、と思い込むようになっていた。

山本周五郎商店の主人・洒落斎は、お金を扱う商売という印象とはほど遠く、純心で感情まろやかな人であった。本の虫と言われ、〝先生〟とあだ名がついた向学心の塊のような山本と勉強を競い、山本の誇り高い性格を心から愛した。山本は商店の夫人を〝育ての母〟と言い、主人を〝真実の父〟として尊敬した。

でっち奉公は、いじめ抜かれ、心がねじまがってしまうことが多いのに、山本は同僚にこそからかわれたが、進学を断念することによって、真実の父母に出会うことができたのであるから、強運の人でもあろう。また、質屋という仕事がら、世間の人びとの生活の裏側を十分に肌で感じ、表面は派手な待合が質屋からお金を借りながら綱渡りの生活をしていることなども知った。世の中はややこしく、ことにお金の存在は、はなはだ奇妙な代物《しろもの》であるが、山本は「渡る世間に鬼はなし」という言葉もまた真実であることを知った。

＊この世は巡礼である

大正七年、質屋の店員と一緒に回覧の文芸同人誌「金星」を創刊し、清水逸平《いっぺい》の名で小説を発表した。同十二年にはシュールレアリスムの詩人・棚夏針手などと詩の雑誌「僕と君」を創刊。これには九条武子が寄稿した。同人の仲間は少しずつ詩の世界で認められ出したが、山本は「今に見ていろ」と、こつこつと小説の習作に励んだ。

大正十二年九月一日、関東大震災に見舞われた。山本にとっては、四歳の時に生地を襲った山津波に次ぐ大自然の復讐でもあった。大自然の怒りの前には人間の力や知恵など何の役にも立たぬことを知り、新しい文学の発芽を求めて関西に下ったが、同十五年に帰京。

山本の出世作は、関西時代の生活体験を

ヒントにした『須磨寺附近』（文藝春秋）で、この作品で山本周五郎を名乗った。むろん、このペンネームは〃真実の父〃とした、きねや屋の主人の名前だった。長い習作時代を終え、やっと陽の目を見たこの作品は、評論家に「新鮮味に欠ける」と酷評された。負けず嫌いの山本はきっと、「これでは真実の父に対して顔向けできない」とくやしがったことであろう。

山本は、新しい文学を求めて再度習作に励み、昭和三年の夏、スケッチブックと創作ノートを抱え千葉県の浦安町に移り住んだ。きねや屋の親店の二男・池谷信三郎の文壇での活躍を知るにつけ、山本の負けず嫌いの虫がニョキニョキと頭をもたげた。しかし、その差はあまりに大きかった。

「物を書かない人間とはつき合わない」と言い切った山本だが、人間嫌いは度を越していて、他人の存在を絶対に許容することができない宿命を抱えていた。自分の激しい性格を棚に上げ、友だちから裏切られたと思い込んだ山本は、浦安の地で「今こそ予に残っているのは唯一つ〃創作の歓び〃是だけだ。予は最後の宝石を抱いて明日への道へと踏み出す」と、孤立の心情に自らを追い込んでしまった。破壊寸前の山本の神経を支えたのは、洒落斎の金銭的な援助と、ストリンドベリーの「苦しみ働け、常に苦しみつつ常に希望を抱け、永久の安住を望むな、此の世は巡礼である」（青巻）という言葉であった。

＊直木賞を辞退

文壇の中心・東京では日本プロレタリア作家同盟、プロレタリア歌人同盟のメンバーや新興芸術派、新感覚派の人びとが、それぞれの立場で活躍していた。山本はじっと歯を食いしばり、浦安で庶民の悲喜こもごもにどっぷりとつかりながら、船頭〝なあこ〟とホームレス〝あね〟の密会や、少年や少女たちの率直な動きや会話を克明にスケッチしていた。

山本は、この浦安時代の体験を約三十年後に『青べか物語』（昭和三十五年・文藝春秋一月〜十二月）として完成させた。蒸気河岸の先生と呼ばれる「私」が、浦安の町で見聞きする事件が私の眼を通して素朴にそして大胆に展開される。

先生は根気強く地元住民のなかに溶け込むが、ちょっと油断すると手ひどくだまされてしまう。主人公はあくまでもこの町の人びとで、「私」はどれほど親しくなっても、ゆきずりの旅人であり、会話にもほとんど登場してこない。「私」は共産主義を論破できるくらいが取り柄の無名の文士で、中外商報家庭欄に童話を載せさせてもらい、博文館の井口編集長（のち山手樹一郎）の好意で少女小説を書かせてもらい、細々と食っている。生活費が足りなければ木挽町の恩人・山本洒落斎に、しばしば借金に行く男である。なぜ、「私」をこれほどまでに押し殺さなければいけなかったか、というのは山本の文学観の問題であろうが、実は昭和十年に『留さんとその女』（アサヒグラフ）を書いたあと浦安に出かけた山本は、そこでモデルにした〝頭のあったけえ留さん〟につかまり、「おらんこと小説に書いたんだって」と言い寄られ、「おら、あの本を家宝にすんだよ」と宣言された。その時、山本は罪もない人びとをモデルにして生活の糧にするのは恥ずべき行為だと大いに自戒した。

この自戒が山本のそれからの作品に大きく影響を与えたことは否めない。浦安時代の青べか日記には「急ぐな、急ぐな、為《や》る丈《だけ》のことを為ったら、あとは神に任せろ」と書き、一方「東京へ出たら、おれはやるぞ」とつぶやく山本でもあった。大いなる自信と絶望が交互に山本の心を責め立てていた。死の苦しみの中から創り出された『青べか物語』での町の情景と人びとは浦安の町が東京ディズニーランドに変わっても、完全な文学作品として後世に残る。

蛇足《だそく》とも見える「おわりに（八年後）」と「三十年後」の項も、作者としてやむにやまれぬ心情が動いたのであろう。三十年後、唯一の味方だった少年〝長〟の記憶の中に自分がすでに存在していなかったという事実をもって「この世は巡礼である」ということを示したかったのかもしれない。

この作品は文藝春秋愛読者賞に推されたが、山本は辞退した。さらに、昭和十八年に『日本婦道記』で直木賞に推され、同三十四年『樅《もみ》の木は残った』で毎日出版文化賞に推されたが、いずれも辞退している。

＊前借で惰性を縛る

生まれ故郷の甲州人を極端に嫌った山本だが、自分もまた大森馬込の変人の巣・空想部落で尾崎士郎から〝山本曲軒〟というあだ名をもらうほど群を抜いた変わり者だった。他人とは、なかなか仲がよくならない上に、数少ない友人ともつかみ合いのけんかをした。東京市の懸賞児童映画脚本で一緒に入選した今井達夫と『資本論』のことでけんかし、富田常雄とは路上で黒帯とも知らずにやり合い、山岡荘八には「特攻隊をけしかけて死なせ、それを食いものにしているのはけしからん」と言って海岸に呼び出してなぐった。

さらに、朝日新聞の扇谷正造とは、ある社の『日本婦道記』の解説で「女主人公はみな余りに立派すぎる、自己犠牲が大きすぎるのだ」と書いたというのでレストランへ呼び出し、がんがんやり合った。山本は編集者と親しくなっても、原稿料のアップと前借については決して自説を曲げようとはしなかった。大出版社や大新聞社が規則や前例を掲げようものなら、それこそ意地になって自己の主張にこだわった。昭和二十九年七月、日本経済新聞に『樅の木は残った』を書き出した時には、すでに五十万円もの前借があったという。

積極的に生きていくというのは、どこまでも自分との闘いであるが、自分の惰性との闘いを強いられる点で芸術家は群を抜いている。貯えを持ち有名になった時に陥る穴は、すべて自分自身が掘った穴である。自らを〝前借魔〟と称した山本は、有名になったがゆえに出版社や編集者に無茶を言ったわけではない。普遍的な作品を創り出していく苦しさは大変なもので、それこそ一作ごとに歯をダメにし、命を縮めていくものだ。金銭的に豊かになって安逸をむさぼりがちな自分自身にムチ打つために、あえて原稿料をつり上げ前借を強要し、苦しい創作に転換した。

山本周五郎は、『虚空遍歴』(小説新潮・昭和三十六年三月〜三十八年二月)、『さぶ』(週刊朝日・同三十八年一月〜七月)、『ながい坂』(週刊新潮・同三十九年六月〜四十一年一月)と自らに創作の重荷を負わせ、人間の生死をテーマにした『おごそかな渇《かわ》き』(朝日新聞日曜版)の連載を執筆中、間門園《まかどえん》の仕事場で肝炎と心臓衰弱のため永遠の旅路についた。

昭和四十二年二月十四日の午前七時十分で、享年六十三だった。まことに小説の鬼にふさわしい死にざまで、苦しい坂道を重荷を負って上り続けた作家であった。山本が創り出した作中のヒロイン群は、人に心がある限り、いつまでも大衆の中で語り継がれていくだろう。

舟橋聖一《ふなはしせいいち》

1904〜1976

共産主義とか民主主義によって、人間をベターなほうへと誘導できると思い込んでいるのは政治家たちの幻想であって、彼らでさえ、一人の人間に立ち返った時には、政治の形が複雑怪奇な人間にとって、ほとんど無力のものであることを知悉《ちしつ》している。

もともと、人間は度《ど》し難い生きものだ。それでいて、人間集団の理想郷が作れるのではないかと夢想しているのも人間である。そのために流された血の量は計り知れないし、そのために考え出された政治や宗教も数知れない。

人間は本来、自分というものを把握していると思い込んでいる。その上、自分の人格にかなりの過大評価を与えている。それに引きかえ、他人からの自分に対する評価はあまりに低い。そこに生じる人間の怒りの強さは、医学でも宗教でも容易に癒すことはできない。これは、まず自分こそ第一級の人格であるという確信と、すべての他人は度しがたい奴という両方の考え方を捨てない限り解決しない。

人間が自分の心をつかむことのむずかしさを自覚し、他人と心を交わせて理解し合うことの無理を悟ることができたら、どんなに平和で楽しい世の中になるだろう。しかし、人間には、そのような器用さも素直さもない。ただ、がむしゃらに自分の理屈を押しつけ、相手の無理解に怒りをつのらせる。そして、たいがいの人は厳しい現実に疲れ果て、惰性の人生を送ることになる。

内なる葛藤《かっとう》や虚構の世界を、世にさらけ出すのを生業《なりわい》とする作家に変人奇人はことかかないが、舟橋聖一という作家ほど、庶民の反感を買い、世間の無理解に怒りをつのらせた作家はいない。その大げさな大名趣味や権威者風の行動は、ことあるごとにマスコミの俎《そ》上《じょう》に載り、知識人や庶民の生理的嫌悪を買った。

そのたびに、舟橋は世間の人びとの言動を〝馬鹿な奴だ〟と笑って済ませることができず、大まじめに怒った。この生ぐさい人物を語るには、人間が持っている宿命的な負い目に光を当ててみなければならない。

＊夫人と愛人との同居生活

舟橋は、戦争中、空襲の恐怖におびえ、「女にしっかり抱いてもらわないと身体のふるえが止まらない」と書き、これが〝戦禍をよそに女と寝る〟という伝説を生んだ。

戦後には、広大な目白・舟橋村の大邸宅に愛人を呼び入れ、夫人と一緒の生活を始めた。この妻妾《さいしょう》同居の現実は舟橋家の一部からしだいに外部にもれ、雑誌や新聞が格好のゴシップとして取り上げた。舟橋家は夫人と愛人の確執、それを取り巻く大家族の表情を一目でも見ようとする、うの目たかの目の餌《え》食《じき》になった。

ＧＨＱの手で、人間平等、男女平等がけたたましく叫ばれ始めた時だけに、目白御殿の妻妾同居は、戸主制の名残《なごり》として、舟橋を品がなく、世の中を無視した尊大な人間であるがごとく日本中に宣伝させる結果になった。原稿取りや取材に行く記者は、夫人を内宮、愛人を外宮と呼んで、二人の争いに尾ひれをつけた。

この際、舟橋自身の悩みが一番大きかったのは言うまでもない。同じ屋根の下で、夫人と愛人を同居させるというのは、江戸時代の殿様ならいざ知らず、民主主義の世には珍しいことであった。大邸宅に大家族、それに多くの使用人に取り巻かれ、夫人と愛人がどれほど辛い視線にさらされているかを知らない舟橋ではなかった。

舟橋村に住む一族の者たちは、統領格の聖一の行動に眉をひそめ、世間さまにも顔向けができない、と小さくなった。そのしっぺ返しは、舟橋の愛する二人の女性の上に雷《いかづち》のように落ちたのだった。二人の女性も主人の愛情を頼りにお互いの立場をかばい合ってはいたが、感情のもつれが高じ、愛人のしのび泣く声が多くなり、ついに夫人は睡眠薬を濫用し昏睡状態に陥ってしまった。

＊一人娘の理解に救われる

どうして、これほどひどい非難中傷を受けながら、愛する女性を苦しめなければならなかったのか。そこには舟橋の持って生まれた頑固さと、一族の統領としての覚悟があった。その覚悟とは、戦後の舟橋一族を、何としても盛り上げていかねばならないということであった。

そのためには、自分の筆一本を頼りにする以外にない。だから、よき創作の環境作りのためには、世の中から反動的と言われようと、反社会的だと言われようと、断固として自分の意志を貫き通す必要があった。舟橋にとって、夫人も愛人も自分の創作に絶対欠かせない存在であった。『真贋《しんがん》の記』（新潮・昭和四十一年）には、若くて美しく気だてのやさしい女性を見捨てることができず、家族の疎開先・岩手県に連れて行き、また目白邸まで同行させた心情が、縷々《るる》述べられている。

舟橋は、愛する二人の女性がお互いに傷つき倒れてゆく姿を見るにつれ、世間の無理解を怨んだ。その一方、無意識のうちに、冷静な作家の眼で、女の業《ごう》ともいえる苦しみを観察することも忘れなかった。舟橋の懊悩《おうのう》は、妻妾同居を恥じる家族の者以上に深かったが、「愛する二人を同居させてなぜ悪い」という開き直りもあった。

舟橋の一人娘の美香子は、父のやむにやま

れぬ心情と行動を『父のいる遠景』（講談社・昭和五十六年）で「父の一見非情というべき行為に対しても、あまり攻撃する気にはなれなかった」と理解を示している。夫人が睡眠薬で昏睡状態に陥った時、「あの人がいるからこんなことになったのよ」と娘に文句を言われなかったことが、舟橋にとってどれほど大きな救いであったか分からない。

＊足尾銅山公害への負い目

舟橋は、子どものころから負い目を多く抱えた人であった。明治三十七年、隅田川の川筋・本所横網町で十二月二十五日早朝に生まれたので、キリスト教には関係ないのに聖一と名前を付けられた。

父・了助は東大の冶金科を首席で卒業、のち東大教授となった。母・さわの父親は工部大学校（のち東大）鉱山科を出て古河財閥の足尾銅山所長として鉱毒事件の防毒処理をやった近藤陸三郎だった。近藤は、公害の責任者として田中正造の激しい糾弾《きゅうだん》を受け、怒り狂った農民の矢面にさらされた。殺されそうになったこともあった。

この防毒処理工事の時、政府が派遣した検査官のなかに舟橋了助がいて、近藤さわとの結婚が成立した。かたや学閥、かたや財閥、それも互いに一流の血を受けて生まれた聖一の負担は大きかった。了助は、近藤家の持つ相撲や芝居を好む軟風を嫌い、儒家としての面目を保とうとしたが、聖一は子ども心に父の貧乏を軽蔑し、母の実家の贅沢《ぜいたく》な暮らしに親しみを持った。このことは、父へ対しての心の負い目ともなった。その負い目は、学問の世界にのみのめり込み、生活を処理できずに、すべての責任を押しつけた父への怒りともなった。

生まれてすぐ、父の了助は足尾鉱山に出張し、そこで百日咳にかかった。それが聖一にもうつって危うく死ぬところだった。このあと聖一は、すぐに壊れやすい〝ビードロ・ドックリ〟とあだ名を付けられるほど柔弱な身体になってしまう。

舟橋の負い目の人生は、この病弱に負うところが大きい。そして、この病弱の原因を大自然の摂理を無視した足尾鉱山の公害に対する農民たちの怨念であると、とらえていた節がある。

昭和五十年（死の前年）の元旦に、母と娘夫妻に読ませた『心を鬼にして』と題した原稿には、「病弱な自分が不正事件で東大をやめた父のあとを継ぎ、苦難の中で家を盛り立て、『悉皆屋康吉』、『雪夫人絵図』、『芸者小夏』、『岩野泡鳴伝』などを仕上げ、日本文芸家協会の初代理事長、横綱審議委員長ほか、いくたの公職をつとめ、芸術院会員、文化功労者になった。現在は目の不自由や心臓病に苦しみながら、『白の波間』（中央公論）、『文藝的自伝的な』（文學界）、『文芸的グリンプス』（風景）、『太閤秀吉』（読売新聞・足かけ七年間連載）、『源氏物語口語訳』（太陽）を連載している」と記述している。

だが、その一方で、「これらのことは、私としては荷が重すぎたようだ」と弱音を吐いてもいる。続けて、絶対に弱みを見せなかった舟橋は、「途中で何回も舟橋家の負わされた十字架から脱出し楽しい生活をしたかった」と本音をもらした。

なぜ、楽しい生活ができなかったのか。それは、あの忌まわしい足尾銅山の公害に舟橋家が縛られていたからで、自分の世間を無視した行動は、すべて足尾鉱毒事件に端を発しており、舟橋は「自分一代で足尾鉱害の因縁から解放されてほしい」という願いを述べている。

＊生理的嫌悪感を与える男

舟橋は、東大生の時に恋愛結婚をしたが、その相手が父・了助の兄の四女でいとこ同士の間柄。家族親族の大反対の中を舟橋が強引に結婚に踏み切ったのも、足尾鉱害の怨念を自ら進んで受け入れ、それを乗り越えようとした決意の表れであったかもしれない。舟橋は近親結婚という負い目によって、生まれてくる子の異常や夭逝《ようせい》の恐怖にうちふるえる自分を見るのであった。実際、長男は二歳になる前に死んでおり、その心境を『愛子抄』として、徳田秋声主宰の「あらくれ」に発表している。

父・了助が東大を退官した大正十三年、舟橋は小山内薫の弟子となり、翌年に東大入学。村山知義などと「心座」を結成、一年上の阿部知二らと同人誌「朱門」を作った。このころ左翼ばやりでプロレタリア文学が横行した。

時の文学界はプロレタリア派と芸術派とに分かれ、両者が出席した座談会では左の葉山嘉樹や林房雄がしゃべりまくり、そのあげく、神楽坂へ乗り出し労働歌を歌って気炎を上げた。これに対抗するため、川端康成などの「文藝時代」と、舟橋聖一たちの「文藝都市」の人たちが集まって新興芸術派クラブを結成。その新興芸術派宣言ならびに左翼批判講演会の様子を描いた漫画では、ブッキラ棒式講演――小林秀雄、人生恐怖病的講演――川端康成、大見得《みえ》を切る沢正（沢田正二郎）的セルフ講演――横光利一、そして舟橋は色男番頭の平身低頭式講演であったと評されている。

舟橋という人間が、どれほど学生時代から他人に生理的な嫌悪感を与えたかが分かるようだ。大学左派予備軍として舟橋らの芸術派になぐり込みをかけた高見順は、舟橋との対談（昭和三十年）の中で「あなたは初めからオトナみたいな感じで、文学青年という感じがしなかった。大学生のくせに年上の役者の演出などしてあつかましいことをする奴だと思った」と、当時を振り返った。

舟橋を「新潮新人号」（大正十五年十月号）に紹介してくれたのは、菊池寛と大げんかをして「文党」を主宰していた今東光であり、東光を介して弟の今日出海とも仲よくなった。舟橋は「朱門」から「文藝都市」「近代生活」「行動」を経て小林秀雄の勧めで「文學界」に入った。これに激怒したのが、高千穂小学校以来の友人で「文藝都市」のスポンサーだった田辺茂一（紀伊國屋書店社長）。舟橋に対して、「これまでお金をさんざん出させておいて、今さら小林秀雄の軍門に下るとは、大裏切者で、あまりに無節操だ」と食いついた。

＊傷つけられたことへの怒り

しかし舟橋には、舟橋なりの言い分があった。舟橋は、一族を支えるための一助に明治大学の助教授（定年まで勤務）になったが、文芸科の科長が山本有三、教授が里見弴、岸田國士、横光利一、豊島與志雄で、同僚が阿部知二、小林秀雄、今日出海というメンバー。舟橋は、その仲間である小林に、中華料理を食べながら「文學界」入りを誘われ、阿部と二人で入会したのだ。次から次へ左翼に結びつけて牢屋にぶち込んだ特高の連中も、「文學界」に入った人には手をつけなかった。

舟橋は、喜んで「文學界」に入った、とは言っているが、やはりそこには特高が怖いという意識が働いており、自分は弾圧の前にヘナヘナとなるだろうと予感していた。だから他人にはともかく、自分に対する心の負い目はないとは言えなかった。舟橋の、何とか早く有名な文士になりたいという願いは、そのことによって足尾銅山の怨念を植え込まれた舟橋一族の安定を図るとの、他人には理解のできない理由があったのだが、既成作家や作家をめざしている仲間たちには、世俗臭の強い嫌な男として敬遠された。そして、それが舟橋のがむしゃらな「今に見ておれ」というエネルギーにもなった。

優等生の今日出海は、「舟橋は文学をやっているんじゃない。ただ、文壇に出ることだけを考えている」と言った。「文學界」入りの時も、他の人より厳しい批判をされたのも彼の宿命の一部であり、その負い目をつかれた恥を土台に、しぶとい粘りを持ち続けたのもまた、彼の宿命であった。

舟橋は、北条誠に「僕は自分を傷つけた人のことは一生忘れない。そのことでは和解し、その人と他のことで親交を結ぶようなことがあっても傷つけられたという〝事実〟は一生消えない」と言い、性格の執念深さを披露している。

人間は誰でも自分が一番できがよく、他人はすべて度し難いと思い込んでいる。その現実を頭から無視して、正しいことと正しくないことを峻別《しゅんべつ》し、言いにくいことをはっきり言わないと気が済まないという性格は、多くの敵を作ってしまう。

ところで、人間は、善悪、正邪の区別を自分の心の尺度で決める以上、そこにはまた、自分に分のいい判定をしてしまうという落し穴がある。突き詰めていくと、「妥協はすべて敗北」といった図式になりかねない。有名人になればなるほど、自分が見えなくなり、意に逆らう人びとを抹殺していくのは、古今東西に通じる真理である。

舟橋は世間の無理解に怒りを持ったが、千回以上連載を続ける自分の小説に、「早く切りあげて、若者に舞台を譲れ」とかみついた若手作家立原正秋の意中を理解するゆとりはなかった。

*死ぬまで書く宿命

平野謙は『作家論』（未来社）のなかで、舟橋を「ある年の新年号に十一編の作品を発表するかたわら、競馬、相撲、歌舞伎、女に惑溺《わくでき》するような生活態度は、私などには超人的すぎて想像がつかない。ゼニカネの問題をはなれて、小説好きと女好きと、いったいどちらに重点を置いて生活のバランスを保っているのだろう」との文芸評論家らしからぬ愚問を呈した。

そこには、人間の心を打つ作品を生んだ作家たちは、「家庭を犠牲にし、社会的にはほとんど不遇な環境に甘んじたものだ」といった含みがある。それに引きかえ、舟橋は筆一管で舟橋一族を興し、両親にも孝行し、しかも、女や競馬にまで手を出しているのだから、永井荷風や谷崎潤一郎の作品と同じような文学の品は生まれてこないと推論する。

ついでに平野の舟橋作品評を借りると、『夢よ、もう一度』(時事新報・昭和二十二年)はバカバカしいし、『花の生涯』(毎日新聞・同二十七年)のたか女はマトモな人間じゃないし、『雪夫人絵図』(小説新潮・同二十三年)はあぶな絵趣味だ、とバッサリ斬っている。とはいえ、読者がこれらの作品をむさぼり読んだという事実は打ち消せない。

発表舞台のいかんを問わず、誰にもよく分かる面白い小説を書こうというのが、舟橋の創作態度だった。事実、戦後初めて書き出した『横になった令嬢』(キング・昭和二十一年)は、分かりやすくて面白かったが、そのなまましさに興奮した青年が、乙女の処女を奪うという事件が記事になり非難を浴びた。また、東劇で上演した『滝口入道の恋』は好評で四カ月のロングランとなったが、劇評家に

「水谷八重子と猿之助の接吻を見せる芝居だ」と酷評された。

生来の病弱で偏食家の舟橋は、身長五尺二寸足らずのやさ男であった。その上、心臓病に糖尿病、おまけに目まで見えなくなったのだが、大名然とした気骨は決して捨てなかった。大衆の神経を逆《さか》なでするような彼の行為は、マスコミにことあるごとに叩かれたが、びくともしなかった。

叩かれれば叩かれるほど仕事に精を出し、『ある女の遠景』（群像・昭和三十九年毎日芸術賞）、『好きな女の胸飾り』（群像・同四十二年野間文芸賞。この作品から口述）など、続々と耽《たん》美的な世界を作り上げた。家来を引き連れ、芥川賞選考会や横綱審議委員会に出席する車椅子の舟橋は、関係者をピリピリ緊張させる、険しい気迫を漂わせていた。

舟橋は昭和五十一年の正月､死の直前に｢読売の秀吉が終わったら伊勢音頭を書こう」と側近にもらした。この作家はやはり、死ぬまで書くという宿命を持って生まれて来ていたのだろう。一月十三日、舟橋聖一は七十一歳で人生の幕を下ろした。

平林《ひらばやし》たい子

1905〜1972

人間が独り立ちして、真剣に生きていくという作業は、いつの世であれ、厳しく、すさまじいものである。まして、その世が、明治、大正にさかのぼり、その主人公が女性となると、五障三従という、今日ではほとんど化石化したような言葉が、なまなましくよみがえってくる。

女にまつわる五つの障《さわり》は別としても、三従、つまり未婚の時は父母に従い、嫁に行っては夫に従い、夫亡きあとは子に従う、という有無を言わせぬ女の一生の規範は社会生活での常識であった。

現代では、キャリアガール、キャリアウーマンと呼ばれて、男性をしのぐ活躍をしている女性が多いが、本当に女性の自立が許されているかというと、そこには、やはり闇に閉ざされた強い軛《くびき》があって、がっしりと女性をとらえている。人類の歴史の中で、男性と女性の闘争は間断なく続けられてきたが、集団（社会）制度の権利を握った男が、女性をかくも厳しい鉄則で、がんじがらめに縛りつけてしまったのは、女が男にできない子を産む作業をなしえ、その上、男より長生きをするという生命力を憎み恐れたがゆえであろう。

明治から大正にかけて、自由を求めて闘った勇士たちでさえ、女性に対する態度は、五障三従の意識を出ていなかった。家の柵《しがらみ》を打ち破って東京へ出て来た情熱の女たちは、従来の貞操観を捨て、アナーキストやボルシェヴィストと性のかかわりを持ったが、そこで彼女たちが味わったのは、自由の空気ではなく、従来の女の柵であり、それにもう一つ、貧困というおまけまで付いていた。

＊女性の宿命

平林たい子は、アナーキスト山本虎三との貧困生活の末、警察に追われ満州の大連まで流れ着き、そこで女の子を産み落とした。アケボノと命名した赤ん坊は、極度の栄養失調のため四週間足らずで死んだ。平林は、自分の不甲斐なさと生活力のない恋人を呪い、「自分は男に生まれたかった。そして、女をどういうふうに扱ってはいけないかを実行したかった」と絶叫した。

明治三十八年十月三日、長野県諏訪郡中洲村（現・諏訪市大字中洲）に生まれた平林の本名はタイ。代々名主を務めた家柄で、同十一年、祖父の平林増右衛門が機械製糸所を設立、一時は盛況をきわめたが糸価暴落でつぶれた。根っからのハイカラ人であった祖父は、横浜から外国の掛時計や蓄音器など田舎では珍しいみやげ品を持ち帰った。

倒産のあと、祖父は妾を連れて上京。祖母が負債整理と事業再建に尽力し、難事を乗り越えたのだが、整理が終わったころ帰って来た祖父は、祖母を不義密通を理由に離婚した。母・勝美は祖母が姉を連れて出て行ったため、気むずかしい祖父と二人で厳しく侘《わび》しい生活を送った。

勝美は、祖父のハイカラな影響を十分に受けて、英語もでき、政治や社会問題についても東京の新聞で詳しい情報を蓄えていた。勝美の婿養子として平林家に入ったのが小泉三郎で、三郎の仕事のほとんどは、祖父の事業失敗のフォローであった。旧名主の地方政治家であった平林家の財政は破綻《はたん》を通り越していて、不動産の名儀変更のトラブルで親戚との法廷闘争だけでも二十年かかった。

平林は、幼いおり、自分の女遊びを棚に上げて、祖母と離婚した祖父が、妾と楽しそうに写っている写真を複雑な気持ちで何回となく見た。見ているうちに無性にその女が憎らしくなり、色っぽい女の顔に爪で八字のひげを書いた。母は祖父が残したものということで、その憎たらしい女でも、あだやおろそかにできないらしく、娘からその写真を取り上げ大事そうに簞笥《たんす》にしまった。また、父が正月になると何枚も来る弁護士からの年賀状を前に、お金の算段にふうっと嘆息するのを子ども心に焼きつけた。幼いころから、世の中のしくみのなかで、女性が受けてゆかねばならない宿命と金銭の存在の重々しさを肝にたたき込んだともいえよう。

父は、裁判闘争で少し残った土地を耕す百姓に見切りをつけ、ひと花咲かせに朝鮮に渡って行った。その間の母の苦労を、平林はいやというほど目にした。長男が死に、二男に夫婦の愛情のすべてが注がれ、そのおかげで平林はのびのびと育ち、兄をしのぐ生命力を発揮し、ひ弱な兄を辟易《へきえき》させた。この元気な娘が、酒屋の集金人などにペコペコ頭を下げている母の姿を見るのは勇気のいることであった。母は、絶対に愚痴を言わない人であった。平林も母の忙しい時には雑貨の仕事を手伝い、ムリに品物を値切られたり、盆暮れのつけの支払いの時、買った、買わないで、大もめにもめたりして、欲深い大人たちとのわずらわしいかけひきを体験させられた。

＊一流の女賊になれ

十歳の時（大正四年）、父が朝鮮に出かせぎに出かけたころから、その寂しさを紛らわすように「少女」や「少女世界」などに夢中になり、せっせと投書し、何回も入選した。平林の学校の成績は抜群で、教育熱心な長野県独得の特別教室で『土』や『田舎教師』なども学んだ。十二歳になると、村の天神祭で、世話役の兄をくどき落とし『福島霊験記』の脚本を書き、それが上演された。この時、書くことのすばらしさを実感する。

姉の嫁ぎ先（小学校の先生）で、ドストエフスキー、トルストイ、ゴーリキー、ツルゲーネフなどの翻訳を濫読。このころの女の仕事といえば女工であったが、平林は手先が不器用のため、小説家か医者かになろうと決心、長野県立諏訪高等女学校（現・諏訪二葉高等学校）に首席で入学した。教頭は歌人の土屋文明で、いやでもアララギ派の短歌の歌風に触れ、ものごとを端的に、しかも男性的に表現する方法を身につけた。まじめな良妻賢母を教育の指針とした校風に反発、よく図書館に抜け出し、トルストイや志賀直哉の小説を暗誦した。

父が朝鮮に行ってからは、生活苦の中で店番をしたり家事を手伝ったりして、世の中のおぞましい生息に接しつつ、一方では、人間の存在を突き詰めた夢（小説）の世界にもどっぷりと浸り込むという二重の生き方を続けた。このころ、堺利彦が訳したエミール・ゾラの『木芽立』を読んで感激、ついに自分の思いを手紙に託して訳者の堺に投函、これがのちに社会主義者とかかわり合いを持つきっかけとなる。この間、賀川豊彦の『死線を越えて』、マルクスの『資本論』を読み、製糸所で奴隷のように働かされている婦人労働者の現実の姿を見、世の中の改革に夢を走らせた。

大正十年九月、堺利彦たちが講演する予定になっていた社会主義講演会が警察の介入で取り止めになった時、平林は上京し、社会主義活動に身を挺する決意をした。ちょうどそのころ、新潮社の「文章倶楽部」に投稿した『或る夜』（三枚）が三等に入選し、初めて一円の図書券を勝ちとった。

大正十一年、諏訪高女卒業式の夜、父から「女賊になるにしても一流の女賊になれ」と激励されて上京。あこがれ続けた堺利彦に会い、仕事も予定した電話交換手監督見習に採用されて、順調なスタートを切ったかに見えた。

ところが、勤務中に堺利彦に電話をかけたことで一方的に解雇され、中曽根源和・貞代夫妻、堺真柄との共同生活に入った。堺が紹介してくれたドイツ書籍の本屋で、最初の男となったクリスチャンでアナーキストの山本虎三と出会い、ここから平林の苦難の幕が上がる。

その直後、山本は第四回メーデーでのアジビラ撒布で検挙され、二六新報社をクビになってしまった。二人は東京では食えなくなり、山本の姉夫婦を頼って、朝鮮でがんばってみたが、姉夫婦との折り合いが悪く帰国。

アナーキストと自称しても、組織もなく、確たる理論も持たず、どちらかというと世の中の道徳にむやみやたらに反逆するというほかに、社会に対する反抗の方法を見つけることができなかった。性欲は人生の事実なりと言っては情事にふけり、財産とは略奪なりと会社にたかりに出かけ、そのあげく、まず監獄をぶちこわせ、電信電話を破壊せよ、と、心の中は荒れはてていた。かくして、運動家のほとんどが世の中からつまはじきにされ、貧乏のどん底にあえいだが、男との激しい夜の生活は、平林にとってどんな苦労もふっ飛ばすほど重要な部分であった。

大正十二年九月一日の関東大震災では、一

時身の危険にあわてたものの、これで世の中は平等になったと喜び、二人して歩きまわったため、朝鮮人と社会主義者を極度に用心した警察につかまり、市ヶ谷刑務所に放り込まれた。二十九日後に東京からの退去を条件に釈放されたが、どこへ行っても警察の目が光って生活がなりたたず、ついに広島から大連に渡り、そこでも内乱予備罪の名目で警察に捕えられた。

平林は、栄養失調と夜盲症に悩まされながら大連の病院で女児を出産。しかし、栄養不足のため生後二十四日目で死んでしまった。ここいらの事情は、作品『露のいのち』『施療室にて』などに詳しい。

＊男と貧乏に鍛えられ

恋人の山本を大連の牢獄に残したまま、命からがら逃げてきた平林は、カフェに勤めながら小野十三郎や林芙美子、壺井繁治・栄夫妻、飯田徳太郎などと複雑なつき合いを続け、雑誌社に原稿を持ち込んだが、ほとんど採用されなかった。

昭和元年二月、春を売って食っていると、自分たちの生活を揶揄《やゆ》された言葉を逆手《さかて》に取って書いた『喪章を売る生活』（嘲る）を、大阪朝日新聞の三大懸賞文芸短編部門に投稿。翌年、石川達三の『幸・不幸』と川上喜久子の『或る醜き美顔術師』などとともに入選、二百円の賞金をもらった。前年に結婚した「文藝戰線」の同人・小堀甚二や仲間たちも心から喜んでくれた。

そのころ「新青年」に探偵小説を書き、森下雨村らに、その簡潔で男らしい文章を男の代筆ではないかと疑われたり、プロレタリア作家の道はむずかしいから、探偵小説に力を入れろなどというアドバイスを受けたりした。大下宇陀児《うだる》、城昌幸、海野十三などが新作家号で平林と肩を並べていた。

昭和元年六月、日本プロレタリア芸術連盟から分裂し、青野季吉、葉山嘉樹などと労農芸術家連盟を創立。青野が訳した『蒼ざめた子馬』(ロープシン)に刺激され、前出の『施療室にて』(文藝戰線)を発表した。この作品は、片岡鉄兵らに認められ、プロレタリア文学の新しい旗手として期待された。平林は弱りきった体をいたわりながら、執筆の合間に不当検閲反対演説会に出席し、中野重治や村山知義らとともに講演した。わずか二十二歳の若さであったが、男と貧乏で鍛えに鍛えられた平林は、男たちにまじって堂々と論陣を張り、歯に衣を着せぬ態度は皆に好感を持たれた。

昭和五年、中野療養所の看護婦の組合結成のおり、夫の小堀や石井安一たちと団体交渉を指導。「女人藝術」三周年記念講演会で労農芸術家連盟脱退を表明、翌年にはソビエトから帰っていた中条(宮本)百合子が日本プロレタリア作家同盟婦人部に入るよう呼びかけたが、労農派の夫・小堀を支持して日本共産党の全日本無産者芸術団体協議会(ナップ)派に対抗意識を持ち続けた。

昭和八年ごろから戦時思想が強くなりプロレタリア文学運動は崩壊の一途をたどってい

くのだが、平林は組織を離れて地味ではあったが、『敷設列車』(改造)や『桜』(新潮)などをコツコツと書き上げていった。

＊病人は治る権利がある

平林の第二の苦難時代は、昭和十二年、人民戦線派大検挙事件のおり、夫を逃がした罪で野方署に引っ張られたことから始まる。

小堀は、そのあと自首して出るのだが、平林は留置所で肺結核と腹膜炎を併発し、瀕死《ひんし》の重体に陥った。警察はもて余して釈放したあげく、病室まで紹介してくれた。平林は夢うつつの意識の中で夫の無事だけを祈った。平林が、小堀を自分の生命をけずってまで助けようとした意志の裏には、人生の荒野を情熱のままに生き、そのあげく、無責任に産み落としてしまった子どもへの懺悔《ざんげ》の気持ちが働いていた。極度の栄養失調の女を母に持ったその子は、母の乳房から出ばなの苦い汁だけを吸って、すぐに死んで行った。

平林は、警察から逃げまわっている小堀を部屋で待ちわびながら、自分の男と、自分のおっぱいにしがみつきながら栄養失調で死んでいった子どものイメージをだぶらせてしまうのだった。一緒に生活をしていれば、お金も稼がず、ふてぶてしい夫であったが、警察の目を逃れて自分のところにも寄りつけずにいるのだと思うと、夫の憎らしい部分が蒸発し、ただただ、いとしさのみがつのり、「夫は私の産んだ子どもなのだ」と本気で思い込んでしまうのだった。そして、あの子のように、十分におっぱいも飲まずに夫もまた自分の手元から離れてしまうのかと、悲しみの涙で、枕を濡らした……。

生きるか死ぬかの境をさまよいながら、平林は、今までの自分の生き方を反省し、財力というものの価値について考えてみた。その一方で、「私は、こんなことのために死ぬべきではない」と決心もした。

やがて平林のもとに戻って来た小堀は、妻の弱りきった姿に驚きあわて、貧乏な生活の中で、ドイツ語の翻訳に精を出し、平林の看護に自分の生命のすべてをつぎ込んだ。平林は平林で、病人は、当然大切にされ、治る権利があると思い込み、時には「熱、寒」と苦しみ叫んで、小堀をおろおろさせた。

＊どこまでも一人行く

平林は、病気のゆえに何度も死線をさまよったが、戦時下のややこしい時期に病に臥し、精神的には、極端な負い目も持たず、静かな気持ちで、戦後を踏み出すことができた。

昭和二十年十月三日、上京し、荒畑寒村宅に同居していた小堀のもとに転がり込んだ。そして十二月三十日、新日本文学の創立に参加したが、自由と平和を賑やかに謳《うた》う文学者の集いに嫌気がさし、「メダカが群れたがる」と言い、「戦後の嘘の最大のものは平和運動である」と爆弾宣言をした。戦争責任に対する曖昧《あいまい》さや新しい情熱への、みえみえの便乗主義が、骨の髄《ずい》まで国家権力にいじめ抜かれた平林の生理的な嫌悪を爆発させてしまったのだ。

平林は何らの組織にもつかず、作品に立てこもることを宣言し、戦時中の経験をもとに『一人行く』（別冊文春）、『かういふ女』（展望）、『私は生きる』（日本小説）などを続々と書き出した。『かういふ女』は第一回女流文学者賞を受賞。また、やくざ小説をも手がけ、『黒札』（改造）、『地底の歌』（朝日新聞）、『人の生命』（風雪）、『女親分』（面白倶楽部）などを執筆、その男っぽい筆運びで、やくざの世界のむなしさを写し出した。

大宅壮一をして「戦後の総理大臣」と評させたほど、平林は容姿、胆力ともに男性をしのいでいたが、生死をともにした小堀がお手伝いさんとの間に子どもまで作っていた事実を知ると、くやしさに逆上し、ぎりぎりと歯をかんで、夫をぶった。新聞、週刊誌にも内心の怒りを発表した。この身も世もない狂乱ぶりに「みっともない」と眉をひそめた文化人も多かったが、男に対して、これほど直截《ちょくせつ》に真剣に怒りをぶつけられる女は、平林をおいて他になかった。

心臓病、乳がんなど大病と仲よくつき合いながら、精力的な活動を続けた平林は、昭和四十七年二月十七日、心不全により燃え尽きた。享年六十六。後世の恵まれない文学者のために「平林たい子賞」を遺《のこ》した。

山岡荘八《やまおかそうはち》

1907〜1978

人類は科学の力によって自然を征服したかに見えるが、科学文明の恩恵を受けている人びとが心の幸せをつかんだかというと決してそうではない。

夢の研究家カール・G・ユングは「科学的な理解が発達するにつれて、われわれの世界は非人間化されてきた。人間はもはや自然の中に包まれていず、自然現象との間の情動的な無意識的同一性を失ってしまったので、宇宙の中に孤立している」という。たしかに、人間は科学の力で魔女や魔法使いや幽霊などの魑魅魍魎《ちみもうりょう》を追い出した。その結果、現実的な生活も平等化が進み、きわめて楽になった。しかし、人間と自然とのふれあいがなくなってしまったのは、大きな損失としか言いようがない。人類は自然との接触を拒否し、科学と握手してしまったのだ。人類は今、広島型原爆の百万個に相当する核兵器を持って宇宙の中に寂しく孤立している。

山岡荘八は昭和二十二年、「大衆文藝」(十一月号)に『原子爆弾』を発表した。ちょうど「四十にして惑わず」といわれる年齢であったが、激情家で猛省型の山岡の心は大いなる惑いに包まれていた。

＊日本のあとは頼みます

戦争はつまるところ悲惨なものである。終戦の直前、日本の若者たちは祖国を守るために沖縄の地に向けて特攻隊員として無惨に散っていった。

山岡荘八は、川端康成や丹羽文雄たちと九州・鹿屋《かのや》の海軍特攻基地に報道班員として赴《おもむ》き、若人たちの心境を聞き遺言を求めた。人一倍の熱血漢で、その上涙もろい山岡が、ただ死にゆくために特攻基地に集まって来た若者たちとどのような心境で話し合ったか、そして、そのことが山岡の気持ちの中でどのように燃え上がったか——。山岡が戦後の虚脱の中から、毅然《きぜん》として立ち上がったエネルギーの源を推し量《おはか》ることができそうである。

敗戦直後、日本は混乱のきわみにあった。米軍が進駐して、GHQが次々に指令を出し始めると、人びとは、生き残るために隣組同士お互いに軍部に密告し合ったように、今度は米軍に媚《こび》を売り、軍部に協力した人びとを駆り出した。もちろん戦争の責任は、天皇軍部にあり、大きな意味では原子爆弾を日本に落としたアメリカにもあったわけであるが、国を守るために死んでいった特攻隊員の家族まで肩身の狭い思いをしなければならないような時でもあった。米軍も民主主義のルールで日本の復興を温かく見守ると言いながら、勝てば官軍式の復讐的制裁を強行した。一方、日本人は食ってゆくのが精いっぱいであったし、少しは周囲を見渡せる人たちは天皇制批判と左翼宣言に余念がなかった。

山岡は、こうした揺れ動く人びとのなかで、特攻隊員が「日本のあとは頼みます…」と残していった遺品と一冊の署名簿を懐にしたまま慚愧《ざんき》に堪《た》えない日々を送っていた。何か、世の中に立つことをやろうと持ち前の元気さで決心するのだが、どのように自分を奮《ふる》い立たせても力が出てこなかった。山岡はうつろな心で、毎日釣竿を抱えて品川の海に出かけた。

山岡は二十一歳の時に一度、世の中が嫌になって自殺を試みたことがあった。負けることが分かっていながら死んでいった若者たちに何も報いてやれないのだから、今度こそ死ぬほかはないと考えた。それなら心残りの若者たちの遺品を、しかるべきところに託してゆかねば、それこそ彼らに申し訳ない……。

思いついた先は、恩師の長谷川伸のところだった。師を訪ね、お世話になったお礼を心の中で述べた。そのあと、それとなく特攻隊員の遺品と署名簿を取り出し、師に手渡した。長谷川は、ていねいに目を通したあと、静かにその帳面をふくさに包み、山岡の手に押し返した。「君のこれからの一生は、この署名簿のなかにある精神を生かすことだ。大切に保存したまえよ」との師の言葉に、山岡は涙をボロボロと流し、畳のへりを濡らした。

＊長編小説『徳川家康』の誕生

長谷川伸の意をくみ取った山岡は、「日本のあとを頼みます」と言って死んでいった特攻隊員へ、いささかでも報いる手だてを考えた。

かくして登場したのが、枚数にして四百字詰め原稿一万七千四百八十二枚、単行本にして二十六巻、連載期間にして足かけ十八年間という大作『徳川家康』（昭和二十五年三月二十九日〜四十二年四月十五日、全四千七百二十五回）である。

山岡は、『徳川家康』（講談社・昭和二十八年九月）のあとがきで、この時の心境を「これは終戦ではなくて、より惨憺《さんたん》たる次の展開への小休止ではあるまいか。文明のもつ性格からも人々の頭脳を支配している哲学からも、現実にうごきつつある政治からも『平和』につながる何ものも発見出来ず、万人の希求とは凡《およ》そ正反対の血の匂いしか受取れなかった」と述べる。

そして……だとしたら、人間の世界に、果たして、万人の求めてやまない平和があるのか、どうか。あるとすれば、いったいどのような条件のもとにおいてであろうか。いや、それより、みんながこれほど求めている平和を妨げているものの正体を突き止め、それを人間の世界から駆逐《くちく》し得るか否かの限界を探ってみたかった……と。

山岡が『原子爆弾』を書き、この『徳川家

康』を書く用意にかかったのは、恩師の励ましと、二度とこの世で特攻隊員のような悲惨な死を繰り返させてはならないという決意からであった。「戦いのない世界を作るためにはまず文明が改められなくてはならず……新しい哲学によって人間革命がなしとげられ、その革命された人間によって社会や政治や経済が、改められたときにはじめて原子科学は『平和』な次代の人類の文化財に変ってゆく」(前出・あとがき)と夢想した山岡は、家康という徳川幕府三百年の平和の礎《いしずえ》を築いた人物に仮託して人間革命の可能性を探ってみたのだろう。

*連載小説が夕刊紙の目玉に

戦争そして平和という大きなテーマを抱きかかえた山岡の中に、家康の映像は、あっという間に大きく育っていった。構想はずばぬけたスケールで、家康が誕生するまでの過程だけでも、相当の枚数を要するものであった。山岡は、熱い胸のうちを編集記者に訴えずにいられなくなっていた。その情熱に触れた一人が、北海道新聞の記者であった。

新聞界は、時あたかも、昭和二十四年、夕刊戦争の緒戦の真っ最中であった。生活苦にあえいでいた庶民は、米にも飢えていたが、活字にも飢えていた。とくに、娯楽性の強い夕刊紙は、夢を求めた庶民が待ち望んでいたものだった。夕刊戦争の目玉は小説で、朝日は村上元三の『佐々木小次郎』、読売は田村泰次郎の『東京の門』、そこへ同二十五年三月末から北海道新聞に山岡の『徳川家康』が、満を持しての誕生となる。

娯楽性の強い夕刊の小説ということと、全国紙でなく地方紙掲載というのが山岡の意に添わぬものであったが、新しい平和をめざして山岡の中で育っていた家康は、贅沢《ぜいたく》なことは言えないほど、その胎動が切迫して来ていた。『徳川家康』は、家康の生地である中部日本新聞にも北海道新聞に五カ月遅れて登場した。

敗戦を経験した日本人は、少しでも封建的なものに対して異常な警戒心を持っていた。この点で、山岡が地球の平和を築くために選んだ徳川家康は、あまり芳《かんば》しい人物とは言えなかった。

その理由は、家康が封建制度のご本尊というべき存在として、見なされていたことにあった。それに織田信長や豊臣秀吉など戦国時代の武将たちに比べて〝狸《たぬき》じじい〟と呼ばれたほど、陰険な性格の持ち主という烙印《らくいん》を押されていたからでもあろう。実際、連載を始め出すと一部の文化人から「時代錯誤もはなはだしい。この民主主義の世の中に、百姓は生かさず殺さず、その上、鎖国の張本人をテーマにするとは何事か」という怒りの投書が相次いだ。ちなみに、北海道新聞と中部日本新聞と三社連合の新聞仲間である九州の西日本新聞は、「九州では家康は売れない」と、掲載を見送っている。

それゆえ、山岡が家康を夕刊小説、しかも北海道新聞と中部日本新聞という地方舞台へ登場させたのは、家康の強運のごとく、恵まれていたとしか言いようがない。これが朝刊の掲載で、東京が中心という新聞であったら、読者からの反対の投書にあわてて、新聞社の販売局がつぶしにかかったかもしれない。昭和二十四年から二十五年という時代は、庶民が一様に自由平等にあこがれ、知識人は左へ左へと傾いていった。いわば、右翼軍国主義への生理的な反発があった時代だった。

＊大きかった母親の影響

ところで、山岡の内心からあふれ出た家康への情熱は、戦後、塗炭《とたん》の苦しみにあえいでいた庶民の胸を直截《ちょくせつ》に打った。この秘密は何だったのか……。

それは、戦国の世を涙で彩る女たちの姿であった。タイトルの『徳川家康』に対して生理的な反発を持っていた読者も毎日読み進むにつれ、ぐいぐいと惹きつけられ、明日の続きが待ち遠しいまでになってしまった。家康の父・忠広に嫁いできた十四歳の於大《おだい》、その母で忠広の父・松平清康の妻・於富《おとみ》など、戦国の小国の平和のために礎《いしずえ》となった女のけなげな生きざまは読者の涙を呼びに呼んだ。さらに、『徳川家康』が単行本で出版されると、これが日本の高度成長期にぶつかり、社長族やサラリーマンの間で、一種の経営書としてもてはやされ、作者を仰天《ぎょうてん》させた。作品が、独自で運命を切り開いてしまったのである。

山岡は、家康のほかに織田信長や豊臣秀吉など権力者をテーマにしたものが多く、その点でお説教が多いとか、庶民からほど遠いとかの批判を受けたのであるが、そのくせ、庶民読者の支持が多かったのは、その権力者を育てたまわりの女性の描き方が生き生きとしていたからだと思う。これは、山岡が母親から受けた愛の大きさにも関係がある。

山岡は明治四十年、新潟県の小出町に生まれた。家は裕福だったが、祖父が山岡を自分の子として、ひそかに籍に入れていたことから、事がもめ、両親と一緒に祖父の家を出た。その時、頑固者の祖父は「ついて行ってみろ、小学校だけで奉公に出されるぞ、家にいれば師範学校だ」と言った。八歳の山岡は、この時ひょいと貧乏に興味を持ち、「母と一緒に行く」と言うと、母はため息をついて「ついてくるだば、音《ね》を上げるな」と言い、祖父は「お前も母親に似て頑固者だ」と他人事のように口にしたという。

それからの祖父に対する母親の意地の張りようは大変なもので、養蚕に農業に精を出し、ある時、不眠のために目が赤くただれた。やんちゃの山岡が、「やーい、うちへも目腐《めくさ》れ婆ができたずや」とからかうと、母親は「このー」と言って、いきなりげんこを振り上げた。山岡が、しまったと思って申し訳なさに叩かれようと頭を差し出したら、「男の子だ。たたくまい」と小さくつぶやいて手を下ろした。山岡は、なぜかじーんとなって、アルバイトの金で目薬を買ってやった。

そのうち、雑貨屋を始めることになったが、頭を下げる修業だといって、山岡はふれ売りをさせられるようになった。農家を一軒一軒回りながら品物を売って歩くのは自尊心の高い山岡には根っからこたえた。

しかし、山岡は祖父の予言のごとく高等小

学校二年の十一月六日、奉公のために上京することになる。この時、三倍働き三倍勉強すれば一人前くらいにはなれるだろうという人生計画を立て、どんどんお金をため、母親に東京見物をさせて喜ばせた。文選工になったり、印刷所を経営したりして大金を得たが、結局、事業に失敗し、大学に行くよりもっと多額なお金を祖父や母に立て替えてもらった。

昭和八年に藤野秀子と結婚、山内の姓を捨てて藤野姓になり、ペンネームを山岡荘八にした。このころ「大衆倶楽部」の編集長として活躍した。秀子夫人は、なぜか母親と息が合い、山岡の常人ばなれした生きざまを大きく包んでゆくようになる。

母親が危篤と聞いて駆けつけ、「俺もそのうち行きますよ。人間みな一度は死ぬのですから」と慰めると、母親はカッと目を開いて「バカッ、見ろ、あっちにもこっちにもウゾウムゾウがたくさんいる。来るなッ」と叱られた。それから母親は、「まあ今度は持ったが、いつ死ぬか分からない。死んだ時には電報は打たせるが、その時は来るに及ばない。すぐ仕事の都合を計算し、何日に葬式を出せるかその指図を東京でしておいて、仕事をかたづけてから来い。こっちはそれまでに荼毘《だび》に付させて遺骨にして待たせておく」と他人事のように言った。

この悔いのない人生の闘争者の姿を、山岡はしっかり覚えていて、徳川家康の最期のシーンに重ね合わせ、文脈に鮮明なイメージを添えている。

＊けたはずれの酒豪

山岡と酒は、切っても切り離せない。まさに酒は飲むべし百薬の長で、飲むほどに酔い、酔うほどに狂うという、立派な飲みっぷりであった。日ごろから「古琴亭迷妄《ここといめいもう》」と自らのたまうごとく、飲むと必ずこれからの日本はどうなるのだ、作家がひとの代役に執筆を頼まれたと言って断るとは何事だ、などとすさまじい気迫で、チョビひげをふるわせてどなり出す。

大らかな夫人に「禁酒仕り候《つかまつそうろう》」と何回誓ったか分からない。給料、原稿料は酒代に消えていき、醤油の味は、夫人の再加工でどんどん薄くなるというあんばいであった。

夫人とは、「三日間俺は自由に生きる、これは作家として必須条件である、四日目になったら何か事故があったと思って捜せ」という奇妙な条件を取り交わしていた。つまり、三日間は何の気がねもなく飲みまくる、という自由をかち取っていたのである。その三日間のうちに飲みに飲んで大げんかをし、とんでもないところで目を覚ます。

五尺六寸（百六十八センチ）で十六貫（六十キロ）の体の、どこにそんなエネルギーを蓄えているのか分からないが、飲むアルコールの量たるや、一日に一斗六合という酒豪であった。そして、飲んだあとの猛省も並はずれていた。山岡の反省は念が入っていて、すまないことをした相手を執拗《しつよう》に探し出し、おわびにと、一緒に飲んで、またどなり出し、そのあと反省するということもあった。

＊平和を希求した一生

山岡は、その小説の登場人物への感情移入が著しく、徳川家康を書く時は家康になり、信長の時には信長になり切った。平手政秀が信長の奇行に業《ごう》を煮やし諫《かん》死した場面を来客に語りながら、「その時、信長はこんなふうに冬の川に立ち、じじい！ それ飲め末期《まつご》の水じゃ、じじいのバカめ、大バカめッと、水の中で地団太《じだんだ》を踏むんだよ」と、信長が泣いているかのごとく、山岡は涙をボロボロと流し続けるのだった。

直情家の山岡は、日本民族の平和につながるものであれば、どこにでも顔を出した。ある事件をきっかけに、佐藤栄作・元首相とも意気投合し、これが「日本会・日本総調和連盟」の結成につながった。政治・財界の有志が顔を連ねた日本会の動向は、右傾化を心配する文化人から敬遠された。当然、会長を務める山岡に対する風当たりも強かった。

だが、思想的に右寄りであれ、左寄りであれ、山岡が願った地球平和への息吹を次世代の人びとに語り継いでゆこうとした意思は、後代に伝えてゆかねばなるまい。

山岡荘八が七十一歳の生涯を閉じたのは、昭和五十三年九月三十日である。地球は山岡が予想したように、今や核の危機に瀕《ひん》している。核兵器と縁を切り、宇宙・自然との接触を再開し、魂の平和を求めてゆく作業こそ、故人に対するわれら後輩の務めであろう。

中島《なかじま》 敦《あつし》

1909〜1942

人間がひたすらに病気を恐れ、死を嫌うのは、それほどに、この世に在るということがすばらしいからなのだろう。人間はわがままだから、貧乏を呪い、病弱な身を嘆くが、それはあくまでも甘えの表現であって本音ではない。生きとし生けるもの、すべて、現世に生きていることが最高なのだ。ライオンに食われる馬も、蛇に呑まれる蛙も、運命としてはおぞましい限りだが、馬も蛙も他を恨むことを知らない。それほどに世に在るということはすばらしい。

人間の現世に対する執着の強さは驚くほどで、中国古代の為政者は不老長寿の薬を求め、生きている証明のために多くの刑罰を作った。そこには、あきらかに人間の生に対する執着を見極め、計算し尽くしたふしがある。

中国の肉刑には斬首は別として、黥《げい》（入れ墨）、鼻（鼻切る）、剕《ひ》（足切る）、宮《きゅう》の四つがあった。宮（宮刑）は、男根を切ってしまうもので、創《きず》が治らず、いつまでも腐臭を放ち、また、腐った木のごとく子を成さぬため腐《ふ》刑ともいわれた。かくして、多くの人びとが、鼻をそがれ、手足を切られ、男根をもぎ取られ、異臭を放ちながら生き続けた。この哀れにもすさまじい現世への執着は、為政者に、この世の無上の自尊心と満足を与えたに違いない。

漢の武帝のもとで、丈夫の男として帝《みかど》に仕えた太史令・司馬遷は帝の怒りにふれ、男根を取り去られ、恥をしのんで生き続けた男である。この男に限りない愛情を寄せ、名作『李陵《りりょう》』を世に残した中島敦も、喘息《ぜんそく》という肉刑を天から授かった男であった。

＊漢学の血を継ぐ

中島が世にあった時間は、あまりにも短い。昭和十七年二月、『古譚《こたん》』（「山月記」と「文字禍」）が「文學界」に発表され、『光と風と夢』（文學界五月号）で芥川賞の候補にのぼり、十二月、「文庫」（三笠書房）に『名人伝』を発表した時には、その五体はすでに地を離れて幽《ゆう》冥《めい》に旅立っていた。

翌年、『弟子』（中央公論）、『李陵』（文學界）が相次いで発表され、そのすがすがしい漢文調の文体は、戦争で浮き足だった人びとの心を洗い、心ある読者は次の作品を切望した。が、三十三歳でこの世を去った中島には、もはやなす術《すべ》もなかった。

戦後、中島を忘れられない人びとは、夫人のもとに残された習作や手帳、手紙、ノート、短歌をむさぼり、改めて、書くことを運命づけられた天才の懊悩《おうのう》の跡を発見し、人間の生に対する執着と諦《てい》観の揺れを垣間見たのであった。

中島は明治四十二年五月五日、東京市四谷区箪笥町（現在の新宿区三栄町）で生まれた。父は漢文科の中学教員、母もまた小学校教員であった。翌年、父が母を追い出したため、中島は埼玉・久喜町の父方の祖父母のもとに引き取られた。

中島家の出自《しゅつじ》は古く、先祖の中島清右衛門（天香）は慶長四年に徳川家康に随《したが》って江戸に入り、代々、清右衛門を名乗り、神田乗物町に家をもらった。祖父の中島撫山（慶太郎）は亀田綾瀬《りょうらい》の門に学び、『性説疏義』や『演孔堂詩文』を著した。父の兄弟のうち、長兄は栃木で漢学塾を開き、放浪者の次兄・斗南には『斗南存藁』の著があり、三男・竦《しょう》は王振善隣書院の中国語教師で、身内に漢学、ひいては儒学の血がドロドロと流れていた。

父・田人は六男で、中島が五歳の時に嫁いで来た継母は大正十五年、十五歳違いの妹を産むとすぐに死に、翌年には、また新しい継母が来た。結局、中島は生みの母を知らず、否応もなく、第一の継母、第二の継母とのかかわり合いを強いられた。

三歳で祖父を失い、七歳で父母との生活を奈良で始めた少年の心は激しく揺らぎ、父に対する反感が強まってゆくのを抑えることができなかった。それに、小学校が父の転勤とともに、奈良、浜松、京城と変わり、中島少年の生に対する不安は、いやが上にも昂《たか》まっていった。

中島は小学四年生のころ、教師から地球が冷え切ってしまい、長い年月の果てに地球そのものが消滅してしまう、という話を聞き唖《あ》然となった。人間や生物が生まれて死んでゆくように、安定の象徴ともいえる地球が消滅し人類が滅んでしまうというのだ。このありうる事実を知った時、ゲラゲラと笑いさざめいている級友や、しかめっ面《つら》の父や、いけすかない継母も消し飛んでしまい、何をやっても仕方がないといった〝自我の喪失〟に陥ってしまった……それは果てしもない暗い穴であった。

*天から与えられた喘息

とはいえ、多感な少年の心は、新たな喜びや怒りの対象を見つけ、世に在《あ》ることへの大きな不安は、少年の心の底に秘し沈められた。新しい怒りは、第三の母である第二の継母に向けられた。

習作である『プールの傍で』から、中島の多感な青春の過程をのぞいてみると、少年は大阪弁を使う継母に、妙な不安と物珍しさを感じている。そこには、すでに女というものへの男としての興味がうかがえるのだが、大阪弁と濃い化粧にはげしい憎しみを覚え、父が子どもである自分になど見せたことのないような笑顔を見せ、継母のこしらえたおみおつけを褒《ほ》めるのを聞いて、怒りのため顔色を変える。少年は父の母に対するあさはかな態度に怒りをつのらせ、父の血を受けている自分自身をも憎まずにはいられないのであった。

中島は、故郷を知らない、母の乳を知らない暗い少年ではあったが、それ以上にまた体内に抱く青春の息吹も強烈であった。成績はいたってよく、一時は、父への反感のために勉強をわざと捨てようとしたこともあったが、学を求める代々の血は争えず、青春の馬鹿っ騒ぎと並行して勉学に励んだ。京城中学校では精力をもてあまし、友だちとたばこをのむ真似をしたり、春画を見たり、解剖ごっこに興じたりした。これは、すべて継母、継母に甘い父、その父の血を確かに受けている自分（とりわけ、段のある鼻つきと、どもりぐせ）に対する反感の表示でもあった。このころ、ハーモニカに凝《こ》り、小説の創作に励み、校友会誌に投稿した。外地での朝鮮人や満州人、ロシア人、中国人たちとの小さなふれあい、それからピストルをさげた日本の警官や憲兵などが、中島の脳裏《のうり》に深く刻み込まれた。

大正十五年四月、中島は第一高等学校文科甲類に入学し、父母や異母兄弟との生活に終止符を打った。その入学と前後して、愛憎の入りまじる弟二人を亡くしてしまう。そして、自分もまた突然としか言いようのない喘息の発作に悩まされるようになった。継母が大連から送ってくれる小包のお礼がどうしても書けず、父に叱られると、葉書にただ〝着〟とのみ書き送った。複雑な家庭から逃れることができたと喜んだ中島であったが、肉親とのかかわり合いは、どこまでいっても切れるはずがなく、適当にごまかすということを知らなかった中島は、新しい友人たちと楽しい日々を送りながら、内面の心のひだは、いよいよ鋭敏さを増し、傷つきやすくなっていった。それとともに、天からは、宿痾《しゅくあ》の喘息を与えられ、高校二年の夏には、肋膜《ろくまく》炎にかかって休学するに至った。

＊享楽主義への転向

中島は少年時代には家族関係でズタズタになり、青年時代に入ると、今度は誰をも恨むことを許されぬ自分の病気との闘いに追い込まれた。自分とは何か、人間とは何か、運命とは何か……中島の一生は、喘息の発作に見舞われながら、創作するという一点にしぼられていった。

そして、これまで新しい女を二度も求めた父をひたすら恨んだ。父を虜にした女を呪った。その女と父の間に生まれて来た弟や妹たちまで憎んだ。そのあげく、このような人びととかかわり合いを持たねばならない自分自身を恨み呪ってきたのだ。まるで、その呪いの報いででもあるかのように突然襲ってきた宿命ともいえる喘息。中島は、なぜ自分だけがこうした業病にかからなければならないのか、と考え、その解決のために多くの先哲の書を読み、思考をこらした。

「俺達は、俺達の意志でない何か訳の分からぬもののために生まれて来る、俺達は其の同じ不可知なもののために死んでゆく」（『狼疾記』・昭和十一年）から、「誰が悪いのでもない、強いていえば唯我在りという事実だけが悪かった」（『李陵』）という境地に到達するには、かなりの呻吟《しんぎん》の時を経なくてはならなかった。

　病気に倒れたといっても、まだまだ青春の残映は赤々と燃え、他を圧する才能は快い芳香を放っていた。中島は失意のうちにも校友会雑誌に、『下田の女』『ある生活』『喧嘩』『女』などを投稿した。ここには粗《あら》けずりながら死との対決を試みる青年の血気が見られた。昭和四年文芸委員となり、校友会雑誌に『蕨・竹・老人』と『巡査の居る風景——1923年の一つのスケッチ』を『短編二つ』のタイトルで発表した。

　蕨の原始的な状態、いい顔だと見惚れた男の悲劇的な女とのかかわり合いを、カラッとした描写でなぞった作品と、朝鮮での日本軍の侵略をシリアスにとりあげた作品を、何げなく並べたところを見ると、単に流行の左翼作家と間違えられては困るんだ、という並々ならぬ自負が読み取れる。

　昭和五年、東京帝大国文科に入学。永井荷風、谷崎潤一郎の作品を読破。なぜか、今までの創作熱が急に冷め、ダンスや乗馬や、麻雀、登山、旅行、将棋などにのめり込んだ。友人が驚くほどの身の入れようで、高校時代の文学狂ぶりを知っている人には、中島の享楽主義への変身が、どうしても解《げ》せなかった。

　病気との闘いや、大連から埼玉・久喜町へ帰って来た父母との軋轢《あつれき》、親しくなってしまった女性への愛情……中島は、そろそろ本格的に創作という苦しい作業にとりかからなければならない時期にさしかかっていた。昭和七年八月、享楽的な生活に終止符を打つかのように南満、北支への旅に出る。同八年に大学を出て、朝日新聞の入社試験を受けるも、身体検査で不合格となる。就職を考えたのは、結婚式を挙げずに橋本たかとの間に子を成した負い目があったからだ。やむなく大学院へ進学したが、健康と家庭の生活のため大学院を中退し、東京での生活を決意して横浜高女に奉職。国語と英語を担当する一方で、創作に専念した。この生活はのちに『かめれおん日記』（昭和十一年十二月脱稿）として書き遺《のこ》された。同年、卒業論文『耽美《たんび》派の研究』が完成した。

＊かめれおん的擬態が隠す文才

大学院を中退し横浜高女で教鞭《きょうべん》を執り始めた昭和九年四月、中島は『虎狩』を「中央公論」の新人募集に寄せたが丹羽文雄と島木健作が入選し、『虎狩』は惜しくも選外佳作になった。同年九月、喘息の発作が悪化し、中島は死を覚悟した。十五歳のころから書くことを天職にしようと決意し、勉強してきたのに、このまま何も残さずに、妻子だけを残して死ぬというのか。中島は頭脳は間違うことはあっても、血統だけは間違わない、自分には漢学の血とともに脈々と作家としての血が流れていることを確信していた。

また、中島がほんものの芸術家たることを、たか夫人は直観していた。中島には、書くものは頭の中にウジャウジャとあったが、皆が皆、他人の思想で、レオパルディの羽を少し、ショペンハウエルの羽を少し、荘子や列子の羽を少し、モンテーニュの羽を少しで……俺は何という醜怪な鳥だ、と思えてならなかった。

中島は妻子を食わせるという作業に励みながら、自分の文学的な才能に強い執着を持った。喘息の発作に苦しみながら、眠れない夜には夜を徹して短歌を作った。ある時はフロイトのように、もろ人の怪しき心理《こころ》さぐらむとし、ある時はゴーガンのごときたくましき野性のいのちに触れればやと思う、石となれ石は恐れも苦しみも憤りもなけむはや石となれ、無限なる循環小数いでてきぬ割れども尽きず恐ろしきまで………。

富士に遊んだ時、最愛の妻に手紙で「君の右の眼は悪い眼だそうだね、叱ってやれ、左の眼は悲しい思ひをしてゐるそうだが、どうも慰めようがないね。まあメチュグリ（目薬）でもつけてやるさ」と与太《よた》を飛ばした。


中島は憑《つ》かれたように『狼疾記』を書き、『かめれおん日記』を書き、先輩の深田久弥《きゅうや》を訪ねた。深田は中島の作品よりも博学で明るい中島の性格を好んだ。もしかしたら、中島の人をそらさぬ、かめれおん的な擬態《ぎたい》に中島の文才を見落としてしまったのかもしれぬ。深田は、中島が長い髪をかき上げて気恥ずかしそうに置いていった『山月記』や『ツシタラの死』（のち『光と風と夢』）を、前作と同じ程度のものと思い込み、一年間も放っておいたことを深く恥じた。

前作には、狷介《けんかい》なるがゆえに虎と化し、しかも家族のことより自分の詩人としての誇りに未練を持つ男が描かれ、後作には名作『宝島』の作者R・L・スティヴンスンが、放浪の果てに熱帯地サモア島で死を迎える姿が描かれていた。どちらにも、あふれるほどの文才を持ちながら、煩瑣《はんさ》な世事に追われ、身を焼く喘息の苦しみにあえぐ中島の心がそのままに託されていて、深田は胸を衝《つ》かれずにはいられなかった。

＊鮮烈なツシタラの死

「文學界」に作品が紹介された時、中島は病身の疲れを癒すためにスティヴンスンの夢を追い、南洋庁国語教科書編集書記として南海のパラオ島に向かっていた。だが、任地で持病はかえって悪化し、おまけに風土病まで患って、またもや死と真面、夫人に対して死後の原稿の処理法を依頼した。やはり自分には書くということ以外に仕事はないと思いつつ、南洋庁に対して何も仕事をせず申し訳ないと思う中島であった。心身ともに疲れ果て、仕事か創作か二者択一を迫られた中島は、この世に在ることの短さを知り、心を鬼にして作家の道を選ぶ。

昭和十七年三月に帰京すると、中島は最後の力をふりしぼり、かねて創作中の李陵、司馬遷、蘇武の三人の男が乱舞する長編に手をつけた。深田は、中島が亡くなったあと、夫人を介して、この原稿を手にした時、かつての中島の原稿がきれいだったのに比し、あちこちに無残とも見える書き込みがあり、読み進むうちに鬼気迫るものを感じた。そこには死の床で「俺の頭の中のものを、みんな吐き出してしまいたい」と叫んだ中島の魂がよどんでいた。

司馬遷が『史記』を書き上げたのは稿を起

こしてから十四年、腐刑の禍に遭って八年、すべてを書き上げて著作を棺に納め、父の墓前に供えると「急に酷い虚脱の状態が来た」とある。中島もまた短い生を終える直前、この作品を書き上げると、喘息の発作と衰弱によって、あえなくこの世を去った。

作品名のなかったこの作品で、中島が三人のどの男に自分の思いを込めたのか誰にも分からない。深田は思い悩んだあげく『李陵』というタイトルをつけ、倉皇《そうこう》として世に送った。中島の数少ない作品は格調高い文体をもって、活字離れの進む若者に〝ツシタラ（語り手）〟の鮮烈な生死を高らかに謳《うた》い上げている。

椎《しい》名《な》麟三《りんぞう》

1911〜1973

一人の人間が、この世に生まれ死んでゆく時間は、何億年という単位からとらえれば、それこそ一瞬のなかの一瞬にすぎない。しかも、その一人ひとりが、微妙に違った顔かたち、性格をたずさえ、その上、生まれ方、生き方、死に方まで、それぞれに違うというのは、何という造形の妙であろう。

世の中には賢いというか無鉄砲というか、勇ましい人たちがいて、これまでに多くの人びとが、人間の自由と平等を声高らかに標榜《ひょうぼう》し、その実現のために政治の形態を改革し、思想を形どり、庶民の意識改革に身を挺して来た。しかし、一人の人間が、どの時代に、どのような国に、どのような両親のもとに、どのような容貌と性格を持って生まれてくるのかを決定し得るものの正体の解明は、いささかもなされていない。まして、どのような運命をひっさげて来ているかということは、古代さながらに神のみぞ知るである。

人間が、お互いに監視し合って、どれほど親切に緻密《ちみつ》に、お互いの平等を支え合おうとしても、人間は根本的に不平等の世界に生きている。だから政治で求めている平等の世界とは、あくまでも平面的、表面的なものであろう。政治の世界で、どれほど人間の平等を叫び、完璧な福祉社会をつくりあげても、人間がそれぞれに持ち合わせている幸せというものへの感受性を機械的に統一しない限り、心の平等というのはあり得ない。

人間が機械になりきれない以上、生きている過程だけにおいてさえ、平等とか自由とかの概念をふりまわすのは、おこがましいというものである。もちろん、富の平等とか、地位の平等とかには、大きな意義があり、解決する方法もあるのであろうが、人生の幸せという秤《はかり》の上で、地位とかお金の占める割合というのは微々たるものである。

人間の一生は宇宙や地球という単位から見れば、一瞬のまたたきにもすぎないが、人間が一生のうちに夢見る世界は宇宙に匹敵《ひってき》するほど不遜《ふそん》なものでもある。それゆえにこそ、人間は自由や平等について、主義や思想をかかげて挑戦するのであろう。

＊思想を便所紙にした男

終戦の混乱期に戦後作家の花形として、あっという間に浮上してきた椎名麟三は、デビュー作『深夜の酒宴』で「僕は共産主義なんか忘れてしまいましたよ。ええ、もうすっかり。思想と名の付くものは、すべて愚にもつかぬものです」「思想なんか豚に食われてしまえだ。思想なんかせいぜい便所の落とし紙になるくらいなもんだ」と、自分の分身ともいえる主人公に語らせた。

評論家の本多秋五を「怪物あらわる！」とうならせた椎名であったが、重いとしか言いようのない物語の作者が、一体どういう経歴を持った人か、どういう環境に住んでいる人か、読者にも文壇界にも何ひとつ情報がなかった。戦後の混乱の虚無のなかとはいえ、この作者が世に送り出した主人公ほど、貧困を土台にした醜悪——自分が生きているということを含めて——に耐えている人間はいなかった。

椎名のように「思想なんか豚に食われて死んでしまえ」と言えるほど、人間の精神が強靭《じん》なものかどうかは、椎名自身の生における苦悩の道程をたどってみればおのずと分かる。椎名は、マルクス、レーニン、ニーチェ、ドストエフスキー、キェルケゴールとたどり、最後にはキリストの近くまで還《かえ》りかけている……。

生活が苦しければ苦しいほど、そのなかで、ささやかな楽しみを見つけ、平凡に生きていくのが庶民の健康な生き方であったのに、椎名は神のいたずらか、宿命のゆえか、マルクス、レーニンとの邂逅《かいこう》で共産主義者になり、人間の自由と平等の思想に取り憑《つ》かれてしまった。そのぶり返しが、つまり最底辺の生活のなかでの叫びとして「思想なんか、便所の落とし紙にすぎない」と断言させる結果になるのだが、生きてゆく過程で、一度思想という摩訶《まか》不思議なものに魅入られた者は、何か他の思想に身をまかせないかぎり、新しい生を生きてゆけないという重荷を背負わされている。

人間が考えるということは、他の生物にない、すごい業《ごう》力ではあるが、それゆえに人間が被《こうむ》っている災難というのも計り知れない。椎名は、共産主義、虚無主義、英雄主義、キリスト主義と、自分の一生をあわただしく採っていったわけであるが、これは、自分が人間として、ぎりぎり狂わなくて生きてゆくための態度決定であった。

一部の評論家や作家から、一度マルクス主義の洗礼を受けた者が、どうしてキリスト教にたどり着いたのかという不信を表明されているが、作家といえども、いや作家であればこそ、苦悩が多く、いかに生きるかに真剣であったといえよう。

椎名の作品に近づくには、椎名自身が生きてきた、数えきれぬほどの悲劇と、そのなかで必死に生存の意味を見つけようとした苦悩を見つめなければなるまい。そして、なぜ、椎名が両親から離れ、外国の思想に身を寄せねばならなかったかは、彼の生い立ちをたどれば理解できる。

＊悲劇の因果律

椎名は明治四十四年十月一日、大坪熊次・みす夫妻の長男として姫路市書写東坂に生まれた。父は兵庫県の塩田村の農家の長男で、高等小学校を出て醤油屋に奉公、そのあと大阪の警察官になった。母は書写の出で、大阪で女中奉公をしている時、熊次と出会い、情交を重ねるうち身ごもり、おろおろと実家に帰った。

実家の納屋の中二階に押し込められたみすは、母の手を借りて長男の昇をこっそり産み落とした。当時、私生児出産は、大事件であった。習慣のやかましい農村で、その上、天台宗の三大道場・書写山円教寺の聖域のふもとであったため、両親は哀れなほど世間に気をつかった。それを敏感に感じたみすは、産後三日目、わが身と罪の結晶である長男を清算するために自殺を決意。鉄道の線路の上を、ふらふらと歩いているところを警察に保護された。この時、警官であった父は妻の自殺未遂を世間に恥じた。

なぜ熊次がみすを入籍しなかったのか、というところに疑問が残るが、椎名を私生児として産まねばならなかったというのも何かの理由があったに違いない。しかし、椎名は明治四十五年一月二十六日、正式な婚姻届により嫡出子の身分を得た。一応、これで外面的には家庭の体裁を整えたのであるが、この夫婦は、どこかで大きく歯車が狂っていたらしく、最後まで折り合いがつかなかった。

椎名が七歳の時、父・熊次は芸妓を請け出し、母子四人は実家の書写に別居させられ、のち離婚。母は、何人かの男に身を任せたあげくに自殺した。父もまた、世の中の景気の移り変わりに翻弄《ほんろう》され、金持ちになったり、すってんてんになったりしたあげく、終戦の時は椎名の家庭を頼り居候《いそうろう》になって椎名の神経をいたぶったが、これも自殺して果てた。

　幼いころ、母とともに、お寺で九相絵（地獄絵）を見て、死の恐ろしさにおびえた椎名が、両親の自殺の痛手を乗り越えるのは大変な作業であった。悲劇は、両親の争いや貧乏だけではなかった。人間というものは、どれほどの貧困をも、どれほどの不幸をも乗り越えてゆける。それほど人間の我慢のヒューズはしなやかで靱《つよ》いものである。椎名の悲劇は、この両親の争いの原因が実は自分自身にあると思い込んだところにあるのだ。その思い込みが微妙に両親に伝わり、それが原因で両親のトラブルが増大するという因果律が働いていた。

　椎名は、小説のなかに自分の生きて来た過程の悩みの影をあますところなく落としている作家であるが、その一つの『証人』（昭和三十二年六月・小説新潮）で、主人公の私である登（椎名の本名は大坪昇）に「やっと物心のついた幼時から、私という人間は、何か因果な人間だったらしい」と言わせている。

　生まれ落ちた時から、すでに私生児という両親にとってさえ生まれてはならない子であり呪われた子であり、自分が生まれたからこそ、世にも仲の悪い夫婦が生まれ、お互いに苦しみ憎しみ合っている、というような〝罪悪感情〟が、椎名の心に大人になってからも居すわっていた。

　『証人』では、登が数え年六歳の時にタンスの一番上の戸棚から一枚の十円札（父の給料が二十円）を盗み出し飴玉《あめだま》を買い、両手に持ちきれないほどの銅貨と銀貨のお釣りをもらった。びっくりした登は、寺の高い石垣の上の草むらにお金を隠し、石で目印をつけた。警官である父のお金を盗み、宝物を隠した興奮で、恐ろしさも忘れて衝動的に五メートルもある石垣から飛び降り、無意識にわが身を痛めつけた。その帰り道、頭の弱い少年に会い、飴玉を全部与えてしまう。警察官の父は、お金がなくなったことを知り、「俺に無断で実家に送金したのだろう」と母と大げんか。登は罪の意識もなく、ついお金を盗んだのだが、その結果、飴玉をやった少年は自分のまねをして石垣から飛び降りて死に、両親の仲はますます険悪になった。六歳の登は両親ののしり合いを部屋のすみで黙って聞いていた……。

＊椎名文学の背景

『証人』の冒頭は、「私は、最近どういうわけか、自分がほんとの犯罪者のような気がして困っている」という書き出しで始まっている。このような感覚は、何らかの野心を持って積極的に生きている人間なら、人生のある過程で、誰でも抱くものであるが、椎名の場合は、犯罪意識が病的に強かったようだ。

両親の悶着《もんちゃく》の原因を、自分の存在に求めなければならなかった幼年時代、愛人を持った父と母の間を取りもち、母の自殺を心配し、生活の配慮にまで気を配らなければならなかった少年時代。ついに椎名は、旧制姫路中学三年の時、大阪の父のもとに生活費と学費の交渉に行き、それが果たせず、そのまま家出をし、中学も退学してしまう。

ここにも大坪家の長男として、両親のもと、とくに宗教と男に頼っている弱い母のもとを去らねばならなかった罪の意識がうかがわれる。元気のいい無邪気な少年であれば、カッとなって親元を飛び出していくのだが、にっちもさっちもいかなくて家出をした椎名のほうに、加害者としての罪の意識があったというのは、やはり因果な少年であった。

椎名は、母の入水自殺未遂事件を機に、宇治川電気電鉄部（現・山陽電鉄）に入り車掌となったが、労働運動に参加。日本共産党・宇治電細胞として、党名・水木輝三、全協名・山田麟一、共青名・椎名一郎と、いくつもの偽名を使った。しかし、昭和六年八月二十五日、治安維持法による関西中心の日本共産党一斉検挙（八月二十六日）の情報を入手して、仲間を裏切るような形で姿をくらましてしまった。

そもそも、自殺未遂の母の面倒を見てくれた経営者のもとで労働運動に参加した椎名の心境も複雑だったろうに、労働者としての同志まで裏切らなければならなかった内心の揺れは、どれほどに大きかったか。結局、頼りない東京の父を訪ね、迷惑がられた上、九月末に検挙され、独房に入れられてしまうのだが、ここでもまた、加害者としての自分を意識せずにはいられない。

＊心のいやしさに、ひれ伏す

『私の小説体験』（昭和二十八年一月・文藝首都）では、独房のなかで、いろいろと悩みあぐねた末に、自分の仲間が、もし死刑を宣告されたら、自分は代わって死んでやることができるのだろうか？　という難問を突きつけ、わざわざ「否」という結論を出している。それ以前に椎名は、自分が本当の意味で大衆を愛していたのか、大衆を愛していたからこそ共産主義者になったのか、と問い、「否、自分は自分のために、自分の自由のために、自分の権力のためにこそ運動を続けてきたのだ」と認識し、自分の心のいやしさに、ひれ伏している。

椎名に限らず、人間というものは、自分が生き抜くために生きているにすぎないのであって、いったん権力や財産を手に入れた人が、永遠に大衆を愛し、同志のために死んだためしなど皆無に等しい。椎名にとって大衆を愛していなかった、という自覚の衝撃は大きく、「殉教者的な誇りと高揚は、一挙に壊滅した。僕には世界はただ耐えがたい無意味となっていた」（『蜘蛛の精神』昭和二十三年九月・文藝春秋）と表現せざるを得なかった。

母の自殺を体験し、刑務所でニーチェの「大衆を愛していない？　よろしい」という言葉で転向したあと、精神苦、労働苦のゆえに、自分もまた安下宿で首つり自殺を図った椎名が、ずたずたになりながら、生きんがための希望を求めた先は、またしても頼りない東京の父のもとであった。

椎名は、自分が反発した父と似て、罪の意識が強いわりに生活にはしぶとい面を持っていた。彼は世間をはばかりながら、シルクスクリーン、アイスクリーム、クミス製造装置（馬乳発酵）などの特許を取り一攫千金を夢見た。父に似ているといえば、昭和九年、レストランでともに働いていた祖谷寿美とただならぬ仲になり、そのまま同棲。十二月一日、寿美あてに「婚姻契約書」を書き、翌年八月には長男をもうけた。

元共産党員という身分をひたかくしに生活した椎名のもとには、特高刑事がたびたび現れ肝を冷やした。子どもができると急に生活の厳しさが身に迫り、昭和十一年二月、戦後に偽札づくりで逮捕された大山国広が経営していた同心社で筆耕《ひっこう》の仕事に従事する。

筆耕とは写字や代筆を業とする仕事だが、生まれ落ちた故郷の地名・書写と因縁浅からぬ点も不思議だが、父と同じように長男が生まれたあとで婚姻届を出していることも深い因果をのぞかせる。椎名は、やがて筆耕の手腕が認められ、何と、国家的な大会社・新潟鉄工所に大学出の正社員として入社してしまった。

その際、履歴詐称（元共産党員をかくして大学出とした）をしたのだが、特高や内務省が実権をふりまわしていた時代に、四年間にわたって、かくも大胆なことができたというのは、椎名が両親から生き抜くために授かった異常な才能だったといえよう。

＊永遠なる序章

昭和十七年、椎名は会社が戦車を造り始めたことと、身分がばれることを恐れ、退社をして創作一本の生活に入った。

空襲で幾多の地獄絵図を見、終戦で父まで転がり込んで来た生活苦、加えて船山馨らと始めた出版社の倒産で、進退ここにきわまった椎名は、富山の大牧温泉で船山に見守られつつ、もろもろの怨念をぶち込んで『黒い運河』を執筆した。

帰郷後、さらに推敲《すいこう》を重ね『深夜の酒宴』と改題、主な出版社に持ち込んだが断られ、やっと「展望」の臼井吉見編集長に認められて、昭和二十二年二月、同誌二月号に掲載された。ちなみに、一月号には『五勺の酒』（中野重治）が、三月号には『ヴィヨンの妻』（太宰治）が掲載され、『深夜の酒宴』は両作品にはさまって世に出た。

椎名はその後、『重き流れのなかに』（昭和二十二年・筑摩書房）、『深尾正治の手記』（同二十三年・個性）、『永遠なる序章』（同年・河出書房）、『赤い孤独者』（同二十六年・同）、『自由の彼方で』（同二十八年・新潮）、『美しい女』（同三十年・中央公論）などを精力的に生み出した。

椎名麟三の作品は、一作一作に、自分が必死に存在した証明として、自殺した父母を理解し、過剰な加害者意識を乗り越えようとする意志が濃厚に流れていた。自らの生のために、クリスチャンとしても活躍したが、昭和四十八年三月二十八日、脳内出血のため、世田谷の自宅の書斎で〝永遠なる序章〟に入った。享年六十一。

田《た》村《むら》泰《たい》次《じ》郎《ろう》

1911〜1983

世の中はめまぐるしく変転している。CATVや文字多重放送などで家庭生活は一変し、コンピュータやスペースシャトルの発達は社会生活の様相を一変する。性本能を対象とした商売も、すさまじい変身を遂げている。

戦後、『肉体の門』で一躍名を上げ、〝肉体こそ人間である〟と宣言した田村泰次郎は、昭和初年のエログロ時代、新宿の夜の巷《ちまた》を青春の宿とし、女体をあさりながら、新しい人間の生き方を文学に求めた作家であった。

＊童貞喪失と文学への興味

田村は明治四十四年十一月三十日、左衛士・明世《てるよ》夫妻の次男として、三重県三重郡富田町東富田一九六（現・四日市市東富田）に出生。

父は高知市小高坂の出身で、教師だった。田村が富田中学校で学んでいた時、父が校長を務めていた。中学では剣道部に入り、主将になった田村は先生・先輩・後輩から愛されながらお山の大将で成長した。

昭和四年四月、意気揚々と親の庇護を離れて上京し、早稲田大学第二高等学院に入学。性格は関西人らしく人情こまやかで、それでいて他人との接触に憶《おく》するところがなく、父の土佐人としてのいごっそうの血も併せ持っていた。

しかし、上京してみると、自分より剣道の強い人間がいることや、国の将来を憂うる左翼学生がいることを知り、まだ人間の生き方を真剣に求める文学者の卵がいることを知って、いささか驚いた。田村はあわてて左翼系のゾッキ本を買ったり、「戦旗」や「ナップ」などの文芸本を読んだりしたが、田舎からぽっと出の青年には政治とか思想というのは肌が合わなかった。剣道を捨てた田村は、クラブ活動の劇研究会にのめり込む。

夜の新国劇の手伝いで、昼間はぐったりして下宿に寝ころんだ。学院の裏の下宿屋には耳あたりのいい大阪弁の生徒が集まり、麻雀、玉突き、花札、トランプなどに興じた。田村は友人とつきあいながら、自分と彼らの間に何か大きな隔たりがあることを本能的に知った。それは、彼らが女の肉体を知り、自分が知らないという現実であった。

田村は、自分の童貞を一刻も早く捨てたかった。満十八歳で、体格も大きくがっしりしている自分が、女の前であらぬことを口走り、とまどい、醜態をさらして一生の間みじめな生き方をしなければならなくなるのではないか、という不安にかられた。逡巡《しゅんじゅん》の末、童貞、それは雨の夜の野良犬にくれてやるものと決心し、ある雨の日、大阪の友人たちと円タクで桶狭間の決戦場へ駆けつける信長の心境で、友人にはさも経験者のような顔をして亀戸《かめいど》の私娼街に乗り込んだ。

〝通り抜けられます〟と書かれた陰惨なかげりのある街で、松竹のスター筑波雪子に似た女につかまり、男にしてもらった。女に自分をうずめた時、田村は、世間と男にさんざんいたぶられた女が、邪険な態度とともにうぶな男へのやさしいしぐさを共有していることを知った。童貞を喪失したあと、田村はさまざまな女体にかかわり合いを持ちながら、文学への道をまさぐるようになる。

一人前になった田村は、中学からの先輩の丹羽文雄に急接近し、同じ学院の香川県出身の詩人河田誠一や、大阪から昭和四年に上京し早大専門部に籍をおいた井上友一郎、秋田県から転々とし関西中学から早大に来た石川達三らを知る。とくに、従順な従妹と同棲していた河田には、文学上の感化を受けた。一年上の西川満の回覧雑誌「羅女奈土」に小説らしきものを書き、秋田滋、神絢、河田らと同人誌「東京派」を創刊。小説『挑戦』、評論『意識の流れ統整論』などを発表した。

昭和六年、中河与一が創刊した「新科學的文藝」（伊藤整、福田清人、上林暁、丸岡明らが同人）に井上友一郎とともに参加し、「詩と評論」「三田文學」「新文學研究」などにめざましい評論を発表した。この年、早大文学部仏文科に入り、〝若手文壇に田村あり〟の印象を与えた。

＊夜の巷で女をあさる

昭和八年五月、坂口安吾、井上、矢田津世子、北原武夫らと同人誌「桜」を創刊し、『おろち』を連載。これは自分から提唱した「私小説、心境小説の打破」と「新しい長編小説のありかた」を実践に移した創作で、早大仏文科の創設者・吉江喬松や武田麟太郎に認められた。同九年三月、大学を卒業後に『選手』(新潮)、『日月潭工事』(行動)、『夏』(早稲田文學)を創作。純文学の危機がささやかれ出した時期に田村は、あえて文壇進出に賭けようと努力した。

さらに、田村は大学を出ると、すぐに新宿の太宗寺裏のアパートに引っ越し、夜の巷で遊んでは、ものになりそうな女をひっかけてアパートに引きずり込んだ。新宿には女中やダンサー、ヒモ、ヤクザ、芸人、妓夫太郎《ぎゆうたろう》などがうごめいていて、新宿遊廓界隈は、ほどなく田村の深夜の巣になってしまった。

田村は女との愛に破れ、傷つき、昭和九年七月、十返肇《とがえり》を介して吉行エイスケを訪ね、紹介状をもらって上海に逃れた。田村は上海の恥部をくまなく歩き、日本人がどれほど中国人に憎まれているかを体験し、それでもなお「なあにどんなに憎み合っても人間だ」という信念で、殺すことも殺されることもなく魔窟《まくつ》に遊んだ。アヘンに満ち、長い間、風呂にも入った形跡もない、ニンニクの匂いの強い黄色い肌の中国の女を知り、ポルトガル人と称する日系ロシアの大女とも夜をともにした。言葉は通じなくても、肉体を通して、ある種の意思の交換ができることを知った。

昭和十一年三月、武田麟太郎が創刊した「人民文庫」に参加。同人に高見順、執筆グループに田宮虎彦や立野信之、円地文子らがいた。田村は同誌に『大学』を連載。同年十二月、徳田秋声研究会を開こうとしたが、無届けとの理由で、上野壮夫、立野、高見らとともに検挙された。同十三年、「人民文庫」が警察の弾圧でつぶされ、またも女との愛につまずき、心の整理のために、大学時代の友人の画家と玄海灘を渡って、釜山から大連に向かう。

田村は、相手を征服し傷つけているようで、結局は自分がまいってしまっているという女との無為の生活から自分を自由に解き放ってくれるものを、無意識に求め出していた。少ないお金を懐に、荒れ果てた戦火の大陸を見、そこで真剣に生命を投げ出して生きている日本人を見た。しかし、帰国しても田村の平常は変わることなく、転向後流行作家になった片岡鉄兵に、立野信之や新田潤らと銀座でおごってもらった夜、同席した女を誘ってアパートに連れ込み、次の朝、近くに住む立野にばったり会って、立野を唖《あ》然とさせた。

＊戦争に行き、弾に当たって死ぬんだ

昭和十五年五月、召集令状が来て、母は田村の髪を神棚に供えた。三重県の三十三連隊で三カ月鍛えられて娑婆《しゃば》に出た時、田村には日本人のために生命を捨てる覚悟ができていた。生きることへの情熱を失いかけていた田村は、精神的な支柱を見つけ、体力もめっきりつき、近づく者をハッとさせる精気を発散した。

丹羽文雄は、そんな田村に辟易《へきえき》し、十返肇に、「田村は何を一人で気負ってやがるんだ」と嘆いた。「戦争に行き、弾に当たって死ぬんだ」と言う田村の前には、女性が押し寄せ、「死んではいや」と言って体を投げ出した。

田村は、女心の不思議さに驚きながら、同居中の母をうまくだまして、女たちがかち合わぬように気を配った。昭和十五年十一月、再召集がかかり軍隊生活が始まろうとしていた。実は、その前年、田村は『大学』『小女』の二冊を刊行し、脂が乗っていた矢先だけに、「三田文學」（七月号）に、「ようやく人間に返り始めた田村の文学が、一時中断されるのは惜しいことである」と書かれた。

あわただしく開かれた壮行会には、丹羽文雄をはじめ、広津和郎、片岡鉄兵、尾崎一雄、石川達三、高見順、窪川鶴次郎、佐多稲子ら六十二名が出席し、伊藤整は席上「田村君はもう結婚をするか、戦争に行くかしなければ、自分自身をどう処置していいか分からないところへきている。このとき召集令状がきたのは、同君のために願ってもないことかもしれない」と真情を吐露《とろ》した。

戦争は田村の個人的なかかわり合いをバッサリ絶ち切って、華北の山西省遼県にその体を運んだ。田村の出征を追いかけるようにして、昭和十六年、『銃について』（高山書院）が発刊された。同書の序で、石川達三と丹羽文雄がそれぞれ、「この一巻は、田村泰次郎の遺書なのだ」「今までになかった何かほとばしるような、血走った積極的なものが、気品高く静かに包まれている」と述べた。

本人も自序のなかで、「おそらく、この本の出るころは、私は激しい世界に突き進んでいるに違いない。私は先の応召で、秩序ある集団生活によって新たな自分を見出《みいだ》したような気がしている」と言い切った。

＊七年にわたる戦場生活

つい今まで元気だった者が一発の弾丸で死に絶え、住民の偵察に出かけた者が惨殺される、それが戦場だった。田村は古参の兵曹として隊長から信用され、部下からも信頼されながら、しぶとく生き抜いた。

日本人が犯した数々の残虐な場面にも立ち会ったし、何千という男に貫かれて麻痺した女のそれにも身を託した。新宿や銀座時代の放蕩《ほうとう》とは次元が違い、戦場で死にもの狂いで女を求める姿には心を打たれるものがあった。祖国を奪われ、日本軍に犯される女にも一瞬に燃える激しい生命があった。

田村は、昭和十七年の夏、海抜三千メートルに近い巍峨《ぎが》とした太行山脈を、敵の攻撃を受けながら軍の大作戦で転戦しているうちに、八路軍の女・張玉芝《チャンユイツ》と出会う。河北省清豊県出身、年齢二十三歳、百二十九師三百八十五旅衛生部勤務看護婦と自称したが、明らかに共産党の知的な女性に田村は直観的な愛を見出す。工作班として彼女を仲間入りさせ、接触を続けるうちに、彼女が心に強く持っている、戦争を憎み日本人を憎む態度のなかに愛しさを見つけ、彼女も敏感に田村の微妙な気持ちをさとって、二人は結ばれてしまう。

共産党理論で武装した女性が、体を許した男の命令に従っていく肉体の悲しさを、田村は垣間見た。夜、われを忘れて抱きつき、すすり泣く彼女に田村は喜び戸惑うが、この密会も兵団の移動で永遠の別れとなった。

敗戦後、田村は北京郊外の豊台収容所に収容され、昭和二十一年二月、命からがら懐かしい故郷へ帰り着くまで、激しく燃えた張玉芝との愛を忘れることができなかった。

田村は七年間にわたる地獄のような戦場生活で、原稿を書くという、まどろっこしい作業をすっかり忘れてしまっていた。それに、ものすごい失語症にかかっていて、書きたいこと、言っておきたいことが、頭の中で混乱して、適当な文章が出て来なかった。

焦りのなかで、田村は、戦後の第一作に抗日意識をむき出して刃向かい、自分に体を許した中国共産党の女兵《ニュイピン》との愛と苦悩を取り上げた。

「君をはじめて私が見たのは、太行山脈のなかの、漳河に沿うた或る部落の、夏の或る日の赤い夕映えのなかだった」という簡素な文章で始まる小説『肉体の悪魔』は、復員の途中で何度も反芻《はんすう》していて、生きる作業から急に書く作業に環境が変わってしまった田村には、いちばん扱いやすい材料であった。

田村はこの作品の冒頭に、はっきり〝張玉芝に贈る〟と記した。横光利一は、「この作品を夏目漱石賞に推す」と言い、後年に青野季吉は「『肉体の門』よりいい」と褒めた。

＊代表作『肉体の門』

帰国した田村を、故郷はやさしく迎えた。兄が田村のために就職先を用意し、母は結婚して永住してくれと頼んだが、田村は肉親の恩をふりきって焦土と化した東京へ出た。

街には、中国大陸で見た地獄があった。生きるために闇商売をやり、春を売る人びとがうごめいていた。戦前の友人の井上友一郎、北原武夫、十返肇などもいて、知的な女性が生きていた。田村は、女性との無為な関係と訣別するために戦場へ赴き、戦場では張玉芝や多くの女を知り、復員して、またもや荒れ果てた精神の飢えを女性に求め始めていたのだった。

十返肇の友人、風間千鶴子の紹介でスラックス姿の中肉中背の牝鹿のような足をしたジャーナリストを知る。田村と十返は彼女を狙ったが、十返が風間と結ばれたため女王の彼女は傷つき、田村はこの誇り高い女性をわがものにすることができた。同情されることが大嫌いという彼女は、すぐに田村のもとを去ったが、彼女が夜の女たちに示した姐御《あねご》ぶりは、田村の胸に残り、これが代表作といわれる『肉体の門』の創作ヒントになった。

戦後の東京の夜の女たちの生態を鮮やかに描いたこの小説は、昭和二十二年「群像」(三月号)に発表され、五月、風雪社から出版された。これが話題になり劇化されると、大きな反響を呼んだ。

十九歳の、〝関東小政〟と刺青を彫った小

政のせんが、町子やボルネオマヤをリンチにする場面が、田舎芝居やストリップショーで取り上げられ、退廃した風俗の代表として全国に広がり、田村もまた否応なく「肉体作家」というレッテルを貼られてしまった。

七年間戦場で生きて来た田村は、「人間のどんな考えも肉体を基盤にしなければ頼りにならない」という意見を、しばしば口にした。荒れ果てた世情を無視し、あまりにきれいごとを書く知識人や作家に嫌悪を抱き、「肉体文学はもう終わったと言われるが、私はいよいよ肉体をやろうと思う。善意でヒューマニスティックな作品より、私は悪意の文学をやろうと考えている」と、身構えた。

＊「拳銃を失わせた女」での告白

編集者の求めに応じて、たしかに興味本位のサービス作品も書いたが、田村の真骨頂は、昭和三十九年一月から「中央公論」に十二回連載した『女拓』である。自分の青春時代にかかわり合った女の生きものとしての記録であるが、そこには生きることの悲しさがにじみ出ていて、肉体というものの不可思議さが淡々と描かれている。そして最後の項の「拳銃を失わせた女」には、順調に進級し古参兵曹として戦い、今日まで何くわぬ顔をして生きてきた自分が、実は昭和十七年の春に生命より大切な拳銃を失った経験の持ち主であった、という告白がなされている。

さらに、「なお、この物語の初めにこそ、この作品を持って来るべきであったが、世間の人々からの不信と蔑視の眼を恐れたがゆえに最後にした」とも述べている。もし、仮にこの一連の作品が先に発表され、『肉体の悪魔』や『肉体の門』があとになっていたなら、作者が人間として、どれほど深いところで悩んでいたか、そこからはい上がるのにどれほどの努力を要したかも理解でき、文学的評価も変わっていただろう。

田村泰次郎は、この作品を書き上げると、役目を果たしたかのように、脳血栓で倒れ、半身不随となった。昭和四十二年七月のことだった。そして、その十六年後の同五十八年十一月二日、心筋梗塞のため世を去った。享年七十一。

その死は、朝日新聞の社会面の左端に小さく、〝『肉体の門』戦後無頼派、田村泰次郎が死去〟と報じられた。同期に活躍した坂口安吾や織田作之助に比べ、いかにも寂しい扱いであったが、戦後の一時期、誤解され続けた本人にとっては、むしろ本望といったところであろう。

武田泰淳《たけだたいじゅん》

1912〜1976

生物の死臭というのは、もともと耐えがたいものであろうが、なかでも人間の死臭ほど耐えがたいものはない。たとえば、蛙より蛇、鼠より猫のほうが死臭が強烈なのは、生物の餌としての連鎖の関係としてとらえれば直観的に理解できるような気もする。

学問としては不明だが、生きてゆくためにより多くのものを呑み込んでいる生物は、死によって酸化してゆく過程で、己の生のために殺したもろもろの犠牲者に呪われるがごとく、耐えがたい臭いを発散させるのだろう。

したがって、その死臭をかげば、その生きものが生あるうちにどれだけの種類の他者を食ってきたか判断できるのかもしれない。また、その死体は白骨化までの長い時間、まわりに死臭を漂わせながら見られるという裁きを受けているのかもしれず、あるいは、生あるものに肉そのものが持つおぞましさを暗示しているのかもしれない。

生物の死臭のなかでも人間の死臭が最も耐えがたいのは、巨大な鯨をはじめ、あらゆる生きものを生存の閾《いき》をこえ享楽のために胃の腑《ふ》に落としこんでいるゆえであろう。今日でこそ、文明国においては同朋の人肉を食べる者はいないようであるが、殺すという目的が純粋には餌にすることであれば、今や、われわれはボタン一つで何億という生物を一瞬にして抹殺することができる。罪の意識もなく……。

*作家の臭気

死臭というものが、本当に犠牲者の種類、あるいは数に比例して強烈になっているのだとすれば、われわれの死体が放つ死臭に犬や猫たちは、しっぽをふるのを忘れ逃げ出してしまうだろう。犬や猫にとって人間は飼い主であり、餌を与えてくれる神でさえある。

だから飼い主の人間が死に、その死臭をかいだ犬(犬は人間の何千、何万倍もの嗅覚を持っている)は、そのいやな臭いにあきれ、神さまというのは臭い奴なんだぁと、おぞけ出すだろう。この世は、常に支配者と被支配者に分かれ、支配する者の死臭ほど強い、というのも神の決めた掟かもしれない。

敗戦後、あざやかに飛び出して来た椎名麟三、梅崎春生、野間宏、中村真一郎、そして武田泰淳たちは、それぞれの臭気をそれぞれの手法で表現した。もともと、相手を認めることを潔しとしないのが人間の特徴であるが、なかでも作家ほど、己の存在に誇りをかかげる生きものはいない。

混乱の時代に、彼らがいかに文学者として闘ったかは、『小説の表現について』（序曲一号・昭和二十三年十一月）の座談会で、前記の作家に埴谷雄高《はにやゆたか》、三島由紀夫、寺田透を加えた八人の戦士が複雑怪奇な元素のからみ合いを演じたことでも分かろう。

「リアリズムの現在形と過去形」や「革命的ロマンチズムと永久革命の問題」などについて主張や放言を交わし合ったが、お互いの実績が実っておらず、やみくもに叫び罵り《ののし》、沈黙するという司会者泣かせの座談会になった。

武田泰淳はのちに、「相手の存在をこの地球上に許しておいては、自分自身が生きながら消滅しなければならぬような物理的方角で向かい合っていた」と述べている。

いやな臭気を放ち、相手をゼロと決めつけ合う作家たちが、それでも、お互いに共有し合わねばならなかったのは、「戦争に負けなかったら、お前たちは作家として認められなかったのだぞ」との、犠牲者となって死んでいった人びとからの叱責であった。その声は死んだ人びとからだけでなく、戦争協力者として厳しく烙印《らくいん》を押された先輩作家たちからも音もなく発せられた。

*アカい坊さんといわれて……

小説家の女好きには定評があるが、浄土宗の坊さんの子であった武田は、聖職者という意識にしばられ、世のなかのこと、とくに女性とのかかわり合いを意識的に避けていた。つまり自分に禁欲を強いてしまったのである。

その理由は何であったかといえば、頭を坊主にし、黒い衣を着て、白い足袋をはき、お経をあげ、お布施をもらって生きていくことの恥ずかしさにあったようだ。友だちはみな社会に出て国家・社会・家庭のために尽くしているのに、自分は何もせずに他人の死を待ちながら食わせてもらっている。

学生時代には、大きな土地つきの寺に住み、貧乏な人びとから借地のお金をもらうという現実に身を縮め、尊敬してやまない父が坊主のくせに、きれいな妻と楽しい夫婦生活を営んでいる、という現状に顔を赤らめざるを得なかった。とくに辛かったのは、武田自身が禁欲を保たなければならない坊主の子として、この世に生まれ、自分もまた坊主として生きていかねばならない、ということであった。

武田は高校、大学（東京帝大支那文学科中退）の時、人なみに学生運動や政治運動にかかわるのであるが、その秘密につきまとう興奮が面白いといった程度のもので、積極的なものにはなり得なかった。ビラまきをやってつかまった時、担当の刑事が武田の顔を見て、「おまえはダメだ、顔を見れば分かる」と言ったし、部屋を調べに来た刑事は、「こんないい家に住み、いいお父さんを持って、何でアカ（共産主義）に興味を持つのだ」と首をかしげた。

武田は、この時、刑事のほうが貧乏で生活に苦労していることを見抜き、自分の存在が恥ずかしかったという。牢獄の中でも、アカい坊さんとしていろんな職業の人びととかかわり、からかわれたが、やはりそこで発見したのは、恥ずかしさに身を縮める自分であった。

『異形の者』（昭和二十五年四月、展望）で描いた坊さんの生活は、常に他から見られているとの意識を高めたし、恥ずかしさに身を縮め、常にうつむいて歩くという習性を生んだ。

*死体死臭のなかで

かといって、武田がおとなしい恥ずかしがり屋であったかというと、そんなことはない。

昭和九年、竹内好《よしみ》らと「中国文学研究会」をつくり、「中国文学月報」に『中国民間文学研究の現状』や『鐘敬文』などを発表した。そこに集まった同人たちは世界の厳しさを十分に身につけていたが、世間知らずの武田は他人を受け入れる能力がなく、自分の観念の世間にかたくなにしがみついていた。同人の批評会で、手ひどくやっつけられた時には、電車に乗ってボロボロと膝の上に涙を落とし、くやしがった。

武田が生きものとしての種々雑多な他人の存在を認める度量ができたのは、やはり、異常集団ともいえる軍隊生活を経験してからであろう。

しかも運命とは不可思議なもので、観念的

にのめり込んでしまった、あこがれの中国大陸に、昭和十二年の日中戦争勃発に伴い輜《し》重《ちょう》兵として出征した。中国大陸の人びとと、戦争という形で接触するなどとは考えたこともない武田であった。しかも、上陸して最初に出会った中国人は、死骸になった人で、死臭がすごかった。武田は上海戦、南京戦、徐州戦、漢口戦と、死臭のなかで食事をとったり、死体とともに眠った。

罰を受けさえしなければ、どんな大罪でも犯す、戦争という異常な環境に放り込まれてしまうと、人間の世間知の量など問題ではなくなる。これまで、世の中を知らず、それゆえにまた他人を受け入れることが生理的にできなかった武田も、前歴を問わない軍隊生活で、メキメキと生命力をたくましくしていった。

武田は、勇敢な戦友でも死を前にして行軍する時には何か弱い面を持っているということを知って、「何だかホッとし、他人という嫌な人間に底知れぬ優しさを感じることができた」と述懐している。死人、死臭の横行するなかで、坊主という職業を、それまでのような見られっぱなしの厄介者としてではなく、死者と積極的にかかわるものとして重要視するようになった。

二年の転戦の間、生死の谷間で武田はパール・バックの『大地』、ランボーの『地獄の季節』、ウルヴァルの『夢と人生』、ジイドの『法王庁の抜穴』、ルナールの『日記』などを読んでいる。そして、美しき日本に帰ってきた時には、仲間の竹内たちがびっくりするほど人間の幅が大きくなっていた。

「司馬遷は生き恥さらした男である……」という書き出しで始まる『司馬遷』（昭和十八年、日本評論社）は、中国に惚れた男が、中国を侵略する日本人の一人として戦わねばならなかった男のくやしさ、恥ずかしさがなかったら生まれなかったであろう。

武田は、坊主としての禁欲の上に築き上げた妄想、つまり縛られた女を犯すとか、女のものに刀や銃剣を突っ込み、一人の女を衆人環視のなかで輪姦するというようなことを、肉というものの持つ〝必然的な呪わしさ〟として中国大陸で現実に見てしまった。

その作品にまとわりついているエロッぽい不気味さは、この妄想に上回った現実の体験を、恥ずかしさのためにもう一度妄想にさしもどすという、ややこしい心理状態から、かもし出されたものだともいえる。

＊中国での体験を生かす

武田は、『司馬遷』で「批評」の同人に入れてもらい、河上徹太郎や山本健吉から初めて、文士としての扱いを受けた。昭和十九年、ふたたび上海に行き、征服者・大日本帝国の一員として中日文化協会に籍を置き、石上玄一郎や堀田善衛などを知る。
昭和二十年八月敗戦――ここで、武田は支配者が一転して敗北者に変わるという大きな体験をした。権威と誇りを持っていたかに見えた日本の高官たちは驚きあわて、生きのびて日本に帰ることに必死になった。極限の状態になると、人間本来の汚れた性格が現れることを戦争で熟知していた武田は、敗戦のどさくさのなかで同朋を裏切ろうとする日本人、それを冷たく見守る中国人、中国人同士のひそやかな争いなどをじっくりと頭脳に刻み込んだのだった。

昭和二十一年四月に帰国し、一息つくと、すぐに戦後派作家のどんじりのような形で、中国での敗戦の体験をもとに、『審判』（同二十二年四月・批評）、『蝮《まむし》のすえ』（同年八月～十月・進路）などを発表。平野謙に「椎名らの花やかな登場ほど人目を引かないながら、質実な仕事を続けているひとりの新作家」（同二十三年）として世に紹介された。なにしろ、世捨て人的な傍観の名人がとてつもない大きな体験の渦のなかから帰国して来たのであるから、書き出すとドラマのほうが筆より先走ってしまうような難点もあったが、その登場人物は、他の作家にない生々しい迫力を持っていた。

『審判』では、ただ銃の引き金を引くだけで人間を殺せるという誘惑に負け、老夫婦を遊びのように射殺した青年の罪の意識をえぐり出している。初め青年は戦争裁判で殺されてゆく日本人を見ても、自分の罪は自分さえ言わなければ分かりっこないと平然としていたが、やがて自分の態度に疑問を抱いてしまう。つまり、このまま日本に帰ったら、日常生活のリズムに麻痺し自分が行った犯罪を忘れてしまうだろうと自覚し、自分は罪を犯した場所で、中国人を見ながら罪の意識を持ち続けようと決心する。これを恋人の父に打ち明けると、君のような日本人が三人もいた、と聞かされ、青年は仲間がいたことを思わず喜ぶ……。

『蝮のすえ』には、ふとしたきっかけで女性に惚れ、病気の夫の世話までする青年が、その主人から臨終の時に「自分が死んで、あなたが平気で生きていることは何という妙なことだろう」と、とりつくしまのない意地悪さと徹底した敵意でつき離される場面が描かれている。文学の本質は、人間の存在の追究であろうが、いかにして生きるかという方向づけでもある。戦後、倫理観が崩壊してしまった時、武田は主人公を通して、中国の地で罪の意識を持ち続け、あるいは、命がけになれない男と卑下しながらも、女性と病人のために強敵と戦う姿を読者に示したのである。

＊深い洞察力

人間が肉のなかに介在させている自己中心の嫌らしい意識を、武田は自分の恥部として子どものころから抱き続けていた。誰にも善悪の二面性が備わっている。ジキルとハイドの関係は、肉体と感情を共有した人間であれば絶ち切りようがないのである。

『愛のかたち』（昭和二十三年、八雲書店）は、主人公の光雄と町子との恋愛を中心に、町子の夫、町子の上海での恋人との複雑な関係を追う恋愛分析の小説である。

厄介なことに、三人の男に迫られている町子という女性は、男とのセックスが精神的に不能ときている。その女に魅入られ、三人の男が三者三様の迫り方をしてゆくのだが、その過程で、光雄である「私」は酔うと人間が変わることを知っていてカストリを飲み続け、「私」が利口な野獣としての「私」に転化する瞬間を楽しむ。ついに、利口な野獣と化した「私」は横丁にしゃがみ込み、他人の見ているところで脱糞してしまう。仰天した店員たちが騒ぎ出すと、平然と、わが落とし子であるウンチ（作者は恥ずかしげにQと表現している）を両手ですくい上げ、かなりの熱度のあるQ（筆者も作者にならう）を大きなゴミ箱にビシャッと投げ込む。そのあと、いろいろとゴタゴタが起こるのだが、利口な野獣は平気な顔で、訪ねて来た町子の肩をQの臭いの消えない手で抱きながら暗いほうへ誘い、彼女にギュウギュウ接吻する。そして一夜明けると、また何事をするにも、もの憂い、すべてに用心深い、いつもの「私」に戻っているのであった……。

泉水や小高い山のある寺に、武田の仕事部屋を訪ねた埴谷雄高は、机のはしに必ず焼酎の一升瓶が置かれているのを見て、「武田という人間の正体を垣間見た」と言っている。埴谷によれば、武田は一時間のうち五十九分五十九秒くらいの間、相手に対して目を伏せている、いわく〝伏目族〟の一人であるという。これは、若いころからの異形の者として庶民から見られ続けてきた者の習性であろう。しかし、その許された一瞬に見る洞察力の深さは、戦後作家のなかでも抜群だ、と埴谷は言う。

人間が己の肉とともに抱え込んでいる暗い部分を、一瞬にして見てしまう才能は、悲劇でさえある。その上、見てはいけない闇の部分を白い原稿用紙に書かねばならない小説家という稼業は、武田の生きている存在をますます醜悪なものにさせ、世間を騒がせる恥ずかしい犯人の思いを抱かせてしまう。

かといって、人間の尽きせぬ陋劣《ろうれつ》さや卑小さに目をつむることができるかというと、人間好きの武田にはそれができない。とくに、自分という不完全な人間とかかわり合うことによって、人間の暗い部分を噴出させる人びととの記録を残すというのは、生殖器をとられて、恥をしのびながら歴史を書き続けた司馬遷には劣るかもしれないが、勇気のいる所業には違いない。その恥をふきとばすために、焼酎がなくてはならないのだ、と埴谷は推測した。武田の命を縮めたのは、実にこのアルコールだったのだ。

＊未完となった『快楽』

昭和三十年には、北大法文学部助教授時代の経験を生かし、長編の『森と湖のまつり』（同年八月〜三十三年五月・世界）に取りかかり、引き続いて『貴族への階段』（同三十四年一月〜五月・中央公論）、『快楽《けらく》』（同三十五年一月〜三十九年十二月・新潮）、『花と花輪』（同三十五年十二月〜三十六年六月・朝日）、そして最後の長編『富士』（同四十四年十月〜四十六年六月・海）を富士山麓の別荘で書き上げた。

なかでも『快楽』は、一種の自伝的小説で武田の恥を主とした心の成り立ちがうかがわれ、自身も「脳血栓が回復次第、改めて稿を続けたい」と、もらしていた作品だが、昭和五十一年十月五日の突然の死で完成しなかった（享年六十四）。

武田は最後の作品『富士』で、明治の文豪・森鷗外が臨終の床で「何だ、こんなことだったのか」と興ざめしたようにつぶやいた、との話を引用し、作中に登場する精神病の大木戸には「人間なんてつまらないものだなあ」と言わせた武田だが、死の一瞬、どのような悟りを得たのであろうか。

今となっては武田泰淳の、ひげづらの顔に眼鏡の奥のキラリと光る優しい瞳が懐かしい。

船山《ふなやま》 馨《かおる》

1914～1981

人間の運命は人間の手中にある。それは神の手中にも国家体制のなかにもない。人類は、おびただしい血を流して、その真実を知った。いかなる厳しい宗教の戒律があろうと、国家の苛酷な弾圧があろうと、人間の心を打ちのめしてしまうことはできない。人間は苦難に遭えば遭うほど強い意志を育ててゆくし、地獄の中でもほのかな明りを見つけることを忘れない。

日本人は大東亜戦争で地獄を見た。昭和二十年三月十日、深夜の大空襲で東京の下町が壊滅した朝、船山馨は、文学の友人・椎名麟三とともに杉並・堀ノ内から本所・江戸橋まで、地獄の道のりを歩き続けた。椎名の義母と妹が住んでいた家は三和土《たたき》がわずかに残っているだけで生死も分からなかった。

あたり一面に死の臭いが満ちており、学校の雨天体育館には死人や負傷者がすし詰めになり、気のふれた人が甲高い叫び声を上げていた。船山と椎名は暗い夜の街を引き返しながら、いまだ網膜から消えやらぬ地獄絵図を互いの胸の中で反芻《はんすう》した。自分たちも一瞬後には機銃掃射か焼夷弾で殺されるか分からないのだ。

二人は渇ききった唇をなめながら、生命のあるうちに一枚でも二枚でも人間そのものの存在について、本当の思いを書こうと誓い合った。かくして、この二人は第一次戦後派作家として、実存主義の旗を掲げて、華々しくデビューすることになる……。

＊暗い時代の文学活動

船山馨は、大正三年札幌に生まれ、札幌二中から明大商科に入ったが、生活苦のため二年で中退。昭和十二年、北海タイムス（のちの北海道新聞）に入社、同十四年に社会部学芸記者から東京に転勤したが、文学の念を捨てがたく、北海道出身の寒川光太郎が主宰する「創作」に入会した。寒川が同誌創刊号の『密猟者』で芥川賞を受賞し、忙しくなったため、船山は早くも発表の機会を得た。

昭和十五年、「創作」三月号に『私の絵本』、引き続いて『稚情歌』『北国物語』と発表した。二十六歳の若さで、しかも生活苦にあえぎながら、これだけ、みずみずしい技巧に富んだ作品を書いたところをみると、船山がどれほど才能に恵まれていたかが推測できる。この三つの作品に流れている清冽《せいれつ》さは、終戦直後の活躍、そしてヒロポンによる失意のあと、同四十二年に発表した『石狩平野』で奇跡の復活を遂げるまで、船山の心の底で隆々と生き続けていた。

『私の絵本』の評判はすこぶる好評で、「文藝」(改造社)の第二回の同人誌推薦作の候補になった。第一回当選作は織田作之助の『夫婦《めおと》善哉《ぜんざい》』だったので、船山の喜びは大きかった。選考委員の座談会で武田麟太郎がえらく褒めてくれているのを読んで、「小説を書いていこうと心に決めていた時だったから、眠れないほどうれしかった」と言っている。文学仲間の野口富士男は、このことを「同人誌から発表する場合、雌伏十年が常識に近かった戦前に、これは異例であった」と、船山の興奮を無理からぬことだと認めている。昭和十五年から十六年にかけ、世の中は戦争になだれのように傾いている時であった。青年は敵兵を皆殺しにするために銃剣を取れ、と叫ばれた時代に、小説を書いて生きてゆこうと決心した青年がいたというのは驚きに値する。

野口、青山光二、船山らは、「青年芸術派」なる文学集団を作り、言論統一や思想弾圧に小さな抵抗を試みた。そのようななかで書かれた船山の初期作品には、都会的なセンスがあふれており、個性の強い、それでいて、しぶとい人間のかぐわしさが漂っていた。野口は、そのことを「戦時下の暗い重圧に耐えて地上に開花した雪割草である」と評した。

＊大衆文学の担い手になった新聞

戦争の痛手から、たくましく立ち上がった庶民は、食うものも着るものもなかったが、明るい笑いを忘れなかった。人間の生活は苦しければ苦しいだけ、悲しければ悲しいだけ、そこに生まれる喜びは深く大きい。人間の存在は、すでにそのことだけで意味があるのだ。

戦後の庶民は、生きてゆく糧《かて》を文学に求めた。大衆文学の担い手は新聞であった。例えば昭和二十二年には、石坂洋次郎の『青い山脈』（朝日）、坂口安吾の『花妖』（東京）、石川達三の『望みなきに非ず』（読売）、丹羽文雄の『人間模様』（毎日）などが新聞に連載され、大衆は飛びついた。

船山は、椎名と約束した日から人間そのものの意味を問う作品を書きためていたので、早くも昭和二十一年には『半獣身』を「朝日論評」（朝日新聞）に載せ始めた。また、ほかの雑誌からも相次いで注文があり、船山はヒロポンを打ちながら、次々に作品を発表した。日の出の勢いの船山の筆が急に重くなったのは、朝日新聞の連載『人間復活』を書き出してからであった。船山の不幸が、ヒロポンの常用にあったのか、朝日での執筆にあったのかは不明だが、あと一歩で自分の文学的地位を確立するというところで、船山はもろくも挫折してしまった。

当時、新聞拡張の目玉は新聞小説であった。人気作家を選び、その作品が当たれば、それが話題になって部数がどんどん伸びた。昭和二十三年六月、朝日の学芸部は『斜陽』で人気絶頂の太宰治をくどき落とし、新たな作品

『グッド・バイ』の原稿十三回分を入手、販売作戦の秘密兵器としていた。ところが、当の太宰が愛人の山崎富栄とともに玉川上水に身投げして、この世にグッド・バイしてしまったのだ。天下の朝日もこれには目をむいた。

新聞のセールスポイントだった小説は、長編が多かったし、構成がしっかりしていないと息が持たないので、記者も作者も慎重で、二、三年先まで予約ができていた。それだけに作家には精神的負担が大きくのしかかった。太宰の起用が本人の自殺でポシャった時、朝日の記者は、あわてて、次の予定作家の平林たい子の門を叩《たた》いた。何しろ、七月上旬には連載中の藤沢桓夫《たけお》の『私は見た』が完了することになっていた。自分を大切にすることを知っていた平林は、朝日の予定を繰り上げて書いてくれという要望をけった。弱った朝日は、その次の予定作家のところへ駆け込んだ。不幸なことに、その第二の男が、見栄っ張りで向こう気の強い船山だったのである。

＊『人間復活』での挫折

船山は、もちろん朝日の座が一日でも早くほしかった。しかし、今すぐ書き出してくれと言われても、依頼原稿は山ほどあって、すぐに書き出せる材料も、書く時間の余裕もなかった。じっと座り込んでいる朝日の記者を前に、船山は大きく悩んだ。『グッド・バイ』とタイトルをつけ、そのまま本当に、この世にグッド・バイをした太宰の心境を思いやり、『深夜の酒宴』などで不動の地位をかち得ている椎名麟三の面影を思い浮かべた。

結局、船山は内心にいっぱいの不安を抱えたまま、朝日の強引な要望を入れることにした。早速、船山は伊豆の温泉にヒロポンを携えて閉じ込もり、『人間復活』の執筆に取りかかった。人間の存在を問い詰めるという意味合いがうかがい知れるタイトルであったが、そこにはやはり太宰治と椎名に対する文学者としての挑戦が強く燃え上がっていた。

船山が他の作品を犠牲にして打ち込んだ『人間復活』は、作者の猛烈な意気込みに反して不成功に終わった。庶民のいやらしさと底力を認識し、そこにわが情念を投げ込むことを得意とした船山が、庶民の新聞読者に無視されるというのも皮肉なことであった。読者との歯車がかみ合わなくなった船山は、じりじりとあせった。「よし、大衆に人間というものの正体を見せてやろう」と決心した、初めの頭に火がついたような気持ちが急速になえていった。あせればあせるほど、追いかければ追いかけるほど、大衆という得体の知れない生きものは遠くへ逃げてゆくのだった。

そのころ、ヒロポンは薬局でも売っており、簡単に手に入った。文学少女で、作品を船山に酷評され、それを機に身ひとつで押しかけ女房になった春子夫人もヒロポンの愛用者であった。この二人が朝日の新聞小説の重みに耐え切れず、麻薬の世界に沈んでいったのも無理はない。船山は、戦争とはまた違った己自身の奥深い地獄をのぞいてしまったのだった。

朝日も『人間復活』には触れたくないのか、

船山の死去のおりの解説でも、大きくスペースをさきながらも、代表作の中に加えていない。本当かどうか分からないが、朝日の学芸部では、「船山には大きな借りがあるから、いつか必ずチャンスを作ってやれ」という申し送りがあったとも聞いた。船山も、また、ヒロポン地獄から抜け出して、二十余年ぶりに『蘆火野《あしびの》』でもって、朝日の読者にまみえた。

＊奇跡的なカムバック

周りの人びとの励ましと夫婦の必死の努力で、少しずつ体調を取り戻した船山は、昭和三十四年、内外タイムスほかに『夜の傾斜』(学芸通信・配信)を執筆。これは、梶山季之や城山三郎などの企業小説の先鞭をつけた。明大商科出身という持ち味を生かした、この作品は、当時としては目新しい企業情報小説であった。日本の高度成長時代とうまくマッチして映画にもなり、〝夜の芸者〟という流行語を生み出した。

しかし、船山の不遇は、まだ続いた。食うや食わずの生活の中で、船山はじっと耐えながら、自分ならでは書けないロマンを思索した。そして、努力の末にたどり着いたのが、昭和四十二年から北海タイムスに書き出した『石狩平野』であった。ためにためていた情念を一気に吐き出したようなこの作品は、単行本になると、飛ぶように売れ出し、たちまち、ベストセラーになった。

北海道を舞台に、明治、大正、昭和と、たくましく生きてゆくヒロインと、そのまわりを固めた実在の有名人との絶妙のバランスは歴史ものとして、また、大ロマンとして読者を魅了した。船山はヒロポンで、ずたずたに痛めつけた内臓をかばいながら、精力的に『お登勢』（毎日・日曜版）、『続・お登勢』（北海道新聞・日曜版）、『蘆火野』（朝日）と書き続けた。「船山健在なり」と喜んだのは、朝日だけではなかった。船山の叙情豊かな作品は、新聞各社で引っぱりだこになった。

船山は、他に幕末の剣士ものをも手がけ、『幕末剣士伝』（週刊小説）ほかを残した。少年時代から剣道で鍛え上げ、中学で二段をとった船山は、一メートル八十センチとがっしりと大きかった。そして、「そうとう使うんでしょう」と言われるたびに、まっ白な髪を大きな手でなで上げながら、「剣道などというより、江戸の町人のヤットウだよ」と、しきりに照れた。

文学上のライバル・椎名麟三を意識しすぎたところに船山の悲劇があったと言う人がいるが、必ずしもそうとは言い切れない。実際に船山の『半獣身』は椎名とは違った意味で人間の存在に迫った作品であった。ただ、船山にはジャーナリストの父から受け継いだとも見られるストーリー作りのうまさがあった。そのこともあって、どちらかというと長編の小説に持ち味が出たといってもいい。戦後の短編の登場人物が、ほとんど、そのまま、カムバックしたあとの長編に微妙な形で生かされているのを見ても、短編より、むしろ長編で、しかも、歴史的な素材を利用したもののほうが得手《えて》であったといえよう。

＊余命宣告後に書き始めた『茜いろの坂』

読者の胸に迫った船山文学の特徴は、武士や官吏の強い圧力の下で、あるいは、人生の難題のなかで、少しもひねくれずに、満々たる闘志で生き続けるヒロインの姿にあった。

それが『石狩平野』の鶴代であり、『お登勢』の主人公であり、『蘆火野』のおゆきであった。そこには、踏まれても踏まれても、しぶとく生き続ける庶民の強さが横たわっており、北海道という荒地を黙々と切り拓いてゆく原動力がみなぎっていた。

同じ庶民の描き方でも、実存文学の旗手といわれた椎名麟三が、終戦の驚きで、どうしていいか分からない子どもに薪を割らせるおふみの描き方とは、明らかに異なったものがあった。椎名の描く女性には、奥深いところで知がのぞき、船山の女性像には感傷に近い理屈抜きの涙がのぞいた。これは、生まれつき持っている感受性と育った環境の違いだろう。船山には、もう一つの女性像がある。これは、『北国物語』の白系露人ナターシャ、『黄昏人間』の売春婦あき子など、常識的な目で見ると汚れきっていながら、心はどこまでも清く、極悪人をも包み込んでしまう聖女のイメージであった。

体が汚れていながら、心のきれいな聖女が完全な姿で登場するのが、最後の作品『茜《あかね》いろの坂』（昭和五十四年十月、北海道新聞ほか）であった。神はどこにいるのか、というのは船山文学の隠れた柱であり、多くの作品の中で神の存在に触れている。実は、この『茜いろの坂』は、船山が主治医から「あと半年の命です」と宣告されてから書き始めたものである。

だから、途中で死んでしまったら読者に済まぬと思い、スタートの時には、すでに百二十回分を書き進めていた。船山は、糖尿病の悪化、脳内出血、眼底出血などで入退院を繰り返しながら遺書のつもりで執筆した。手が動かなかった。目が見えなかった。ペンでは見えないので和紙の原稿用紙を作り、毛筆で書いた。

船山のこの執念がどこにあったかといえば、弱い自分を助けてくれた友人、知人、それから未知の読者への感謝であった。人間は職業を超え、性別を超えて、やさしい面といやらしい面を共有している。自分もその一人であるが、自分ほどわがまま勝手でいやしい男はいなかった……船山は、「自分とかかわり合いを持ってくれた人びとへの別れのあいさつを、この小説で述べたかった」と言う。そして、自分の死を前にして何としても残したい作品が、陰気くさく地味な小説であることを、読者にわびながら書いた。

人間は生きたようにしか死ねない、といわれるが、どんな極悪人でもほのかな明りを見て安らかに死にたいと願うはず。『茜いろの坂』の主人公・修介もその一人で、彼は自分の死が近いことを知り、〝ほの明り〟を節子に求める。

節子は、お金で男に買われる女だが、何ものをも清浄にしていく不思議な力を持っている。修介は節子との接触を通して自分にも神が見えるかもしれないという希望が湧いて来る。死の恐怖から解放された修介は、いつの間にか、自分の死を忘れて、節子の幸せを祈っている自分を発見して驚く。己のことだけしか念頭になかった男が、死ぬ間際になって他人の幸せを願っているという現実は、探し求めていた茜色の光（神）が自分のなかにこそあったのだ、という示唆《しさ》でもあった。

　船山は、わがまま勝手な自分のために、女の一生を捧げてきた春子夫人のなかに〝ほの明り〟を見て、そのことへの感謝を、最後の作品に残したかったのだろう。

　しかし、船山馨は昭和五十六年八月五日、死出の旅路についた。そして、夫の看病に疲れ果てた夫人は、船山の死に遅れることわずか十四時間余で、生涯を閉じた。夫六十七歳、妻七十一歳だった。二人はきっと、手をつないで「茜いろの坂」を上りつめて行ったに違いない。

　主を失った書斎の机の上には、原稿用紙がきちんと重ねてあり、「冬の旅I　船山馨　雪虫（1）」と次の作品のタイトルが、きれいな毛筆で書かれていたという。

柴田錬三郎《しばたれんざぶろう》

1917〜1978

かつて、人類が宇宙や自然と友だちであったころ、人間は鳥のように空高く飛び、魚のように速く泳いでいたのではないだろうか。そして、その感覚は、人間の遺伝子や脳のなかに歴然と痕跡を残している。人間が持っている空や海に対する異常な郷愁は、いわば人間が鳥や魚であったころへの里心であろう。

時代が大きく移り、脳の発達と手足の仕事の区分がはっきりし出した人類は、生物の王たる資格を得てゆくわけであるが、その代わり、空を飛ぶことや海を深くもぐること、宇宙や自然と自由に話すことなどを禁じられた。人間が組織的な集団になってゆくにしたがい、めくるめく差別の世界が確立し、馬のように野を走り、鳥のように飛び、石や木と話をする自由人は、神通力を持つものとして集団から忌避《きひ》されるようになった。

中国の孔子も「怪、力、乱、神を語らず」と言い切っているが、為政者や指導者にとっては、神通力を持った人間は組織を乱すものとして、よほど邪魔な存在だったのであろう。

ところで、人間が自立し、他者とのかかわり合いを持つ時、どうしても他の生物を殺し、他の人を傷つけてゆかねばならない。その葛《かっ》藤《とう》が大きければ大きいほど、人間はかつてのよき時代に戻ろうとして、神通力を復活させようと努力する。人間が原子力潜水艦やスペースシャトルに異常な血道をあげるのも、その一つの表れである。

また、自然との対話を失った現代人の、言いようのない焦燥《しょうそう》・飢餓の感覚は、おのずと自分にない神通力の持ち主を強烈に求めることになる。それはヒトラーのように実在する人間であることもあるし、柴田錬三郎が生み出した〝眠《ねむり》狂四郎〟のように小説のヒーローであることもある。

＊直木賞受賞後のあせり

柴田は、郷里の岡山から上京、慶應義塾大学文学部支那文学科に学び、昭和十三年から「三田文學」に『十円紙幣』『挽《ばん》歌』『街の巣』『画面の女』などを精力的に投稿。しかし、文学の夢は太平洋戦争のために破られた。赤紙一枚で召集され、バシー海峡で撃沈され七時間ほど海上を漂流、この経験が作家となって大きく生きる。

帰国後、価値観のがらっと変わった社会で、日本読書新聞の復刊にかかわりながら『デスマスク』『イエスの裔《すえ》』を「三田文學」に発表。前者が佐藤春夫の激賞を受け、芥川賞の候補作になり、後者が久生十蘭《ひさおじゅうらん》の『鈴木主水《もんど》』とともに第二十六回下期の直木賞受賞作となった。ここまでは、非常に順調なスタートを切った柴田だった。

昭和二十六年といえば、椎名麟三や堀田善衛などの実存文学が華やかなりしころで、妙にひねくった柴田の作品は、ほとんど需要がなかった。直木賞作家といえば現代でこそ時代の寵児《ちょうじ》であるが、そのころはまだ文学に興味のある人の間で、ちょっと話題になる程度だった。柴田はそれでも直木賞作家の誇りを抱き、書き下ろしの作品を持って出版社や新聞小説の通信社をかけずり回ったが、おもわしい返事をもらえず、冷たく追い返された。

柴田は当時、雨後の竹の子のようにできたカストリ雑誌に一本いくらの安い稿料で執筆し、パチンコ屋で無為の日々を送ることが多かった。パトロン的な存在であった紀伊國屋書店の社長・田辺茂一の援護を受け、三田文學の後輩の遠藤周作（第三十三回芥川賞）や吉行淳之介（第三十一回芥川賞）たちの温かいまなざしに励まされながら、じりじりと文学者の世界から追い出されてしまうようなあせりを感じないではいられなかった。

昭和二十七年下期の直木賞が立野信之、芥川賞が五味康祐と松本清張で、文学的にも人間的にも一癖も二癖もある人ばかりで、柴田はそれこそうっかりしていられない状況であった。社会的にも、朝鮮戦争こそ停戦になっていたが、いつまた世界戦争かという危機感とあいまって、糸へん（繊維産業など）、金へん（鉄鋼産業など）の景気の変動、それを受けての同二十九年の不況など、世の中はめまぐるしい変化を遂げていた。

事実、立野は戦争もの、五味は秘剣もの、松本は社会推理もので、押しも押されもせぬ人気を勝ち得ていた。柴田は彼らの活躍を意識しながら、一人冷や汗を流した。ある日、書いた覚えのない作品を載せている出版社へ親しい友人と抗議に行った。ところが出版社では、もうその作家にはお金を支払っていると領収書を見せてくれた。そこには、柴田練三郎と署名がしてあった。

柴田はブスッとした表情で、「やはり今は金へんより糸へんのほうが景気がいいのか」と、うそぶいた。帰り道、「どうしようもないな、俺は……。井上友一郎は野球の選手で馬力があるし、松本は下駄をはくと、足の油がボテーッと浮かぶほどエネルギッシュなんだ。それに、松本は行李いっぱい原稿を持っているんだって」と、憮然としながら、友人に食いついた。柴田は有名になってから案内状やファンレターが数多く舞い込んだが、「柴田練三郎」の名になっているものは、全部本人不明で返送した。

人間の運命というものは、どのように変わるか分からない。中国の故事には〝棺のふたをしめた時に、初めてその人の価値が分かる〟という意味のものがあるが、柴田が生まれつき持っていた文学的素養と時代的な庶民の要求がぴったりあいまって、眠狂四郎なるヒーローが出現しようなどとは、仲間の誰一人、予測できなかった。

＊占い師が予知した五月蠢動説

昭和三十年、石原慎太郎が『太陽の季節』で芥川賞をとり、従来の文学のありようを一変した時、柴田は啞《あ》然とした。それは、「もう自分の時代ではない」というあきらめと、もう一つは、「この価値観の混沌《こんとん》とした時代こそ、俺の時代だ」という確信であった。柴田は重苦しい胸のなかで、なぜか、バシー海峡で長時間漂流していた時のことがふっと思い出され、確固とした強い父親像を見失った現代の大衆へ大きな贈り物ができるのは、自分しかいないと思うのであった。

昭和三十一年、柴田は機会あって雑誌の対談で、マスコミでの人気者だった易の大家・藤田小乙姫《ことめ》と会う。席上、話は余談に及び、柴田は自分の作品の主人公の名前を言い、これの性格を占ってもらった。ところが、藤田の口から出た主人公の性格と運命は、そのまま柴田の構想の通りであった。その霊感あらたかなことに驚いた柴田は、しばし躊躇《ちゅうちょ》のうち、今度は柴田錬三郎本人の将来を占ってくれるように頼んだ。

人間の運命というものを何回も小説のテーマにしてきた柴田が、自らの運命を一人の女性に占ってもらおうとした必死の気持ちがそこににじみ出ていた。どれほどの才能を持ち、どれほどの努力を重ねても一生無名のまま、世を去って行く人のほうが多いのが現実である。直木賞をとりながら、これといった大衆小説も書けず、編集者の求めに応じて、ただ食うだけのために、ヘイコラと安易に作品を書いている自分が情けなくもあり、苦しいほどにいとおしい柴田であった。

藤田は、ほほほっと笑ったあと、真剣な表情になり、「今年の五月、きっといいことがありますわ」と断言した。田辺茂一のまねで口をぎゅっとへの字にゆがめながら、さては大新聞の連載小説がいよいよ来るかと、柴田はそれでもうれしそうに笑ってみせた。

人類が太古の昔に、いろいろな生物を生き、馬や鳥や魚の特性を脳の奥深くにとどめているということについては冒頭に述べたが、人間は霊感や超能力についても、開発の仕方によってすばらしい素質を持っている。

藤田が霊感によって啓示した柴田の〝五月蠢動説《しゅんどう》〟は、まさにその証拠といえよう。五月を目標に、柴田がどのような努力をしたかは定かではないが、ここが、小説家として最後の賭けだと思ったとしてもおかしくはない。それとともに、柴田は一度、海で死にそこなった男として、マイホーム族や団地族などという〝小さな男〟に落ちて行った人たちに、いささかの夢の提供者となることを誓ったのだった。

それにしても、藤田が予知した柴田の〝五月蠢動説〟も鋭かったし、その機会にためていた力の全力を放出した柴田の瞬発力も異能としか言いようがない。

＊サディスト剣士登場

柴田が期待した昭和三十一年五月、どういう神のいたずらか、「週刊新潮」が創刊され、人気作家・五味康祐とともに時代小説の競作を依頼された。

出版社が週刊誌に目をつけた裏には、昭和二十九年の不況の中で、新聞社発行の「週刊朝日」「サンデー毎日」が百万部を突破するという現象があった。その前の同二十七年には原爆被害写真特集を「週刊読売」「週刊サンケイ」などが出し、八十五万部を即日で売りさばいた。同二十八年には「月刊平凡」がやはり百万部を突破。出版社や書店の倒産が相次ぐ一方で、大衆は精神的な不安の解消を、ある種のマスコミに求めるという風潮が強まった。

単行本の落ち込みで、にっちもさっちもいかなくなっていた出版社が、起死回生の策をサラリーマンを対象にした週刊誌の発刊に求め、そこに新しい形の時代娯楽小説の登場を用意したというのも当然であろう。

剣豪作家の五味はすでに自分の地位を得ていたが、柴田は大衆にはまだほとんど知られていなかった。しかし五味の『柳生武芸帳』と並んだ柴田の『眠狂四郎無頼控《ぶらいひかえ》』は、タイトルの上でも内容の面でも決してひけをとるものではなかった。もちろん五味の作品は、それまでの時代小説にない斬新さとすごい切れ味で読者を魅了した。だが、それ以上に直木賞をとって五年ほど呻吟《しんぎん》の時代を過ごした柴田が読者の前に紹介した、眠狂四郎なるもののサディスト剣士ぶりはさっそうとしていた。

柴田は執筆開始にあたり、わが国のフィクション界での大ヒーロー『大菩薩峠』(中里介山）の机竜之介《つくえりゅうのすけ》なる者の存在をじっくりと検討した。机とは言うまでもなく、人間とのかかわり合いが多い。そして、このことは、もう少し突き詰めてゆけば、江戸時代から人間が使用していた家具としての机から、産業社会の一員として働く人間になるための学校での机が思い出された。

『大菩薩峠』がもてはやされた時代は大逆事件、関東大震災と暗い事件が背景にあり、その上、庶民は産業という正体不明の近代化、人間から無残に労働の喜びを奪ってゆく国家体制について深い不安を抱いていた。その象徴的なものが、学校で一人ひとりに国から貸与された机であった。そこには、一人の人間が働いて生きてゆくという形より、厳然とした順位の社会があり、どのような人間も日本国家の機構から逃れられない仕組みが用意されていた。その状況の中で「死ね、死ね、死にたいやつは、勝手に死ぬがよい」と善人悪人を問わず剣のサビにしてゆくニヒル剣士・机竜之介は、庶民のヒーローとなったわけである。

＊眠りをとおして狂気の世界へ誘う

柴田は、机よりも人間の生活でかかわり合いの深い〝眠り〟を取り上げた。今や庶民は宇宙とも自然とも語り合うことを禁じられ、団地や建売り住宅に入って、三人、四人という核家族単位で、一見、平和な生活を営んでいる。子どもは学校で成績の順位をがっちりとつけられ、大人は社会で、これまた厳しい権威の序列をつけられている。

そのような人びとの不満や不安をやわらげるには、逆に社会の規則を無視し、ドライに生き抜く男こそ必要である。眠狂四郎は、ころびばてれん（キリスト教の背教者）の血を受けた男で、瀬戸内海で遭難し、流れ着いた孤島で剣を習い、円月殺法をあみ出した。江戸に戻った狂四郎は血のつながる美女と関係し、わが出生の秘密をさぐりながら、庶民をいじめる武士や悪徳商人を「死んでいただこう」とつぶやいて、胸のすくような殺し方で始末してゆく。

柴田が思案したのは、机より大衆にかかわり合いが深い眠りと、もう一つの悲運の綾である、すれ違いによるじらしであった。菊田一夫の『君の名は』は爆発的な人気を集めたが、これもやはり、執拗《しつよう》に続くすれ違いに読者がじらされ、地団太《じだんだ》を踏む趣向であった。柴田は眠狂四郎に、すれ違いの薄幸の美女・美保代を配して読者サービスに努めたのだが、これは、サディスト・ドライ剣士・狂四郎の個性の強さゆえに失敗した。

ともあれ、狂四郎が、飛ぶ力や泳ぐ力をもぎとられ、自然や宇宙との対話を禁じられた人間に、眠りをとおして、いわゆる狂気の世界を垣間見せてくれたというのは事実であろう。

狂四郎ものは、「眠狂四郎無頼控」以後、「続三十話」「独歩行」「殺法帖」「弧剣五十三次」「虚無日誌」「無情控」と連作し、最後の『眠狂四郎異端状』（週刊新潮・昭和四十九年十二月二十六日号）でひとくぎりをつけた。約十八年間にわたり、現役のヒーローであり続けた男は、大衆文学史上、おそらく、この眠狂四郎に尽きる。それはまた、それだけ現代人がかかえているストレスの大きさを示していたといえよう。

*女性ファンの攻勢

柴田の大衆作家としてのしぶとさは、昭和三十一年五月に眠狂四郎で躍り出すや、六月から東京新聞に連載した『剣は知っていた』で美剣士・眉殿喬之介を登場させていることにもうかがわれる。この苗字に含まれる〝眉〟も人間の持つ一つの象徴だが、この剣士は殺気を浴びると目を閉じて剣をふるい、その剣は必ず他者を斬っている、という達人であった。

口をへの字にぎゅっとしぼった柴田が、机竜之介と競わせるがごとく、盲目に近い存在を読者の前に実験的に差し出した男意気が深く読みとれる。藤田小乙姫の予感はすばらしく、眠狂四郎は、それこそあっという間に狂気のように大衆の胸に棲みついた。

昭和三十四年には『美男城』(主婦之友)、『孤剣は折れず』(東京新聞)、同三十五年には『異常の門』(週刊現代)、『赤い影法師』(週刊文春)と、週刊誌、新聞に次々と力作を連載した。『赤い影法師』は、五味の『柳生武芸帳』とともに忍者ブームを呼んだが、忍術に忍法という、剣法と同じ位を授けたのは〝シバレン〟こと柴田錬三郎であった。

一時期、週刊誌五本、新聞小説三本、月刊誌数本を同時連載した超人作家・シバレンは、どちらかというと作家でも、あまり形式にこだわらない一匹狼の今東光、梶山季之と『文壇野良犬会』（昭和四十八年六月）を作り、その幹事長になった。この三人は大の仲よしで、愛媛の奥道後に金閣寺が落成したおり、先輩である今和尚に松山一の芸者を水揚げさせようと計画し和尚も了解していたが、和尚の参院選出馬で、さすがの一匹狼たちも中止にしたという秘話が残っている。

また、柴田は今和尚とともに毒舌家として知られ、「口をへの字にして、ひとこともしゃべらず、記者を辟易《へきえき》させた」と言われたが、とっつきの悪さを通り越してしまうと優しく親切な男であった。今東光ががんで入院した時には、表の面会謝絶の札に敬意を表して、外側の窓から乗り込んで和尚を励ました。

一時、あれだけ書きこなす作家がどうして女性を主人公にしたものを書かないかと仲間にからかわれたが、書く気がしないと、ニガ虫をかみつぶしたように言った。夫人は「姉妹のない家庭で育ったから女性心理は分からないのでしょう」と言い、編集者は「先生は女性を男性より一段下に蔑視しているから書かないのでしょう」と迫った。柴田は自分の読者は九〇パーセントが世の中と女性に不満を持つ男性だと思い込んでいた。

その柴田のところへ「私は眠狂四郎を理想の夫として生涯独身で通すと思います」という投書が何通も舞い込むようになって、ダンディスト柴田は大いに戸惑った。眠狂四郎が、美女を片っ端から犯し、殺しているのに、女性ファン、それも十代のファンが増えているというのは、案外、この世に不幸な女性が多いのではないか、とひそかに心配し出す柴田であった。

柴田錬三郎は、昭和五十三年六月三十日に、六十一歳でこの世を去ったが、眠狂四郎は、円月殺法とともに、まだまだこの世で庶民の慰撫《いぶ》に努めなくてはなるまい。それほどまでに時代は、そして人心は深く病んでいる。

福永武彦《ふくながたけひこ》

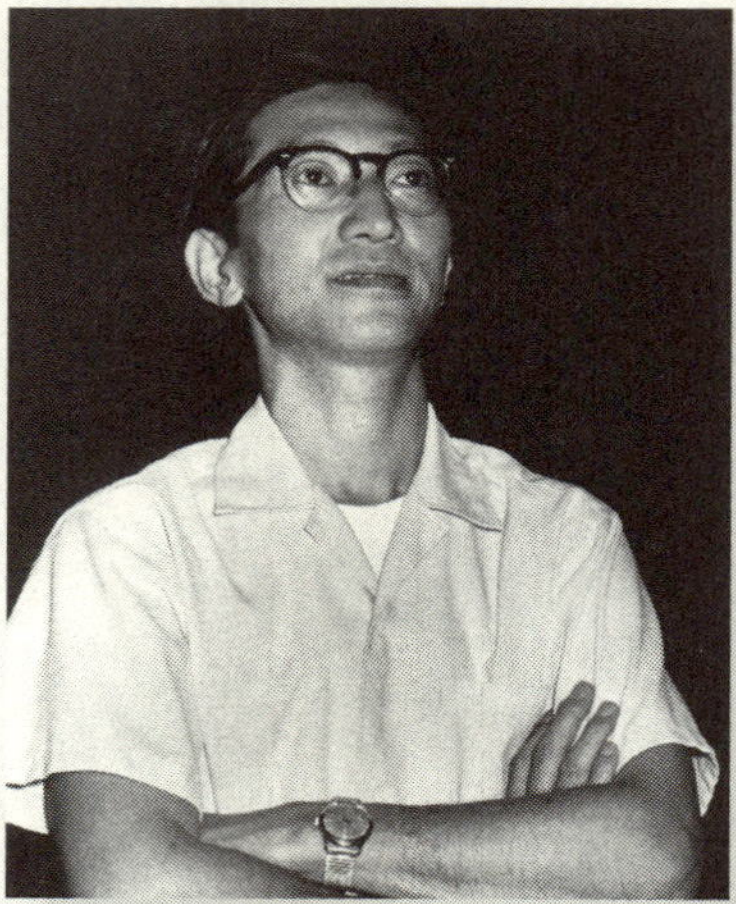

1918～1979

人間は科学の恩恵で、暗闇の恐怖を忘れてしまったかに見える。実際、東京の若者の街・新宿は朝まで煌々《こうこう》と〝あかり〟が灯り、人通りが絶えることがないし、そこには魑魅魍《ちみもう》魎《りょう》も入り込むすきがない。夜、眠りに陥る時にはスタンドの〝あかり〟をつけたまま寝ることができるし、それでも寂しければ、深夜放送で音楽を聴きながら眠ることもできる。その上、人間は、地球的な視野で、日本の暗い夜がブラジルでは昼間であるということまでとらえている。

それでは、人間がはるかに遠い昔から持ち続けて来た、暗闇に対する恐怖の意識を文明の力で払拭《ふっしょく》してしまったのか……。これは、簡単に現象面をのみ取り上げてうんぬんすることではないが、形の上では、人間の生活から暗闇を追放する努力は、ほとんど完璧に近い形で成功しているようにも思われる。

人間はなぜ、それほどまで必死に暗闇を人間の世界から追い出そうとして来たのだろう。それは、人間の孤独からの解放に大きく関係している。暗闇と人間の孤独感とは切り離せないし、夜中でも〝あかり〟のもとで他人と接触することによって孤独地獄から救われることもある。

文明の〝あかり〟で守られている人間が暗闇の恐怖から解放されたかどうかという実感は、動物園に出かけて、爬虫類、とくに大蛇やワニと対面した時の気持ちに似ているのかもしれない。蛇に出会った時の、何とも言いようのない、心の底からわき上がって来る恐怖感というものは、そのまま自分が何万年、何千年前に恐竜や大蛇に追われ、何千、何百という仲間が絶叫しながら呑まれてゆくのを見た記憶の再生である。

このことは、また原始時代に人類が経験した暗闇の恐怖でもある。暗い洞窟の中で味わった孤独感――洞窟の外の恐竜や動物も怖かったが、それ以上に怖いのは暗闇であった。なぜなら、身の毛もよだつ大蛇でさえ冷たい血が流れているのに、闇には色もなければ形もなかったから……。

＊幼くして知った夢の世界

「最後の芸術至上主義者」と言われた福永武彦が幼時を回想する時、この暗闇というイメージにとくにこだわるのは、やはり母を幼くして亡くしたことに原因があろう。

福永は、大正七年に福岡県筑紫郡二日市町（今の二日市市）に生まれた。この地は、梅で知られた太宰府にも近く、ほんの少し街を外れると、赤いれんげや、黄色い菜の花が田畑に咲き乱れる夢の国であった。福永は小学二年生の時、弟の出産で母に死なれたのだが、不思議に母の面影というものが残っていなかった。

そのことを福永は、『幼年』（群像・昭和三十九年）の中で「――何も、そう何も眠りの間のことばかりではない、目覚めている間、昼の間、彼がその乳を飲み、その懐に抱かれ、その声を聞きながら眠ったお母ちゃんの面影さえも、彼がかつてどこにいて、どのような生活をしていたかを、たとえお父ちゃんが一緒にいるときでさえも、もう決して思い出さなかった」と述べている。

その代わりに、彼（福永）は眠りの中で誰か分からない女の人を待っている夢を何回となく見ている。それは、大人の一種の顔のない女で、やさしくてすべすべした膚《はだ》を持ち、すぐ現れそうでいながら、なかなか現れなかった。夢のなかでいらいらして待っていると、そのうち、「待ってなさい、もうすぐ行くから、いま忙しいの、お悧巧《りこう》でしょう、もうじきだから……」と、かつて頭の中に強く刻みつけた、なじみの声が聞こえて来るのだった。その声を聞きながら、彼は安心して眠りにつくのであったが、成長するにつれ、その懐しい声も少しずつ小さくなり、そして聞こえなくなってしまう。

彼はそのたびに悲しい思いを経験するので

あるが、夢のなかの甘美な声が夢を見るごとに消滅してゆくのを止めることができなかったし、ましてや眠りのなかで夢を見ることを禁止することなどできるわけがなかった。夢こそ、彼が母に会える国だったからだ。

福永は、まだ年端もゆかない少年のころに、部屋に一人で寝かされ、人間が生の中で親しい人との別れを経験しなければならないということを懐しい母の記憶をとおして何度も肯定していたのかもしれない。少年は、夢の中で、母の声を完全に失ってからも、その余韻の音楽を忘れず、それを寝顔の微笑として残した。

心理学者のユングは、夢をまさぐることによって人類の根源をさぐり、いわば生きものが共有している暗闇の部分の解明に尽くしたが、その自伝によると、人間の祖先の世界へさかのぼり、また現実の自分に戻って来るといった興味深い過程がうかがい知れる。福永自身も、夢と相当に仲がよかったようである。そして、この夢はまた、人間存在の源でもある暗闇と孤独とをつなぐ大橋でもあった。

「初めにあったのは闇であろう」と、福永は言っている。人間がむやみやたらに明るさを求める裏には、暗闇に対する生理的な恐怖が存在する。これはまた、明るさを知った者のみが知る怖さかもしれない。その生理的な恐ろしさが、どこから来るかといえば、それは人類の記憶以前の暗闇の意識に他なるまい。福永は『幼年』の中で、「人は眠ることにより――一つの夜を眠り、一つの朝を目覚めることの繰返しにより、何かしら最も大事な、最も本質的な部分を、次第に忘れていくのではないかと思う」と述べている。

＊作家たちとの交流

母を想い、母の面影を忘れてしまった孤独な少年が親友・中村真一郎と出会ったのは昭和五年、東京開成中学一年の時であった。

夢というものをとおして人間存在の暗闇の部分をのぞいてしまった福永は、おそらく一風も二風も変わった少年だったであろう。そのへんを、中村真一郎の『わが点鬼簿《てんきぼ》』（新潮社）の「友情」の部分から拾ってみると、「彼は中学生にして、既にひとかどの文学者の姿勢をもって、周囲を眺めていた。彼は孤高であり、嫌人的であり、他人に対しては攻撃的で、そしてあらゆる物に好き嫌いがはっきりしていた」とある。

中学生（旧制）といえば、女性に対して、激しい興味を持つ年ごろであるが、絵心のある福永はハリウッドの女優に似た退廃的な人をさらっとなで書きし、「これが僕の理想の女性だ」と中村に見せて驚かせている。福永の理想の人物への極端な傾斜は彼の年齢とともに、ある時はフィンランドの作曲家、ある時はオランダの画家という具合に変わり、その幻想の人物は、彼の作品の中にいきいきと登場している。

福永は、何らかの影響で暗闇の向こうへ置きざりにしてしまった母の面影を追って、これを夢のなかで理想の女性に仕立て上げてゆく方法を知った。それは、彼自身の魂の混沌《こんとん》のなかから、彼好みの、彼が生きてゆくために必要な影を、無意識につかみとるという作業だった。

福永が自ら創り出し描き出した幻影は、そのままでは他人に理解されることはなかったが、それが小説という形をとって読者の前にさらけ出されると、その人物はその非合理性のゆえに読者を無条件に降伏させてしまう荒々しい魅力を持っていた。

中村は五十年という長い歳月を福永とともに歩いてきたのであるが、その中村でさえ、福永のことを最後まで〝未知の人〟と言い、「もし、この文学という媒介がなかったのなら、彼は私にとって、はなはだ奇怪な矛盾に富んだ人物であり、とうてい心を通わすことは不可能であったろう」と嘆息している。しかし、福永は、この思いやりのある親友を〝中村の秘密主義〟と非難もしていた。

福永は東大の仏文科卒業の年に、野村英夫から堀辰雄に紹介された。堀の弟子であった中村真一郎からさんざん聞かされ興味を持ったのだった。それからの福永の堀への急傾斜は大変なものであった。それでも自尊心が強く、てれ屋だった福永は一人で訪ねて行くのが苦手だったらしく、必ずといってよいほど夫人を介在させていたふしがある。室生犀星の軽井沢の別荘にもよく行ったが、室生の有名な『かげろふの日記遺文』の生原稿を、同伴の夫人を介して入手している。

＊十一年間で書き上げた『風土』

堀辰雄は芥川龍之介の弟子であるが、堀は『芸術のための芸術について』で「自分の先生の仕事を模倣しないで、その仕事の終ったところから出発するもののみが、真の弟子である」と述べている。他者の存在を拒否し、日本の私小説を極端に嫌悪した福永が堀に傾倒したのは、堀が芥川の自死で開眼させられながら、生活の上でも文学の上でも、芥川が踏み、選んだ道を同じように歩くまいと努めている姿に接したからではなかったろうか。

だから中村真一郎にしろ加藤周一にしろ、福永にしろ、いかにして堀辰雄の『菜穂子』の先に行きつくか、を考えた。福永は堀のフランス現代文学の影響を十分に受け、死者の目をもって外界の見えないものを見、しかも作品は数少なく吟味《ぎんみ》し彫琢《ちょうたく》しつつ、入念に書き上げることを学んだ。

昭和十六年から書き始めた長編の『風土』は、同二十七年七月に新潮社から出版されたが、この間十一年、第二次世界大戦、急性肋膜炎、敗戦、帯広療養所、東京療養所（手術）、朝鮮動乱など、公私ともに激動の時代を生きながらの必死の執筆であった。

第二部の「過去」を加えて七百五十枚の首尾一貫した限定本を、東京創元社から出版したのは昭和三十二年であった。いかに福永が芸術家として、師の教えを堅く守っていたかが分かる。むろん、この作品は師の堀辰雄に捧げられた。

『風土』の巻頭には、「或る朝、わたくし等は出発する、脳漿《のうしょう》は焔に燃え、怨嗟と味にがい欲望とに心は重く……」というボードレールの『旅』の一節が飾られている。そこには根強い日本の私小説に対する、外国、とくにフランス文学者のみずみずしい知的な挑戦が含まれていた。特別に堀辰雄——福永武彦——辻邦生というようなフランス語科の流派があるわけでもなかったが、外国文学者の活躍は他の文学者たちをかなり刺激した。

福永はアンドレ・ジイドの『贋金《にせがね》づくり』、オールダス・ハクスリーの『対位法』、ロジェ・マルタン・デュ・ガールの『チボー家の人びと』などの影響を大きく受けていたようである。

芥川は、「人生は一行のボードレールにも若《し》かない」と断じたが、弟子の堀辰雄は「芸術が人生に優先する」とは言わなかった。そのことを福永は『秋風日記』（新潮社）のなかで「堀はその文学的な道程で芸術のための芸術を早くから選んでいるように見えるが、彼がその芸術のために人生をないがしろにしたことはない」と述べた上、「私もまた人生は常により重要であるという観点に立って芸術を創る」と書いている。

＊芸術か生活か

ところで、最上の親友であった中村真一郎は、芸術至上主義者の福永を相当にもてあましたようである。福永の生きざまは師の堀よりも堀の師・芥川に近かったようで、すべての面において、人間を芸術家と俗人の二つに、自分の判断で分類してしまった。福永のこの態度は、世の中が一般化し、文学者といえども社会を支える納税者の一人とみなされ始めた戦後三十年後半には、常識的な文学者との間で、いろいろなトラブルを巻き起こすもととなった。

人間と人間のかかわり合いのわずらわしさは限りないが、人間として生きていく以上、親分子分の関係も社長と社員の関係も夫と妻の関係も、いうにいわれぬ複雑な〝綾《あや》〟がつきまとう。そのことは大作家といえども逃れることのできない、いわば人間の持つ宿命である。そのような関係を無視して、温情あふるるがゆえに俗人の部類へ突き落とされれば、怒り出さないほうがおかしい。

このように、やかましい福永は、『ゴーギャンの世界』(新潮社)での毎日出版文化賞受賞のおりのパーティで、高見順に「大学の教授で生活しその余技に書く小説などに、生活そのものが創造できるか」という意味のイチャモンをつけられた。

文学と生活のかかわり方の基準はむずかしいが、強度のノイローゼに悩まされながら苦しい生活のなかで厳しいとしかいいようのない私小説を書き続けている高見に、外国文学者は文学を楽しんでいるのであって、生活をしていない、と決めつけられたのは、自尊心の強い福永には、相当こたえたらしい。

福永は「芸術と生活について」(文藝・昭和三十七年)と題して、外的な生活の体験の貧しさを認めながらも、「小説の方法意識に留意することで補える」とし、また「語学教師(学習院大)の味気ない生活も、それはそれなりに一つの生活である」という趣旨の反論をした。

それよりも興味があるのは、受賞パーティの席上で、福永のお父さんが福永と同じような人の悪い微笑を浮かべ、中村真一郎に「武彦も変な男ですな。妻子を捨てて、芸術のなかにどこまでも遁れていったゴーギャンの伝記を書きながら、彼自身は家庭に縛りつけられているのだから……」(『わが点鬼簿』)とささやいた、という事実である。おそらく高見順が、この話を立ち聞きしていたら文学と生活の論争は起こらなかったかもしれない。福永も、高見と同じく強度のノイローゼだった。

福永の文学は、幼くして母を亡くし、少年期に理想の女《ひと》と暗闇の存在を知ってしまった福永の芸術観と、泥くさい現実生活との間の矛盾から生まれたものである。「人生は常により重要である」と言った福永だったが、持って生まれた狷介《けんかい》できまじめな性格は、芸術以外は他人の存在を家族といえども認めない、というようなところがあった。それでいながらプロテスタントの両親のしつけもあって、「一人の女を選んだ以上、家庭というものを守り続けなくてはならない」と言い、また、「地球のどこへでも逃げていきたい」といった大揺れに揺れる心境のなかから、珠玉の小説群が創作されたともいえる。

『廃市』も『草の花』も『海市』(いずれも新潮社)も、『冥府』『夜の三部作』(いずれも講談社)も最後の長編となった『死の島』(昭和四十七年・新潮社の第四回日本文学大賞)も、福永の理想と現実の大きなギャップから血みどろの作業で創り得たものである。

＊怪獣映画『モスラ』の原作も

文学的才能をあふれるほど持ち合わせ、環境的にも少年期に夢を見る孤独の生活に恵まれ、また、青年期には、何年も何年も死のベッドに釘づけにされて、まさに文学をする好条件がそろってしまった。

『マチネ・ポエティク詩集』を出版し、ボードレールやフォークナーの評論を書き、ジュリアン・グリーンの『幻を追う人』や『運命・モイラ』を翻訳し、絵を描き、映画評論まで手がけた。興に乗り、加田伶太郎のペンネームで探偵小説『完全犯罪』（週刊新潮・昭和三十一年）をこっそりと書いて、ほくそ笑んだ。同三十三年には、船田学の名でSF『地球を遠く離れて』（別冊小説新潮）まで書いている。ほかに堀田善衛と中村真一郎と三人で怪獣映画『モスラ』の原作まで創り上げた。

「一年に一度は上手に病気をする」と豪語した福永だが、病気の間にも、ノートにぎっしりとメモを取り、あらゆる方面に、ありあまる才能を精力的にばらまいた。それでも、本命は小説で、芸術家を中心に何人かの登場人物が、それぞれに過去の時間にさかのぼったり、小説の中に小説を登場させたりする手法は福永独特のものであった。福永にはかなり多くの未発表のノートや生活記録があり、これらが発表になれば、純粋な福永教の信者たちが飛び上がるほどの、作家の暗闇での苦悩ぶりが浮き彫りにされよう。

昭和五十四年八月十三日、福永武彦は親友・中村真一郎に手を握られながら冥府《めいふ》に向かった。六十一歳の手は、繊細な旋律で読者の胸をうちふるわせた作家のものとは思えないほど、骨太で、がっしりとしていた。

五味康祐《ごみやすすけ》

1921〜1980

戦後、お隣の朝鮮半島で起きた朝鮮戦争（昭和二十五年六月〜二十八年七月休戦）は日本のめざましい復興の足がかりになった。世の中は、農地改革や労働改革で一般化が進み、庶民パワーが急にのし上がってきた。ちなみに昭和二十六年のサラリーマンの平均給与は約一万四千円で、広範な層が、戦後の生活苦からやっと抜け出し、久しぶりに、おしゃれをして、美食の楽しみを見出《みいだ》した。

翌二十七年下半期の芥川賞をダブル受賞したのが、五味康祐と松本清張である。それまで芥川賞といえば、純文学の砦の中で庶民の生活とはほとんどかかわり合いがなかった。もちろん本も売れないし、食っていくことにも縁が薄く、文学者の家庭は路頭に迷うことを覚悟しなければ生きていけないのが常識であった。作家のほうにも、読者に迎合しようなどというサービス精神はさらさらなかったし、むしろ、お金や権力を求めて生きていく低俗な輩《やから》に、自分の高度な小説が理解されるようでは恥ずかしいといった気概が残っていたものである。

ここに、戦後の人気作家、五味康祐と松本清張が登場する。それも純文学の勲章をぶら下げて出てきたのは、やはりただの偶然ではない。

＊純文学から大衆の中へ

日本人は戦後の精神的な破綻《はたん》、生活上の苦しみを踏み越えて、どうやら人間らしい暮らしができるようになっていた。しかし、何だか分からないが奥深いところに大きな不安がある。その不安が何か、どうしてもつかめない。あわてて周囲を見回してみても皆よそよそしい。誰もが心のなかの満たされぬものに悩んでいた。せっかく汗みどろになって働いてきたが、これでよかったのだろうか、という焦燥感が庶民の間に漂い始めていた。

この点で、五味も松本も世の庶民が何を考えているかということを本能的に悟った作家だったろう。だからこそ、従来の純文学の象《ぞう》牙《げ》の塔から大きく飛び出し、片や剣豪小説ブーム、片や推理小説ブームの先達として、庶民のストレス解消に大きく寄与したのだ。

五味康祐の受賞作『喪神《そうしん》』（昭和二十七年「新潮」）は、芥川賞には珍しい短編の時代小説であった。

五味は、大正十年十二月二十日、大阪・難

波生まれ。早くに父を亡くし、母方の祖父の家で育てられた。日中戦争のおりは学徒出陣で中国に渡り、長沙・南京方面を転戦後、捕虜となる。この戦いで耳を悪くした。難聴ではあったが音楽が大好きで、ステレオマニアとして日本有数の人でもあった。柴田錬三郎と同じく浪漫主義の佐藤春夫に学んだこともあり、五味の小説の奥には輝くばかりの乾いたロマンがあった。

＊五味一刀斎の剣の冴え

『喪神』は、多武峯山中に隠棲《いんせい》し夢想剣を使う瀬名波幻雲斎と、彼に殺された稲葉四郎利之の子・松前哲郎太重春との剣を交えての一風変わった師弟愛のドラマである。

幻雲斎の業《わざ》は、妖剣といわれた。その夢想剣の極意は何と臆病心《おくびょう》。世上の剣者は臆病を蔑《さげす》んで、とかく胆《きも》の大小をいうが愚かなこと、臆病こそ人知のさかしらを超えた本然の姿である。臆病は護身の本能による。ゆえに臆病に徹するのが剣の修業と心得よ、と幻雲斎はおりに触れ哲郎太に教える。つまり臆病こそ眼に飛来するつぶてにまぶたを閉じる所作であり、これを見て余は悟ることができた、という。哲郎太はまともに剣をとって教えるわけではない師匠に初めこそ戸惑ったが、少しずつ師のすきだらけのふるまいに接するうち明るい希望を生み出してゆく。

先輩の女性ゆきとも自然の成り行きで契《ちぎ》りを結び、わらを打ち、こもを編み、鳥獣を猟し、気が乗ればゆきを押さえ込む。そんなある日、無心に鉈《なた》で薪を割っている哲郎太のもとに二人の落武者が近づき、そばにあるゆきの用意したおむすびを盗むため斬りかかる。男はうおっと叫び眉間《みけん》を割られ、えびのように身を屈す。しかし、哲郎太は関知せず相変わらず鉈をふるっている。小屋の中で机にもたれていた幻雲斎はカーン、カーンと乾いた木を割る一定の間隔を置いた音が、途中でちょっと止まり、呼吸の乱れもなく、またカーン、カーンとよみがえるのを知って、愛弟子が夢想剣の極意に達したことを知悉《ちしつ》する。

その年の晩秋、父の敵を師と呼ぶ哲郎太を武者修業に送り出す幻雲斎は、かすかに怪しい会心の笑みを浮かべていた。幻雲斎は「心してゆけ」と言い、哲郎太は「は」とうなずいた。ゆきとも別れの目を交わすと、くるりと背を向けて歩き出す。その背に幻雲斎の仕込み杖がひらめく。「あっ」と、ゆきは息を呑んだが、血をふいたのは師の幻雲斎で、哲郎太は後も振り向かず血刀をぶら下げて坂を下りて行った。

＊剣豪ブームを作る

五味の時代小説の面白さは、講談本に出てくる後藤又兵衛や塙団右衛門、三好清海入道などの、「やあやあ、遠からん者は音にも聞け、近くば寄って目にも見よ」式のものや、「問答無用、バラリンズン」などの荒唐無稽《こうとうむけい》のものではない。そしてまた、吉川英治の名作『宮本武蔵』に見られる精神修養ものとものほど遠い。しかし、『秘剣』『柳生連也斎』『猿飛佐助の死』『桜を斬る』など、いずれに登場してくるヒーローも読んだ者をしてじーんとしびれさせてしまう不思議な魅力を持っている。

『秘剣』では、指を斬り落とす達人・早川典膳と一緒に育ち剣を磨き合った細尾敬四郎の運命的な出会いが描かれる。言い知れぬ友情のうちになお邪剣を憎む気持ち。ついに敬四郎は主家を捨て家庭を捨てて典膳の邪剣と対決する。場所は浄光寺境内、「お主、やめぬか」と敬四郎は青眼の構えから、懐かしい友、典膳に呼びかける。「無用じゃ」としゃがれ声で典膳は詰め寄ってゆく。「行くぞ」と一声叫んで典膳は、ほとんど水平に太刀をのばし進んだ。「ひけい、典膳、太刀ひけい」と敬四郎は、三、四歩後退しながら瞳孔を大きく開いてわめいた。「無用じゃ」と、典膳は躍り込んだ。刃が鳴った。典膳の身は水沫とともに泉池へ飛び込んでいた。敬四郎の義父・権右衛門が駆けつけてみると、敬四郎の指が足もとで鰻の、はねられた首のように動いており、池の底から血がわき上がってくるのが見えた……というストーリー。

また『柳生連也斎』は尾張藩に仕える忠勤の士、鈴木綱四郎と柳生兵庫介の三男・連也斎の真剣勝負を扱っている。柳生兵庫介は尾張藩の指南役であり、一方、鈴木綱四郎は名古屋に立ち寄った宮本武蔵にみっちり鍛えられた剣士であった。武蔵は名古屋を去る時、「わが大望（尾張家への仕官）は挫折したが、金之助（綱四郎）を獲《え》たれば残るこころなし」と、もらしたという。この二人が武士の意地で真剣勝負をすることになるのだが、世上の人びとは「おお、兵法者の意志は、それほどに強いものか」と嘆息したそうな。この小説では、宮本武蔵と柳生兵庫介の間で果たせなかった試合をさせている。鈴木綱四郎と柳生連也斎の試合は、行き着くところは宮本武蔵と柳生兵庫介の試合だった。そこには、庶民の宮本武蔵に対する深い愛着がある。

＊庶民に快感を与えたヒーロー

いつの世でもそうだが、庶民は、才能や実力がありながら、権力を握れなかった者、地位を獲得できなかった者への鎮魂歌を忘れない。将軍の剣術指南役となった柳生宗矩《むねのり》、尾張藩の指南役・柳生兵庫介に対する武蔵の恨みは、庶民がその胸のなかにひそかに抱き続けているものである。だからこそ、いつの世になっても剣客人気のナンバーワンは武蔵なのだ。

さて、この両人の真剣勝負。連也斎は隠居中の父・兵庫介を訪ね、「影を斬るのじゃ」と最後のアドバイスを受け、豁《かつ》然と剣理を悟る。綱四郎は太陽を背に天白が原の中央で巌《いわお》のごとく立った。「お手前とは、いつかこうなる運命であったろう。……来い」「綱四郎、飛矢さえつかみとるその方、よも我が太刀を受け損じはいたすまい」。綱四郎は冷ややかに笑って「柳生が口弁の兵法もはや無用にいたされい」と二人はそれぞれ刀を抜き合わせ、タタッと間合いをはかったが両人はそのまま動かなかった。朝日を背に構えている綱四郎の影が連也斎の足もとまで伸びている。太陽が昇るごとに影が縮まり、その分だけ連也斎は進んだ。連也斎は宮本武蔵が悟った見切りの術に対して、進退をただ天の運行に託してしまったのである。これが、兵庫介が連也斎におくった「影を斬る」秘訣《ひけつ》であった。こうなったら、絶対に綱四郎に勝ち目はない。連也斎の太刀先には天体の運行それ自体が意志となって詰め寄るからである。

五味はここで、人間の巧みな意志や術策など、森羅万象《しんらばんしょう》の圧力の前には児戯《じぎ》に等しいと喝破している。ところで、この剣技を無視した連也斎の弱点は太陽に雲がかかるということであった。審判役の勝右衛門が暗然と空を仰ぐと、雲が太陽に近づいている。わずかに太陽が昇り、かつまた雲が近寄った。連也斎は青眼、綱四郎は八双の構え。雲が太陽に追い付いたとほとんど同じ瞬間、地上では二つの太刀がひらめいたのだった。

結局、二人とも顔を斬られるのだが、「一人はニヤリと笑って、それからドッと倒れた」と書かれているだけで、倒れた武士がどちらだったかと、一時、大衆酒場で話のタネになった。これは、当時、洋画「ベラクルス」の最後の決闘シーンで、生死をともにしたゲーリー・クーパーとバート・ランカスターが撃ち合い、バート・ランカスターがニヤリと笑って死んでいくくだりが話題になっていたせいでもあった。

昭和三十一年一月から「オール読物」に連載した『剣法奥儀』も、一編一編の剣技が読者の嘆息をさそった。かくして五味は、戦争から立ち直って、なお一抹の不安におびえていた庶民の後遺症を、大好きなシンフォニーの色合いのなかからかもし出した剣術家像をもって、心ゆくまでに慰謝したのである。くしくも『秘剣・柳生連也斎』（新潮文庫、昭和三十三年）の解説で遠藤周作は剣豪ブームの理由の一つとして「精神分析学でいう劣等補償、つまり自分にできないことをヒーロー、ヒロインに演じてもらうことによる快感を得る」としているが、五味の作品にはそれが顕著に見られる。

五味より一年前に直木賞をもらった柴田錬三郎のニヒリスト眠狂四郎とはまた一味違った芸術性があり、芥川賞作家として人間に迫った独特の勢いというものを感じさせた。「小説は筆の運びではなく発想だ」（私の小説作法）と自らのたまうごとく、一つ一つの作品に思わずハッとするシーンを必ず二つか三つ用意してくれる頼もしい作家であった。

＊『柳生武芸帳』の秘密

しかし、何といっても五味が自らの生命をそそいだのは、昭和三十一年に「週刊新潮」創刊号（二月十九日付）で連載を開始した『柳生武芸帳』ではなかっただろうか。

世の中は、〃もはや戦後ではない〃（出典は中野好夫のエッセイ）という名文句をまつまでもなく、昭和三十年には経済自立五カ年計画、同三十二年には岸内閣のもとに新長期経済計画が決定され、同三十五年の池田内閣による国民所得倍増計画への準備が着々と計画されていた。経済的な背景と時代小説とのかかわり合いがどこにあるかという人もいるが、五味の『柳生武芸帳』が創刊号から圧倒的な人気のうちに三年間連載されたという裏には、奇跡的に高度成長を遂げていった日本人の感情の高まりが反映していないと誰が断言できよう。

昭和二十九年、出版界は大きな不況を被ったが、その中で「週刊朝日」「サンデー毎日」はそれぞれ百万部を突破した。これは、サラリーマン出世の秘訣の教材を満載した週刊誌に人気が集中した結果である。事実、会社は日ごとに大きくなり、そこで努力さえすれば重役になれる時代でもあった。その情報源が週刊誌であった。不況の出版社がこの事実を見逃すわけがない。

昭和三十一年に新潮社が「週刊新潮」、続いて文藝春秋が「週刊文春」の発行に踏み切った。そして同四十年には「週刊新潮」が八十万部で週刊誌のトップの座に着く。この急上昇の原動力が五味の『柳生武芸帳』であり、柴田錬三郎の『眠狂四郎』であった。

読者に軍歌をもじって〝いつまで続く武芸帳ぞ〟と言われたこの作品は、剣技を磨き合った末の宿命的・個人的な対決を、組織と人間という大きな関係に展開したのが特徴だ。

追われるものに将軍指南役の柳生宗矩と十兵衛、友矩、又十郎の父子を配し、追い詰める側が松平伊豆守、陰流の強敵山田浮月斎、その弟子・霞の多三郎、千四郎兄弟。これに親藩、外様の雄藩の思惑が大きくからみ、講談でもおなじみの大久保彦左衛門、ほかに宮本武蔵、柳生兵庫介など全国の有名剣士が皇室の暗殺にかかわり合ったとされる柳生武芸帳をめぐって果てしない闘争を繰り広げる。

このストーリーの発想のすごさは、剣聖・柳生一族を武士に忌み嫌われた忍者として登場させたところにある。つまり柳生宗矩は表芸の剣をもって将軍指南役を任じ、裏芸の忍術をもって大目付の役を買ったという設定。その上、日本という大きな組織を守るために、雄藩の指南役に出している愛弟子をも冷徹に殺していく……。

戦後に、これほどスケールが大きく、虚構のものを真実に見せて読者に迫った作品はなかった。作者は虚構をドラマに仕立てるために縦横に文献を駆使したが、読者はとまどい驚き、果ては武芸帳の有無について口角《こうかく》泡を飛ばすありさまであった。

その物語の展開の広がりに業《ごう》を煮やした作者の五味は、映画の試写会で「ふーん、柳生武芸帳はこんな筋だったかいな」と、うなったという噂も流れた。三船敏郎、鶴田浩二、久我美子、香川京子、大河内伝次郎、中村扇雀ら豪華キャストを配したこの映画は、これまた大当たりした。中村扇雀演ずるところの又十郎のくの一忍者（女忍者）は、剣豪ものブームから忍者ものブームへのかけ橋ともなった。

五味康祐は昭和五十四年、時代小説には珍しくなまめかしいタイトルの『初恋』（学芸通信配信・高知新聞、山陽新聞などに連載）を執筆中、肺がんに侵され、翌年四月一日、惜しくも亡くなった。『柳生武芸帳』は未完のままで、武芸帳の存在は柳生宗矩の正体と同じく永遠の謎となった。

三島由紀夫《みしまゆきお》

1925〜1970

人間には人によって、自分の意志でどれほど努力しても口に入れることができない食べものがある。たとえば、鶏、鯖《さば》、いか、蟹……など。その理由を深く探ってゆくと、幼い時に食当たりして、それ以来、体が生理的に拒否反応を起こすようになったというものから、前世に鶏や蟹として生を営んでいたからだという仏教的な思考のものまで、いかにもまことしやかな解釈が用意されている。

しかし、人間が、ほとんど何の支障もなく生を営んでいる裏で、その強固な意志をもってしても何ともコントロールすることのできないものが横たわっているというのは、限りない楽しみでもある。

不道徳の代名詞のような文士の中で、ひたすら道徳を求め、ボディービル、剣道で体を鍛え、読者へのサービスのために『不道徳教育講座』（昭和三十四年・中央公論）なるものまで書き、神国・日本建国のために切腹まで成し遂げた三島由紀夫が、蟹を食べることはおろか見ることもできなかった……という事実は、三島を蛇蝎《だかつ》のごとく嫌った人にも、忠誠を誓うた「楯《たて》の会」会員にも、文学的才能に傾倒した人にも、人間・三島の弱点をもろにむき出しにしているようで、ほほえましさを禁じ得ない。

＊誇り高き青年

三島は、若い人びとの羨望《せんぼう》の的であった太宰治が、どうしても好きになれなかった。昭和二十二年、太宰が「新潮」に連載を始めた『斜陽』は終戦後の価値観の混乱のなかで大衆の心に大きな衝動を与えていた。一方、三島は内にあり余る才能をはらみつつ、川端康成の推薦で、やっと「人間」に『煙草』が載ったばかりであった。それも、すんなりと事が運んだわけではなかった。

「人間」への掲載が決まって、三島はすぐに載せてもらえると思ったが、これはあくまでもピンチ・ヒッターでしかなく、運が悪く流行作家の原稿が締め切りぎりぎりに入ると、新人・三島の作品は自動的に次号送りという破目《はめ》になった。

作家の精神的な苦しさは創作の苦しさもさることながら、新人の時の「待たされる」苦しさも大変なものだ。もともと文学作品は、視点の置きどころで評価はがらっと変わってくる。そして、小説の場合は自分の作品が一番だと自称する大作家が、新人の小説を読んで評価するわけであるから、たとえば、川端康成が百五十点つけた作品が、他の作家にマイナス百五十点をつけられても、さして驚くことではない。

三島の『煙草』も昭和二十一年の三月号に載せてもらう予定だったのが、延び延びになり、七月号になって、やっと日の目を見た。その間の待たされる苦しみは、決して三島だけが味わったものではないが、自尊心がことに強かった三島には、かなりこたえたものと見える。三島は学習院から東大法学部に入り、同二十二年に法律学科を卒業、父の意思で高等文官試験を受験、これに合格して大蔵事務官になった。いわば、戦後の日本復興を担うエリート集団のトップグループの一人であった。のみならず、作家としての赫々《かくかく》たる才能も内に秘めていたのだから、その矜持《きょうじ》たるや、俗人の想像をはるかに超えていた。

＊太宰治との確執

この誇り高き青年が、青森から上京した田舎者の太宰治に若者の人気を牛耳《ぎゅうじ》られているのを見れば、心穏やかでいられるはずがない。それも、自分を厳しく律することをモットーとしてきた三島のこと、自分のコンプレックスを恥ずかしげもなく読者の前にさらけ出し、自分には生きる資格はないのだの、人間失格だなどと泣き言をのたまう男を許せるわけがなかった。

三島は『私の遍歴時代』で、「もちろん私は氏の稀有《けう》の才能は認めるが、最初からこれほど私に生理的反撥《はんぱつ》を感じさせた作家もめずらしいのは、あるいは愛憎の法則によって、氏は私のもっとも隠したがっていた部分を故意に露出する型の作家であったためかもしれない」と述べている。それでも三島のまわりの青年たちは、『斜陽』へ『斜陽』へと傾いていった。三島も『斜陽』を読んだが、第一章でつまずいてしまった。三島の出自《しゅつじ》を見ると、そのところの心境が理解できる。

三島は、平岡梓《あずさ》、倭文重《しずえ》夫妻の長男で、本名は公威《きみたけ》。祖父は元樺太庁長官、父は元農林省水産局長、祖母は永井玄蕃頭の嗣子と宍戸藩主・松平頼位の娘を両親に持つ。血筋のはっきりした家柄で、学習院では旧華族階級の人びとと数多く交際していた。だから、この人の目から見れば、太宰の旧華族の生活のズサンなとらえ方が許せない。いわゆる庶民が華族を揶揄《やゆ》した言葉づかい、生活習慣が、ことごとに潔癖な三島の癇《かん》に障った。太宰はたとえば、「かず子や、お母さまがいま何をなさっているか、あててごらん」などという変な言葉を平気で使い、しかも、それが庭で立ち小便をしているさまの描写と知った時の、三島の怒りは大きかった。

三島にとって、華族の没落をメシの種にしている太宰も、それを喜んで読んでいる大衆も、誇りを失ってしまっている旧華族たちもすべて憎しみの対象であった。三島は懐にドスを突っ込んだテロリストの心境で、並いる太宰の心酔者たちをかき分け、太宰に近寄り、「僕は太宰さんの文学は嫌いなんです」と言い放った。

＊異常に強かった克己心

三島は『仮面の告白』『愛の渇き』『青の時代』『禁色』と、自分の文学的な才能を蚕が吐き出す絹糸のように次々に世に送り出していった。

そして皮肉なことに、自分が嫉妬と怒りのゆえに太宰に投げつけた「あなたの文学は嫌いです」という同じ文句を、若い文化人や読者から逆に投げかけられるようになった。それも思いがけないところで、思いがけない時に……。

三島はそんな時、太宰が戸惑いながら三島に言った「こうして僕のところに来たのだから好きなんだよな。君も僕のことが……」とはつぶやかなかった。「あなたの文学は嫌いです」と言われても、心の中では許さなかったが、大人らしく笑ってすり抜けたり、聞こえないふりをしてその場をつくろった。三島はうぬぼれも強かったが、克己心と忍耐力はそれを上回っていた。

蟹という字を見ただけでも逃げ腰になった三島が、自分の克己心に異常なほどの執着を見せたのも、祖母の厳格なしつけが大きく影響しているのかもしれない。しかし、より人間的なのは、その異常さをもってしても〝蟹コンプレックス〟を癒すことができなかったという事実である。あのギザギザのはさみを持った蟹のイメージを、転生を信じて死んでいった三島は、どのように来世において持ち続けているのだろうか。

思い起こせば、生理的な嫌悪の対象であった太宰治も、恩師として尊敬した川端康成もいずれも自らの手で死を選んでしまったわけだが、そこにはやはり仏教的な因果の巡り合わせを感ぜずにはいられない。

祖母の夏子は言葉づかいもうるさく、しつけも厳しく、立ち居ふるまいの一つ一つにやかましかったそうだ。しかも、不運なことに、三島は体が弱かった。だから、学習院時代、友人たちのラグビーや剣道の練習での蛮行には眉をひそめることが多かったのだろう。そのことが、作品の中でもうかがわれるが、しかし、その一方、汗臭さ、そして強い男へのあこがれも内に秘めていた模様が、それとなく、作中に描かれている。

＊肉体の再鍛錬

三島の大きな変身ぶりは、週刊誌や雑誌などでも、いろいろと取りざたされた。昭和三十年、世の中は戦後の混乱期を終え、新しい日本経済のスタートについていた。文学界でも戦後の無頼派・坂口安吾が死に、石原慎太郎が『太陽の季節』で障子《しょうじ》をわが一物で突き破る太陽族を出現させていた。

三島はどう思ったか……このころから、自分の弱点であった肉体の再鍛錬にいどみ、この年、果敢にもボディービルに挑戦。あっという間に立派な筋肉の持ち主になってしまった。そして、筋肉隆々の美の模様をカラー・グラビアで発表したのだから、おそらく、太宰が生きていたら肝をつぶしていたであろう。

太宰の恥部と三島の恥部が、いかに近いところで交差していたか、当人同士はお互いに生理的嫌悪で反発し合うにとどまったが、第三者には、はっきりとらえることができる。三島は「文藝」（昭和三十八年）の質問に、自分の性格の主な特徴として「軽薄および忍耐」を挙げている。三島のこの変身が、石原慎太郎の出現にあるかどうかは分からないが、石原や江藤淳による三島文学批判が一つの引き金になったことは否めない。

三島は人前では、大きな声で快活にカラカラと笑うかと思うと、いやだなあ、とか、気持ちが悪いなあ、とか、あれは嫌いだなあ、とか極端に顔をしかめることも多かった。表現の仕方についても文学者としての表現とは別に、ボディービルで鍛えた肉体を読者の前にさらし、自己表現の一つとした。

昭和三十三年六月一日、文学上の恩人・川端康成の仲人で日本画の杉山寧《やすし》画伯の長女・瑤子と結婚した。そして、同三十四年になると剣道に凝《こ》り出した。野坂昭如《あきゆき》の回顧によると、「多くの人が『金閣寺』（同三十一年・新潮連載）まで読んで、後はやめたと言っているが、僕も『鏡子の家』（同三十四年・婦人公論）以後、少々熱が冷めた」とのこと。剣道の稽古を始めたあたりから、三島ファンの心ある人びとが、どうもおかしいぞという気になっていたわけだが、その「どうも」がどこいらに存在しているかについては分からなかった。

＊映画『憂国』で監督・主演

ボディービル、剣道で、弱い弱いと言われてきた〝肉体コンプレックス〞を克服した三島は、作品的にも「二・二六事件三部作」として、『憂国』（昭和三十五年・小説中央公論）、『十日の菊』（同・文學界）、『英霊の声』（同四十一年・文藝）など、これまでの美やエロスや冒険などのテーマとは、明らかに一線を画した行動的、思想的な色合いの強いものを精力的に執筆し始めた。

昭和三十八年に集英社から出た細江英公写真集「薔薇刑」では、自らのヌードを公開。縄で縛られ、隆々とした筋肉に矢が何本も射込まれる苦悶の表情スナップは読者をアッと言わせた。

剣道については、ある社の編集者が、これもめっぽう強いとされた立原正秋との誌上試合を企画したが、立原は「三島さんのは読者に見せるための剣道だから、僕のけんか剣道には勝てない。三島さんはそのことを知っているから、僕とは勝負しないよ」と断言していた。もちろん、グラビアでの二人の対決は見ることができなかった。

自己主張の大きな手段である映画にも、チャンスをつかんで登場した。昭和三十五年、大映の「からっ風野郎」で主演、そのきまじめな演技は見る者をして同情を呼ぶほど緊張をきわめた。しかし、何よりも三島の心を魅了したのは『憂国』を同四十年に監督・主演で映画化したことであった。

この作品は、二・二六事件で皇軍と天皇に赤誠を誓う反乱軍の親友との間で懊悩《おうのう》を重ね軍刀で割腹自殺を遂げた武山信二中尉と、後を追って夫に殉じた麗子夫人の悲愴な物語である。三島は、このドラマに心底惚れ込んでいた。そのためか、これまで生の三島が世間に顔を出すとどうしてもグロテスクな思いを抱いていた人びとにも、この演技はかなりの感動を与えた。

＊突き詰めた切腹の研究

自分の身を自らの手で痛めつける快感、というのは誰にでもあるようである。これを大きくとらえてゆけば、人間には生きようという力と死にたいという力が思いきり競い合っているともいえる。異常なまでに自分を厳しく律することを追求してきた三島は、ボディービルにも剣道にも飽き足らなかった。

弱い体を強く鍛える、このことだけなら凡人でも少し意志が強ければ成し遂げることができる。しかし、何のためにそのような苦痛を自分に強いるのか。その確たる目的は戦後民主主義のなかにはどこを探しても見当たらなかった。その目的観がないという寂しさをもう一つ苦痛に変えるために、三島は、自分の肉体を大衆の前にさらけ出すことにしたともいえる。

なぜなら、彼は、自分の体が体形的に貧弱であり、昔の武人にはとても及びがたいことを知っていた。しかも、その裏にもう一つ、これほど鍛えた体を捧げ奉る大君《おおきみ》が存在しないという、世の中へのうらみがあった。

三島は、切腹という自分を痛めつける方法に異常な関心を寄せていた。昭和三十八年八月、「映画芸術」に『残酷美について——切腹』を発表している。切腹については、剣道の名人・中山博道の「切腹の作法」を探したり、二・

二六事件のおりの軍医に駆けつけた時の状況を電話で確かめたりしている。だから切腹については、話し出したらキリがないくらい勉強していた模様である。

切腹の、時と場合、身分に応じての違い、切腹の作法などについても詳しく調べ上げていた。なかには一度、腹を切りかけて便意を催し、厠《かわや》に行って再び続行したという者や、高山彦九郎が切腹した時に腸が露出しているのを検死の役人が扇の先でちょっと突っついてみたら、とたんに彦九郎が「無礼者」と怒鳴ったのでびっくりしたというようなエピソードもあった。とにかく、三島は切腹が苦しいもので、介錯《かいしゃく》なしでは死にきれないことを十分に知っていた。

＊老いに対する恐れ

人間は一途《いちず》になったら、とことんまでやってしまう習性を持っている。とくに克己心の強い、潔癖家の三島には、その傾向が強かった。普通、小説というのはフィクションであるが、几張面《きちょうめん》な三島には、しだいに自分の書いた小説が、そのまま事実でなければ気が済まなくなっていた。

昭和四十五年、三島は村上一郎との対談で、「小説を書くときはそういう言葉を書くつもりで書いているのだから、そうしたらやらなければならない。それは死んでもやらなければならない。だから『十一月に死ぬぞ』と言ったら絶対死ななければならない」と語っている。

また、前年には毎日新聞に「私はこの小説

（豊饒《ほうじょう》の海）を完結させるのが怖い。一つはそれが半ば私の人生になってしまったからであり、一つはこの小説の結論が怖いのである」と書いている。事実、最後の小説となったこの作品を執筆中に「怖いみたいだよ、小説に書いたことが事実になって現れる」と言ったかと思うと、「事実の方が小説に先行することもある」とも嘆息《たんそく》している。

三島は何をそんなに恐れたのか……それは、生ある人間がどうしてもたどり着かなければならない〝老い〟であった。『豊饒の海』の最終巻「天人五衰《てんにんごすい》」では、老人がいかに醜悪な存在であるかを生き生きとした若者と対比させながら、くどいほど克明に描いている。この四巻ものの作品は、大乗仏教の阿頼《あら》耶識《やしき》を基にして織り成される転生理論がテーマで、次々に若者に生まれ変わっていく姿を、本多という作者の分身が醜く年を重ねながらみとるというもの。異常な克己心ゆえに、醜い自分をあえて大衆の前にさらけ出した三島であったが、老いさらばえた姿を見せることには耐えられなかった。三島は自分が年をとることが絶対に許せなかった。

昭和四十五年十一月、三島由紀夫はこの小説を書き上げると、老いるのを恐れるかのように、同月二十五日、陸上自衛隊市ヶ谷駐屯地に「楯の会」の森田必勝ら四人と押しかけ、自衛隊員に檄《げき》を飛ばした後、計画どおりに森田の介錯で割腹自殺をして果てた。四十五歳という年齢には、すでに老いの兆しをたっぷりとはらんでいた。

立原正秋《たちはらまさあき》

1926〜1980

平等主義が叫ばれている現代社会では、人間に流れている血、つまり血統が軽視されることが多い。教育者の間では遺伝の重みを内心で十分に承知しながら、生まれより環境の建前を崩そうとしない。教育の機会は均等に与えられ、そこでの努力によってこそ人間の成長が約束されるというのである。しかし、どれほど科学が発達しようと、人間がこの世に出てくる時に抱いてきた血を塗り替えてしまうことはできない。

日本の女性読者の心を憎いほど魅了し、夢のごとくに黄泉《よみ》に去っていった立原正秋は、何といっても人間の血の濃さを感じさせる人であった。血は争えないと言われるが、立原に接していると、その姿勢といい、ふるまいといい、韓国李朝《りちょう》貴族の面影《おもかげ》を感じさせるものがあった。

雑誌「新潮」に三回に分け、各号巻頭に掲載された自伝小説『冬のかたみに』（昭和四十八年十一月号、同四十九年十月号、同五十年五月号）によると、李朝時代の貴族・両班《ヤンバン》の出自《しゅつじ》とある。高麗・李朝時代の上級官僚はすべてこの両班で占められ文官が東班《トンバン》、武官が西班《ソバン》と呼ばれていたそうで、いずれも広大な領地を持っていた。が、自らの退廃、日本による合併などによって、両班は崩壊した。

立原の父方の祖父は両班で、ほとんどが日本人に領地をとられたのに日本人と巧《たく》みに組んで無量寺（鳳停寺）と領地を守り抜いた。日本人と組んだということで朝鮮人の間では悪者という烙印《らくいん》を押されたが、心ある人は自分の土地を守り貴族の矜持《きょうじ》を保ち得たと評価したともいう。それほど日本人の朝鮮の領土侵略は苛酷だったのだろう。

＊李朝貴族の血の重み

『冬のかたみに』の幼年時代は、立原が数え年の六歳の時、父が僧侶として上がっている無量寺に勉学に行くところから筆が起こされている。

父は日韓混血で、京都大学で印度哲学を学び、一時軍隊に入り、その後臨済宗無量寺の禅僧となった。立原は父の考えで無量寺の老師、無用松溪から四書五経をはじめ漢学の基本を学ぶ。老師は仏法から見た人間観を徐々に与えてゆくのだが、その間に「お前の家は先祖代々東班であったが、高宗大王（在位一八六三〜一九〇七）の時代、一族の中から西班に列せられる者も出た。つまり両班を占めていたわけだ。おまえは自分の血を誇るべきだ」といった触発も忘れなかった。

誰でも、ある時期、自分の血を恨み、わずらわしい思いをするものだろうが、立原の場合、祖国を裏切った両班の出という上に、父母ともに日韓混血という複雑さで、生きてゆく過程での血のとらえ方には、余人には想像もできない苦労があった。

『剣ヶ崎』(新潮・昭和四十年四月号)、『夏の光』(文学界・昭和四十五年五月号〜八月号)などの作品は混血の問題を生々しくとらえている。『冬のかたみに』の少年時代によると、朝鮮の子に「猪足《チョッパリ》」とからかわれ、日本人の学校では「おまえ、本当は朝鮮人だろう」と馬鹿にされた。朝鮮人の足袋は一つの袋になっているのに日本人のは親指と他の部分の間が分かれ、ちょうど猪のひずめのようであったことから日本人を軽蔑する時、「猪足」といった。朝鮮人と日本人から執拗《しつよう》にからかわれた立原は、そのつど子どもとは思えないような意志の強さで相手をたたきつぶしている。「朝鮮人」と言った少年の腹を小刀で突き刺し、「猪足」と馬鹿にした少年を思い切り階段から突き落としもした。

日本人でもないし、朝鮮人でもない自分が「朝鮮人」と言われてカッと逆上し、「猪足」と言われて激怒する不思議な自分の血をどうとらえるか、というのは立原の生き方の根本であったろうし、文学への昇華のエネルギー源でもあった。

＊勇気ある短い生涯

立原は、抑えがたい血の騒ぎをストレートに行動に移す一方、その自分を冷徹な目で客観的にとらえることもできた。これは六歳から学んだ仏法の力でもあろうが、禅僧であった父の青酸カリによる自殺に負うところが大きかったようだ。

その底流には、人間の死を自然現象として受け止める仏法の教えがあったわけであるが、立原は幼年のころに父の自裁（自死）という不幸に出遭うことによって、老師や清眼（立原の仏法の師）の教えをしっかりと自分のものとして体得することができたのである。仏法を万法の源と見ていた父がなぜ自裁して果てなければならなかったのか。この問題は立原にとって混血の問題とともに生きていく上での大きな課題であった。

「昭和四十八年五月、私は韓国の田園と寺院を訪ね歩きながら、いつしか父が自裁したときの年齢をはるかに超えてしまった自分を振り返ってみて、父の自裁を理解したと思った。父の三十四年の短い生涯は無常観によって支えられていた」（『冬のかたみに』）と、立原は心情を述べている。昭和十九年に立原は、父の臨終の偈《げ》を無量寺で虚白堂清眼から見せてもらっていた。

三十余年遊㆓夢宅㆒
少学㆓文武㆒似㆓空花㆒
幻身幻影未㆓安寧㆒
一切有為如㆓泡影㆒
今朝脱却帰㆓空無㆒
古仏堂前醒月明

但憾帰㆓円寂㆒不㆑能

このおり立原は錯綜《さくそう》した血縁によって無常観は理解できたが、最後の一節「但《ただ》し憾《うら》むらくは円寂《えんじゃく》に帰《き》する能《あた》わざりしを」は不要ではないかと清眼に聞くのだが、清眼は「いや、それは老師への詫《わ》びの言葉だ」と簡明に答えたという。

そして二十九年後の韓国訪問で寺院を訪ね歩きながら、父が道を求め、やがて無常にたどり着き、一切の有為のものが夢幻泡影《むげんほうよう》のように感じられた時、父は円寂に帰さなくともよいと思ったのではないかと考え、父の自殺は自然死と同じだったと解釈するに至るのである。

立原は、夫人と一緒になった時、夫人の実家の籍である米本に姓を変え、米本正秋と名乗った。この時、立原は自分の意思で日本人になった。

『剣ヶ崎』では、さまざまな不幸を重ね十七年ぶりに父と再会した次郎が、韓国軍人として生きている父の「おまえは今、日本人になりきれているのか?」という問いに対して「九分通りなりきれました」と言い、「彼等が受け入れてくれる、くれないは別問題です。私は日本人として生きるほか道がないのです」と答えている。日本人にも朝鮮人にも溶け込めなかった悶々《もんもん》とした日々からの脱出であった。それに対して父は、「血の問題は起きた事件そのものを理解するしか方法がないのだ」と諭《さと》す場面が描かれている。

日本人になった米本正秋は立原正秋の名で小説を書いたわけであるが、昭和五十五年、死の予感とともに姓を立原と正式に変更し、日本の作家、立原正秋として死んでいったのである。

新聞小説『冬の旅』(読売新聞夕刊、昭和四十三年五月〜四十四年四月連載)で主人公の行助が少年院で破傷風にかかって死んでゆくクライマックスのくだりで、死んだ父と死にかけている行助の出会いがある。「ひとつ訊《き》くが、おまえは、誰もうらまずにここに来たのか?」「僕は人をうらみませんでした」「それはいいことだ。私はここからおまえを見ていたが、勇気のある短い生涯であったと思う」。

人生八十年といわれる現代、立原正秋の五十四歳の人生は、やはり勇気ある短い生涯であったとしかいいようがない。

*清冽な立原スゴイズム

父に死なれてからは、目前にたちはだかる者があれば突き飛ばしてきたが、一方では、どこかで対象を冷ややかに眺める視線が生まれ始めていた(『冬のかたみに』)立原であったが、この冷ややかな視線は評論家の平野謙が名付けた「立原スゴイズム」に発展する。

暴力を主なテーマにしたものに『美しい城』(文藝春秋、昭和四十三年)、『女の部屋』(オール読物、同四十三年六月、八月、十二月、同四十九年五月号)などがあるが、酒と女とけんかで綴《つづ》られた血生臭《ちなまぐさ》い小説にしては、読後感がすっきりする物語になっている。作者がどういう人間に対して、ささくれた感情を持っていたかを『美しい城』の中から拾ってみると、「ぶっている奴を見ると唾《つば》を吐きかけて殴りたくなり、心情が賤《いや》しいものに対しては容赦《ようしゃ》がなく、そして私は落魄《らくはく》した人間に出会って殺意を感じることがある」などという文章がくどいほど出てくる。

その青春体験の一部分といわれるこの作品で、立原は「夜中に独りで考えるとき、私の裡《うち》で最後まで残るのは孤独であった。これほど酷《はなはだ》しく明確な象《かたち》を具備した孤独に、私はその後実社会でもたまにしか出逢わなかった。感化院での中の孤独は完璧であった」と述べ、また「己《おのれ》に克つ以外に生きる方法がないと悟った男は落魄した人間を見ると、そんなにまでなって生きている必要があるのか、と殺意が起きてくるのだった。そして彼が暴力をふるうときは残酷で冷静で、そのうえ容赦がなかった」と書いた。

『女の部屋』では、更級《さらしな》信彦に「喧嘩はよくないことだろう、たぶん、そうだろう、しかし相手を殴り殆《たお》すときのあの興奮、この体験はかけがえがないのだ、相手を殆さなければこちらが殆されるという世界は、そうざらにはないだろう、これほど潔い世界はなかった」と語らせている。

かくして、立原は限りない修羅場をつむぎ出すことになるわけであるが、残酷さの中にも毅然とした清冽《せいれつ》さが感じられるのは、立原の狷介《けんかい》でありながら人間を愛し続けた生き方によるものであろう。

＊立原流バックミュージック

男と女の愛欲関係というのは、いつの世にも変わらぬ小説のテーマであるが、立原が精力的につむぎ出した愛欲図絵には近親相姦、淫靡《いんび》な血筋にあやつられる雑婚など、ひと味もふた味もふつうの世界からはみ出してしまったものが多い。

芥川賞候補になった『薪能《たきぎのう》』（新潮・昭和三十九年五月号）、『剣ヶ崎』（同・昭和四十年四月号）には、いとこ同士の恋愛が克明に描かれている。そこには血の近さゆえ訪れる悲劇が展開され、読者を夢の世界に引き入れてしまう。

学者を夫に持つ昌子は、どうしても自分の中から忘れ去ることのできない、いとこの能面作者・俊太郎と関係し、うれしいわ、と言って心中していくし（『薪能』）、いとこ同士で愛し合った太郎は敗戦の日に恋人・志津子の兄に竹槍で殺され、志津子もその夜、剣ヶ崎で身を投げてしまう（『剣ヶ崎』）。

立原の文章は、簡潔な美しさのために読者をいらだたせてしまう要素があるが、愛欲のシーンにしろ、自殺のシーンにしろ、殺人のシーンにしろ、その行間に凄惨《せいさん》な立原流バックミュージックが漂っていて読者の胸を打つ。そのバックミュージックは、美しく死にゆく者への讃歌でもあった。

立原の女性に対する視点、考え方には厳しいものがあった。女性からの資料提供者も多かったらしいが、〝女のわずらわしさ〟を知り尽くしていた立原は、常に一線を守ることを忘れなかった。女性を一つの対象物として冷たくとらえるようになったのは、少年のころ、自分の母が胸を広げて知らない赤ん坊に乳をふくませているのを見てしまったからかもしれない。

立原は『冬のかたみに』で、「私のなかで母は影がうすかったが、しかしなまぐさい女だった。面倒な女だった。見知らぬ赤ん坊に乳をふくませていた母は、子の私にとって美しい母ではなかった」と書いている。

昭和四十一年に『白い罌粟《けし》』で直木賞をとってからは、出版社の求めにしたがって驚くばかりの人間をつむぎ出したが、立原の描く女は着物姿がよく似合う、背中に女の年輪が刻み込まれた人物が多かった。

そして、その女たちに触れ、女を目覚めさせ、壊してゆく男が中年の女性ファンの血を沸かしたことは言うまでもない。現実と小説を混同して駆け込んで来る読者に業《ごう》を煮やした立原は、「約束した以外の方にはお会いできません」という立札を立てて撃退したが、礼儀をわきまえた読者にはとても優しい作家であった。

＊日本一の贅沢人

立原は、酒が強かった。事実、ウイスキーでも酒でも質のいいものを手もとにおいて嗜《たしな》んだ。小説家の酒徒番付の東の横綱に選ばれたこともある。編集者が来ると、だいたいその場で飲み始め、山椒の芽のふいたのを庭に降りて摘み、そのまま刺し身のつまに添えたりした。背が高く、剣道で鍛えた体に和服の着流し姿は、いかにも精悍《せいかん》で古武士のような風格があった。

終戦直後から十年くらい、チンピラやヤクザともけんか暮らしをしたらしく、小説を書くようになってからも相手によってはけんかをした。そしてめっぽう強かった。ふつうは酒を飲めば酔うし、酔えばだらしなくなり姿勢も崩れるのだが、立原は白鶴の足のようにぴぃーんと背を張って少し早口のしゃべり方で相手を呑んでしまうことが多かった。

立原の指導で芥川賞をとった吉田知子は立原の『愛をめぐる人生論』(昭和四十八年三月、新潮社) の解説の中で、「立原正秋という人は不思議な人で、風貌は貴族的であり世界の王侯しか知らぬような食べ物とか、珍しい物について精通している贅沢《ぜいたく》人である一方で、生活に追われている人たちへの目を忘れない。調理も名人でその蘊奥《うんのう》を極めている」と書いている。

立原が神奈川新聞に連載した「食べものの話」(昭和四十六年) には鯵《あじ》のたたき、鯷《ひしこ》の酢じめ、素麺、蕎麦、青紫蘇《じそ》の葉、徳島のすだち、茸《きのこ》、小鯛の笹漬、山形の味噌漬、仙台の海鞘《ほや》、納豆汁、雑炊、粕汁《かすじる》、鮟鱇《あんこう》鍋、蕗《ふき》のとう、大根料理、焼き穴子、鰆《さわら》のさしみ、鱈《たら》の味噌漬、寒鰤《かんぶり》、牛の筋、レバー料理、牛の尻尾、山椒の芽の佃煮、鰹《かつお》、冷やっこ、などについて簡潔な文章を残しているが、読んでいるだけで、唾《つば》が出てきそうな筆の勢いだ。作家では、亡くなった檀一雄をはじめ料理にうるさい人が多いが、立原の贅沢に太刀《たち》打ちできる作家はあまりいない。

最後の小説になってしまった読売新聞の連載小説『その年の冬』(昭和五十四年十月十八日〜五十五年四月十八日) では、作者の分身で、寒空に葉の落ち尽くした一本の木が立っているような引き締まった声を出す深津と、その深津に女の美しさを引き出され、キラキラと水仙の輝きを増すヒロイン直子の関係が深まってゆくあたりから立原独特の食べ物の話がつぎつぎに躍り出る。

京都祇園でのビフテキ、生牡蠣《なまがき》にシェリー酒、豚の足、岡山の河豚《ふぐ》、海鼠腸《このわた》、果ては福井県の三国まで出かけ、甘海老の刺し身や二十センチもある大きな蟹に舌つづみを打つ……。実は、この時、立原は体重が四十八キロに減り、食べ物ものどを通らなくなりつつあった。

昭和五十五年四月七日、聖路加病院に入院した時には、まったくのどがふさがり、食道がんは気管まで押し破っていた。立原は食べ物の代わりに、針で栄養剤を注入してもらいながら新聞連載小説の九月完結予定を繰り上げて、四月十八日、百八十回をもって第一部完結とした。

仲のよかった芥川賞作家の高井有一は、立原の単行本『その年の冬』（新潮社・昭和五十五年十一月刊）のあとがきの中で、「もう食べることのできない人が書く食べ物の話を、私は平静に読み過せなかった」と書いている。数多い新聞小説のファンに対する責任感で最後の一行を書き上げた鉄の意志を持った立原であったが、親しい友人たちへの別れの言葉も忘れなかった。

この閑舒な雑木林に
永く季節を彩られかし
木の下蔭の落葉
かくなるまで命ながらへて

立原は、俺はもうだめだが、おまえたちは長生きしろよ、と『その年の冬』の最後の部分で、わが友への訣別《けつべつ》をしたのだった。

梶山季之《かじやまとしゆき》

1930～1975

昭和三十年代の日本経済は、戦後の復興期のような歯をくいしばって、じりじりと生活を盛り上げていく状況と違い、ダイナミックとしか表現しようのないすさまじい発展の勢いであった。空襲のあとの廃墟の街に立って、誰がこれだけの復興を予想したであろう。

そこには、アメリカのニュー・エコノミクスを信じる人と、スターリン批判のあともいまだに共産国に夢を馳《は》せる人びとが複雑に交差していたが、イノベーション（技術革新）の波は、人間の小手先の主義主張など、一押しに呑み込んでしまうほど荒々しかった。

テトロン、ナイロン、テープレコーダー、テレビ、トランジスターラジオ、電子計算機など次々に登場する新製品に、庶民は初めおずおず近づいたのだが、戦後の生活苦と戦死した人びとへの慚愧《ざんき》の念を一気にふり捨てるように飛びついていった。大蔵省は「今後の経済政策の基本的考え方」(昭和二十九年八月)で技術革新によってコストの引き下げと雇用の拡大という相矛盾する現象を一挙に達成することを大胆に打ち出した。それほど、日本の経済の気運は大きな高まりを内蔵していた。

企業は技術革新のために大がかりな投資を始め、新製品の製造や新生産の方法、新販路の開拓、新原料の獲得、会社の新組織の実現のために競い、庶民はローンという新手法で消費革命に参加した。

文化製品は三種の神器(テレビ、洗濯機、冷蔵庫)から3C(カー、クーラー、カラーテレビ)へと洪水のような勢いで押し寄せてきた。人びとは、文化製品を獲得するために残業につぐ残業を重ね、ローンを利用し、幸せの基準をここへ集中させた。そして、この文化生活に欠かせない情報を人びとに提供したのが週刊誌であった。

*ポルノ作家の汚名

狂乱怒濤《どとう》の経済成長のあおりで、文化も文学も変わる。文化生活と企業情報を満載した週刊誌が大衆をつかみ、石原慎太郎が『太陽の季節』で芥川賞をとる。松本清張、五味康祐、柴田錬三郎、黒岩重吾らの新作家の名が文化製品のブランド名のように大衆読者に宣伝された。

この時期、梶山季之は週刊誌では後発の「週刊文春」の秘密兵器トップ屋として登場した。梶山は、文春の要望に十分すぎるほど応え、その文体のリズムは読者の心に麻薬のようにしのびこんだ。

高揚と不安の昭和三十年代を風靡《ふうび》した松本清張（『日本の黒い霧』）、五味康祐（『柳生武芸帳』）、柴田錬三郎（『眠狂四郎』）、そして梶山季之……。前の三人が文学に名を残し、梶山のみが書き屋、あるいはポルノ作家と断じられるというのも、やはり、時代そのものが求めた犠牲者としか言いようがない。

しかし、梶山が、どれほど文学というものと真剣に取り組んでいたか、同人誌の「天邪鬼」「広島文学」「第十五次新思潮」でまじめな文学修業を続けたことでも分かる。もちろん、文学という作業は作品だけが問題なのであり、人間性や、その人の生き方などは何の言い訳にもならない。その点で、梶山文学というものは、文学史上、存在しないのかもしれない。ただ、文学という枠を一重大きくして、時代、あるいは世相という枠から見つめれば、梶山文学は厳として存在したといえよう。

この不安と高揚の入り乱れた庶民の心に、活字という媒体をこの人ほど植えつけた作家は他に類を見ない。その成功の秘密は、梶山の持って生まれたサービス精神にあった。従来、私小説を主流とした日本の文学は、文学とは高尚でむずかしいものという先入観があって読者に迎合するような小説は文学にあらずとまでいわれた。この奥ゆかしい伝統は、昭和三十年代の文化消費生活を体験したおびただしい読者によって、あっけなく壊されてしまった。

分かりにくい小説を読むより、企業戦争や日常の中の犯罪など、現実の事象をリズミカルに読みとばしたほうが文化生活に適していた。読者は、他人の不幸や企業の秘密をのぞかせてくれる週刊誌をこよなく愛した。梶山グループは徹底した取材で事件を追い、真実に迫り、読者の喜びそうなストーリーを小気味よく展開した。行間には、キラキラと貴重な情報がひそみ、短いセンテンスとスピーディな筆運びは、文章としての巧緻《こうち》には欠くことがあったが、生活が忙しくコマーシャルに慣れた読者には何よりの慰めであった。

ここいらが文化を低俗化させたとして、文学者や一部知識人の顰蹙《ひんしゅく》を買う結果になるのだが、出版社自体も高度成長の波に乗っていたわけで、文化そのものも一般にレジャー化していた。企業の一環として単行本も週刊誌も同じく売れなくてはならない宿命を負わされてしまっていた。

梶山は、書き手として、売れる本を作らなくてはならないと覚悟した、最初の人でもあった。

*失意の中での上京

梶山季之は昭和五年一月二日に朝鮮で生まれ、終戦の年、郷里の広島に帰った。広島高等師範（現・広島大）に入学すると、育英資金をもらいながら学校へは行かず、坂田稔たちと同人誌「天邪鬼」を創刊した。昭和二十六年、原爆詩人の原民喜から自殺直前に遺書「若き友へ」をあずかり、七月に、原民喜追悼号（三号）を刊行。遺書にあった、独自の作家になろうとするなら、やたらに師匠を持つな、その作家の背負っている苦悩こそ作品の原点という考えを学ぶ。

記者生活のかたわら小説を書くという夢は、就職試験の身体検査で両肺の空洞を見つけられ、あえなく消えた。胸の中の空洞に風がサラサラと音を立てて通り抜けてゆく、という失意の果てに、どうせ短い人生なんだから、やりたいことをやって死のうと、上京（昭和二十八年）。翌年、夫人とともに阿佐谷《あさがや》に喫茶店を開く。

昭和三十年、村上兵衛の紹介で「第十五次新思潮」の同人になる。サントリーのダルマを愛し、麻雀に熱中し、食うために梶謙介の名で少年少女ものや雑文を書きまくる。翌年、酒場の「ダベル」を開店、その間、『合わぬ貝』（新潮同人雑誌推薦作品）、『振興外貨《リテンション》』などを「新思潮」に発表、かたわら同人誌維持のためひともうけしようと、何度かアイデア事業を試みたが失敗した。

梶山が文学青年からルポ屋に転向したのは、昭和三十二年である。「文藝春秋」の田川編集長にジョン・ガンサーや大宅壮一をめざせと言われ、梶山は高い背を丸めながら元気よく文春に通い始めた。梶山はこの時、背水の陣を布くために酒場を売りとばし、プロの書き手に徹することに決めた。田川が狙ったとおり梶山の取材力も書き手としての才能も抜群で、小説や随筆などでとらえきれなかった、おびただしい人々を急造の活字人間に仕立て上げた。

梶山のトップ屋としての活躍は、堅い月刊誌から週刊誌に移ることで、いっそうの開花を見せた。「週刊明星」でハイエナのごとき貪欲《どんよく》な読者に舌なめずりをさせた梶山は昭和三十四年一月、四月創刊の「週刊文春」のために文春に呼び戻され、本格的な梶山グループを編成。梶山は、これまでの豊富な経験をふまえて、新大衆が求めている材料をグループの五人に叩きこんだ。

＊トップ屋・梶山グループ

梶山のトップ屋グループの活躍はすさまじく、他の週刊誌を圧し、時には、ニュースの担い手であった新聞まで抜き、マスコミに梶山ありの名を宣伝した。このグループの強みは、ネタ（材料）の仕込みと、きめこまかな取材にあった。梶山は「取材は訓練すればできるがネタの仕込みはむずかしい」と言い、ちょっとでも面白そうな話があると、こまめにゼニをつかんで飛んでいった。

もともと、梶山には好奇心の強いところがあり、金もうけの話などには眉つばものでも、すぐに飛びつくクセがあった。何回だまされても、いい話には目を光らせ興奮した。梶山がネタの仕込みで他の追随を許さなかったのは、努力の他に生まれつきの特殊な才能があったと言ったほうが正しい。

経済成長で短期間に大量に生み出されたサラリーマンは、活気にあふれていた。そして、この新しい人種は、もはや、これまでの小説家や知識人ではとらえることのできない異郷の人々であった。テレビ、週刊誌などが、人びとの主食であった。旧来の小説を載せた「面白倶楽部」や「講談倶楽部」などは見向きもされなくなった。梶山軍団が狙いうちをしたのは、まさにこれらの新興読者であった。もはや庶民をどのようにリードしてゆくか、ではなく、いいネタをどのように料理すれば読者に喜ばれるか、を考えなければならなかった。読者への徹底したサービス精神が求められていて、梶山の野次馬的な心意気は貪欲な読者のハートを直撃した。

梶山のもう一つの強みは、大の負けず嫌いという性質であった。これは、自分の関係した週刊誌や雑誌が他誌に負けたら担当者に申し訳ない、という彼一流の人のよさにもつながっていて、後年、何社もの仕事をするようになると、梶山の負けず嫌いとサービス精神は自らを縛り苦しめる結果になった。梶山は自分の関係した本の発売日に雨が降ると、そのたびに「売れゆきが悪くなる」と嘆息した。

読者というのは、まことに厄介なしろもので、求めるものに限りがない。事件ものでも内幕ものでも、ポルノでも、一途《いちず》に新鮮さ、強烈さを求め続ける。一方、書き手には制約もあるし限度もある。この両者の戦いは、はじめから書き手の負けで、梶山たちが確保したハイエナのごとき読者は、どんなに文章でごまかしても、鮮度の落ちたネタには見向きもしなかった。

梶山は、自分たちの手で育てた仁義なき読者との闘いを、昭和三十六年三月に中止した。表向きには結核の再発という理由があったが、本心は、このままゆけば出版社と読者に殺される、という恐怖感だった。

＊小説家としての再出発

読者との戦いに傷つき倒れた三十一歳の梶山は、執念の男であった。

入院先の北里研究所付属病院でひと息入れながら、反省をし、再起を図っていた。梶山のトップ屋時代の悩みの種は、いいネタを持ち、九九パーセント事実の線を確かめていてもプライバシーの問題や政治的圧力で記事にできない場合が多いことだった。ノンフィクションのもどかしさに、梶山は地団太《じだんだ》を踏み、この一線を乗り越えることができるのは、自分が初めに志した小説の世界しかないという思いに至った。

梶山は、松本清張の推理路線で、やはり新しい読者をとらえていた光文社のカッパ・ノベルズ編集者に紹介されると、俄然《がぜん》やる気を起こした。梶山グループはフル回転で、企業の激戦の舞台を庶民の人気の的であった自動車業界にしぼり、産業スパイ小説『黒の試走車』の執筆にとりかかった。

ここにも、また梶山の無類の読者、編集者へのサービス精神が貫かれていた。それに加えて、これまでの積み重ねられた鬱憤と情報が入魂されていて、編集者の注文で何回も書き直されたこの作品は、昭和三十七年二月に出版されると、カッパ独特の衝撃宣伝とあいまって爆発的な売れゆきを示した。

はじめはカメラ業界をテーマに取材にかかっていたのを、車のほうが時代に合っているというカッパの主張で、急遽、自動車に切り替え、一カ月で取材し、一カ月で書き上げたものである。梶山は編集者がアドバイスをすると、四、五日で六百枚全部を一挙に書き換えるという超人ぶりを示し、泣く子も黙ると言われたカッパ・ノベルズの猛者《もさ》たちを驚かせた。

梶山はこの成功を皮切りに、堰《せき》を切ったように『赤いダイヤ』(スポニチ)、『夜の配当』(光文社)、『夢の超特急』(同)、『のるかそるか』(東京新聞ほか)など、梶山ならではの情報小説を編集者があきれかえるほどのスピードで書き飛ばした。それらの作品は、週刊誌のトップ記事ですでに網の中に入れていた読者をあっという間にとらえてしまった。十万単位で売れてゆく軽装本は、すでに企業の新製品と同じくレジャー化し、読み捨ての運命を抱えていたが、梶山の新製品は飛ぶように売れ、どの社も競って梶山のもとへ駆けこんだ。

＊月産千枚の驚異

生来、梶山は他人の頼みを断るということができない男で、単発の読み物を断るつもりで出版社へ押しかけ、連載を引き受けて、すごすごと帰ってくることが多かった。編集者は〝困った時の梶だのみ〟と称して、穴でもあいたら、真っ先に梶山のもとへ走った。三日二晩で二百七十枚を書いたこともあり、新聞一本・週刊誌三本・月刊誌六本で一カ月に五百八十七枚、書き下ろしが重なると月産千枚……という驚異的な量産は、ひとえに梶山のサービス精神から生まれたものであった。

結果的に、梶山は十三年間で二百数十冊の単行本を遺《のこ》し、昭和四十四年には文壇の所得番付で一番になった。

梶山は、毎日朝九時ごろ仕事部屋とした都市センターホテルに出勤し、編集者との打ち合わせ、電話での応対をダブらせながら、その間にもゴツゴツと音を立てて、ひたすら書いた。でき上がったものはホテルのロビーに運んだが、これをひそかに読み続けたのが、後に推理作家となったフロント係の森村誠一であった。森村は梶山に刺激を受けて作家になったわけだが、五年間一度も梶山が怒ったのを見たことがなく、「眼鏡の奥の優しい目は本物であった」と感嘆の声を上げている。

人間の作業には限界があり、これだけの枚数をこなし、しかも読者を喜ばせるには、ポルノ路線に転換し小手先で勝負する以外に手がなかった。自然、作品は味が落ち、内容はいよいよ文化製品に近づいていった。しかし加速度がついてしまった車はもはや止めようがなく、出版社は、梶山にはポルノを書かせろ、という命令を、引っこめようとはしなかった。

梶山は自縄自縛に陥り、何かに追いたてられるように、読者へ、編集者へ、そして同僚への異常なサービスを強めていった。

作家仲間は破滅的な梶山の行動を心配したが、「分かってるよ。分かっているけど、もうちょっと我慢してくれよ」と、手をひらひらとふって逃げ出す梶山に、かわいそうで何も言えなかった。それほど、梶山という男は、味わいの深い男であった。山口瞳は「梶山は死ぬ気なんだから仕方がない」とあきらめていた。

＊ライフワーク執筆直前の死

梶山が、勇気を出して読者と編集者、同僚へのサービスを再び打ち切ったのは昭和四十七年四月であった。前年の十二月に休業宣言をしていたが、実現はむずかしかった。川端康成の自死と、自らの喀血《かっけつ》による死の自覚をもって、やっと「人生は自分のためにある」とふん切り、ライフワークの『積乱雲』の制作にかかったのである。日系ハワイ人を母に持ち、植民地・朝鮮で青春をすごした梶山は、民族の血をテーマに、舞台は太平洋を中心にした大陸、登場人物も日本、韓国、中国、ユダヤ、アメリカと、スケールの大きい小説の構想を練っていた。

それは、いわば『李朝残影』（昭和三十八年九月・文春・直木賞候補作）の系列で、一巻六百枚で年二冊刊行、全二十巻という大河小説で、梶山のライフワークとなるべき作品だった。『積乱雲』を書き上げないと死に切れない、と血を吐きながら叫んだ梶山であったが、昭和五十年五月十一日、取材先の香港で、駆けつけた妻子に看取られながら、無念のうちに四十五年の生涯を閉じた。

梶山はついに、ポルノ作家の異名を取り消すことはできなかった。しかも、死ねば解放してくれると思った読者は、今なお執念深く梶山の文庫本に群がっている。

だが、気にするなかれ、梶さんよ。

処女作『黒い試走車』で描き出した産業スパイの世界は最先端技術の国際戦争の渦中で

生々しく生きているし、心優しき純文学者としての梶山像は、親しき人びとの間で年ごとに甦《よみがえ》っているではないか。

高橋和巳《たかはしかずみ》

1931〜1971

世の中で何が一番むずかしいかといえば、それは自分自身の感情のコントロールであろう。昔から、この世は娑婆《しゃば》世界といわれ、それはまた差別におおわれた堪忍《かんにん》の世界でもある。人間は生まれてくる時にすでに、自らの意志と環境の選択を否定されている。

ある者は王の家に生まれ、ある者は貧者の家に生まれる。成長の過程においては、否応《いやおう》もない事件に遭遇させられ、他人との抜き差しならない関係を強いられてしまう。この世の中のどこに、親を一度も恨まず、かかわり合いを持った人びとすべてに感謝の気持ちだけを抱いて死んでいける人間がいようか。

人生のなかで心の底に溜める澱《おり》の中味は、喜びや感謝より悲しみや怨念である。それは、ままならぬ堪忍の世界で、しかも、自分を中心にしかものごとを考えられない人間の宿命でもある。人類がどのようなユートピアを築こうとも、生まれてくる時の環境を平等にすることはできないし、まして各人の運命の平等化など夢のまた夢であろう。

仏教では、このような人間のありようを、欲望を制御《せいぎょ》し他者のために命を捨てることのできる〝法の器《うつわ》〟としてとらえる一方、際限《きり》のない欲望の火に焼かれ他を滅し尽くす〝悲の器〟としてもとらえている。

＊運命的出会い

昭和三十七年九月、文壇でほとんど知られていない大阪・吹田市に住む三十一歳の青年が『悲《ひ》の器』という小説で第一回文藝賞（河出書房新社）に入選した。その青年が、自分こそ小説家になるべき人間であると確信していた高橋和巳であった。

和子《たかこ》夫人（作家・高橋たか子）は、『高橋和巳の思い出』（構想社）で、昭和二十八年の高橋との出会いを運命的なものだとし、その第一印象を大変な美青年であったと述べている。そのころの文学同好の士は、いわゆる自由人然《ぜん》として、卒業、就職などという常識から完全に逸脱し、汚ない下宿で哲学や文学の書を濫読し、友人とつかみかからんばかりの激論を交わし合っていた。

黒縁の丸い眼鏡をかけた高橋は、親のお古のよれよれ背広に長髪を揺らし、左肩をきゅっとつり上げて歩いた。その長身の後姿は、なぜか、この世の不幸を自分一人で背負い込んででもいるかのように、悲しく侘《わび》しいものであった。

高橋は、昭和二十年三月十三日、大阪の第一回大空襲で焼け出され、地獄の街をしばらくさまよい歩いた。十四歳の、この時の体験は高橋の持って生まれた憂鬱《ゆううつ》の気質に、さらに深い陰影を落とし、戦後の大復興で街にビルや家が建ち並び、人びとが享楽に打ち興じるようになっても、どうしてもそれらのことが〝虚の世界〟のものとしか映らなかった。

これは、同じように東京の廃墟の街で人間の存在そのものにかかわる小説を書こうと誓い合った椎名麟三や船山馨、それから野間宏など戦後の第一次作家の感覚とはだいぶ違う。もちろん当時の高橋は小説を書く年には達してなかったわけだが、同時期の小田実、大江健三郎とも色合いが違うし、石原慎太郎となると、高橋の根深い虚無感とは異色の感がある。もし、そこに人間の運命というものがあるとすれば、高橋は大空襲の地獄を経験しなくても、大学の学園紛争で全学連や全共闘とかかわり合いを持ち、人間生存そのものに虚なるものを見つけざるを得ない因を持って生まれてきたのかもしれない。

運命といえば、他人とのかかわり合いそのものが運命ともいえる。人生のうえで、どういう人に巡り会うか、ということによって、その人の未来が決定する。自分こそ一流の小説家になる人間だと盲信している誇大妄想狂の青年と、その才能を狂信することのできる夫人との出会いこそが、若手知識人のアイドル高橋和巳の誕生の発端でもあった。

高橋は、敗戦を境に文学に興味を持ち、「近代文学」「総合文化」などを濫読。第一次戦後派の野間宏、椎名麟三などの作品を読みながら、京大文芸同人会を結成、「土曜の会」「現代文学」などの同人誌を作り創作を発表してきたが、いずれも文壇の関心を惹くにいたらなかった。

そこで仕方なく人並みに職につこうとNHKに来た時、それこそ偶然に会った女性が、太宰治のような作家の奥さんになって苦労したいと夢見ていた女性だったというのだから、破滅の作家をめざす高橋にとっては幸運であった。二時間も他人と話せば二度、三度必ず絶望、絶望と叫ばずにはいられなかった高橋の青春に、希望というものがあったとすれば、この和子夫人との出会いだけであろう。

ほとんどまともに学校にも行かず変な小説ばかり書いている男と、こともあろうにNHKの就職願書提出の場で出会うなどというのは運命としかいいようがない。彼女はこの時、高橋に一目惚れをしてしまった。世の中の常識を無視した文学青年がNHKという、いかにもインテリの就職先で見初められたのであるから、誇り高い高橋のはにかみようも察せられる。生きてゆくには妄想だけでは食っていけない。自分にどれほど才能があるとうぬぼれていても、社会は、いろいろなしがらみや資格や建前を押しつけてくる。

人間の心は折れやすく曲がりやすい。しかし、逆に世界にただ一人の人の支えがあれば、どんな苦労でも耐えることができ、深く埋もれた才能を開花させることもできる。高橋の文学的才能は彼女と出会った時、ぎりぎりの飽和点まで達していた。

もう内心では抑えきれないほど、妄想で練り上げた人物が騒ぎまわり、気ばかりあせって、どのように表現していいか分からなくなっていた。だからこそ、業《ごう》を煮やして世間並みな就職を考えてみたのだった。高橋の描くストーリーは、虚構の世界で生み出した人物が多く、妄想がまた妄想を呼ぶため、一つ書き始めると、また次のテーマが飛び出して今度はそれを書き始めるという支離滅裂の状態であった。

和子夫人は、さっそく高橋の妄想の交通整理を始めた。生活は大変苦しかったが、二人は生活の基準を「高橋和巳を一流の小説家にする」という目的にしぼった。こうして高橋は、一銭のお金も稼がずフィクションの世界に没入する権利を得たのである。

高橋は和子夫人の稼ぎを当然として受け、その代わり自分の小説の構想をそれこそ際限もなく陶然となってしゃべりまくり、夫人は、その内容のあまりの情緒性にうっとりとなる毎日を送った。しゃべったものをそのまま書き出すかと思うと、また別な物語を話し出す。それは、いつの間にそんなに勉強したのだろうかというほどの知識の量であった。それこそ、これまで一人の理解者もなく無聊《ぶりょう》をかこっていた人が、とつぜん神の啓示によって、とめどもなくしゃべり出す予言にも似たものであった。

＊捨て子にされた思い出

昭和三十三年、高橋には少しずつ書く気分

が出てきて、前に「現代文学」（昭和二十七年）に初めの三章を載せて中断していた『捨子物語』を集中的に執筆し始めた。和子夫人は、シャボン玉のように広がり散ってゆく高橋の妄念に、何としてでもひとくぎりつけさせるために無理に書かせ、それを自分で清書した。清書しながら激励したり褒めたりする夫人に、高橋は喜び、その妄想はまた新たなる馬力をつけた。『捨子物語』の執筆が終わると、それまで何回となく創っては壊し、壊しては創っていた『悲の器』の構想のまとめに本格的に取りかかった。

『捨子物語』はフィクションを得意とした高橋には珍しく自分の体験をもとにした作品であるが、これもまた運命というものをテーマにしている。高橋は昭和六年八月三十一日に生まれたのだが、ある土俗信仰によると、この生年月日には女に生まれて来るべきだったという。高橋の生家は祖母、母とも天理教の信者であったが、他に土俗の仏教も信仰していた。女に生まれるべきところを男に生まれたら、どのようにしてその禍根《かこん》を絶てばいいかというと、その方法が捨て子という形式なのである。

生後十日ほどして、方角から捨てる家をあらかじめ決め、その家に頼んでおいて竹の籠に入れ、決められた時間に捨てる。その家では捨てられるのを待っていて、さっそく拾い上げ新しい着物とよだれかけをつけ、捨てた家に子どもを拾ったと届け出る。高橋の時は、土俗信仰の先生が先に和巳という名を付けていて、その名前が懐に入れてあったそうだ。

しかし、運命を変えるための捨て子という方法は、本人の性格に何らかの影響を与えずにはおくまい。親がたとえ隠していても、秘密は必ず色に出る。まして、そのエピソードを知っていた高橋が捨て子という事実に惹かれ虚無僧の心境に近づき、〝女に生まれるべきであった自分〟の存在を突き詰めてみるのは、当然のなりゆきであろう。和子夫人は「主人はきわめて女性的な性格であった」と回想している。

＊『太陽の季節』に打ちのめされる

高橋の誇大妄想の自信が大きく揺らいだのは昭和三十年、石原慎太郎が『太陽の季節』で芥川賞をとった時であった。夫人の励ましで『捨子物語』を書きながら知った石原の存在は、果てしなく落ち込んでゆく気分のなかで絶望をのみ叫び続ける青年に核弾頭つきのミサイルをぶち込んだような衝撃を与えた。

その衝撃は、埴谷雄高《はにやゆたか》の『死霊』の主人公・三輪のような陰鬱な青年が、ぼやっとしているそばをさっそうとした青年が赤いマフラーをひるがえしながら轟音《ごうおん》をたてる単車で駆け過ぎていくような感じであった。これで、自分のような陰気で憂鬱な小説は、絶対に世に受け入れられないだろう、と思ったようだ。

高橋は、このショックで、自分自身の観念の世界に没入する傾向がますます激しくなり、それに比例して、高橋の文学的才能に対する夫人の盲信は、いよいよ強くなった。高橋は、他人との接触で傷つけられるごとに自分だけのイメージの世界に閉じこもり、そのなかでのみ楽しみを見出《みいだ》すようになった。

高橋の小説に出てくる人物が、どことなく常識的な読者とかみ合わないのは、いつに、この高橋の異常なほどの人嫌いな性格に原因がある。他人とのかかわり合いを抜きにして、一人の作家が自分の妄想の中で創った人物なるがゆえに奇異の念を与え、それがまた小説としてのなまなましさを提供しているともいえる。

人生のうちで苦楽を共有するというのは、人間の数少ない楽しみの一つであるが、高橋は気分の高揚した時も落ち込んだ時も、常に自分一人であった。夫人といえども強く拒否した。祖父、父を早く亡くし、祖母、母の二人の愛情にどっぷりと浸って生活してきた高橋にとって、対立というものを基礎にした他人とのかかわり合いは苦痛以外の何ものでもなかった。高橋の楽しみは、自分のイマジネーションの世界に入りこむか、自分一人で碁を打つか、テレビの通俗番組を見ることであった。ここに一貫して指摘される傾向は〝受け身の思想〟とでもいうべきものであろう。

人間は生きてゆく以上、他者とのかかわり合いなしには生きてはゆけない。そして他人との接触は比較、差別がつきまとうゆえに、楽しさやうれしさより悲しみや憎しみや恨《うら》みにつながることのほうが多い。とくに、性格が受け身で陰気な内向性の人には、他人という存在は蛇のようにおぞましくライオンのように恐ろしい。高橋は、あざやかな進展を続ける庶民の前に『悲の器』なる憂鬱な小説を、おずおずと差し出した。昭和三十年の〝慎太郎ショック〟から七年の空白があった。

＊誇大妄想の偉大な成果

『悲の器』（河出書房新社）は批評家から、観念的だ、とっつきにくい、文体の練りが堅すぎる、などと苦情のほうが多く出たが、大学生には強烈な支持者が現れて、その口コミによって批判の声をおしのけ、次第に若い世代に浸透していった。

高橋がどれほど、ずばぬけた妄想力と筆力を持った作家であったかは『悲の器』を書き下ろす一方で、同人誌「VIKING」に、これまた代表作とされる『憂鬱なる党派』を執筆していたことである。この作品は学園闘争で大学をふるえ上がらせた闘士たちが数年後に、西村という男を支点に、それぞれに世の中のしがらみをたっぷりと染み込ませて相まみえるというものである。

学校の先生をやめ、原爆で無残に死んで行った庶民の記録を出版しようと大阪に出て、世の汚辱《おじょく》にまみれつつ、急速に落魄《らくはく》してゆく西村をはじめ、西村にかかわる昔の闘士たちの生の矛盾が後悔・憂鬱というバックミュージックで克明に描かれている。

原爆、大空襲によって人間の地獄をのぞいた男が、戦後の民主主義に眩惑《げんわく》され、理想国家を築くため職業革命家になろうとした若者たちを意地悪くとらえたようなこの作品は、実にしぶとい迫力を持っている。人間は国家や組織、そして人間そのものの存在に何一つ疑いを持たずに、淡々と平坦な生き方をしたほうが幸せなのではなかろうか。傷つきながら、それでも生き続けなければならないこの現実とは何だろう。それに耐えられずに自殺していく人の人生とは何だろう……この憂鬱なる党派の人びとは埴谷雄高がいみじくも命名した「苦悩教の人びと」であり、その上首《じょうしゅ》、教祖こそ高橋和巳なのであった。

高橋のことを和子夫人は、「狂人」と愛情を込めて言い切っている。高橋の妄想のすばらしさは長編の『悲の器』を書きながら、これも気が遠くなるように長い『憂鬱なる党派』を書き継いだ狂気である。そこには夫人の影のような力が作用していたと思われるが、この妄想の持続力は狂人としか言いようがない。それも『悲の器』は、膨大な法律学書を駆使し、東大の法律学部長と思《おぼ》しき正木典膳の罰と罪を、人間の無意識に立ち入って書きとばしている。三十一歳にして六十歳に近い人物を取り上げ、不案内の東京を舞台にするという大胆さである。

＊「わが解体」を叫ぶ

昭和四十年一月から「朝日ジャーナル」に連載を始めた『邪宗門』（同年五月まで）をもって、高橋は、それまで自分の想念の中で温め積み上げてきていたユートピアにひと区切りをつけたようで、この作品で、作家としての地位は不動のものとなった。

ここにも、高橋が祖母、母から受けた愛情の濃さがこぼれ落ちており、人間が生きていくうえで抱かざるを得ない怨嗟《えんさ》、憎悪、復讐など、自分を中心にうごめく人間の悲しい情念が描かれている。

高橋の運命は、どこまでも悲哀の音色がつきまとうが、昭和四十二年に母校の京都大学文学部に助教授として帰ったことにも何か因縁があるようである。

ちょうど大学では右寄りの姿勢を強めた体制側に反発して、全共闘を中心とする改革の嵐の前触れが起き始めていた。そこへ大学生の精神的な支援者が登場したのだから、京大の学生運動も急速に燃え上がった。昭和四十四年一月の京大の学園闘争の幕開けで、高橋は立場上これまでのように観念の世界に逃げ込めず、珍しくも自ら全共闘支持を表明した。他者とのかかわり合いをかたくなに避けてきた高橋が、こともあろうに体制と個性を徹底的に否定する集団と手を組んだというのも、運命のいたずらであろう。

高橋は文学的な理念を大胆な行動へ移し、小田実、開高健、柴田翔、真継伸彦と「人間として」を発刊。また、思想的に対極の場にあった三島由紀夫とも対談した。三島が自己の主張を割腹自殺という形で表明した時には、「かかんな敵の死悲し」(サンケイ新聞)という一文を贈った。

一見平和な雰囲気に包まれ、中流意識に浮かれ始めた知識人に、虚無僧の哀音を投げかけ、阿修羅のごとくに「わが解体」を叫んだ高橋も宿命には勝てず、昭和四十六年五月三日、上行結腸がんに侵され、世を去る。まだ三十九歳という、若さだった。

あとがき

私は昭和三十年に福岡県立朝倉高校を卒業して早稲田大学第二文学部へ入学した。少年のころから図画・工作が大の苦手、その代わり庄屋の大きな蔵に通い、吉川英治の『宮本武蔵』や新聞小説の切り抜きなど、ほとんど読み尽くした。その濫読のあと、最後にたどり着いたのが阿部次郎の『三太郎の日記』である。

この著者は山形生まれの東大卒で東北大教授、夏目漱石に師事し若いころから反自然主義文芸評論を発表、その誠実な理想主義が幅広く若者の心をつかみ、大正、昭和初期の若者の愛読書になっていた。

大げさにいえば私はこの本を心のよりどころとして、こわごわと一大決心をして、ややこしい田舎の家族環境から東京へ飛び出したともいえる。私は八人兄弟の末っ子だった。立て続けに女を六人産み、大正十一年、やっと本家を継ぐ跡取りを産み、ホッとしたあと十三年もたって私を産んだ母は、私を身ごもったあと、夜中に冷えた川に入り、私を堕胎しようとしたふしがある。

私は幼心に姉たちのささやきを耳にし、母がうとましい一方でかわいそうで仕方がなかった。もちろん母は、恥かきっ子の私を自分の里には連れて行かなかった。その代わりに私は、姉たちの嫁ぎ先に連れて行かれ、私と同年の甥や姪と、ともに姉たちのおっぱいをもらい、嫁ぎ先の孫のように可愛《かわい》がられる才能を身につけた。

それはある意味で自分は実家にはいらない余りものであることを深く自覚、その妙な屈折から『三太郎の日記』にたどりついたのかもしれない。

本書のなかに登場する岩井栄（のち同郷の壺井繁治と結婚）は香川県小豆島の出身、十人兄弟の五女で、ここも男は二人、母系色の強い家族だった。出身地での不幸がいくつも重なり、栄はみずからが犠牲となり、九歳のころから、よその家の子守りや内職、坂手村の郵便局、村役場などを転々、どこに行っても、その働きぶりに男たちもびっくりしたという。栄は世の中の矛盾に泣きながら、教師をしている兄からの贈り物『二宮金次郎』を読み、人間にみなぎっている意志力の強さに感動したという。

ついに、みずからの境遇に反発、東京で亡くなった兄を思い、故郷を捨てて東京で文学修業をしている壺井繁治を慕って上京し、人生を恨んで不良になっている壺井を更生させ、自分も小説を発表。昭和二十七年二月から連載を始めた「二十四の瞳」が評判になり同二十九年秋には映画化、香川・小豆島が全国民の注目を浴び庶民の紅涙《こうるい》をしぼり、壺井はサカエ、ヒトミブームで大人気、「風」が第七回女流文学賞とつきまくる。しかし、若い時からの苦労がたたり、持病の喘息《ぜんそく》が悪化、夫繁治にやさしく抱かれながら昭和四十二年、六十七歳の生涯を閉じた。

田舎ものの私は生き馬の目を抜くといわれる東京への出発を決心、決行したのは家では自分の生きる場がないという現実と、『二太郎の日記』の心強い励ましと、それに新聞やラジオで伝えられる壺井栄の輝かしい存在があったからである。

早稲田大学夜間部の授業料、生活費の稼ぎ、新聞販売店での苦労、学習研究社でのアルバイトなど他人には言えない苦労はあったが、いま思い起こすと年老いた父が上京のときに言った「なあーに、渡る世間に鬼はいない」という言葉に嘘はなかった。

最後は学習研究社の先輩編集者だった方に父親のあとを継ぐので協力してくれと誘われ、新聞小説や漫画などを制作・配信する会社で働くことになった。その足かけ五十年の忙しい仕事の消化法として、あちこちの文芸出版社へ文芸評論を発表、作者の生き方や作品の論評をしているうちに壺井繁治・栄夫妻が無名のころお世話になった大恩人として、わが社の社長の名前を大きくとりあげていることを見つけ、これも何かの縁だなあと感激を新たにしたものである。

本書は株式会社大塚製薬工場発行の企業誌『大塚薬報』に昭和五十六年八月号から昭和五十九年十一・十二月合併号まで三十七回にわたって「昭和の作家たち」と題して連載したものに加筆、

修正してまとめたものである。当時の大坂峯子編集長には大変なご苦労をかけた。当時の社会情勢を残すために、時代的な変転は、あえて訂正を加えなかった。約三十年前の文芸評論が、現在どのように読者にとらえられるか、筆者とすれば、もっとも興味のあるところである。

大庭　登

二〇一五年三月

【写真提供】

【日本近代文学館】

野村胡堂・佐々木邦・長谷川伸・武者小路実篤・内田百閒・白井喬二・宇野浩二・広津和郎・子母澤寛・江戸川乱歩・大佛次郎・今東光・山手樹一郎・宮本百合子・壺井栄・尾崎一雄・中野重治・舟橋聖一・平林たい子・山岡荘八・中島敦・椎名麟三・武田泰淳・三島由紀夫・立原正秋

【文藝春秋】

獅子文六・横溝正史・山本周五郎・田村泰次郎・船山馨・柴田錬三郎・福永武彦・五味康祐・梶山季之・高橋和巳

【鎌倉文学館】

里見弴

【かごしま近代文学館】

海音寺潮五郎

大庭 登（おおば・のぼる）
1936 年、福岡県生まれ。早稲田大学第二文学部卒。
新聞小説、文芸企画の制作・配信業務に従事。文芸評論家。
著書に『文士あの日あの時』（第三文明社）がある。

昭和《しょうわ》の作家《さっか》たち　誰《だれ》も書《か》かなかった37人《にん》の素顔《すがお》

2015年 6月8日　初版第1刷発行

著　者　大庭《おおば》　登《のぼる》
発行者　大島光明
発行所　株式会社 第三文明社
東京都新宿区新宿1-23-5　〒160-0022
03-5269-7154（編集代表）
03-5269-7145（営業代表）
振替口座　00150-3-117823
http://www.daisanbunmei.co.jp
印刷・製本　中央精版印刷株式会社

ISBN 978-4-476-03343-4